放养年代

马笑泉——著

Childhood

北京出版集团公司
北京十月文艺出版社

自 序

童年叙事早已成为小说的重要传统。无论如何宏大的一生，也必然从细小的童年开始。而当青年时惊心动魄的爱情和壮年时风起云涌的功业，都在记忆中渐渐模糊，依然清晰的，只有童年。

我的童年和少年时代都是在湖南一个小县城度过的。虽然在十五岁离开那里之后，我还时常回去，但它镶嵌在我记忆中的，永远是十五岁之前的模样。也就是说，我把童年和少年时光都封存在那里了。虽然现今许多中国小孩所居住的县城普遍远比过去繁华宽广，但他们是被“圈养”的，而我们那时是处于“放养”状态。作业既不繁重，补课和参加各种才艺培训更是闻所未闻。这意味着我们有大把的时间和机会随意游荡，每一条小街，每一道深巷，每一栋楼房的天台上都活跃着我们无拘无束的身影。再偏僻的角落对我们而言，都有家的自在和舒展。

当一代人的童年已成历史时，回顾往昔，满怀的惆怅和留恋里便盈满了难以穷尽的细节。这些细节无疑是高度个人化的，从中形成了我对儿童世界的顽固看法：单纯中蕴藏着被忽略与遗忘的复杂，并且，与成人世界一样，充满着残酷的竞争。

1

刚闯进这个世界的时候，任冲昼睡夜哭，似乎要把整座飞龙县城从梦中吵醒。他的哭声嘹亮、持久，倾注着婴儿全部的生命能量，简直不计代价、不顾后果，以至于宋巧云常常担心他突然背过气去。为了避免过分惊扰邻居，宋巧云只有抱着他，在机械厂的篮球场上绕圈。但这并没有多大效果，任冲的哭声被寂静衬托得格外汹涌，漫过清冷的球场，飙进那些毫无防备的耳朵。

宋巧云想了许多办法来制止任冲的夜哭，包括请人用毛笔在九张红纸上写下同样的歌谣：“天皇皇，地皇皇，我家有个夜哭郎，过路君子念一遍，一觉睡到大天光。”然后四处张贴在过往人多的地方。

仿佛是在跟人们作对，任冲哭得更加起劲。

任建国烦躁起来时，说：“干脆把他扔到江里去算了。”

白了他一眼，宋巧云说：“你何解不干脆把我一起扔到江里去？”

嘿嘿笑了两声，任建国叼起一支“龙山”牌香烟。这种烟九分钱一包，没有过滤嘴。他眯着眼睛，吧嗒得有滋有味，刚才的一点火气全化作青烟飘散而去——毕竟，生了个带把的，是件值得高兴的事。

一边抱着任冲轻轻地摇，宋巧云一边说：“要找个保姆才行。我妈妈一开学，就没空过来帮我带人。我一个人带他真的是奈不何，现在站着都想睡觉。”

这事，反正不用任建国操心，所以他很爽利地说：“要得。”

保姆很快就请来了，五十来岁，住在城边上，因为她夫家姓刘，宋巧云就喊她刘家奶奶。头次看到刘家奶奶时，宋巧云认为这老人头发和衣服收拾得熨熨帖帖，言语动作都显得轻捷，应该是个做事利落的人，就有心请她。条件很快谈妥：一个月五块钱，包吃包住。这个价，只能算是中等，但刘家奶奶也没多说什么，收拾了几件衣服就跟了过来。她手脚果然麻利，而且肯做事，只要得空，连煮饭炒菜也包了。想着是自己崽有福气，才能够找到这样的好保姆，宋巧云心里既高兴又过意不去，主动把月工资涨了五毛，刘家奶奶也没怎么推辞。

过了个把月，宋巧云发现家里的米消耗得特别快。才买了六十斤倒进缸里，两个星期不到，就要见底了。任建国虽然一餐能吃三菜碗饭，但自己胃口小，加起来正好中和。任冲属于吃奶阶级，对米饭暂时还不屑一顾。刘家奶奶在饭桌上的表现也是中规中矩，并不见得如何威猛。宋巧云又把米缸检查了一遍——缸身完好无缺，缸口盖得严严实实，上面还压着块沉沉的磨刀石，足以让老鼠们望而兴叹。心中着实疑惑，宋巧云只有当着刘家奶奶的面，对任建国说：“这个月米吃得好快。”然后飞快地瞟了刘家奶奶一眼——她正抱着任冲，零零碎碎地哼着一段儿歌，神色泰然。

“现在屋里多了两张嘴，还不吃得快？”

懒得跟这个甩手掌柜多说，宋巧云白了他一眼，转身行进里屋去，拿起针线活来——凡是碰到解不开的烦心事，她就会找点家务活来做，借以摆脱那一团乱麻的纠缠——针脚细密，线路分明，慢慢地就让她觉得生活还是可以把握的。

过了两天，宋巧云从五金厂下班回来，路过隔壁陈红心的门口，看到她神色诡秘地向自己招手。等宋巧云进来后，陈红心飞快地把门关上，让宋巧云觉得她像个电影里的地下党员，而门外某处正埋伏着国民党特务。好在两人关系一向不错，宋巧云没有出言责问陈红心举止唐突，只是微微蹙起眉头看着她。

“我告诉你喽，我经常看到你那个保姆，等冲冲睡觉的时候，就挎着个黄布书包出去，包里总装着什么东西。今天又看到她行出去，我硬要搞清楚她到底做什么，就跟在她后面。你猜她做什么去了？她把你家的米偷到街上去换米酒喝，喝完了再回来。”

眉头蹙在了一起，宋巧云说：“真的想不到！真的想不到！”

“你不晓得这些保姆，人老成精，名堂比坪里的麻雀还多。要不是我今天跟踪她，你屋里的米起码要被她偷行一半去，你还要感谢她。”陈红心说完，嘻嘻地笑，颇为得意。

谢过她之后，宋巧云一脸冰霜跨进屋门。任冲正躺在床上，睡得很幸福。看着他红苹果般的脸蛋，她心中就涌出一股暖流，脸上的冰霜不知不觉就化掉了。将他的口水轻轻拭去，宋巧云才听到后面厨房传来的声响。把心硬了硬，宋巧云行进厨房。刘家奶奶正在弓着背切菜，看到宋巧云，她脸上涌出笑容，说："下班了？"

本想不应她，但宋巧云做不到，还是嗯了一声。

"你去坐，还有半个小时就搞好了。"话说完过了十秒钟，感觉宋巧云还没行，刘家奶奶侧过脸来，对她又奉献了一波笑容，才转过头去继续切菜。看到她这样，宋巧云一时都不晓得如何开口。这时听到有脚步声打在屋里的地面上，晓得是任建国回来了，她突然就把怨气转移到男人身上，心想："行得这么重干什么，不怕把崽吵醒？"眼前这个鞠躬切菜的刘家奶奶，倒显得不那么可恶了。宋巧云在瞬间做出决定，等任建国不在家时再论这个事。

吃过饭后，任建国去找工友打牌。等他迈出屋门后，宋巧云喊住在收拾碗筷的刘家奶奶，请她坐下，努力把声音降低："刘家奶奶，你要是喜欢喝酒，就告诉我，我干脆买些米酒来放到家里，随你喝。"

"我不喝酒的！我哪里喜欢喝酒？"刘家奶奶的口气硬得像把菜刀；脖子挺得笔直，青筋凸显；就差没鼓眼睛了。

没想到她是这种反应，宋巧云顿时语塞，心里一阵慌乱，似乎偷米的乃是自己。这时传来任冲响亮的哭声，宋巧云赶忙借机撤退。把乳头塞进任冲口里时，她沮丧至极，觉得自己像是电影里的国民党，被刘家奶奶这个坚强的共产党员打得溃不成军。她甚至不晓得等一下该怎么面对刘家奶奶，喂完奶后，干脆把任冲抱出去串门。

出生五个月了，任冲起初皱成一团的小脸已经舒展开来，眼睛大而有神，头发乌黑，皮肤白里透红，让厂里的女人们一见就心生欢喜，争着来抱，还要忍不住亲上两口。看到任冲这么受欢迎，宋巧云堵着的心窍一下就畅通起来。只是一想到等下还要回去面对那件事，她心里又阴了天，在外面多逛了一阵，才往家门口挪。

出乎宋巧云的意料，刘家奶奶并没有继续青着脸，而是言笑如常，并主动把任冲抱过去，似乎根本就没发生过什么事。松了口气，宋巧云几乎对她有些感激，又一次打消了把此事告诉任建国的念头，想着再看看刘家奶奶的表现再说。

似乎晓得宋巧云的心思，在接下来的半个月里，刘家奶奶有所收敛。虽然陈红心又看见她出去了两三回，但至少缸里的米矮得没有那么快了。宋巧云心想老人家嘴馋，只要她做得不太过分，为了任冲，忍忍也就算了。

少米的问题似乎就这样解决了，但宋巧云又发现了新情况：每次砍肉回来，上桌后碗里的肉似乎比买来时要少些。比如说砍了半斤，但炒出来后总感觉不到四两。如果是八两，那就会缩减成六两。但刘家奶奶辣椒放得特别多，虚虚地搅成一满碗，到底是不是真的少了，宋巧云又难以断定。任建国喜欢吃肉，往往三下两下就挑完了，还要数落宋巧云："要么就莫砍肉回来，要砍就砍多一些，又想吃肉又舍不得砍，真的是小里小气。"

宋巧云被说得脸通红，又不好和他吵，怕传出去被邻居笑话，只好把委屈往肚子里咽。此后她买了好菜回来，总是坚持自己下厨。但如果是中午买回来放在下午炒，刘家奶奶总会抢在她下班前把饭菜搞好，让宋巧云满腹狐疑又不便说什么。

这天宋巧云路过农贸市场，看到个老农民挑着一笼鸡在卖，嘴里吆喝着："卖土鸡哦，正宗的乡里土鸡！"

宋巧云上前鉴赏了一遍，果然腿细眼亮有筋骨，不是用饲料喂出来的货。想着明天是母亲的小生，正愁没什么好表示的，何不炖只土鸡给她送去。捆住脚拎回来后，宋巧云把鸡放到厨房角落里，特意叮嘱刘家奶奶不要动，等她明天来个红枣炖全鸡。刘家奶奶应得爽利。

第二天下午，宋巧云特意提前把账结了，赶回家里。进门就闻到股冲鼻的香气。往厨房一看，鸡已用红枣炖好温在鼎锅里，没少翅膀没少腿。刘家奶奶笑容满面地说："怕你赶不及，先替你炖好，回来只管送去。"

本想训她两句的，但伸手难打笑脸人，宋巧云只有把鸡捞出来，盛在只大海碗里，装在篮子中，上面盖两层报纸，提着行到娘家。宋母江萍正好教完书回来，见女儿炖了只土鸡前来孝敬，很是高兴。宋巧云挂念着任冲等下要吃奶，忙着赶回去，便催母亲先尝两口，看看口味如何。撕了块肉放在嘴里嚼了嚼，江萍疑惑地看了满怀期待的宋巧云一眼，说："云妹子，你这只鸡何解吃起来跟嚼木头渣子一样，没点味。"

宋巧云还不肯信，待尝了一块后，耳根就烧起来。她又试了口汤，也是寡淡，非但没什么鸡肉味，连红枣味也在若有若无之间。咬着嘴唇想了想，宋巧云骂了句：“那个剁脑壳的！”

江萍忙问是怎么回事。宋巧云便说肯定是刘家奶奶把鸡炖了好几遍，营养全跑到汤里去了，汤就跑到她肚子里去了，又把少米的事说了一遍。

江萍拍着桌子说：“这还得了，你也是心太软了，跟个糯米团子一样。”

“我主要是看她做事还行，忍一忍也就算了，没想她这么过分。”

“这种人，你退得一寸，她就进得一尺。赶快辞了，能干婆到处都是，你还怕找不到个好保姆？我现在就跟你一起去，先骂她一顿饱的再讲。”

“今天你过生，快莫去骂人了。我一回去就跟她论这事。”

“那你一定要辞了她啊，莫到时又拉不下脸。在这种人面前，你是做不得观音菩萨的。”

宋巧云憋着一肚子气回到家里，进门就问：“刘家奶奶，那只鸡你到底是何解炖的？”

刘家奶奶眨着眼睛说：“就是那样炖的，何解喽？”

“你是不是炖了好几遍，把好汤都喝了？”

“你何解这样讲喽？我一个老人家，替你带人做饭，累死累活，还得不到你一句好话。”刘家奶奶说着，居然流下了伤心的泪水。

宋巧云又好气又好笑，竟寻不出什么话来应对，只好恨自己没能继承妈妈那副刀子嘴。幸好任建国回来了，宋巧云这次毫不犹豫，把男人拉到里屋，嘀咕了一阵。出来后任建国就甩了两块五毛钱给刘家奶奶，告诉她这是半个月的工钱，要她马上行人。

一屁股坐在地上，刘家奶奶说："我带人带得上好，你们要赶我行干什么？我一个老人家，吃得你们多少？"

"你行不行？不行我就把你的东西全丢出去。"

刘家奶奶爬了起来，嘴里咕囔着，进里屋把东西收拾好，出来后对宋巧云说："那还要打发五毛行路钱。"

任建国鼓起眼睛说："我打发你一巴掌。"

宋巧云也硬着心不理她。刘家奶奶只有一路恨声不绝地去了。

这时任冲睁开眼睛，发了一阵蒙，就咧开嘴痛快地哭起来。宋巧云抱着他，叹了口气："崽啊，你真的是磨人，妈妈为你受了好多气在这里呢！"

任建国把张大脸凑过去，遮住任冲的目光，说："再哭，再哭把你也赶出去。"

看着这张迎面压下的大脸，任冲愣了两秒钟，号得更加响亮。任建国无可奈何，只有咧嘴一笑，做了个鬼脸。任冲一点都不买账，依然大哭不止，直到宋巧云把奶头塞进他嘴里。

喂完奶后，宋巧云还要做晚餐，崽就塞给任建国带。等她把饭菜端上桌，却不见了父子俩的踪影。出门一找，任建国正在加工车间主任赵伟家打牌，任冲则被移交到了赵伟老婆吴铁梅怀里。任冲不认生，只要吃饱喝足，哪个都能带他。见崽被吴铁梅逗得眉开眼笑，宋巧云心里居然冒出几分妒忌，但又不便马上抱他过来，只站在边上说："这下笑得好，一到夜里就哭个不歇气，硬是拿着没办法。”

吴铁梅说：“刚生出来的小孩有三只眼，夜里看得见不干净的东西，被吓得哭。等到大一些就好了。”

“你这么讲，我夜里就不敢抱他出去了。”

“那不要紧，大人火焰高，那些东西不敢近身。我半夜三更还一个人行过几里路呢。”

“你的气旺，我们比不得。”

吴铁梅不禁微微一笑，宋巧云趁机把任冲抱了回来。任建国刚好打完一盘，大概肚子饿了，主动收工站起来。宋巧云不去理他，对吴铁梅说：“你福气好，有婆婆帮你做饭做菜。我又要带人又要做饭菜，哪天累死了还不晓得。”

任建国装作没听到，先行了出去。

在餐桌上，两人又议了一回请保姆的事，却没什么头绪。任建国叹息着说：“要是我妈妈还在，根本就不用愁。”

觉得他在说废话，宋巧云没作声。这天夜里，她抱着任冲在篮球场上转，总觉得球场四周有什么东西飘来闪去，背上直冒寒气，不禁有些怨恨吴铁梅说些那样的话。但这是在自己屋门口，要是不敢行，那就会成为笑柄。宋巧云到底还是坚持了下来，这时任冲蓬勃的哭声倒给了她很大的安慰。

第二天，江萍上门来查证宋巧云把刘家奶奶赶跑了没有，并包揽了请保姆的事。过了两天，她就把保姆请到手，乃是前进街上的张家奶奶。带的形式和上次不同：早上把任冲送到她家，下午再接回来，每个月十三块钱。觉得张家奶奶看上去有点粗手笨脚，宋巧云担心她带人不细致。当她把这忧虑悄悄摆出来时，江萍却把眼睛一瞪："到底是你看人准还是我看人准？"

宋巧云顿时被噎得无话可说，心想："呆板就呆板，只要人老实就行。"

事实证明江萍法眼无差，任冲在张家奶奶家中活得很滋润，气色喜人。尽管他满地乱爬，把衣服弄得跟地面颜色一致，而且抓着东西就摔，张家一屋人还是不可遏制地喜欢这个虎头虎脑的娃娃。每天早上，张家奶奶都要在门口张望。如果来得迟了点，张家奶奶就更是坐不住，甚至要行到机械厂去看任冲是不是哪里病了。本来说好只管中餐的，渐渐却变成张家奶奶每天下午都给任冲熬米粑粑吃。宋巧云要加钱，张家奶奶不肯，说："冲冲跟我的孙子一样亲，我多喂他餐把饭有什么要紧？"

没办法，宋巧云只有买些红糖桂圆表示感谢。礼物倒是收下了，只是大部分又进了任冲的肚子。想起以前刘家奶奶的那些表现，宋巧云只有感叹人跟人之间差别太大，同时深深折服于母亲的慧眼识保姆。

满了一岁后，任冲就不再夜哭，而且能够行路了。虽然是摇摇摆摆，但步子飞快。经常是张家奶奶才转过背，他就飙到门外去了。任冲桩子不稳，又行得急，被什么东西绊着了，总要摔上一跤，但他不哭，爬起来又继续冲。行完一条街，任冲起码要摔上两次，却依然劲头十足，小脑壳晃来转去，哪里热闹他就往哪里奔。如果看到张家奶奶追过来，他还要作势飞跑，又掌握不好重心，结果自然是摔在地上，摔得张家奶奶心里疼下狠的。

这样搞了几次后，张家奶奶追任冲绝不敢行重了，总是蹑手蹑脚，像只老猫一样无声无息地跟上去。但任冲似乎有第六感，往往没等张家奶奶靠近，他就会来个猛回头，然后加速前进，手臂大甩了几次后，照例是跟青石板路亲了次嘴。到后来张家奶奶不敢上前，只在后面一声声地哀求："冲冲，行慢点，莫摔倒了！"

任冲根本不听。

他是刚能站起来就硬要行，等到学会行路了又不规规矩矩行，总喜欢跑，所以在一岁到两岁半之间，跌了无数次跤，却又从没有摔伤过。等到同龄小孩刚能把桩子行稳，任冲就可以满街飞跑。仗着身负绝技，一看到年纪差不多的小孩行出门来，任冲就会上前去打别人一下，然后跑至两米开外的地方立定，笑嘻嘻地看着对方，说："你来追我喽。"对方追不上，任冲还会回过头来给他打气："你跑快点喽，我等你来追。"

就这样，任冲结下了不少仇家。再过一年，这些小孩都能满地飞跑而且脚下生根了，见到他就想复仇。一看到有人主动要跟自己打架，任冲顿时精神陡长，比那个前来挑衅的打得还猛些。一顿乱舞下来，往往是复仇的被结仇的打得哇哇大哭，鼻涕眼泪都迸了出来。对方家的大人闻声而来，责问任冲何解又欺负人。任冲双手叉腰，昂着小脑壳，怒气冲冲地说："是他先来打我的！"

大人们往往被噎得无话可说，只有把自家小孩拖回去。任冲得胜归屋，总爱向张家人描绘一番打架的过程，说到兴起处，还要在屋子里蹿来蹦去，重温自己的种种搏斗英姿。除了张家奶奶摇头苦笑外，其他人都会狠狠地表扬他，让任冲斗志更加昂扬。

这天吃过午饭，张家奶奶靠在竹躺椅上摇蒲扇，摇着摇着蒲扇就掉下来了。见她睡着，任冲迅速溜出门外。八月正午的阳光有金属的质感，打在青石板上，溅起一片炽热的光。大人们全在午休。那些喜欢四处惹是生非的小青年也都被阳光困在屋内，赤着上身打牌或者睡觉。只有小孩们无所畏惧，依然在街上放肆嗨嗨。

四五岁的小孩蹲在地上弹玻璃球，或者把两张纸折成方块，号作“啪啪”，轮流来扇，谁用自己的“啪啪”扇翻了对方的“啪啪”，就算赢。这样的游戏，任冲还没资格参与，他嗨的是纸飞机。飞机被他折得歪歪扭扭，在空中拐两下就会落下来。但他嗨得起劲，从前进街的这头飞到那头，中途飞机迫降了好多次。等他折回来的时候，就看到同街的小孩陈勇、苏建、钱兵横在路中，眼睛一个个都瞪得溜圆，陈勇手里还握着根木条。本可掉头跑掉，这三位谁也追他不上的，但任冲没起这个念头，上前两步，眼睛瞪得比对方更圆，喝道：“你们想做什么喽？”

“你讲做什么喽？”

看到陈勇挥舞着木条，任冲说：“你们还来真的？”就从路边捡起块石头，托着过肩，对准陈勇，摆出随时会掷出的架势。

陈勇立刻就不舞了，说：“我们就用手打。”

“那你把棍棍丢了。”

陈勇立刻把木条丢在一边，任冲也抛下石头。站了半分钟后，见对方没有动静，任冲说：“你们到底哪个先来喽？”

陈勇、苏建、钱兵你看看我，我看看你，最后陈勇说：“我们三个一起打你。”

“你们丑不丑喽？”

“一个打一个，我们打你不赢。”

“那要得喽，你们来喽，我还怕你们？”

三个小孩又交换了一阵眼神，最后各自发出一声呐喊。喊声才落，任冲就飙了上来，一把推倒陈勇，又跟苏建扭成一团，把他压在地上。钱兵使劲想把任冲从苏建身上推开，却被任冲反踢了一脚，正中小鸡鸡，顿时疼得大哭。陈勇这时爬了起来，扑在任冲身上，三个人缠作一团，在地上滚来滚去，撞在街边屋脚的台阶上，才松了手。满身尘土地站起来后，任冲还想打，苏建却指着他甩下一句：“你等着喽！”便先行撤退。

陈勇也一声不吭地行了。

任冲把目光戳向钱兵。这小子捂着裤裆开衩处，眼泪汪汪地表白：“我本来不想打的，是他们硬要拖起我来的。”

任冲行上前去，拍着钱兵的肩膀说：“你以后莫跟他们嗨，跟我嗨，我保证你不得吃亏。”

吸了吸流出来的鼻涕，钱兵用力点点头。

第二天上午，任冲才被送到前进街，就跑到钱兵家门口大叫。钱兵应声而出，还从口袋里掏出水果糖请任冲吃。这种小方块硬糖，一分钱一颗；呈半透明的金黄色；清甜，带点水果味。任冲把水果糖吮得滋滋作响，晃着肩膀行在街中心。钱兵跟在后面，也努力把水果糖吮出声音。苏建看到他俩行在一起，眼睛睁得溜圆，连忙跑到陈勇家里报告这一惊人事件。陈勇连豆腐脑也不喝了，飙到门外，远远地对着两人的背影大喊：“钱兵，叛徒！钱兵，叛徒！”

苏建也跳出来，跟着喊：“钱兵，叛徒！钱兵，叛徒！”

喊了两下，他们就闭上了嘴，看着任冲转过身，晃着肩膀向这边行来。钱兵开始没动，但任冲回头跟他说了句什么，他也跟了上来。陈勇的第一反应是想跳回屋里，把门关上，但转头看到屋里有大人在，胆气顿时壮了不少。苏建立在他身后，一只脚站在门槛外，一只脚站在门槛里。

任冲在三尺开外站住，把糖吐出来，用手兜住，昂着头说：“昨天你们把钱兵一个人丢下，自己跑了，还骂别人是叛徒，你们到底怕不怕丑？”

陈勇和苏建你看看我，我看看你。哑了一阵后，陈勇说：“我们以为他先跑了。”

钱兵从任冲背后跳出来，大声说：“我明明还在那里，你们又不来救我，自己跑得飞快。”

“反正你是叛徒。”

任冲伸手指着陈勇说：“你们真的是死了脸，我不想跟你们讲话。”然后把糖又塞进口里继续吮，带着钱兵行开了。

看着他俩的背影，陈勇和苏建都是木木的。过了一会，陈勇说：“就是你，要不是你先跑了，我们还可以打赢他的。”

“你自己打不赢任冲，还来怪我，你怕不怕丑？”

“这是我屋里，你站在这里做什么？”

苏建跨出来，把屁股扭了两下，说：“我现在不是站在你屋里，你奈得我何吗？”

“你行开！”

“我又没站在你屋里。”

“你站在我屋门口。”

苏建又行远了两步，继续扭着屁股说：“这下你管我不到了。”

陈勇上前推了他一把，苏建立刻去抓他的脸，两人顿时扭作一团。还是陈勇的爷爷见状奔出来，才把这两位小豪杰分开。苏建被陈勇多打了两下，含恨而去。经过张家奶奶门口时，任冲和钱兵正追着小鸡嗨，苏建站在旁边看了一会，见没人搭理自己，就行回屋去。过了一会，他拿着包粒粒糖——这种小糖丸子大部分是白色，少数红色的夹杂其间，显得格外打眼——又行过来，边吃边看任冲他们嗨。等看到任冲瞟了下他手中的粒粒糖时，苏建连忙递过去，说：“吃糖吗？”

任冲和钱兵都是一脸疑惑地看着他，不作声。

“我不跟陈勇嗨了。”

“真的？”

“骗你们的是小狗。”

看看苏建的表情，又看着他手中的糖，任冲说：“那我要吃彩色的。”

“要得，彩色的全部归你。”

任冲接过糖，把红色粒粒糖挑出来，给了钱兵两颗，又倒了些白色的在他手里，才把袋子还给苏建。苏建跟他俩站成一排，心满意足地吃着剩下的粒粒糖。舍不得一下把糖吃光，他们都是把一粒吮化了才放另一粒进嘴，所以即使是一包粒粒糖三个人分，也能吃上半天。见任冲结交了两个小伙伴，张家奶奶很是高兴——她认为能和人才会有出息——特意又拿出爆米花来招待他们。见他们不敢多拿，任冲一个劲地往他们的抱肚口袋里塞。张家奶奶笑得合不拢嘴，说："我们家冲冲大方，要得。"

任冲得到表扬，更是恨不得把爆米花塞到两位小弟的嘴里去。

接下来几天，任冲跟苏建和钱兵嗨得热火朝天，还故意在陈勇家门口溜来溜去，大声吆喝。开始陈勇还颇有骨气，冷眼对之，过了两天就撑不住了，在家里哭闹。陈勇爷爷没办法，只好过来跟张家奶奶打商量。开怀大笑一阵后，张家奶奶把任冲喊来，说："冲冲，勇勇想跟你和好，要得吗？"

瞟了陈家爷爷一眼，任冲摇摇头，说："他以前喊钱兵和苏建来打我。"

"那你何解又跟兵兵和建建和好了？"

"是他们自己来找我，要跟我和好，还请我吃东西。"

"那要勇勇来找你，请你吃东西，你就跟他和好，要得吗？"

任冲不吭声。

"你是男子汉，胸怀要宽广，莫老是记仇。"

虽然不明白什么叫胸怀要宽广，但任冲还是马上点点头，因为他要当男子汉。

陈勇被他爷爷拖过来的时候，眼睛盯着地面。他手里拿着把辣椒糖，像团火一样吸引着任冲他们的目光。拍了一下他的脑壳，陈勇爷爷说："勇勇，你不是说要请冲冲他们吃糖，何解不给他们喽？"

脸上飞红，陈勇伸出手去，眼睛还是看着地下。任冲咽了下口水，瞪大眼睛，不接他的。陈勇爷爷笑呵呵地把糖拿过去，每人分发一个，然后摸着任冲的脑壳说：“你们以后都是好朋友，要互相帮助，晓得吗？”

看着手中的辣椒糖，又被大人厚实的手摸着后脑勺，任冲不由自主地说：“晓得。”

等陈勇爷爷转过背，任冲高喊了一声：“冲啊！”把辣椒糖往嘴里一塞，往街头跑去。钱兵、苏建叼着辣椒糖紧随其后。陈勇木了几秒钟，也跟了上去，比钱兵、苏建还跑得快些。跑到街道尽头，拐个弯，是一道缓坡，长约五十米。上了坡顶，旁边有个砖垛。任冲搬了块砖放在地上，又搬了块并排放好，然后一屁股坐下。其他三个马上学他的样，各自移了两块砖当板凳。四人挨在一起，把辣椒糖吮得吧嗒吧嗒响，时不时还要拿出来看一下，比比各自的糖变小了多少。那个糖最小的就会含住不吮，等大家吮上一会，才继续吧嗒。足足过了二十分钟，小小的辣椒糖才被他们吧嗒成一根小木棍。任冲又咂了一会舌头的甜味，喊了声：“冲啊！”便往坡下跑去。其他三人马上起身，争先恐后，结果到了坡底，还是陈勇跑得比钱兵、苏建快。任冲说：“你跑得很快！”

陈勇咧嘴一笑，神色自然了许多。

任冲在前进街收服三个小弟的时候，宋巧云的肚子正膨胀得厉害，如同在怀里藏了个大西瓜，眼看过得两个月就要生了。张家奶奶便主动提出任冲晚上也在自己这睡，一个星期回家一次。起初还担心任冲不愿意，但他应得飞快，倒让宋巧云觉得有些怅然，说：“干脆把你送给张奶奶当孙子算了，要得吗？”

“要得。”

张家奶奶在一边笑得像个菩萨。宋巧云提出再加五块钱，她连连摆手，说：“要不得，要不得。”又表白自己有两个崽吃国家粮，屋里有得吃有得穿，比过去强远了。宋巧云只好要任建国通过关系买了些高档酥糖送过去表示谢意。这些酥糖，张家奶奶都关在一个大铁皮盒子里，声明除了任冲外，哪个都不能动。

拥有了一盒以彩色塑料纸包裹的高档糖，任冲骤然大阔，行路的姿势更加雄壮。这些高档糖，他也肯拿出来给伙伴们分享，并宣称是爸爸从北京天安门买回来的。钱兵他们遂相信天安门上有很多卖糖果的，连毛主席也在那里买糖吃。

这天任冲正站在屋门口用张半透明的塑料糖纸蒙着眼睛看太阳，钱兵飞跑过来，向他报告苏建被孙朋朋屋里的公鸡啄了一下。任冲连忙前往探望。苏建眼泪汪汪，手背上被啄了个小口子，正被大人训斥。

“我只逗它一下，它就来啄我。”

“你不去逗它，它得来啄你？等下把你眼睛都啄瞎。”

任冲瞪大眼睛，看了一会苏建惨兮兮的样子，就跑出来，把钱兵和陈勇召集到坡上砖垛旁，说：“那只公鸡是很恶，我们要为苏建报仇。”

陈勇立刻响应。

钱兵说：“就怕孙朋朋在屋里，看见了肯定要出来打我们。”

想到孙朋朋比自己大两岁，任冲也有些畏火，说：“那就等他不在屋里的时候再去。”

商议已定，三人就去准备武器。任冲从张家奶奶床下找到一截硬铁丝，陈勇仍是那根木条，钱兵则用根缝纫线系了张纸牌，准备挥舞着当流星锤用。任冲也没有质疑钱兵的武器是否有用，派他先去侦察。待探得孙朋朋并不在家时，任冲一马当先，手持铁丝，直奔孙家屋门口。

那只大公鸡正在一群母鸡和小鸡的簇拥下昂首阔步。这家伙冠红如血，黄羽乌翎，长得高大英武，可谓鸡中美男。看到任冲一伙逼近，其他鸡均纷纷后退，唯独这大公鸡站着不动，脖子上的毛全耸了起来。觉得它的目光很慑人，任冲犹豫了一下，挥手喊了声：“杀啊！”就握着铁丝抽过去。

公鸡腾空而起，竟跳得比任冲还高，扑了下来。没想到鸡比大人还厉害得多，任冲手有点发软，连忙跳到一边。那鸡扑了个空，刚落地，陈勇就用木条打在它背上，却像是在给它搔痒。那鸡侧过身来，伸嘴如钩，快如闪电，在陈勇手背上结结实实啄了一下。陈勇大喊一声哎哟，木条落地，捂着手跑开了。

见他落败，任冲咬咬牙，鼓足勇气，低头冲过去，用铁丝猛戳了一下，正好戳在公鸡屁股上。公鸡发出一声哀鸣，往前直奔。见任冲得胜，钱兵立刻神气起来，挥舞着他的纸牌，迎头阻击。那纸牌太轻，在空中飘飘忽忽，姿势倒是很优美。可惜公鸡并不能领会他武器的独特神妙，没有被吓得伏地求饶，而是伸长脖子，眼看就要啄过来。钱兵转身就跑。公鸡竟盯上了他，一路追赶。总觉得它的铁钩嘴就快挨着自己屁股了，钱兵越跑越没有信心，脚一软，干脆在地上边哭边打起滚来。公鸡倒愕然起来，竟不知从何处下嘴，最后仰天喔喔叫了两声，得胜鸣金而返。在半途碰到任冲，它脖子上的毛又耸了起来，但没有主动进攻，只是满眼警惕地盯着他。任冲手持铁丝对着它，也是一脸戒备，从边上慢慢地绕。待到终于绕过去，任冲和公鸡都松了口气，各自行开。

觉得没能战胜公鸡，任冲颇为沮丧，也不去管钱兵，径直回到张家奶奶屋里，闭门不出长达一个下午。直到傍晚吃完饭，他才搬只小板凳坐在门口，剥开一颗糖慢慢地吮。他的出现就像个集合信号，苏建、陈勇陆续被吸了过来，最后连钱兵也毫不害羞地行过来。任冲发给陈勇、苏建每人一颗糖，然后骂钱兵："你真的是个草包，不给你吃。"

钱兵缩在一边，没有提出抗议。苏建主动提出明天买粒粒糖请任冲和陈勇吃，然后对钱兵说："不给你吃。"

钱兵不甘心，说："我也去打了。我还做过侦察。"

苏建看着任冲，任冲说："你给他吃算了，他去还是去了。"苏建点点头。钱兵立刻高兴起来。

陈勇提出明天去请他表哥来，把那只鸡打一顿饱的。

任冲问："你哥哥好大了？"

"六岁多了。"

"那肯定打得赢。"

第二天上午，陈勇去红旗街把他表哥邓波喊来。邓波脸晒得很黑，穿着件烂了个洞的海魂衫，手里提着把发射石头的弹弓。他用的是带棱的青石子，弓弦又是用橡皮管做的，力道很足，打得公鸡羽毛飞溅，惨叫连连，鸡群更是一阵大乱。任冲他们都是眉眼生花，邓波也很得意，拉开弹弓又要开打，不防孙朋朋从屋子里跑出来，喝道：“你想死了？打我屋里的鸡做什么？”

看到孙朋朋个头比自己矮，邓波并不害怕，傲然说：“哪个叫你屋里的鸡啄我老弟。”

“你老弟是哪个？”

邓波指了指陈勇。孙朋朋剜了他一眼，说：“要得嘍，你等着嘍。”然后逼近邓波。

俯视着他，邓波问：“你好大？”

“我五岁多。”

“我六岁多。”

孙朋朋马上停下脚步。见他胆怯，邓波上前推了他一下，说：“你要是想打架就跟我打，莫欺负这些小孩子。”

孙朋朋眼睛迸出怒火，却不敢动，只是甩出句狠话：“你等着嘍。”

“要得。”邓波轻蔑地看了他一眼，在任冲他们的簇拥下胜利撤退。看到邓波如此威风，任冲极其羡慕，只想快点长到六岁，那时就可以提着弹弓到处称雄。然而时间过得如此之慢，任冲要长到六岁，感觉好像要等一百年那么长。

2

在广大女职工女家属的强烈呼吁下，机械厂终于成立了自己的幼儿园。宋巧云怕任冲跟街上的那些小孩学野了，再说老不在身边，会跟自己不亲，便决定把他送进幼儿园。任冲被任建国接回去的时候，还不晓得自己将与前进街的幸福生活作别。张家奶奶靠在门边，眼泪汪汪地看着任冲远去。任冲回头挥动着手，说：“张奶奶莫哭，我明天还要来的。”

听得这话，张家奶奶眼泪便如断线珠子一样落下来，被家人劝了好一阵才止住。

到第二天，任冲听说不去张家奶奶那里，得上幼儿园了，立刻大喊大叫，最后赖在地上，怎么劝怎么骂就是不肯起来。任建国干脆一把抱起，扛在肩膀上，任他小腿乱蹬，放声大号，径直冲到幼儿园，塞了进去。其他小孩的情况也差不多。所以开学这天，幼儿园的朱玲和郭芳两位老师是把门闩起来上课的。还好过了两天，所有的小孩吃完早餐，都主动往幼儿园奔。因为这么多小孩混在一起，实在太好嗨了。

机械厂幼儿园的情况是这样的：朱玲是厂长朱斌的妹妹，郭芳是财务股长戴东风的老婆。都没有学过幼师专业，好在都有高中毕业文凭，在厂里的广大女家属们面前可称作知识分子。厂里还特意派她俩到县幼儿园观摩学习了半个月，因此也可以算是专业人才。这里没有大班中班小班之分，从两岁半到六岁不等，十几个小孩济济一堂，同窗共嗨。其中三岁到四岁之间的小孩占了一半。幼儿园除了一间大教室，一间休息室外，就是一个院子。院中连跷跷板都没有，但小孩们一下课就往这里奔。

女孩子不管大小，都聚在一起，由五岁的罗佳带头，丢手绢、踢田、跳橡皮筋。男孩子则打“啪啪”，拍烟壳纸，弹玻璃球。

任冲已经爱上这些游戏了，但他的游戏资本积累还不太充足，很容易就输得精光。更多时候是在折纸飞机，用发射纸弹的弹弓开仗，或者蹲在墙角嗨蚂蚁。

通常小孩子嗨蚂蚁的方式如下：吐口唾沫，看着蚂蚁在人造水塘中挣扎，等唾沫干了，那蚂蚁奔出几步，便又吐一口；或者是往蚂蚁洞里面灌水，等这些家伙慌慌张张爬出来，就用脚去踩。任冲则别出心裁，把只大黑蚂蚁和几只红蚂蚁放在透明的空药水瓶里，让它们打架。看到大黑蚂蚁一口把红蚂蚁的脑壳咬下来，他就一阵兴奋。如果那只大黑蚂蚁格外凶猛，把红蚂蚁们全部咬死，而自己不过是伤残，任冲就会继续往里面放红蚂蚁，直到黑蚂蚁光荣牺牲。如果还有活着的红蚂蚁，任冲又会放进黑蚂蚁。这样轮回厮杀，可以从天亮嗨到天黑。

除了蚂蚁外，另一种任冲常嗨的小昆虫就是蚱蜢。幼儿园外面有一大片空地，几个角落里长满杂草。任冲经常趁下课的时候溜出去，捉只蚱蜢装在瓶里，还摘几片青草放在里面。庭院里除了墙角见土外，大部分都冻了水泥，任冲可以放心大胆地放它出来在地上蹦跶。等蚱蜢蹦出几尺远了，又不太放心，跳过去用手掌捂住。那蚱蜢猛然眼前一黑，自然是吓得乱蹦。被它弹着手心，任冲觉得痒痒的，很舒服。等感觉蚱蜢不跳了，任冲又把手放开，让它重见天日。那蚱蜢力乏眼花，伏在地上好一阵，才重新跳远，只想快点逃出这个危险之地。但才挣扎了两下，又被任冲捂住。这样折腾了几次，该蚱蜢便具有了深刻的绝望感。如果它能重返草丛，一定不会像往常那样整日沉迷于浅薄的快乐中，而会成为蚱蜢世界里一名忧郁的哲学家。可是落入任冲之手，生还的可能性极小。

任冲还有更绝的一招，就是往瓶里灌水，欣赏蚱蜢在水中蹬腿上冲的优美身姿。等蚱蜢眼看不行的时候，他就会伸条草根进去。该蚱蜢承蒙搭救，浑身湿淋淋地匍匐在地上。好容易等到元气稍稍恢复，能够爬动的时候，又被任冲丢进水里。如是几次，最后连垂死挣扎的力气都没有了，掉进水里只是微微动两下。任冲也不再搭救，看着它淹死，在水中半沉半浮，然后连水一起倒在蚂蚁洞上，在给蚂蚁制造洪灾的同时又提供它们灾后重建家园的食物来源。

偶尔也有蚱蜢能全身而去，这是因为任冲上课的时候故意放它出来，制造混乱。每当有这样的想法，他就会捉好几只蚱蜢装进瓶里，瞅着老师不注意，就一齐倒出来。如果有女孩因此尖叫，任冲就会捂着肚子偷偷地笑。

这天郭芳正在教小朋友们看图识字，任冲准备等她侧过身去的时候，把蚱蜢放出来。突然郭芳就停了下来，目光投向教室大门口，问："你们找哪个？"

所有的小朋友都随着她的目光望向大门口。门被推开了一半，有三个小孩站在那里，瞪大眼睛打量着教室，似乎没有听到郭芳的问话。她又问了一遍，为首的小孩才吸着鼻涕说："找任冲。"

"找他有什么事？"

"找他嗨。"

"现在是上课时间，你们去外面等。"

三个小孩一齐点点头，很听话地撤退了。

任冲听到旁边有两个女孩在小声议论：

“这几个人好邋遢。”

“是的，有个人身上的衣服还烂了几个洞，亏他还穿得出来。”

“任冲何解认识这样的人？”

“不晓得。”

脸上烧得厉害，任冲盯着桌面，不敢看人，更别说放蚱蜢出来制造骚动了。好容易挨到下课，他刚站起身来，郭芳就行过来，问：“他们是哪里的？”

“街上的。”

“你少跟街上的小孩嗨，等下就要他们回去，听到吗？”

“听到了。”

陈勇、苏建和钱兵见任冲行下台阶，一拥而上，围住他大叫：“你何解不跟我们讲一声就行了，害得我们到处找你。”

“是我爸爸把我托起行的，我也不晓得是要送我上幼儿园。”

“你们幼儿园蛮高级。”

“那肯定。”

“有蛮多玩具吧？”

“蛮多。”

“那拿两个给我们嗨一下喽。”

“你们又不是幼儿园的，老师肯定不准。”

陈勇他们突然不晓得该说什么了。任冲感到有目光在盯他的背，一回头，就看到郭芳正站在门口，表情严肃地注视着他们。

几个小孩簇拥在她身边，神情警惕，像是在看特务。脸又烧了起来，任冲压低声音说："我还要上课，你们先回去，我有空再去找你们。"

苏建说："你们厂里有很多铁丝，到时带些给我们做弹弓。"

"要得。"

陈勇他们目送任冲行进园内，却不防郭芳把门重重地关上，顿时被震成了三块木头竖在原地。

过了好一会，钱兵小声说："这个老师蛮恶。"

苏建说："她怕是看不起我们。我爸爸说，单位里的人，看不起街上的。"

钱兵说："那任冲也是单位里的。"

陈勇说："任冲明明是街上长大的，跟我们一样。"

苏建说："他现在是单位里的，只怕不会跟我们嗨了。"

陈勇和钱兵齐声说："那不会。"

苏建不再吭声。三人闷闷地行远了。

任冲进了幼儿园，郭芳又再次叮嘱他不要跟街上的小孩来往。老师的话，任冲一向认为是对的，所以很顺从地点点头。但回到座位上后，他悟了一阵，最后冒出个这样的念头："街上的人都很好，何解不能跟他们嗨呢？"这个念头起初只是一抹小小的芽，到后来竟然蓬勃生长起来，挤满了他的小脑壳。郭芳站在前面教儿歌，任冲的嘴巴竟没动过一下。

回到家中，任冲问任建国："爸爸，是不是单位里的人，就不准跟街上的人嗨？"

"你听哪个讲的？"

“是郭老师讲的。”

“老师讲的，你就要听。”

“那张家奶奶是街上的人，你们还把我送到她那里去？”

任建国一时语塞。宋巧云抱着还不到半岁的小崽安安，坐在椅子上对任冲说：“郭老师是叫你不要跟街上的小孩子嗨。”

“那我在张家奶奶屋里，天天都跟他们嗨，嗨得好味。”

“现在你读幼儿园了，就跟幼儿园的小朋友嗨，晓得吗？”

哦了一声，任冲还是不太明白。但妈妈说的话，他是不敢质疑的。正好任安看着任冲笑了一下，任冲立刻指着他大叫：“老弟会笑了。”

“他早就会笑了。”

“不是的，这是他头次笑，是我先看见的。”

宋巧云笑了一下，懒得跟这个喜欢说霸蛮话的小家伙争。见妈妈认可了自己的发现权，任冲很兴奋，嚷着要抱老弟。宋巧云坚决不肯，说他抱不起。任冲立刻跳起一尺高，叫道：“我抱得起的！我抱得起的！”

见宋巧云不信，他把条长凳从桌子边拖到门口，然后说：“妈妈，我力气蛮大。”

“就你这点力气，抱不起。等你可以把凳子举起来了，我就让你抱老弟。”

任冲立刻去举长凳。饶是他眼睛瞪得老大，脸憋得通红，却还是只能把凳子抬得离地半寸两秒钟。但他毫不甘心，最后居然用头把凳子顶了起来，大叫：“妈妈，我举起来了。”

“你快放下，等下你会变个扁脑壳。”

任冲的头正被凳面磨得生痛，听得此言，连忙蹲下，钻了出来。

任建国在一边笑骂道：“这个蠢宝，硬是霸蛮。”

“就是像你。”宋巧云白了他一眼，然后低下头去看小崽，喜滋滋地说，“安安像我多一些。”

任冲大声说：“我也像妈妈。”

宋巧云说：“那你要听话，莫吵，才会像妈妈。”

任冲认真地点点头，但才过了两分钟，他又满屋子蹦开了。等到蹦累了的时候，他站在旁边看任安吃奶，突然问：“妈妈，你是何解生我们的？”

“你呀，是妈妈捡回来的。”

“那老弟呢？”

“也是捡的。”

“在哪里捡的？”

“就在大桥底下捡的。”

任冲不作声了，搬只小板凳在门口坐下，双手捧着脸，肘部抵在大腿上，对着前面的梧桐树发了很久的呆。

第二天，任建国送任冲上幼儿园。行到长坡的时候，他说：“爸爸，你去上班，我自己会行。”

看了看表，任建国说：“莫到塘边去嗨水。”

任冲很响亮地说：“我晓得。”然后往连着长坡的横路上行。任建国转身往坡上的生产区行去。假如他在进了生产区再转身看看的话，就会发现任冲又从横路上退回来，往坡下行去。这条坡有三百多米长，两端连着生产区大门和工厂大门。生产区设了传达室，工厂的大门却无人把守。任冲却生怕被人拦住，左瞧右看，还不时回头望望，似乎爸爸就跟在后面。职工家属沈荷花提着个篮子，从外头买菜回来，看见任冲，便问："冲冲，你还不去上幼儿园，站在这里做什么？"

不晓得该怎么回答，任冲只是瞪大眼睛看着她。看他样子傻傻的又很可爱，沈荷花笑着摇摇头，从他身边行过去。任冲赶紧往前溜。大桥那地方，嗨过几次的，都是张家奶奶的小崽张治军带他去的。所以任冲必须先到前进街，才能记起怎么行。当他的身影出现在前进街时，张家奶奶正好坐在门口看街。老人眼睛清亮，远远地就看见了任冲，身子马上直了起来，喊着他的名字。等任冲急火火地奔过来，张家奶奶把他揽进怀里，先看看他瘦了没有，气色如何，然后喜滋滋地对从屋里行出来的张治军说："你看冲冲好懂事，晓得来看我。"

看到这个小调皮，张治军浑身就来劲，双手插进他腋下，把他举过头顶，又轻轻放下，连举了十次，让任冲过足了瘾。

这时陈勇他们已闻声而至，用饱含期待的目光望着他。

苏建问："你帮我们带了铁丝来吗？"

"忘记了。下次再带。"

"你怕是哄我们。"

"骗你们是只小狗。"

见三人的脸上又开始焕发光彩，任冲说："行，到大桥嗨去。"

张家奶奶忙说："快莫去，等下掉到水里，要被水鬼拖了去的。"

“我又不得到水里去，我就在桥上嗨。”

“那要军军带你们去。”

张治军跟他两个参加工作的哥哥性格大不一样，初中毕业后就不肯读书了，一直在社会上混。他正闲得发慌，连忙承揽了这个光荣任务，带着这队小孩往大桥行去。一路上他接了三四根烟，向街边的姑娘们吹了五六声口哨，还扇了别人一个耳光，理由是因为那个半大小孩没喊他军哥。任冲他们在一旁看得兴高采烈，对张治军极为佩服，一致认为他有狠。等快到大桥的时候，任冲却不上桥，只站在岸边往桥底下看，一副心事重重的样子，连张治军都感到奇怪。

“冲冲，你在望什么？”

“我妈妈说我是从桥底下捡来的。桥底下全部都是水，何解捡的喽？”

张治军立刻大笑起来。陈勇他们却很严肃，一致盯着桥下看。笑了一阵，见无人响应，张治军觉得没味，遂止住那种鸭子扯气般的笑，说：“何解，你们未必也是从桥底下捡来的？”

刘勇点点头。苏建和钱兵则另有来历：一个是农贸市场买来的，一个是路边捡的。见这几个小孩都是一脸悲哀，张治军跺着脚笑道：“你们这些傻宝，都被你们屋里大人骗了。这个世界上，哪个不是妈妈生出来的？”

任冲将信将疑，又盯着桥底的水波看了好一阵，觉得自己要是从那里捡来的，就是条鱼变的，不太可能。他急于回家问个明白，却被张治军跟陈勇、苏建和钱兵合力阻住，嗨了一个上午，又在张奶奶家吃了中饭，才抹着嘴巴打道回府。半路上遇见来寻他的任建国，任冲还蜜笑蜜笑，被任建国扇了一耳光，方收回笑容，迸放眼泪。被挟回家中后，屁股免不了挨上一顿火辣辣的“竹笋炒肉”。当被问及为何不上幼儿园时，任冲感到万分委屈，大叫：“你们讲我是大桥下捡来的，我就去大桥看。”

任建国和宋巧云对视一眼，神情都有点古怪。

任冲见状，叫得声势更大：“你们是骗我的，大桥底下尽是水。”

不晓得怎么跟他说，任建国收起了竹扫子，宋巧云也撤回了怒容。

任冲爬起来，边抹眼泪边问：“我到底是哪里来的？”

摸摸他的圆脑壳，宋巧云说：“傻宝，你是妈妈生的。”

“那是何解生的？”

瞟了任建国一眼，宋巧云说：“是从腋窝底下生出来的。”

任冲总算满意了，刚才挨的那顿打也就没怎么放在心上。

下午任冲去幼儿园的时候，由任建国亲自押送。听了任冲上午没来的原因后，朱玲和郭芳都忍不住一笑。朱玲笑得端庄，郭芳笑得有几分妖气。任建国的目光在郭芳脸上黏了几秒钟，才勉强挪开。任冲早飙到院子里，跟杨真、何春生他们弹玻璃球去了。

张治军送了任冲一颗彩色玻璃球，而杨真、何春生手里只有无色玻璃球。按照规矩，他的彩色玻璃球可以抵两颗无色玻璃球，也就是说，必须有一人连赢他两次才算数。下第一次的时候，任冲气魄十足，屡屡实行远距离进攻。但准头不行，难免有次停下来后离对手的玻璃球太近，轻易就被杨真弹中。第二次他又过分小心，生怕输了，甚至手有点软，结果又被技术颇精的杨真弹中。眼看一颗崭新的彩色玻璃球还没摸热，就要落入他人之手，任冲一急，伸手就去抢。杨真哪肯放手，反抓了任冲一把。他手指甲留得跟女孩一样长，这一抓，任冲手背上立现血痕。不但输了玻璃球，还被抓伤，任冲觉得吃了天大的亏，眼睛立刻就红了，一把将杨真摔倒。杨真毫不示弱，继续施展指甲神功，往任冲脸上乱抓。但任冲力大，把他两只手都压住，然后猛击他的脸，口里还霍霍有声。

何春生站在旁边看得兴高采烈，既不上前劝解，也没想着去喊老师。倒是几个小女孩心下害怕，尖叫着跑去叫老师。待朱玲跟郭芳赶来，两人一个扯一边，这两位小豪杰还像牛皮糖一样黏在一起，好容易才掰开。两人分开的时候，任冲还一脚踢在杨真肚皮上，以示不愿分别。

看到这两位的脸，朱玲和郭芳都吓了一跳——任冲脸上交错着几道血痕，兀自怒目圆睁，斗志昂扬；杨真脸上遍地青紫，额头擦破了皮，鼻子还直流血，虽然没哭出声，但眼泪直往下掉。朱玲进休息室拿了块毛巾，往热水里浸了会，把他俩的脸擦洗干净，又用小纸团塞住杨真的鼻孔，然后带往工厂医务室。

看到这两位小花脸，厂医郑小华问清缘由，看了看任冲，又瞄了瞄杨真，摇摇头说："何解连小孩子打架都这样猛了？"然后用紫药水替他们消毒。

要郑小华先看住他们，朱玲去加工车间把任建国和杨真之父杨中华喊来。杨中华跟任建国在一个车间做事，又是牌友，虽然心痛崽被打得惨，但这是小孩子之间的事，他也不好多说什么。当任建国甩了任冲一个耳光，勒令他把彩色玻璃球给杨真时，杨中华还说算了。但杨真不干。最终任冲还是交出了玻璃球。杨真拿到这颗用鲜血换来的胜利果实，立刻就忘了脸上的痛。看到他脸上现出笑容，任冲觉得还是自己吃了亏，眼睛瞪得像玻璃球那样圆。但杨真只瞟了他一眼，就不再看他，只顾低头摩挲手中的彩色玻璃球。

傍晚，任冲回到家中，宋巧云看到他的小花脸，问清缘由，自然又是一顿好骂。但任冲既已负伤，宋巧云也不忍再动用竹扫子。把任安交给任建国，她就准备去厨房做饭。这时门口却闪现出一员女将，脸长唇薄，两道柳叶眉把眉间肉钳得皱作一团，右手还拖着个满面青紫的小孩，正是杨真的母亲洪丽华。

“宋巧云，你来看，我的崽被你家任冲打成什么样了。”

宋巧云趋前细察，也被骇了一跳，赔笑道，小孩子不晓得轻重。然后扭头对任冲说：“还不过来赔礼道歉。”

“我道过歉了，还把彩色玻璃球赔给了杨真，那还是颗新玻璃球呢。”

“赔颗玻璃球就要得了，我告诉你，还要赔钱。”

“小孩子打架，哪当得真。冲冲他也受了伤。”

“他那点伤算什么？你看杨真的脸，这是往死里打他。”

“哦，只有你的崽受伤才是伤，我的崽就不是了。小孩子闹着嗨，讲什么死不死活不活的。”

“这是闹着嗨吗？下的尽是重手。”

“杨真的手也不轻，你看，抓的印子现在还是红的。”

“赔钱。”

“那你也要赔。”

“骚麻屁，你的崽打了人，还想要我赔钱？”

“你骂哪个骚麻屁？”

“就骂你这个骚麻屁。”

“你才是骚麻屁。”

“烂麻屁，娼麻屁，生出个崽来又蠢又恶……”

在运用脏话方面，宋巧云委实不如洪丽华来得娴熟流畅，正有点招架不住。任冲却从旁边杀了出来，戳出两根小指头大骂：“骚麻屁！猪嬲出来的！你屋里娘偷人！”

宋巧云大吃一惊，洪丽华也愣在当场。任冲学洪丽华的样，双手叉腰，挡在妈妈面前，摆出一副代母上阵的架势。洪丽华不便跟小孩子对骂，对宋巧云说：“你看你教出的什么崽？才几岁，就晓得骂这样的痞话。”

这时左右邻居已围了上来。陈红心在一边说：“那他讲的痞话还没你多。”

洪丽华眉头煞气更重，想骂陈红心两句，但忌惮她牙尖舌利，话到舌尖又勉强吞了下去。吴铁梅一直嗑着瓜子，这会才开口：“丽华，我看算了，小孩子，哪天不打架，要骂让他们自己骂去。”其他人马上随声附和。

见吴铁梅开了口，而任冲站在面前像只愤怒的小公鸡，洪丽华心知再闹下去，只怕自己会难堪，便拖着杨真恨恨地行了。

吴铁梅慢慢行到任冲面前，问：“你这些痞话哪里学的？”

任冲昂着头，大声说：“街上学的。”

“你倒好，敢骂大人了。”

“哪个叫她骂我妈妈的？”

吴铁梅倒给他一些瓜子，然后对宋巧云说：“你这个崽，比你厉害远了。”

看着任冲，宋巧云说：“这个调皮鬼，长大了我何解管得了？”

其他人也慨叹任冲小小年纪就如此厉害，长大了只怕能把天掀翻。任建国并不加以否认，反而指出任冲头顶有两个旋，确实比别的小孩要调皮。见大人一致说自己厉害，任冲扬扬得意，比在幼儿园得了面小红旗还要来劲。

吃完饭，任冲照例到篮球场里去。全厂的小孩子都集中在这里，趁着白天最后一段余光疯嗨。因为上午输了彩色玻璃球，任冲提不起兴趣参加类似的游戏，便硬拉着何春生和王军这两个同龄伙伴讲白话。讲着讲着他就忍不住要炫耀自己昨天才得知的重大秘密，以质问的口气说：“你们晓得人是从哪里生出来的吗？”

何春生摇摇头，眨巴着眼睛；王军没摇头也没作声，目光直直地看着任冲。

“告诉你们，是从腋窝里面生出来的。”

赵伟的崽赵虎正好从旁边经过，听到此说，顿时大笑起来，说：“你乱讲。”

任冲顿时红了脸，说：“我没乱讲，是我妈妈告诉我的。”

“那是她骗你的。”

“那你晓得是从哪里生出来的吗？”

“这还不晓得，所有的人都是从女的胯里面生出来的。”

赵虎已经读小学三年级了，所以他的话远比任冲具有权威性，其他小孩立刻就信了。任冲也没有质疑，而是有些发蒙。等他醒过神来后，目光就集中在那些嗨闹的女孩们身上，因为他猛然记起这些女孩穿开裆裤的时候，自己看见过她们的下面。那个时候并不遥远，所以他能记得那底下是什么样子。但那时并不觉得有什么稀奇，就跟看到门前的梧桐树、屋顶上的瓦片一样。但听赵虎这么一说，任冲像是从场懵懂的梦中醒过来，突然感觉到女孩子那底下有极大的吸引力。但这时女孩们的开裆裤变成了全裆，任冲的目光钻不进去，原来见惯了的地方就变得神秘起来。

他就这样站着看到天黑，没再跟伙伴们讲白话。

再过一天，就是星期日。任冲来到前进街，将从生产区捡来的铁丝和小钢珠送给陈勇他们。

钱兵兴奋地吸着鼻涕说：“我就晓得任冲不得骗我们。”

陈勇瞪了苏建一眼，说：“就是你，还讲任冲会骗我们。”

苏建耳朵通红，眼睛不敢看他们，嘴巴还是发出抗议的声音：“我哪里讲了？”

任冲却很相信他讲了，马上不准他分享小钢珠，铁丝也只给了他最短的一截。苏建倒是没有继续抗议，而是飞快地接过铁丝，似乎生怕接慢了，任冲连这个也不给他了。

为了感谢任冲，陈勇从家里拿出根子糖。四个小孩一人一根，像过去那样，坐在坡上的砖垛边。吮了一会根子糖，任冲表情严肃地宣布了从赵虎那里听来的重大消息。其他三个小孩都默然了许久，最后陈勇表情古怪地说：“难怪大人要那样？”

任冲他们齐声问：“要哪样？”

陈勇嘻嘻地笑，蹦出一句：“你们夜里自己起来看就晓得了。”

3

机械厂公共澡堂全天都开放，但只有下午下班后才放两小时热水，也只有这个时段才有人守在锅炉房门口收票。澡票是一分钱一张。从任冲上幼儿园起，任建国每次去澡堂，都要带上他。起初任冲对于满澡堂光溜溜的身子不甚注意，因为他自己也是光着身子。对于大人两腿间悬挂的家伙之大也不太惊讶，因为从第一天看到起就是这样，那么当然就应该是这样。现在洗澡的时候，他再也做不到视若无睹，总是去瞟身边的大人，并一次又一次地深刻意识到自己的弱小。甚至那些因患疝气而严重下垂的巨大卵袋，都让任冲由衷地羡慕。有时看看自己下面，任冲有种绝望感，觉得时间过得如此之慢，不知要挨到何年何月，自己才能像大人们那么粗壮。

平衡这种绝望感的方法，就是去观察其他小孩。如果看到跟自己差不多大小的，任冲就会觉得这世界的比例又恢复了正常；如果看到有比自己小的，他的气概就会陡然雄壮；如果发现竟有比自己的大的，他就会感到沮丧，继而怀着忌妒的心情把水桶拖开，离此人远一点。好在何春生王军都跟自己差不多大。任冲最喜欢跟这样的同龄伙伴聚在一起，洗着洗着就打起了水仗。只要一嗨闹，他就会忘记那些巨大器官的压迫，忘我地大喊大叫，不知不觉间成为了澡堂里真正的主宰。对于任冲的调皮，大人们普遍报以微笑，最多就是拍下他的屁股，称他为“三粒睾子”。这个称呼曾让任冲感到疑惑。为此他仔细摸过自己的下面，并大感疑惑——明明只有两粒，何解喊我“三粒睾子”？

不久后，任冲明白了三粒睾子专指那些很调皮的人。比如厂里最喜欢惹事的青工谢海龙，就有“三粒睾子”之称。想到自己居然能跟谢海龙这样的狠角荣获同一称号，任冲就觉得兴奋。

谢海龙看上去并不威猛，眉眼甚至还有些秀气，但身上的肉一块一块地紧密团结，看上去能把射来的子弹绷回去。他是学钳工的，手也像钳子一样有力。那些被他握过的小孩，见到他都习惯性地把手藏在身后，但又喜欢黏在他身边。因为谢海龙不但喜欢生事，而且生得新奇，让小孩子们看得兴高采烈。比如他会突然把身边某个女青工抱起，在她的尖叫声中快速旋转两周，又轻轻放下。被谢海龙抱过的女青工都是双颊飞红，咒骂他是剁脑壳的或是炮子打的，但就连小孩都能看出来，当中没一个是真的生气。他抱的女青工要么是未婚，要么是男人不在厂里工作，所以也没人来找他的麻烦。

除了跟女青工打闹外，谢海龙的另一大爱好就是逗小孩嗨。他喜欢唆使厂里那些一两岁的小孩当众嗨自己的小鸡鸡，让小孩的父母哭笑不得，直骂他缺德。对任冲这样大的小孩，谢海龙则经常组织他们进行打滚比赛，从坡上一路滚下去。滚得快的小孩就会得到他的表扬。小孩们很看重谢海龙的表扬，甚至比得到幼儿园老师的表扬还要感到光荣，都滚得很起劲。而那个滚得最快的往往是任冲。当他满身灰尘地爬起来时，谢海龙就会把他高高举过头顶，连续升降几次，以资奖励。更刺激的方式是把任冲横抱住，行到池塘边站住，伸出双臂，在塘面上把任冲抛起又接住。在刺激中任冲发出混合着恐惧和兴奋的尖叫，被放下后就迅速跑开了。但等下次见到谢海龙，他又隐隐渴望着再嗨一次这样的游戏。

在厂里所有的小男孩中，谢海龙最喜欢任冲，经常把他带到自己的宿舍嗨。他和车工夏厚清共享一间青工宿舍。在任冲的印象中，那些晾在室内绳索上的滴水的袜子从来就没有洗干净过，散发着刺鼻的臭味。罩着蚊帐的床上，经常散落着几本封面花哨的武侠小说。谢海龙睡的那张床里侧的蚊帐上，一个嘴唇绯红的女明星正冲着每个驻足观看的人微笑。那笑容中有种暧昧的风情，让任冲都感到血液跑得比往常要快。

谢海龙喜欢聚集一帮青工在宿舍里打牌，男女都有。他从不好好坐着打牌，而是赤着脚蹲在凳子上。这种不羁的姿势让任冲颇为仰慕。谢海龙打得一手好牌，但难免也有钻桌子的时候。这时要是哪个女青工站得离桌子比较近，他就会冷不防从桌底伸出只手来，在人家大腿上摸上一把，然后被那个女青工追打得满屋逃。这时候一屋子都荡漾着快活的笑声。任冲也夹杂在里面，咧开嘴使劲地大笑。他喜欢这种无拘无束的气氛，时常会不请自来。

如果谢海龙不在，任冲也能嗨上半天——他会在其他宿舍溜来溜去。青工们看到这个圆脑壳大眼睛的小孩就心生欢喜。特别是那些女青工，常争着来抱他，有的还要把他的小脸蛋亲得啪啪作响。任冲这时总是不作声，把眼睛转向别处，一副很腼腆的样子，其实是很享受。他闻着女青工身上的香气，靠在她们软绵绵的乳房上，身子酥酥的，像是要融化开来。但女青工们不晓得这个小男孩从她们身上获得如此美妙的感觉，只觉得他好可爱，好天真。喜欢他的女青工有如此之多，但任冲还是最情愿跟贺薇和吴媛亲近。

贺薇和吴媛同住一个宿舍，她们的房间被男青工们私下里称为花房，因为她们是厂里无可争议的两朵鲜花。至于这两朵花哪朵更乖态，大家的意见不太统一。有的说贺薇五官要清秀一些，有的说吴媛水色比贺薇好。在任冲心目中，贺姨像个仙女，吴姨则像杂志上的明星。当他把宿舍的门轻轻推开，探进半个脑壳时，往往会看到贺薇坐在床头看书，而吴媛则拿着面镜子瞄来瞄去。

发觉他来了，吴媛会故意做出生气的样子，说："冲冲，你又来捣乱了。"任冲仰头笑出一脸阳光，把吴媛生气的表情融化得无影无踪。如果吴媛在涂口红，就会对任冲说："过来，我帮你涂一下嘴巴。"

结果过了分把钟，任冲非但嘴唇变得鲜红，眉间也被点了颗美人痣。欣赏着自己的作品，吴媛笑得很得意，也很妩媚。这笑容像一道激流，能让任冲在瞬间漂浮起来。这时就算吴媛把他的脸全部涂红，任冲还是会顺从。

贺薇早已放下手中的书，看着任冲，脸上露着淡淡的笑意。她的笑像是一潭静水，表面上几乎看不到流动，但很清，也很深，人陷在里面就很难再游出来。任冲太小，还不能领略贺薇笑容的全部魅力，只是觉得这个阿姨温柔动人，言语举止跟厂里那些嘻嘻哈哈、喜欢打闹的女青工很不一样，按妈妈的说法，叫作斯文。任冲觉得斯文是个很高级的词语，贺姨是个很高级的人。她尽管不太说话，但身上笼罩着一种光辉，任冲在她面前，会不自觉地收敛起调皮。他行到床前，仰着头，瞪大眼睛，说："贺姨，你天天读书，全世界的书要被你读完了。"

摸着他的脑壳，贺薇说："小傻瓜，世界上的书是读不完的。"

"那我来帮你读。"

贺薇拿起书本，点着封面上的一个字，问："你晓得这个字何解念吗？"

任冲瞪了半天，最后摇摇头。其实不用看那么久的，他的目光是被贺薇伸出的那只手指胶住了。一直过了许多年，任冲只要见到这种纤细白净的手指，内心深处就会泛起莫名的颤动。他还会想起自己在这只手指的引导下，响亮地念出那几个字：高等数学。当时贺薇在读电大，白天上班，晚上去夜校学习。任冲一般只有在傍晚吃过饭后的短暂时间里能见到她。这时候，谢海龙往往也会进来。看到他出现，吴媛眼睛亮亮的。谢海龙跟她也很亲密，有说有笑，但总是不住地去瞟贺薇。贺薇根本不接他抛过来的目光，只是逗任冲嗨，过了一会，就收拾好书本去夜校。谢海龙有时会说："贺薇，电大那么远，难得行，我干脆骑单车送你去。"

无论他说多少次，都被贺薇客气地拒绝。看着她的身影消失在门外，谢海龙总是一副不胜神往的表情。吴媛这时就会没好气地说："你何解不去送她？"

谢海龙这才收回目光，对吴媛做了个鬼脸，逗得她展颜一笑。任冲在一边看着，有些明白，却又不全明白，总之是觉得很有味道。斜睨着他，谢海龙故意竖起两道眉毛，说："冲冲，你老是跑到这里来做什么，不怕丑。"

任冲很不服气，说："那你也跑来了。"

谢海龙表情更加夸张，说："哎呀，你还蛮有理。"然后一把捉住他，要挠任冲的腋窝。他的手还没挠到，任冲就喊得惊天动地。这时吴媛便会出面解救，指责他就会欺负小孩子。听了这话，谢海龙不情愿也得收了手，任冲连忙一溜烟跑出去了。有时候他会悄悄折回来，往门里面偷窥。厂里的人都说谢海龙跟吴媛抱在一起亲嘴，但任冲一次也没有看到。两人有时会再邀上几个青工，一起到县里刚开的首家舞厅"金龙"学跳交谊舞。有次任冲也跟着去了。这回他倒是看见谢海龙跟吴媛抱在一起，但并没有亲嘴，只是转来转去，但过了一会，谢海龙又跟另外的女青工抱在一起转，吴媛也跟另外的男青工抱在一起转。任冲站在舞池边，半张着嘴巴，看了半天，还是没看明白是怎么回事。

何春生得知任冲去过舞厅，大为好奇，一个劲地打听舞厅到底是什么样子。任冲说："就是一间大屋子，电光闪来闪去，男的女的抱着转。"

听说男女可以抱在一起，何春生眼睛发亮，不胜神往。他还要问是不是抱得很紧，脸是不是也贴在一起等等，任冲不耐烦了，说："你不晓得自己到舞厅去看？"

“又没人带我去。”何春生显得颇为沮丧，过了一会又蹦出句，“要是幼儿园准抱着跳舞就好喽。”

“你想得美。”

“要是准抱着跳，你最想跟哪个跳？”

“你先讲。”

“你先讲。”

“那划拳，哪个输了哪个先讲。”

结果是任冲输了，他坦白交代，想跟陈玉跳，因为她长得乖态，歌又唱得好。没想到何春生的理想跟他一样。两人就哪个先跟陈玉跳这个问题讨论了半天，最后决定，她心愿先跟哪个跳就跟哪个跳。但何春生很快就有了新问题。

“要是别人想跟她跳呢？”

“不准。”

“要是他硬要跟陈玉跳呢？”

“那我们两个一起打他。”

何春生点点头，深表赞同。过了一会，他眨着眼睛说：“我带你去看个地方。”

见他一脸神秘，任冲也没多问，跟着去了。两人行到篮球场，何春生张望了一阵，见没人从坡上行下，就横过长坡，挨近对面的女澡堂。有截粗大的水管从女澡堂外墙上穿过。何春生凑近水管，往里面张望了一下，就让位给任冲。贴近一看，任冲的血立刻就飞速跑起来。透过水管与墙体相接处的缝隙，他看到一些白皙的女人身体在朦胧水汽中晃来晃去。这是与男人澡堂完全不同的场景，让任冲吃惊得眼睛差点挣脱眼眶。也许只是一瞬间，也许过了许久，何春生在旁边焦急地说：“有人来啦。”任冲才猛地打了个激灵，醒过神来，飞快地往坡下冲去。何春生跟着他一起穿过厂门，跑到右边的菜地旁。两人半蹲在地上，喘了好一会，才缓过神来。

何春生嬉笑着问：“好看吧？”

盯着眼前碧油油的菜地，任冲半天不说话。

暑气逼人的日子里，小孩子们吃完中饭，来到幼儿园，朱玲总是要求他们伏在桌子上睡一下。桌子是条形的，窄而长；没有抽屉；一张可以配五六只方头凳。小孩子们其实不需要午睡，但朱玲和郭芳必须睡一下，否则下午就提不起精神来管理这群小猴子。她俩通常是一个人进休息室睡，一个就在讲台上伏案而睡，轮着来。在这样的强制性陪睡下，一些性格乖顺的小孩慢慢地就习惯了。当中有的显然睡得过于酣畅，流出的口水在桌面上积成亮亮的一摊。而像任冲这样的调皮鬼，从来就是假装闭眼。等老师睡下后，他就睁开眼睛，东瞄西瞟，或者利用这点时间撕下一张纸，做弹弓子弹。只要不发出声音，就不会被抓获。

这天中午，任冲趴在桌上，还处于伪装阶段，感觉有人用手推他的腿。睁眼一看，旁边的何春生正对他挤眉弄眼，一只手戳向后面。顺着他指的方向回头一瞄，任冲看到后面的陈玉在桌面下叉开了两腿，裙子缩到她膝盖上面，里面的小内裤前头很细，又勒在一边，结果露出了半边阴部。任冲转过头去，看到朱玲在讲台上睡得正香，而郭芳并没有从休息室行出来，便和何春生相对而笑，共同庆祝这个重大发现。

笑了一会后，两人彼此挤挤眼睛，任冲就矮下身子，静静转过去，慢慢探出手，在快要靠近的时候猛然加快速度，摸了一下，触电似的收回。何春生也如法炮制，然后和任冲相视而笑，十分得意。过了片刻，任冲觉得刚才太快，还没摸出什么味，竟然又一次转身探手，在陈玉两腿间停留了片刻。等他抬起头要转过去的时候，猛然看到陈玉从胳膊间浮出半边脸，眼睛也睁开了。任冲马上扭身伏在桌面上，一动也不动，但心里并不怎样害怕。过了半晌，也没听到有什么动静。等到朱玲宣布午睡结束后，陈玉竟然没有向老师报告。任冲跑到院子里跟其他小孩打弹弓仗，很快就把这事抛到云南四川去了。

放学后，任冲回到家，吃了块米糖后，便从里屋床脚处把铁环和铁钩拎出来，准备到篮球场去滚铁环。才到中门，就看到陈玉和孙爱红站在外屋。任冲脑壳里这才晃出午睡时干的勾当，但他没有转身从后屋逃跑，而是愣愣地站在那。陈玉没有开口，进行指证的是孙爱红，内容与事实也有出入，所控诉的乃是任冲摸了陈玉的屁股。宋巧云脸马上就红了，一边骂一边寻竹扫子去了。任建国倒没什么怒容，却抢下任冲手中的铁环和铁钩，跨出外门，扔到对面礼堂的屋顶上。

见任冲眼睛发红，陈玉觉得自己害得他连铁环也滚不成了，竟然感到愧疚，同时也有些害怕，拉着孙爱红的手偷偷地撤退了，以至于没能够欣赏到任冲被褪了裤子打屁股的壮烈场景。

第二天上幼儿园时，陈玉老担心任冲过来找他麻烦，一边跳橡皮筋一边瞟着他。任冲却似乎忘了这回事，跟何春生、王军他们把各自拥有的烟壳纸折成三角形，前头翘一个角，轮流去拍对方的烟纸。因为任冲在嗨，杨真还要摆姿态，不肯加入，但也不去跟别人嗨，站在一边冷眼旁观。任冲撅起屁股对着他，拍得热火朝天。他今天势头不错，用一张“银象”拍翻了王军的“岳麓山”，喜得跳起来。见他如此，杨真更像是站在热锅里，煎熬得难受。何春生瞥了他一眼，说：“你想来就来喽！”

杨真不作声，却从口袋里翻出张折好的烟壳纸，居然是“大前门”。这可是稀罕之物，乃是北京所产，价值在“银象”和“岳麓山”之上——此种烟壳纸价值的计算，一般以该烟的零售价格为依据。比如说，“龙山”九分钱一包，“岳麓山”两毛钱一包，那“龙山”的烟壳纸价值也就低于“岳麓山”的价值。而产地的远近和显赫程度也能够影响该烟壳纸在小孩心目中的价值。一般来说，外地产的比本地的要高。而北京、上海两地产的又比其他地方要高。任冲如用“岳麓山”跟他的“大前门”对拍，起码要连续拍翻两次，才能算赢。杨真却提出要拍翻三次才行。任冲立刻嚷起来：“你想得美！”且故意把身子转过去。

王军和何春生手中只有本地产的“辰水”这样的烟壳纸，比“岳麓山”又低了个档次，如果按杨真的要求，他们得连续拍翻四五次，于是一致指责杨真想得太美。最终杨真还是同意按一比二的赔率跟任冲对拍。至于面对王军和何春生手中“辰水”之类货色，他是决不肯拿出来赌的。王、何两位也觉得“辰水”这样的本地土货跟北京来的“大前门”实在差得太远，没有再争下去，而是老老实实站在一边观战，神情紧张如同自己在作战。

开局是杨真先拍。现在是夏天，穿着短袖，无法制造出袖风，基本靠手上发力。杨真手力不大，把烟纸壳斜拍下去，想用巧劲把任冲的削翻。“岳麓山”往后仰了一下，任冲的心也很蹦了一下。但“岳麓山”并没有翻身，又恢复原状。任冲捡起烟壳纸，围着“大前门”转了一圈，看该烟纸何处跟地面有缝隙。找准角度后，猛地拍下去，那“大前门”往后翻倒，算是赢了一次。杨真脸色有点发白，飞快地捡起“大前门”，对任冲说：“算我输了，我明天给你一张‘岳麓山’。”

任冲一心要赢他的“大前门”，哪里肯依。王军跟何春生也在旁边指责杨真说话是放屁。晓得自己理亏，又怕任冲动手硬抢，杨真也不敢再坚持，咬咬牙，继续对拍。因为紧张，第二次拍下去时，他的手竟有些发软，“岳麓山”只微微动了动。杨真绝望地吸着鼻子。任冲心又开始跳得厉害。他屏住呼吸，绕上两圈，大喝一声，拍下去时手指擦在地上，一阵锐痛。见那“大前门”应声而翻，任冲一把抓起，也不去查看手指伤势，竟欢喜得在地上打起滚来。这是小男孩们表达激动心情的常用方式，所以幼儿园的院子虽不经常打扫，却还干净。见任冲拥有了一张“大前门”，王军跟何春生也艳羡不已，等他站起来，忙围上去看。直到朱玲在教室里晃动跳舞用的摇铃，示意又要上课，他们才结束围观。

上课时任冲又偷偷地把“大前门”拿出来，反复欣赏，结果被郭芳发现，瞪了他一眼。生怕老师下来没收，任冲吓得脸都白了，连忙把手放在腰后，挺起胸膛，摆出一副专心听讲的模样，逃过了此劫。

中午放学后，任冲行路都是在蹦。从陈玉和孙爱红身边弹过时，他瞟都没瞟她们一下。

过了两天，小女孩们在院子里嗨“过家家”。陈玉从家里拿了个带花纹的小酒杯当饭碗。罗佳看着眼热，硬要抢过来给自己用。她是幼儿园最大的女孩，所以连嘴巴厉害的孙爱红也不敢作声，陈玉更是只能抹眼泪。任冲在一边嗨弹弓，见到此景，想都没想就行了过去，大声说：“你快把酒杯还给陈玉！”

俯视着比自己矮一个头的任冲，罗佳一手叉腰，说：“你想挨打了是不是？”

任冲拉开弹弓，对准罗佳，喝道：“你还不还？”

何春生和王军也都围了上来，拉开弹弓，一起瞄向罗佳。

这种用纸做弹的弹弓，如果子弹做得结实，又带尖头，打在脸上还真有点疼。罗佳担心他们打到自己的眼睛，大声喊：“周明，你快来！”

周明是幼儿园最大的男孩，刚从外面上厕所回来，闻声立刻从教室中飙到院子里。见他现身，何春生和王军都不由自主地收起了弹弓。任冲腿有点软，但还保持着开弓欲射的英勇姿态。周明大摇大摆地行过来，鼓起眼睛说：“任冲，你怕是想死了？”

任冲开始手发软，但瞥见陈玉可怜兮兮的样子，血气又涌了上来，大声说：“罗佳抢了陈玉的杯子！”

“关你卵事？”

见任冲不作声，周明推了他一下。

“你莫推我。”

周明又推了他一下。

任冲侧过身，一弹弓打在周明脸上。周围的小孩都惊呆了，仿佛任冲打了毛主席一样。周明也根本想不到任冲真的敢对他放弹，被打了个正着。他顾不得痛，一把将任冲扑倒，骑在他身上，眉毛倒竖，喝道：“我看你还敢不敢打我？”

任冲仰面朝天，怒目圆睁，一声不吭。

周明打了他一嘴巴。任冲吐了他一口唾沫。又是一嘴巴。又吐。还是一嘴巴，还吐。周明被他的疯劲镇住了，倒不敢再打，只是使劲按住他。

这时孙爱红回过神来，赶忙跑到休息室喊老师。见朱玲一现身，周明忙松了手，爬起来告上一状：“任冲先用弹弓打我。”

朱玲把目光投向任冲。他虽然站了起来，但还是眼睛瞪得老大，牙关紧咬，一声不吭，像块蓄满愤怒的石头。旁边的小孩都替他着急。突然有个清脆的声音响起：“朱老师，是罗佳抢了我的杯子，任冲要帮我要回杯子。罗佳不肯，还喊周明打任冲，任冲才用弹弓打他。”

陈玉一向是个听话的好孩子，朱玲相信她不会说谎，不过她让周明、任冲、罗佳先去休息室后，还是又向其他小孩子了解情况。这时何春生之流倒是很勇敢地出庭做证，只是隐瞒了自己也曾亮出弹弓的事实。处理的结果是周明和罗佳罚站一节课，任冲则被没收弹弓。看到两大男女霸王木头一样竖在教室后，许多小孩都偷偷地相视而笑。任冲倒是表情严肃。他心疼上缴的弹弓——那可是谢海龙做的，精致坚固，做弓弦的皮箍箍也是用了双倍的量。

放学后，任冲不理会何春生和王军，一个人闷闷地行在路上。陈玉跟在后面，快到池塘边的时候，才喊了他一声。回头一看，任冲依然很严肃。陈玉使劲地对他笑，小鼻子都笑得皱了起来。见任冲还不开口，陈玉说："我明天喊我哥哥来，要他把周明打一顿，保证他以后不敢再打你。"

任冲摇摇头，说："我才不怕他打呢。他要再打我，我喊谢叔叔来打他。"

"你要是喊谢叔叔来，周明肯定吓得动都不敢动。"

"那当然。"想起谢海龙的威风模样，任冲的兴头就上来了，"我要到谢叔叔那去，你去吗？"

嗯了一声，陈玉很乖地跟在他身后，似乎忘记了任冲曾对他嗨过流氓。

谢海龙没在青工宿舍，任冲今天大有不找到他就不罢休的劲头，又马不停蹄地奔往生产区。或许是工人经常要上夜班的缘故，几大车间从不关门。行进辽阔的翻砂车间，任冲熟练地在巨人般的机器中穿行。陈玉生怕他一拐弯就不见了，紧紧地跟住他，就差没伸手拉他的衣角了。转了许久，也没看到谢海龙。任冲又去厕所找他，也不见踪影。他却并不感到沮丧，尤其是从地上捡到半截崭新的钢锯后，简直是兴致勃勃。陈玉很少来厂区，有几个偏僻的地方根本就不晓得，这让任冲觉得惊奇，执意要带她去转转。

在仓库后面，有片椿树林，穿过林子就到了侧墙。在林子和侧墙之间有块空地，冻了水泥。靠墙的角落里也用水泥砌了个洞，可以容纳四五个小孩。这个洞到底是用来干什么的，大概连当初砌洞的人都忘了，因为里面什么也没放过——如果说是防空用的，真正的防空洞却站在仓库对面，里面深长而黑，一直通到生产区外的池塘边。快行到林子尽头的时候，洞中隐约传来一种奇怪的声音。陈玉有点恐惧，想跟任冲说回去算了。但任冲把食指放在嘴唇中间，对她轻轻嘘了一声，然后又伸手拉着她。陈玉就不好打退堂鼓了。

两人蹑手蹑脚地挨进水泥洞，似乎里面藏着特务，而他们是抓特务的公安，又害怕又兴奋。快到洞边的时候，陈玉蹲在地上，任冲站得高一些，两人都贴着外洞壁，一点点把眼睛往洞口移。因为洞子不深，光线能探进来，里面半明半暗。一个女人褪了裤子，上身前倾，两手撑在洞壁上，跷着屁股。她是侧对着洞口，所以任冲一眼就看清她是厂医郑小华。而谢海龙就站在她后面，也是褪了裤子，用力往前一挺一挺。每挺一下，郑小华都要哎哟一声，就像小孩们被她用针钻屁股一样。

生怕被谢海龙发现，任冲不敢多看，拉着陈玉，像两只小猫一样，轻手轻脚地返回椿树林。才行进林子没多远，任冲和陈玉就飞快地跑起来，弄出的响动把郑小华吓得不轻。谢海龙倒不甚惊慌，一提裤子，裤带还没系，就飙出洞外，想把来人挡住，结果看到的却是在林中狂奔而去的两个小孩。其中那个小男孩的身影，他闭着眼睛也能认出来。

骂了句娘，谢海龙返回洞中，对郑小华说：“没事，是两个小孩在嗨，已经行了。你系什么裤子，我还没搞完呢。”

郑小华还在问是哪个，是不是认出自己来了，又被谢海龙按在墙上。她回过头，埋怨道："就是你，在医务室上好，要跑到这来。"

"医务室那股味道，我闻一下就饱了，哪还有心思搞你？"

"就你名堂多。"

"我名堂要是不多，你会喜欢？"

郑小华再一次呻吟起来。

到了仓库前，陈玉就跑不动了。任冲拖着她，一边快行一边往后面瞧，生怕谢海龙追出来了。直到行出生产区，两人才松了口气，但也不敢停留，一直行到两人家住的平房后面，才落了心。平房后面与厂房间隔着块空地，堆了些碎砖烂瓦，还站着棵梨树。这梨树年龄不小，结的是"石头梨子"，又小又硬，能把人牙齿酸掉。任冲和陈玉就站在这梨树下，一起回想刚才看到的惊人场景。

"谢叔叔是不是在给郑阿姨打针？"

任冲摇摇头，说："谢叔叔又不会打针，只有郑阿姨会打。"

"那郑阿姨何解让谢叔叔插她屁股，还喊哎哟？"

看了她一眼，任冲说："他们是在做大人的事。"

陈玉睁大眼睛，问："何解大人要做这样的事？"

凑近她的耳朵，任冲嘀咕了几句。陈玉脸突然红起来，提出要回家吃饭了。任冲叮嘱她莫跟别人说这事，两人就各自从后面的厨房进了屋。

吃饭的时候，陈玉要他爸爸陈平明天去工厂时给她焊个铁圈，钳副铁钩，再做副弹弓。以为女儿也要嗨这种男孩子的游戏，陈平颇为诧异，但最终扛不过陈玉扭屁股撒娇，还是答应了。

晚上机械厂依然热闹。女人们一般是去工会活动室，边打毛线边看电视。这台“韶峰”牌黑白电视机乃是全厂唯一，被装在带锁的电视柜里。每天七点半由工会干事准时打开，十点准时锁上。小孩们有时也挤在活动室，把脖子扯得笔直。如果节目看不出什么味道，他们通常会结伴去生产区，在厂房之间溜来窜去。

任冲喜欢夜晚工厂那种神秘的气氛：几栋厂房像巨兽一样蹲伏在沉沉夜色中，但总有车间会透出亮光，让小孩们感到温暖和安全。厂房之外，是广阔的平地，散落着一些废旧的机器和金属材料，给小孩子们打弹弓仗和捉迷藏提供了绝佳掩护。即使不打仗不捉迷藏，任冲这帮小孩也喜欢在某堆金属物体后面待上一阵，然后发一声喊，突然冲出，争先恐后地奔到另一堆金属物体后面。那个最后抵达的小孩，总会有惊魂未定的感觉，似乎再跑慢一点，黑暗中就会伸出一只大手来把他捉去。

有时候这帮小孩也会在长坡边老樟树的庇护下嗨嗨。这棵硕大的樟树远比机械厂的历史要悠久。据说建厂的时候，此地尚是一片荒凉，只有老樟树独自挺立，腰粗膀阔，枝叶繁茂，直冲云天，彰显着勃勃生机。树身离地两尺处，裂出一个两尺余长、一尺来宽的大洞，里面曾住着条大花蛇。本地人相信老树通灵，认为此蛇是树神化身，无人敢来捕捉，所以这条花蛇得以安居多年，如果不是碰上建厂，大概会在这树洞中享高寿而终的。

当年的厂长是南下干部，坚定的唯物主义者，对一切封建迷信都深恶痛绝。假如花蛇没有被人称作树神化身，老厂长也许会放它到别处去颐养天年。既是享有此名，老厂长就定要把它作为封建迷信的典型而加以铲除。起初想动员几位老党员来一起围剿的。但这几位都是当地人，宁可被老厂长痛骂且不回嘴，也不肯上阵。好在老厂长斗争经验丰富，暗示几个入党心切的毛头小伙子：能不能入党，就看这一回了。于是革命的火焰猛然高涨，这条占据着人民财产的资产阶级毒蛇被堵在洞里熏了个半死；勉强爬出来后，即被一顿乱石砸得稀烂。

这棵大樟树本来也要被砍掉做建厂之用，但当时有几位老人担心一砍就破了本地风水，便去找厂长老婆，力陈此事不妥，并举例说明会对砍伐者家人不利。这后面一说让厂长老婆恐慌起来，于深夜枕头上勒令老头子不要蛮干。老厂长虽以风骨硬挺著称，但在两个人面前还是要老老实实低头的：一个是毛主席，一个就他老婆。第二天他就改了口，说反正厂里以后还要栽树，有棵现成的大树在这里，留着也好。老厂长的家人倒也一直平安，他自己却因为有次心血来潮，跑去监督工人卸货，明明是站在一边，却被滚下来的钢材拐着弯砸断了小腿，伤好后成了个瘸子，大家一致认定，这就是打死了花蛇的报应。幸亏没有砍老樟树，不然只怕连命都会报销。

继任的厂长朱斌是个狠角，不怕厂里的任何人，对老樟树却心存敬畏，明确规定不准动它一枝一叶。它遂得以安然站立在离工厂大门不远的坡边，注视着一拨又一拨的小孩来到自己身边嗨闹，慢慢成长，然后又逐渐远离童年时代的游戏。不知从什么时候起，在树身离地一丈的地方，装了盏灯，且通宵亮着，方便那些夜行的工人。以前任冲夜哭，宋巧云抱着他在阴暗的篮球场上转，心里有些发毛时，就会行到这树下来，在昏黄灯光的围拥中得到一些安慰。所以老樟树很早就认识了任冲，也洞察了这个小男孩身上的气血异常旺盛。当任冲带着帮小孩往树下奔来时，老樟树的枝叶甚至微微颤动了一下。

任冲可没有心思去注意老树的动静，他冲到树下，就把烟壳纸亮了出来。王军、何春生跟杨真一心想赢他的“大前门”，也带足了本钱，大有鏖战到深夜的劲头。四小孩吆喝着，轮战了一通，正是兴致如火一样旺的时候，突然有片阴影从顶上罩了下来。任冲抬头一看，谢海龙正冲着他笑。不过任冲宁肯他皱眉瞪眼，因为他笑起来显得奸诈，就像电影里的汉奸，让人背上生寒气。一把抓起自己的烟壳纸，任冲扭身就跑，却突然腾空而起，已然被谢海龙扛在肩头上。

目瞪口呆地看着谢海龙扛着大喊大叫的任冲往青工宿舍楼行去，王军、何春生、杨真半天都没动一下。直到谢海龙消失在宿舍楼中，他们才你看我，我看你，谁也不明白谢海龙要干什么。杨真想继续拍，王军要去告诉任冲的父母，何春生却提出先去青工宿舍看看。最后还是何春生的提议最有诱惑力。三人遂吊着胆子，潜入青工宿舍。

一楼主要住着男青工，许多宿舍都是大门敞开，里面烟雾腾腾，大多是四个人开一桌牌，打得正酣；也有两人弄一瓶酒，倒在白搪瓷杯中，就着一碗油炸花生米对喝的。而往常最热闹的谢海龙宿舍却是门紧闭，只有门缝里泄漏的昏黄灯光说明了里面有人。三人面面相觑，谁都不敢上前敲门。就这样呆站了许久，门突然开了，三人都吓得往后退了一步。任冲眉开眼笑地行了出来，手中还拿了一包东西。看到王军他们，任冲更加高兴，说了声行起，便快步而去。王军他们努力跟上，并看清了任冲手里拿的居然是用报纸包着的油炸花生米，一路上口水咽个不停。

到了樟树底下，任冲倒不忙于拍烟壳纸，而是往三双伸出来的手上倒了些花生米。老樟树旁边就是水泥围起来的花圃，里面却什么也没栽，纯粹就是作为球场的护栏而存在。四人坐在花圃栏杆上，一粒一粒地往嘴里送花生米，细细地嚼着，并对其滋味发出由衷赞美。至于谢海龙何解把任冲捉去，又何解给了他一包这么大的花生米，任冲却不肯回答。被问得烦起来了，他说："你们哪个再问，就把花生米还给我。"

其他三人马上就把疑问随花生米一起咽进肚子，且嚼的频率加快了一些。吃完后，他们都眼巴巴地望着任冲。任冲却把报纸包牢，塞进裤袋里，跳下栏杆，大声说："快来拍烟纸。"

第二天清早，周明埋伏在路边的梧桐树后，专候任冲。本来昨天他就想在路上追着任冲打一顿的，但无奈被朱玲亲自押送到家，挨了一顿"竹笋炒肉"不说，晚上还不准出门。怀着积蓄了整夜的怒火，他瞪大眼睛，连一只路过的蚂蚁都看得清清楚楚。也没等多久，任冲那家伙就活蹦乱跳地现身了。周明心头一喜，握紧拳头，但马上又松了，因为任冲身后还行着一人——板寸头，钳子手，目光中带刀子，竟然是谢海龙。他不由自主地往梧桐树后缩。梧桐树身虽然不细，但并不能够完全遮住他。所以他的踪迹早已被王军看见，跑去报告了任冲，任冲又去报告谢海龙。虽然不太情愿搅入小孩子的纠纷，但既然昨晚答应了任冲要帮他教训周明的，谢海龙还是穿着双拖鞋，懒洋洋地跟着来了。

任冲指着梧桐树大叫：“他在那里！”

见一下子就被发现了，周明身子马上变得僵硬，想立刻跑掉，才迈开步，腿却像进了热水的面条，控制不住地发软变沉。直到谢海龙对他勾了勾手指，周明才能继续开动，像个木偶那样行了过去。谢海龙在他脑壳上敲了一凿栗，甩下句：“你莫再欺负任冲啊！”不待周明声辩，就趿着拖鞋行了。他自以为下手很轻，周明却痛到骨头里去了，眼里窝着两汪泪。见他这样，任冲倒有些忐忑不安，转身先行了。他总担心周明会追上来打，竖着耳朵听后面的动静，却只听到自己的脚步声。等进了幼儿园大门后，任冲才真正轻松起来，同时觉得周明实在没什么可怕的。

整整一天，任冲都格外兴奋，声音比往常要高好几个分贝，在那些比他大的小孩面前也缺乏应有的收敛。看不惯他的嚣张，罗佳屡屡想用眼神示意周明去教训他，但周明蹲在一边，只顾低头弹他的玻璃球。罗佳无可奈何，最后只好躲到教室里嗨积木。许多小孩子敏感到了任冲的强势，都聚在他周围嗨。何春生、王军顿时神气起来，因为他们跟任冲嗨得最好。连杨真也狐假虎威，吆三喝四起来，因为若论跟任冲嗨得好，他还是可以排在第三的。想到自己毕竟跟任冲打过架，这个地位不太牢固，杨真主动把那颗彩色玻璃球还给任冲。任冲大模大样地接受了，连谢谢都没说。这情景被孙爱红看在眼里，偷偷对陈玉说：“任冲好雄。”

陈玉很骄傲地说：“那当然。”

下午放学后，任冲站在篮球场边，看着何春生、杨真他们滚铁环，想起自己的铁环还待在屋顶上，有些闷闷不乐，连王军喊他弹玻璃球，他都没反应。陈玉行过来，在离任冲两尺的地方站定，喊了他一声。扭头看见陈玉手中拿了副崭新的铁环和铁钩，任冲有些蒙了。见他愣愣地站着不接，陈玉微笑着把铁环和铁钩往他脚下一放，又从裤袋里取出弹弓，往任冲口袋里一插，眼睛往边上瞟了一下，见有的小孩正看着他俩，顿时脸红起来，转身行了。

过了片刻，任冲才回过神来，先拿出口袋里的弹弓把嗨了一遍——该弹弓乃是合金丝做成，弓弦也已用皮箍箍做好，有几个皮箍箍还是彩色的，看上去实在漂亮。把弹弓插进口袋后，任冲从地上拾起新家伙，看了又看。铁环在夕阳下发出钢蓝色的光芒，让任冲身体里的血迅速跑动起来。到了吃晚饭的时候，回到家里，宋巧云便盘问他铁环从何而来。任冲不好意思说是陈玉所送，就称在路边捡的。宋巧云绝不相信，质问他是抢了谁的，并且还要动用竹扫子来逼供。在此威胁之下，任冲只有实话实说。宋巧云好一阵疑惑，担心任冲用了什么强迫手段。直到吃完饭，并没有看到陈红心来找麻烦，她这才稍稍落了心。

当夜色如蓝墨水一样渲染开来的时候，厂里的小孩们就像夜行的小动物一样，又开始外出活动了。没看到任冲在操场上现身，王军和何春生跑到他家里问，宋巧云却说任冲吃了饭就出去了。两人又到青工宿舍，上下寻觅，依然不见领袖的身影，未免有些失落。他们却没有想到领袖正和陈玉站在厂门外的菜地边，一起吃粒粒糖。

粒粒糖是任冲请陈玉吃的。虽然是在夜里，任冲也能准确地挑出其中的彩色粒粒糖，让给陈玉吃。

陈玉说："你也吃一些彩色的。"然后返还了几颗给任冲。

两人津津有味地咂着糖，看着远处房舍中透出昏黄的灯光。过了一会，任冲发出赞叹："粒粒糖硬是好吃。"

"是蛮好吃，清甜的。"

又过了一会，任冲压低声音，问："你夜里爬起来看吗？"

瞥了他一眼，陈玉嗯了一声。

"看到吗？"

陈玉又嗯了一声，低头看着脚下。

沉默了好一阵，陈玉轻声说："我还是悟不通，大人何解要做那样的事？"

"反正是大人就要做。"

"做了有什么用？"

"肯定是蛮有味。"

又沉默了好一会。

"我们去看电影，要得吗？"

"我不晓得路。"

"我晓得。"任冲的口气响亮而肯定。

其实他只去过两次，一次是厂里发票，全家得以幸福地看了场关于伟大领袖毛主席的电影；还有一次是张治军带着他和陈勇在电影院门口转了半个小时，想混进去，却未能如愿。对于抵达电影院的路线，任冲只有模糊的记忆。但就凭着这点记忆，他就敢拉着犹疑不决的陈玉，迈着坚定的步伐向电影院进军。

当初全家去看电影的时候，是沿着厂门前的一条水泥直道行到马路边，再沿马路往右拐，行至一个十字路口，就到了大街。这条街被称为新街，西通汽车站，东接鱼塘，一条直肠子连贯全城。在路口往左拐，沿着新街一直往前，大约行两里路，就会看到电影院蹲在大街边，斜对着汽车站。这条路线简单明了，但不为任冲所喜——他总是习惯于以前进街为坐标。

横穿过马路，就到了老城区，这里所有的街巷一概被称为老街。马路旁的凹地里有口方形井，长约九尺，宽约四尺，不上盖，青石勒边，被称为大井，以区别于蔬菜场那口上了盖的小井。井水在夜色中闪着幽光。听大人说，井里住着一个水鬼，全身发绿，到十二点钟的时候就会浮上来。虽然现在才七点多，任冲还是不敢靠大井太近。他生怕陈玉行过去看水，紧紧拉着她的手不放。陈玉虽有些害羞，但并没有要挣脱的念头。

行到前进街，不见陈勇他们的身影，大概是到别的街上嗨去了。张家奶奶也没有像往常那样坐在门口摇着蒲扇乘凉，她家的门也是关着的，似乎漏出一点灯光来，又似乎没有。这反常的冷寂让任冲的兴头顿减，因为他很想让大家看看陈玉的。

行完前进街，横穿过红旗街，穿过一道水泥砌的拱门，就到了农贸市场。夜晚的市场巨大而冷清，街道两边的交易场地里站着一些空荡荡的水泥台和卖肉的案板，还有巨人一样的木柱。木柱撑着高高的屋顶，屋顶盖着黑瓦，如同大鹰的翅膀欲垂未垂。这里是街上小孩捉迷藏和打弹弓仗的上佳场所。要不是得去电影院，任冲会拉着陈玉行完所有水泥台和案板间的过道，告诉她自己曾在哪些地方躲藏过，又是在哪些地方找到那些自以为藏得隐蔽的同伴。

过了农贸市场，任冲的记忆就像一张浸入水中的照片，逐渐变得模糊起来。横在眼前的是条上坡路，而坡边又横逸出一条路来。在恍惚中任冲看见自己同时在两条路上行走，到底哪一条通往电影院，他却无法确定。

见任冲一副悟不清的样子，陈玉担心迷路，说："我们回去算了。"

听到这句话，任冲脸有些发烧，大声说："我晓得路的。"同时迅速做出决断，沿着上坡路行去。

见他紧抿着嘴，眼睛直视前方，像个大人的样子，陈玉也就把疑问吞到肚子里，乖乖地跟着他行。其实任冲一点把握都没有，只是凭着一股气往前冲。这条上坡路出奇的漫长，以至于行着行着，任冲就怀疑自己是不是行错了，想倒回去，从另一条路行。假如不是陈玉在身边，他真的就会掉头。但任冲不想让陈玉晓得自己其实记不清路，硬着头皮，茫然地行着。直到升上坡顶，看见那条宽阔的新街，任冲心里才踏实起来，卷起一阵狂喜。

电影院门口坐着些小贩，以卖冰棒的和卖瓜子的居多。任冲晓得那些白色的冰棒箱里装着绿豆冰棒和带橘子味的淡黄色半透明冰棒。至于瓜子，则明明白白地摆在扁竹箩里，上面放着两只长短胖瘦均有异的竹筒。任冲的小口袋本来有一毛钱，但买了粒粒糖，所以这时只能和陈玉从冰棒箱和扁竹箩前依次慢慢行过，咬着手指巡视了一回，好容易才把黏在小摊上的目光拉回来。

这时电影已经开演了，任冲行前，陈玉跟后，往摆在电影院门口的两排铁栅栏中间钻。守在栅栏尽头的是个留小胡子的年轻人，哼着七零八落的歌曲，目光四处溜动。这两小孩从他腿前掠过时，小胡子还没怎么反应过来。等到任冲和陈玉行进候映厅时，小胡子才把他俩喊住。盘问了半天，才弄明白这两小孩既没有大人带着，也没有票，乃是从家里偷偷溜出来的。问清楚他们不是兄妹只是邻居后，小胡子禁不住笑了起来，向一个行过来看热闹的中年妇女说："这么小的人，就晓得带妹子来看电影了，长大了何得了。"

中年妇女也笑起来，看看任冲，又瞄瞄陈玉，赞道："这两个小孩都长得乖态。"

任冲瞪大眼睛，看着这两人，一声不吭。陈玉开始还有些惶惑，但听到赞赏后，马上说："叔叔阿姨，让我们进去看一下喽。"

小胡子说："你们没买票，不能进去。"

"我们就看一下，看一下就出来。"

小胡子和中年妇女对视了一眼后说："那你跳支舞给我们看。"

偏着脑壳悟了片刻，陈玉真的跳起了"小燕子，穿花衣"。她的手脚纤细，腰肢柔软，像一枝小小的杨柳在风中转动，让两个大人赞不绝口。跳完后，她抬头望着小胡子，眼神中满是期待。

"你再跳一支看看。"

没等陈玉开口，任冲大声说："你讲过的，就要她跳一支。"

见这小男孩居然还气势汹汹，小胡子一愣，然后说："跳了舞的就准进去，没有跳的就不准。”

像是被当头打了一棒狠的，任冲呆呆地站着。

晓得他跳起舞来很难看，陈玉忙说：“叔叔，那我再跳一支，要得吗？”

“那你要跳两支。”

“你莫跳，我们行算了。”任冲拉着陈玉，气鼓鼓地往外冲，经过小胡子面前时，抬头斜睨着他，“还是大人呢，讲话不算数。”

一时找不出话来回，等到他俩行出几米远，小胡子才醒过神来，讪讪地道：“这个小孩脾气还很大。”

见平常嚣张的小胡子居然被个小孩给教训了，中年妇女心里高兴，不接他的话，只是看着任冲和陈玉的背影，嘴角溢出一丝笑容。

出了电影院往右拐，行出十来米远，任冲看到挨着电影院围墙有条下坡路。他隐约记起这条路也可以通到老街，便对陈玉说：“我们行这条路，近很多。”

其实到底近不近，他心里也没底。但任冲就是要嗨个新鲜花样，以向陈玉表明，他虽然跳舞不行，但至少还晓得条近路。见这条下坡路夹在两排房子中间，在十来米远的地方拐了个弯，隐没于不可知的所在，陈玉有些担心，问任冲到底行过没有。本来她如果提出行大街，任冲也会依从，然而这一质疑，任冲就非行这条所谓的近路不可。

这条下坡路也是水泥铺就，在拐弯的地方还竖着一杆路灯，有无数飞蛾围着灯光旋舞。路灯斜对面是盐业公司家属大院。过了大院没多远，齐整的水泥路就中断了，接续下去的是条弯弯曲曲的土路，而且不断分岔。房舍也从单位的楼房变成了街上人家住的平房，东摆一座，西蹲一栋，毫无章法。如果是在白天，任冲还能依稀记得怎么行。但这是黑夜，又没有路灯，仅仅是凭借平房中昏黄灯光的映照，他的记忆不可能清晰，而是像脚下的土路一样，模糊，黯淡。也不晓得绕了多久，两人还是没能突破这些不规则散落的平房的围困。黑夜中到处都有不可名状的物体，还有细细碎碎的声音在闪烁。陈玉总觉得在哪个角落里藏着只可怕的大灰狼，随时会跳出来。她几乎是在哀求任冲往回行。停住步子，任冲张望了一阵，最后无可奈何地说："那也要得。"

然而，很快他们就发现沿原路回去也难以实现，因为绕了这么久，早已记不清方向。陈玉蹲在地上，在黑暗中哭泣起来。

"莫哭喽。"

"就是你，记不得路还要乱行。"

任冲脸上一阵阵地发烧。他低头看着陈玉，等着她哭完，自己偶尔也使劲地吸一下鼻子，像是在给陈玉伴奏。也不知过了多久，陈玉停止哭泣，却说："我想解小手。"

"你忍一下。"

"快忍不住了。"

"那你就到那棵树后面解。"

"等一下来人何解办？"

"你快一点，我帮你看着。"

陈玉行到树后，小声说："你莫偷看。"

"快点喽。"任冲说完，转过背去，却不能阻止那淅淅沥沥的声音在静夜中格外清晰地滴入耳中。

等陈玉行出来，他得意地宣布："我听见你撒尿的声音了。"

陈玉想骂他是个流氓，却又骂不出口，过了片刻才说："不准跟别人讲。"

不接她的话，任冲似乎又恢复了活力，凭着感觉往前行。行完一段坡度渐陡的土路，脚底板就感觉到青石板的支撑，呈现在眼前的是一级一级的台阶。任冲欢呼一声，像只习惯了黑暗的小动物沿着台阶跳跃着行下去。虽然他每跳一步都要看看脚下，速度并不快，但陈玉已经有点跟不上，急得在后面喊他。任冲停住，扭身看着陈玉一级一级地蹭下来，等她挨近了，又跳着往下行几级，再停住等她。有些青石板并没有完全跟路面吻合，用力踩在上面会导致石板跟路面的撞击，发出类似于擂鼓的声音。任冲发现了这一点，跳得格外起劲，有一次踩到台阶边缘，差点滑倒。

这段石板路沿坡铺砌，有五十来米长。下了坡，一段水泥路横在门口，右边是公安局门口，左边接通来时所行的水泥长坡。对于自己一顿乱闯也能把路行通，任冲十分得意。如果不是陈玉跟在身边，他会大喊一声冲啊，然后飞速奔跑。陈玉也有几分高兴，但随即又担心回去晚了会被大人骂。任冲也弄不清到底什么时候了，好在街道上有人在行，路灯下有成群的飞蛾在跳集体舞，这一切，都给静寂的夜注入了生气，也给他增添了胆气。等到进入老街，就见不到什么人，也无路灯照明。好在云层中隐藏了许久的月亮，这时总算肯踱出来露面了。石板路反射着点点清辉，让任冲有点舍不得就这么行完。

走到农贸市场的时候，陈玉突然说：“我好想睡觉。”

这句话立刻就勾起了任冲被兴奋压住的倦意。平常都是不到九点就被大人赶到床上睡觉的，这个夜晚在路上又耗费了太多精力，两人实在有点撑不住。

任冲说：“那我们就在台子上先睡一下，睡几分钟再回去。”

“你到时要记得喊醒我。”

“要得。”

帮助陈玉爬上水泥台后，任冲也翻了上去。这是靠路边最近的台子，白天摆放的是各种农产品，今天晚上两个小孩却把自己摆在了上面，蜷缩着身子，像两只小兽安安静静地躺着。先入睡的倒不是陈玉，而是任冲。几分钟后，也不见两人醒来。月亮又悄悄隐入云层中，似乎怕惊扰了他们的睡眠。

这时候，任建国和陈平两家人正在搜索机械厂的每一个角落，但是他们越来越焦急地呼喊得不到任何回应。等到从生产区无功而返，宋巧云和陈红心站在门口，手足无措，都急得哭起来时，这才有人回忆起好像看见任冲和陈玉行到外面去了。于是整栋平房的男人都出动，分成三队，一队行老街，一队直接到新街上去寻，还有一队往马路左边行进，去东方小学那一带搜索。

去老街的那帮人是任建国带队。他手握电筒，一边迈着大步一边骂着任冲，声言找到了要吊起来打他一顿饱的。旁边的孙治富戏言，像任冲这么调皮，要天天拴着才行。这话让任建国心窝里冒火——什么东西要拴着？只有狗才拴着。但人家是来帮忙的，任建国不好跟他相骂，只有重重地吐口气，步子更加急促，眼睛盯着前方。从农贸市场穿过时，他甚至没有往旁边多看一眼。倒是孙治富瞟到了水泥台上躺着的两个小人，他离开队伍，行了过去，看清是任冲和陈玉，才大喊一声：“在这里！”

其他人闻声聚拢了过来，见这么硬的水泥台两人也睡得落，而且睡得那么香，没有被冻醒，都啧啧称奇。

孙治富说：“任建国，你崽真的狠，这么小就跟妹子睡在一起。”

任建国又好气又好笑，用手拨弄任冲的小脸。弄了好几下，任冲才睁开眼睛，迷迷糊糊地看着他，喊了声：“爸爸。”又翻过身，睡了过去。

“这个鬼崽崽，当自己是睡在床上呢。”任建国恨恨地说，把他抱了起来。

孙治富俯身去抱陈玉。这小女孩倒很警醒，才抬起她的肩膀就猛地睁开眼睛。怕惊着她，孙治富忙开出笑脸，说：“陈玉，我是孙叔叔，来带你回去的。”

瞄了他一会，陈玉才喊了声孙叔叔，自己爬了起来。但她倦意仍浓，孙治富背着她才行了几步，便又睡过去。

当抵达家门口的时候，宋巧云跟陈红心都预备下了满腔怒火，要好好地教训任冲和陈玉一顿。但这两位都恬然入梦，小模样甚为可爱，宋巧云陈红心一见之下，都是又气又怜。再加上其他人都劝说让他俩好好睡一觉，有什么事明天再说。于是两位都被送到各自温软的床上，继续在梦中携手去看电影。第二天虽然免不了挨大人几句训斥，但并没有惨遭竹扫子修理。宋巧云和陈红心却为此事心悸了好一阵——每每想到要是被人贩子捉去，那真的是不晓得要到哪一国去找，未免背上直冒寒气。

任冲带着陈玉夜里去看电影最后睡在农贸市场水泥台上的壮举，没两天就传遍全厂。谢海龙听说了，笑得在凳子上蹲都蹲不稳，连夸任冲有狠。

吴媛见到任冲就故意往他背后张望，说：“任冲，你何解不带陈玉来啊？”

任冲瞪大眼睛，不解地望着吴媛——自己到青工宿舍嗨，何解要带上陈玉呢?

吴媛却捂着嘴巴，笑道：“任冲，你别这样看我，陈玉要是见到了，会生气的。”

任冲愈加不明白她的话，顿时感到窘迫起来。好在贺薇及时地向他招手，让任冲打消了转身离去的念头。贺薇摸着他的头，叹了口气：“任冲，你才这么小，胆子就天大，长大了何得了？”

以为她是在夸自己，任冲顿时得意起来，摇着脑壳，要求吃贺薇收在抽屉里的饼干。

吴媛故作生气地说：“别给他吃，看他那个样子，做了坏事还这么雄。”

贺薇只是笑，最终还是从抽屉里拿出饼干盒，打开盖子，让任冲自己挑了两块。饼干到手，任冲就不再逗留，临出门前还冲着吴媛喊了句：“你是个坏阿姨！”然后一飙就没了影子。吴媛只有站在那里苦笑。

饼干只有两块，任冲怕王军他们看见，又问自己要，就坐在楼梯台阶上吃起来。这是两块动物饼干，一只好像是鹿，另一只好像是兔。吃鹿饼干的时候，他是先咬脑壳，再吃身躯，再吃脚，吃兔饼干的时候，他是先吃尾巴，再吃脚，再跳开身躯咬脑壳，最后恋恋不舍地吃完了身躯。这般换着花样吃，让任冲觉得滋味无穷。最后他站起来，幸福地抹抹嘴巴，往楼下跑去。

到了一楼楼梯口，恰逢有人从楼道外行进来，任冲没收住脚，一头就撞进那人怀里。等他抬起头来，谢海龙已一把将他兜住。以为他要挠自己的胳肢窝，任冲大叫起来。一手拖住他，一手高高举起，谢海龙说："任冲，你看这是什么？"

任冲一瞥之下，目光就被胶住了。他可从来没见过这么大的弹弓枪，有一尺多长，可以用双手端着，当冲锋枪用。谢海龙放开了他，任冲还定在原地，呆呆地仰望着这把巨型弹弓枪。过了好一会，他才问："这把弹弓枪是不是给我做的？"

"你讲呢？"

"你讲过要给我做把弹弓枪的。"

"这把太大了，我另外给你做把小的。"

"我就要这把。"

"那我先收着，等你长大两岁再给你。"

"我现在就要。"

"那你听我的话吗？"

任冲猛点脑壳。

左右看了看，谢海龙俯下身子，在任冲耳边讲了一会悄悄话，直起身子后，又问："记得吗？"

任冲很爽利地点点头，但眼睛中有些疑惑。

“等你讲了以后，我就把弹弓枪给你。”

“那我不得干。等下我讲了你又不给我。”

“谢叔叔何解会骗你？”

“反正你要先把弹弓枪给我。”

看着这个嗓门很大神情坚定的小孩，谢海龙也有点无计可施，只有把弹弓枪递过去，在他后脑勺上拍了一下，说：“快去。”

欢呼一声，任冲提着弹弓枪，冲上二楼。

吴媛又在举着那面直径有半尺的圆形镜子自我欣赏，冷不防任冲挨近她身边大喊一声吴姨，手一抖，镜子差点摔了下来。

“你不是喊我坏阿姨吗，还来干什么？”

“我刚才是乱喊的，你是个好阿姨。”

鼻子哼了一声，吴媛故意不看他，嘴角却泛起隐隐的笑意。

“你是最好最好的阿姨。”

“那你以后还喊我坏阿姨吗？”

“再也不喊了。”

“你肯定有什么事求我？”

“我没有。”任冲眼睛转个不停，过了一会才说，“吴姨，谢叔叔要我跟你说，他在舞厅门口等你，要你现在就去。”

“你在哪里碰到他的？”

“就在大门口。他讲他有事先行，要你快点去。”

“这个家伙，到底搞什么鬼？”

怕吴媛继续盘问下去，任冲行出门外。在走廊上时，他还在为这件事感到疑惑。等到下了楼，他心里就只剩下拥有大号弹弓枪的喜悦了。来到篮球场，看着手中的枪如此威猛，任冲禁不住意气风发，模仿电影中持冲锋枪的战士，双手端枪，口里发出突突之声，围着球场跑了一整圈。

在球场上嗨的小男孩们都被他手中的弹弓枪镇住了，纷纷停止了滚铁环，等他一停住，就围了上去。他们平常嗨的大多是弹弓，谁能有把弹弓枪，就很值得炫耀一番了。那种弹弓枪，不过是半尺长，跟任冲手中的一比，简直就是小鸡比老鹰。小孩们一个个都眼睛发亮，连大小孩们都啧啧称赞。

陈松盯着他，眼神一半是忌妒一半是怀疑。他问："任冲，你这把枪哪里来的？"

"是谢叔叔专门给我做的。"

听到是谢海龙送给他的，陈松只有硬生生剪去谋夺这把猛枪的念头。其他小孩们都争着来摸。任冲很大方地任他们抚摩，但当有人试图拿过去嗨时，他双手死死扣住，大喊："谢叔叔讲过的，这把枪不准给别人嗨！"

那些大小孩们纷纷嗤之以鼻，但又不敢去抢，怕谢海龙真的说过这句话，只有批评任冲小气，然后摇着脑壳行开。巴不得他们散去，任冲对批评充耳不闻。剩下的小孩要么是跟他差不多大，要么是比他小，任冲完全能控制住场面。过了一会，他也肯让伙伴们嗨弹弓枪了，但时间上有严格控制，连王军何春生他们也只能持有一会。其他小孩想过把瘾，就得承认任冲是司令，自己是他的部下。就这样，任冲仗着这把先进武器，拉起了一支部队。

而王军跟何春生为争当副司令，差点打了起来，任冲只有让他俩轮流来当，一人当一个礼拜的来。而杨真当上了军长，坐第四把交椅，倒也心满意足。最小的那个男孩也被封为排长。整支部队没有一个兵，个个都带长字，倒也皆大欢喜。

任冲在操场上拉部队的时候，吴媛已经穿上托人从上海带来的高跟鞋，噔噔噔地行下楼去。路过谢海龙宿舍时，她下意识地看了一眼。木门紧闭，打消了她的一丝疑虑。谢海龙也确实不在宿舍，他站在老樟树后，叼着根烟，看着吴媛的背影飘出大门，就把还剩半截的烟丢到地上，踩熄，快步向青工宿舍行去。

贺薇立在窗前，俯身收拾着桌上的书本，听到背后有脚步声，最初那刻并没有回头——她以为是哪个女青工来串门了。但很快她就察觉有异——门被关上了。一回头，她整个身子都转了过去。

“谢海龙，你不是到舞厅去了吗？”

“我没去。”

“我晓得了，你是叫任冲把吴媛骗了出去。”

“你晓得就好。”

“我要去上课了。”

“我就跟你讲几句话。”

“有什么话以后再讲。”

“我就想现在跟你讲。”

“你拦着我干什么？”

“我就跟你讲一下。”

“那好吧，你快点讲，我还要赶时间。”

“你何解对我这么冷淡？”

“我对男的都是这样。”

“我想关心你。”

“你去关心吴媛好了。”

“你难道看不出，我跟她只是嗨得好，没有那个意思。”

“这跟我没关系。”

“我跟她嗨，其实也是想有个借口，多来看看你。”

“谢谢。我没有什么好看的。”

“你就是好看，我就是喜欢你。”

“你莫乱讲。我们不是一类人，我也不得喜欢你。”

“我晓得我不喜欢读书，没你上进，你看我不起。”

“我没有看哪个不起。”

“你就是看我不起！”

“随便你怎么想，我要去上课了，你莫拦我。”

“贺薇。”

“你想做什么。你快松手……要不然我就喊了，我数，一、二……”

数到三的时候，谢海龙松开了手，往后退了几步，神情沮丧，像只斗败了的公鸡。贺薇刚才被谢海龙箍住，身体发热，脸上飞红。整理了一下衣服和头发，她拿起书本，绕开谢海龙，快步行了出去。

光线一点点地被夜色抹去，也不知在贺薇宿舍里站了多久，谢海龙才在黑暗中离开。

回到宿舍，正碰上同室的夏厚清从资江游泳回来。夏厚清问他何解没出去嗨，谢海龙冷着脸不作声，过了一会才说：“有酒么？”

“有，但是没下酒菜。”

“拿来。”

这种借酒浇愁的事夏厚清见得多，他自己也有过。但谢海龙一向活得很得意，这样子萎靡不振，倒是头回见到。替他倒满一杯酒，递了过去，夏厚清问：“何解，跟吴媛吵架了？”

谢海龙一仰头，硕大的喉结上下直滚，咕咕咕把整杯酒都灌了下去。一抹嘴巴，长长地嘘口气，他直盯着夏厚清，说：“我跟吴媛没什么，真的。”

“你们两个不是嗨得蛮好么？我看她对你有意思。”

“我们只是普通朋友。”

“普通朋友？你未必没跟她亲过嘴，我就不信。”

“没亲过，骗你是猪。”

“这就奇怪了，你这个骚鸡巴，见了肉哪有不吃的？”

“你以为我像你，看到只母猪都想上。”

“你莫乱讲。我晓得了，你喜欢贺薇。”

谢海龙红着眼睛，又开始灌酒。

“要是换了我，我就喜欢吴媛。贺薇长得是乖态，就是太瘦，一身都是骨头，还是个妹子身材。吴媛奶子翘屁股大，那才是女人，搞起来最出味。”

“你莫这样讲啊！”

“好好，我不讲。我晓得你两个都想要。”

“你放屁。”

“嘿嘿，我讲的两个不包括吴媛。”

“还有哪个？”

“你自己清楚，还问我。”

“到底是哪个？”

“就是医务室那个。”

停下手中杯子，谢海龙盯着他。

“你莫紧张，大家都晓得她喜欢搞。”

“我没跟她搞。”

“你有胆搞，还没胆子承认？”

“真的没搞。”

“还讲没有。我问你，那天中午，你在食堂吃了饭，宿舍也不回，就飙到车间去了。你未必是去加班？”

对着桌面重重地吐了口气，谢海龙说：“老子只是拿她泄泄火。”然后他又盯着夏厚清说：“你不要跟别人讲啊！”

“想封我的嘴，那要请我吃一顿。”

“你吃老子的还吃得少？你就算传出去老子也不承认，反正又没抓到现场，老子还要告你造谣诬蔑。”

“我不是这个意思，你不请就算了，我还真的会去放你的臭？”

“请你的客，是为了兄弟情义，你要拿这个要挟我，就一点味道都没有了，你讲是吗？”

“那是，那是。我也只是开个嗨笑，何解敢要挟你？”

“就是。我也晓得你这个人，上面比下面馋。等发了工资，去店子里打牙祭。”

“我就晓得龙哥大方。”

谢海龙跟夏厚清喝得渐渐上路的时候，门被猛然推开了，吴媛叉开两条长腿，一手叉腰，横立在门口，喝道：“谢海龙，你到底在搞什么鬼？”

慢腾腾地抬起头，谢海龙眯着眼睛看了看，说：“是吴媛啊，你有什么事？快进来讲。”

见他似乎有些醉，吴媛的怒气就消了一半，不过口气还是很硬。

“你要我去舞厅等你，你却在这里喝酒，你讲你是不是有病？”

“我没有要你等我啊。”

“还讲没有，你要任冲来跟我讲的。”

“我没有要任冲跟你讲啊。”

“他明明讲是你要我到舞厅等你。”

“你被任冲骗了。你想想，我哪回跳舞不是自己来喊你，哪会要个小孩跟你讲？”

吴媛跺了跺脚，转身去寻任冲。看着她的身影在门边一闪而没，谢海龙对夏厚清眨眨眼睛，两人无声地笑了起来。

这个晚上，吴媛是注定找不到任冲的。任冲家里没有人——宋巧云带着任安，和陈红心一起去工会活动室看电视。而任建国约上陈平跑到赵伟家打牌。任冲自己却已离开了大部队，来到陈玉家。陈玉的哥哥陈松在篮球场嗨腻了后，就到街上的同学家嗨去了。这样，屋子里只剩下任冲和陈玉两人。他们把门关上，站在后屋的床边，一声不吭，样子都很紧张。

过了一会，任冲说：“你脱喽。”

陈玉摇摇头。

“我们开始讲好的。”

陈玉垂下头，不作声。

“反正大人都讲你是我老婆，你还怕什么丑？”

“就是你，要带我去看电影，害得我跟你睡在一起，被别人讲。”

“你不是讲喜欢跟我在一起嗨，现在又想反悔了？”

“我哪里反悔？”

“那你还不脱？”

“我怕等一下我爸爸回来。”

“大人出去，要嗨好久，不会的。”

陈玉抬头看着他，眼神无辜得像只小兔。

“那我来帮你脱。”

见陈玉不作声，任冲把她的裙子掀起，帮她脱内裤。

褪到脚踝处的时候，陈玉却不肯抬脚，说：“就这样算了，你快点喽。”

“那你把脚叉开。”

陈玉叉开脚，把小内裤撑得变了形。

任冲让陈玉自己把裙子掀起，蹲下去看了一阵，又伸出手去抚摩。陈玉生怕大人回来了，催他快点。任冲才褪了自己的裤子，小鸡鸡翘得很高，顶在陈玉那里。两人都不动，就这样粘着。任冲也怕大人回来，过了会，就主动鸣金收兵。穿好裤子后，他又抱着陈玉亲嘴，亲得咂咂有声，像是在啃一只红苹果。

把这一切干完后，任冲响亮地宣布：“现在我们长大了。”

4

任安在两岁半前，宋巧云白天把他放在张家奶奶那里带，晚上再接回来。两岁半后，就送到工厂幼儿园。任安瘦小、羞怯，见到生人就躲。但宋巧云并不担心他在幼儿园会受别家小孩的欺负——工厂里的小孩都晓得，谁要是去戳任安，任冲头发都会竖起来，比自己受到攻击还要愤怒。所以当任安拖着鼻涕，蹲在墙角嗨蚂蚁的时候，连周明也没想过要去戏弄他。事实上，唯一欺负任安的人就是任冲自己。虽然不允许别人欺负任安，但在弟弟面前，任冲非要占个上风才行。

比如说，任建国给他们买了辆三轮童车。任冲硬要骑到自己厌烦了，才准任安骑。任安跟他争过一回，却被他一把推倒在地上，哇哇大哭。宋巧云见了，心疼得紧，一边扶起任安一边数落任冲："你就不晓得让一下老弟？"

本来见任安哭得惨兮兮的，任冲想让他先骑算了，但宋巧云这一数落，任冲就偏不让，一声不吭，猛踩童车，往篮球场奔去。

任安哭完了，不待宋巧云给他擦脸，就自个往篮球场追随他哥哥去了。也就是说，他虽然经常被任冲欺负，却对他很依赖，一时半刻没看到哥哥的影子，就要遍地去寻。这点有时让任冲很烦，想甩掉这个小尾巴。但任安像只小小的猎犬，有着超强的追踪能力，无论任冲躲在哪里嗨，他七转八拐，最后都能找到他。对于老弟的这种本领，任冲也只有叹服的份。

好在任安并不强行参加他们的游戏，要么是站在一旁安安静静地看任冲弹玻璃球、拍烟壳纸，要么就蹲在一边嗨他那永远嗨不厌的蚂蚁。反正只要任冲在他的视线范围内，他就会嗨得安心。如果任冲赢得多，心里高兴，就会给他一颗玻璃球或者一张烟壳纸。任安当宝贝一样收着，回去后定会向宋巧云报告，说哥哥给了我什么东西。宋巧云这时会很高兴，夸任冲像个做哥哥的，晓得照顾老弟了。任冲也欣欣然颇为得意。但如果任冲哪一阵子手气坏，输得快见了底，就会问任安追讨。任安也会乖乖地拿出来，让他去扳本。

后来任安稍大，自己也会跟同龄的小孩弹玻璃球、拍烟壳纸了。嗨这类游戏，他不像任冲那么气势汹汹，要么猛赢，要么狂输，而是嗨得巧，靠手法的精致取胜，每次搏战完毕，起码能保本。有时任冲泄光了本，就会问他要，而且要得理直气壮，仿佛这些东西是自己存放在弟弟这里的。任安很乐意把自己的战果拿给哥哥去扳本，就算最后还是输了，他也从没想过要追讨。有时想起这点，任冲会感到惭愧，既而恼火，觉得自己没有弟弟狠。他只有在另外的方面表现出自己的狠气。好在他狠的地方有很多，诸如打架骂人、爬树跳墙、嗨工兵捉强盗等等，任安都是望尘莫及，对他只有无限景仰的份。何况任安还有一些表现，可以让任冲大加嘲笑，借以巩固自己的长兄地位。

比如说任安虽然在六个月时就断了奶，但总是喜欢吮手指。不但吮自己的手指，在睡觉的时候还会下意识地抓住任冲的大拇指吮。任冲明明在临睡的时候背对着他，把手藏得紧紧的，第二天醒来，却总是发现自己的一个大拇指被任安含在嘴里。等到宋巧云来给两兄弟洗脸的时候，他就要大声嚷嚷，说老弟又吮我的手指了。宋巧云照例会取笑任安两句。任安也不回嘴，一副老实服罪的模样，加强了任冲在弟弟面前的优越感。

任安还有一桩特别的嗜好，更能增添任冲的优越感，而让宋巧云极其头疼，就是喜欢捡垃圾。在离工会活动楼不远的土坪里，有个大垃圾坑，四面用红砖砌了三尺高的围墙，有一面在离地两尺余处开了个长方形的大口子，口子外砌了三级水泥台阶。家属区的垃圾就集中倒在这里面。外面运垃圾的清洁工懒得很，非要等到垃圾堆积如山，溢出围墙，厂里打电话去催，才肯拖着垃圾车光顾。倒是厂里有些小孩，工作积极性比国家雇请的清洁工高得多，经常蹲在垃圾堆边拨弄，其中尤以任安为杰出代表。

别的小孩虽然渴望从垃圾堆里翻出些什么好东西，但也只是在边上寻觅，独有任安奋不顾身，常常勇闯垃圾山，一脚踩下去，起码要陷入半尺。任安却不以为意，从山这边翻到山那边，可谓踏遍了此山的每个角落，而且敢于深入挖掘，所以常常能够满载而归，绝无入宝山而空回之憾。他带到家里的东西不但气味独特，而且品种丰富，什么空药瓶、废电池、旧牙刷、缺盖的旧文具盒、锈穿了洞的茶叶罐……有次还兴冲冲地拖了条破卫生带回来，被任建国看见了，大觉晦气，扇了他一耳光，他却抓着卫生带不肯放手。任安如此热爱在垃圾中淘宝，以至于吴铁梅笑话宋巧云，说：“你家最好开个废品回收店，让安安来坐柜台。”

宋巧云只有苦笑着说：“我骂也骂了，打也打了，他就是不改，你讲恨心吗？”

好在任安虽然喜欢跟垃圾打交道，搞得一身脏兮兮的，却没因此沾上什么病。只是宋巧云洗衣服的时候，要多费些“马头”牌肥皂。任冲虽然经常嘲笑弟弟对捡垃圾事业的热爱，却能从他淘回来的宝贝中得到些好处——没有油墨的圆珠笔芯，可以塞根小铁丝进去做成微型水枪；金属瓶盖，在玻璃球缺货的时候可以下着嗨，积攒多了穿成一圈，又能做踢田之用；至于从垃圾中翻出烟壳纸来，弄干净了，照样可以拿去拍。所以当宋巧云要求任冲看到弟弟去翻垃圾就拖他回来时，他大摇其头，说垃圾堆那么脏，他才不会进去呢。任冲说的倒是实话。他虽然整天跌打滚爬，弄得一身是灰，却还算爱干净，洗手洗澡都很勤快。不像任安，就算不去翻垃圾，十个指甲缝也都会积满污垢，非得宋巧云按住他才肯清洗干净。宋巧云只有多表扬任冲这一优点，要任安向哥哥学习。任安吸了吸鼻涕，看着神气的任冲，顺从地点点头，但第二天就忘得精光。

这天傍晚，快到吃饭的时候，还不见任安的踪影，宋巧云打发任冲去寻。任冲清楚弟弟不来黏自己的时候，准是去翻垃圾了，便直奔垃圾坑。果不其然，任安站在垃圾山顶，正弯腰拨弄着脚下的垃圾。任冲站在离垃圾堆两米远的地方，连喊几声，他还不肯下来。直到任冲鼓起眼睛，威胁要打他一顿的时候，任安才恋恋不舍地返回平地，右边的口袋鼓成一团，里面装着个空墨水瓶，左手提了段废旧电线，裤脚和鞋面上还捎带了不少垃圾渣。任冲先检查他的战利品，发现没有自己感兴趣的东西后，便模仿大人的口气批评他太不讲卫生。任安也不回嘴，跟在任冲身后，往家中行去。何春生正端着碗，坐在门口的竹靠椅上吃饭，看到任冲背后跟着的那个脏兮兮的小家伙，便咧开鲢鱼嘴说：“任冲，你老弟硬是邋遢。”

瞥见他一脸嘲笑，任冲心里就有点堵——老弟是邋遢，但也只能由他来批评，别人是不能乱加议论的——大声说：“你以为你很干净，还不是一样的？”

对于任冲这种明显混淆黑白的言论，何春生不太服气，说：“哪里一样的？你看任安，真的像个捡垃圾的。”

任冲向前一步，问：“你讲哪个像捡垃圾的？”

何春生涎着脸说：“是像啦。”

砰的一声，他手里的碗被任冲打翻，掉到屋前的沟里面，碎成几瓣。何春生是个爱惜东西的人，马上大叫起来：“你赔我的碗！”

何春生的爸爸何颂武闻声而出，询问缘故。任冲的声音比何春生高得多，控诉他骂自己弟弟是捡垃圾的。何春生辩解说没有骂。任冲马上说，猪讲过。何春生就不作声了，低头去哀悼沟里的碎碗。见此情形，何颂武明白何春生肯定讲过这话，便把他拖了进去。任冲取得了又一次胜利，带着任安，得意扬扬地行了。

周明正好路过，目睹了争斗的全过程。他看看任冲嚣张的背影，又瞟瞟在屋里哭闹的何春生，心里着实高兴，便学着电影里的汉奸，坏坏地笑了一下。到了晚上，他主动上门喊何春生一起去嗨。犹豫了好一会，何春生眼前闪动着任冲打翻他碗的情景，又想起陈玉跟任冲嗨得越来越好，却不太理自己，心里渐渐涨满委屈，然后转化成怒气，最后竟跟随周明而去。任冲正在老樟树下和陈玉、王军、杨真、孙爱红踢田，看到何春生跟在周明身后，大摇大摆地往门口行去，一时颇为诧异。王军和杨真更是感到震惊，都望着任冲，看他有何反应。任冲悟清楚了何春生是恨自己打烂了他的碗，才跟周明一起嗨的，却并不认为自己有什么错，露出分外轻蔑的表情，从牙缝里蹦出两个字："叛徒！"

小孩子是最怕当叛徒的。听到这两个字，王军和杨真都觉得事态严重，同时庆幸自己不是。陈玉当然跟任冲同仇敌忾，也露出轻蔑的表情说："何春生是个国民党，专门当叛徒。"

她的声音清脆响亮，顺风传到何春生的耳朵中。他想分辩，喉咙里却好像被什么东西堵住了。而周明越行越快，转眼就把他带得远了。

何春生叛变投敌，没有人跟王军争当副司令了，杨真也上升为三号人物，两人都是欢喜大于怨恨。只有任冲私下里还是觉得伤心，越伤心，就越恨何春生，见到他就往地上吐口水。何春生本来还有些后悔，但见任冲这样子，晓得退路已绝，索性也摆出副势不两立的模样。两人在幼儿园的座位排在一起，往常上课都是交头接耳，小动作不断，现在却如两尊木头菩萨摆在一起，绝不肯向对方看一眼，让朱玲和郭芳诧异且惊喜。

任安坐在前面第一排，仰着头，一副认真听讲的模样，只是鼻涕常常淌下来，快挨着嘴唇了还不觉察。朱玲有时看着心里都过不得，行下来用纸替他擦干净，再继续上课。任安现在被正式批准加入任冲的部队，成为哥哥的警卫员。任冲除了发给他一把小弹弓外，还让他负责掌管巨型弹弓枪，在自己使用的时候再递过来，这让任安激动不已，对哥哥更加忠心耿耿。他从此又多了一桩爱好：做纸弹。任安手巧，做出的纸弹捻得又细又均匀，前面的尖头小而坚硬，乃是幼儿园出产的第一流的军工产品。做得多了，他还练出一门绝技，可以头望着老师，手在桌子下动，丝毫不影响子弹质量。任安手艺出众，任冲还有些不服气，但后来见陈玉都叹服，他也就不得不承认，并且弄到了原材料就塞给任安，自己只管坐享其成。

任冲不仅有任安供货，还有陈玉帮着做，并且不用他提供纸张，所以兜里的子弹非但质量上乘，数量也是奇多。别的小孩因为数量有限，都很珍惜子弹，唯独任冲敢于尽情发射，这跟他勇猛的打法正好相配，所以在弹弓仗中气势最足，有时连周明也被他压着打。这一点，何春生以前感触不深，最多在旁边看着任冲拿着弹弓把别人撵到恨不能翻墙上屋，自己咧着嘴使劲地笑。现在成了任冲的敌人，他就再也笑不出，经常在任冲的猛烈火力下四处逃窜。任冲恨何春生叛变，只要一打弹弓仗，就直奔他而来，而让王军去牵制周明。他很少动用巨型弹弓枪，因为上子弹太慢，而惯用陈玉送他的那把弹弓。这把弹弓他又加了一倍的皮箍箍做弓弦，拉满了发射，能把一只蚱蜢打成两截。任冲手劲比同龄的小孩要大，上弹的速度也快，用起来很是利索。何春生开始还有勇气跟他一决高下，想让陈玉看看谁才是英雄。但当脸上挨了几下既狠又快的连珠弹后，他就撑不住了，只顾着躲闪，没有还击的份。这时站在一边咧开了嘴使劲笑的人变成了任安。他双手端着巨型弹弓枪，躲在墙边或树后，发现有人试图向他逼近，就会将枪口调准，将那人吓僵在射程之外——厂里的小孩都认为这把弹弓枪能把人皮肉打烂，所以连陈松这样上了小学的大小孩都很畏火。好在任安性格温和，除非是遭到威胁，轻易是不会举起枪来对准谁的。不像任冲，在刚刚得到这把枪的时候，端着它到处耀武扬威，连当时还是嫡系的何春生也被他吓唬过好几次。所以何春生的叛变，在任冲看来是不可饶恕，在何春生自己看来，却有不少理由。随着他对往事的深入挖掘，遭受任冲欺负的一点一滴都被榨了出来，让他觉得自己早就不该跟任冲嗨了。就算现在被任冲拿着弹弓追着打，他也不再后悔，相反，把任冲打败的念头越来越坚固。尽管任冲实力强大，但他相信，周明会想出办法来的。

周明小小年纪，却长了许多抬头纹，又喜欢眯着眼睛，显得比他实际年龄大许多。朱玲跟郭芳都不太喜欢他，觉得这小孩有点阴。但就是这点阴气，让幼儿园的小孩普遍感到畏惧。任冲现在不怕跟周明对着干，但看到他站在一边眯着眼睛很阴险地窥伺自己时，心里还是有些发虚。何春生跟周明嗨得久了，也沾染了点阴阴的味道。他眼睛本来就小，却偏要模仿周明眯细了看人，像个小瞎子，还自以为很有态势。

何春生现在对周明很是崇拜，因为他不仅眨一下眼睛就能生出一个点子，而且对于男女之事见得多。周明经常要求他从家里带点吃的东西出来，然后蹲在某个角落，一边吃一边口水四溅地跟他谈论那些事。据他说，厂里有些大人白天也在屋子里搞，爬到窗台上就可以看到。周明还能够对细节进行详细描述，有时让何春生目瞪口呆——他只在晚上偷窥过父母性交，那景象很朦胧——比如他说大人那里鼓起来跟萝卜一样粗；有时又让何春生小鸡鸡硬得痛，比如他说有些女的喜欢边搞边叫，有时候甚至骑到男的身上搞。他还形容一对大人搞得很猛，说是把床都搞塌了。何春生嘻嘻地笑，深信不疑。为了讨好周明，他把偷看女澡堂的秘密贡献了出来，没想到周明一脸不屑地说他早就晓得了，并表示那没有什么好看的，要看就看大人搞。何春生又一次意识到自己在这方面水平很低。他再三央求周明带他去偷看，周明却不肯。直到何春生答应把家里一盒湘潭产的灯芯糕偷出来吃时，他才松了口。

这天下午，上完一节舞蹈课后，小孩们纷纷出来上厕所。厕所就在幼儿园旁边，对面横着一栋长长的二层楼房。周明跟何春生在厕所蹲了许久，等其他小孩子都行完了，才用草纸匆匆擦了屁股，提上裤子。周明先在厕所口往外张望了一阵，确定两位老师不会出现后，向何春生一招手。两人迅速窜到楼房背面。

楼房背面没有阳台，除了墙壁就是窗户，对面就是围墙。一楼的窗台比周明还要高两个头，他伸着手刚好能搭上。窗台上就是玻璃窗，下面一格嵌着毛玻璃，上面一格是清玻璃。周明跟何春生像两个小窃贼，在楼房后边轻手轻脚地行着，尖着耳朵听。这栋楼房每层住了八户人家，大多是些领导和中层干部，也有少数资格老的工人。两人行了一个来回，却没听到什么动静。周明有点不耐烦了，准备回幼儿园，何春生却是激情满怀，强烈要求再行个来回。想起毕竟吃了他不少灯芯糕，周明便让他做了回主。

两人又以极慢的速度挨着墙行。行到尽头打转身时，何春生烂起脸，开始怀疑周明是在骗他。等行过三户人家，周明突然停住，竖起一根手指放在嘴唇上，对他轻轻嘘了一声。何春生赶紧收住步子，偏着脑壳，恨不得在耳朵上接根天线。开始他什么都没听到，急得想跳起来，却又不敢乱动。后来学周明的样，微闭上眼睛，便渐渐接收到了窗缝里漏出的声响。

睁开眼睛后，何春生只恨自己不能马上跳到窗户上。搜寻了一阵后，他从围墙边搬来数块砖头，叠在一起，然后迫不及待地踩上去，双手正好能抓住窗台，遂把吃奶的力气也拿了出来，脸憋得通红，身子慢慢地吊上去。周明被他的决心打动，在下面使劲托他屁股。何春生的头渐渐浮在窗台之上，两只手臂也先后曲肘压在上面。虽然袭来一阵擦破皮的疼痛，何春生却不管不顾，继续勇猛精进，大有今天不偷看到就绝不回幼儿园的势头。周明在底下用手托得费劲，索性加上头顶。在他的鼎力帮助下，何春生终于跪在了窗台上。他的心跳得厉害，似乎马上要蹿出来撞到玻璃上，但行动却丝毫没有打停，脑壳慢慢地贴着毛玻璃往上滑。屋里没有开灯，就算是透过清玻璃，也要过一阵才能看清里面的轮廓。果然如周明所说，一男一女正光着身子在白昼的床上干得欢。只是这个女的虽然叫得有味，却并没有骑在男的身上。何春生在此刻绝没想过要眯着眼睛，而是能睁多大就睁多大。

周明离开窗台下，靠在围墙边，左右张望，替他把风。何春生突然从窗台上迅速滑了下来，小腿在叠好的砖头上磕了一下。他却没有叫痛，而是迅速往厕所方向跑去。以为被发现了，周明也骇得撒腿就跑，最后还领先几步到达楼房侧面。何春生居然直往厕所里钻，然后仰望着屋顶号啕大哭。周明问他怎么了，何春生一边哭一边挥手要他行开。连问几次都是如此，周明也有些火了，再加上厕所里臭气逼人，遂行了出来，闷闷不乐地返回幼儿园。现在只剩下何春生一个人了，他越哭越伤心，泪水在脸上冲出一道道沟壑，最后只看到胸脯一起一伏，却听不见哭的声音——他看清了那个男的是朱厂长，而女的竟然是自己的妈妈谭燕华。

接下来的几天，何春生根本就不想说话。他甚至不敢抬头看何颂武，因为他觉得自己不敢把这事告诉爸爸，很对不起他。尤其当看到爸爸对妈妈好的时候，他心里就涌起一种愤怒愧疚和怜悯相混合的情绪。这种复杂的情绪折磨着他，让他日益沉默而阴郁。以为何春生病了，谭燕华要带他去郑小华那里看看。何春生一把甩开她的手，转身跑了出去。他来到操场上，内心深处隐隐渴望得到其他小孩的安慰，哪怕是喊他一声也好。但是操场上只有任冲一伙在嗨工兵捉强盗，大呼小叫，快活无比。他们越幸福，何春生就越失落，这失落又变成了嫉恨。他想把头抬得高高的穿过操场，却实在提不起那份劲，最后低头从操场边缘行了过去。

周明正在樟树下跟陈松打“啪啪”。现在是秋天了，穿的衣服多了起来，他们可以用外衣的下摆夹着“啪啪”去拍对方的“啪啪”，扇起的一股风力起码能让“啪啪”翻个跟头。但往往因为掌控得不好，“啪啪”落下来时又成了正面，等于白扇。周明在这方面有心得，用力恰到好处，所以尽管陈松扇出的风力要大上一级，却屡屡输掉。这些“啪啪”是陈松从作业本上撕下纸张新做的，周明每赢去一方，等于赢了他两页作业纸，安能不心疼。他提出不能外衣扇，只能用手来拍。周明想着自己手劲比陈松小，只怕要吃亏，便把战利品收在口袋里，准备凯旋。陈松却不肯放行，逼着他继续拍。

周明说："我不想拍了。"

"那你把赢的还给我。"陈松边说边把手伸向他的口袋。

周明赶紧去捂口袋，却被陈松抓了一把狠的。他好歹也是幼儿园的老大，在陈松的无理相逼下，终于出手反抗。两人扭打成一团，在地上滚来滚去。最后还是周明被压在下面，挨了两个耳光，口袋里的战利品也全部被敌方抢去。他实在感到悲愤，趁陈松站起的时候，在他小腿上使劲蹬了一脚。这一脚可不轻，让陈松龇牙咧嘴的。换回来的是小肚子上挨了一脚。这一脚更加沉重，周明顿时痛得在地上打滚，却没有喊出声。

何春生看着周明惨遭欺负，本来有些恨他的，此时却只觉得他可怜。而最可怜的当然是自己。他看到周明灰头土脸地爬起来，一手扶着樟树，眼睛通红地盯着扬长而去的陈松，便行了过去，问他要不要紧。周明摇摇头，用手背擦了一下脸，恨恨地说："你看喽，等我长大了，崽不打死他！"

何春生也没有考虑到陈松也会长大，相信了他的誓言。两人都不想回家，遂转身往生产区行去。在仓库前的坪里码着十来张报废的钢板。就蹲在这钢板上，何春生向周明倾吐了那个搅得他不得安宁的秘密。周明却并不吃惊，说朱厂长还跟医务室的郑阿姨、陈玉的妈妈、杨真的妈妈嬲过。他还发誓说不晓得朱厂长会跟何春生的妈妈嬲，要不然根本不会带他去看。听说朱厂长还跟这么多女的嬲过，尤其还跟陈玉和杨真的妈妈嬲过，何春生心里平衡了不少。只是他不明白这么多女的何解都心愿跟朱厂长嬲。周明说："那还不清楚，他是厂长。"

"当厂长就可以耍流氓吗？"

"反正我有次听到朱厂长跟陈玉妈妈嬲的时候，讲要帮她加工资。"

"女的加工资就要跟厂长嬲麻屁，那男的何解办？"

"那我就不晓得了。"

沉默了一会，何春生问："那朱厂长跟任冲的妈妈嬲过吗？"然后充满期待地望着周明。当他看到周明摇头后，神色又变得黯然起来。

见他这样子，周明倒有点抱歉，随即掏出自己的秘密：他跟罗佳嬲过。何春生眼睛立刻亮了起来，连忙追问何解嬲。周明说当然是脱了裤子嬲。何春生眼睛更亮，问："有味吗？"

周明嬉笑着不肯说。在何春生的一再恳求下，才说了句："她那里蛮软。"

何春生不胜神往，最后吐露心声："我也蛮想嬲一次。"

他刚说完这句话，从仓库后面转出两个人来，竟然是杨真跟孙爱红。看到周明跟何春生都盯着他，杨真心里有些畏火，连忙把视线挪开。见杨真脸色发白，而孙爱红尽管露出轻蔑的表情，双颊却如同火烧云，周明跟何春生对视一眼，跳下来，拦住他们的去路。

杨真退后一步，问："你们要做什么？"

周明说："你讲老实话，你们在后面做什么？"

杨真小声说："嗨。"

"嗨什么？"

孙爱红大声说："关你什么事？"

周明鼓起眼睛，指着她："又没问你，你叫什么叫？"然后又打量了杨真一下，见他的裤子没怎么穿正，说："我晓得了，你们在嬲麻屁！"

杨真心里猛弹了一下，红着脸说："没有。"

"明明嬲了。我们刚刚都看见了。"

"是的，我们都看见了。"

孙爱红说："你们根本就没看到。"

"你还不承认。我要告诉你们屋里大人，还要告诉朱老师郭老师。"

杨真木立当场，脸上流露出害怕的神情。孙爱红也不再作声，低下头去。

周明对何春生挤了挤眼睛，说："行，我们告状去。"

杨真像是冬天里被泼了桶冷水，打了个激灵，说："你们莫去喽。我明天请你们吃米糖。"

见他垂头丧气的样子，何春生比周明更加得意，说："你以为请我们吃块米糖就算了？"

"你要何解喽？"

"你以后跟我们嗨，莫跟任冲他们嗨。"

孙爱红抬起了头，对杨真说：“莫听他的。”

杨真呆呆地站着，眼睛盯着地面，似乎想找个洞，好带着孙爱红钻进去溜掉。

见他没反应，周明说：“任冲还打过你，你何解要跟他好？”

何春生补充道：“任冲跟王军比跟你好些。”

孙爱红连忙指出：“哪里，明明是一样好。”

周明盯着她：“你何解老是帮任冲讲话？我晓得了，你肯定是喜欢他。”

“我哪里喜欢他，你莫乱讲。”

杨真瞟了她一眼。这一眼让孙爱红顿时惶恐起来，不敢再帮任冲讲什么好话。

何春生继续对杨真展开宣传攻势：“你在任冲那里还只当个军长，你到我们这边来，让你当个副司令。”

“那你当什么？”

“我就当参谋长。”

“那我要想一下。”

“想好久？”

“一天。”

何春生跟周明交换了一下眼神，说：“要得，一天就一天。你要是不肯，我们就去告状。”

嗯了一声，杨真转身就行，孙爱红连忙跟上。两人行出生产区，沿坡而下，来到塘边，看着水中的倒影发呆。

过了一会，孙爱红问：“你真的要跟他们嗨？”

剜了她一眼，杨真说："就是你。"

"是你硬要跟我来的，还怪我？"

杨真蹲了下来，从地上捡起小石子，不断地击打自己和孙爱红的倒影。孙爱红怔怔地在一边看着。过了片刻，从篮球场那边传来大人们喊自家小孩吃饭的声音。杨真找到了一个可以不去面对这事的由头，站了起来，不待洪丽华来寻他，积极主动地往家里奔去。但吃饭的时候，他还是有些心神不定，一半饭扒进了口里，另一半落在了桌上。洪丽华用筷子头敲了他两下，也没什么效果。

到了晚上，杨真怕任冲来喊他嗨，跟着洪丽华去工会活动室看电视。孙爱红也在这里。两人互相看了一眼，便抬头望着电视，一声不吭，没有像往常那样乱跑乱动，让其他带小孩的大人着实表扬了一番。电视上正在放《地道战》。当那个给日本鬼子当翻译的汉奸出场时，杨真挪动了一下屁股，又瞟了一下孙爱红。孙爱红的目光被黑白屏幕扯得笔直，并没有理会到杨真的不安。

第二天到了幼儿园，杨真就躲不过任冲的热情相召了。实际上，看着任冲跟王军他们嗨得那么欢，他很难忍住不去加入。只是还有两道阴影矗立在任冲所制造的阳光之外，冷冷地瞥着他们。每当与这样的目光相遇，杨真心里就转为梅雨天气。好在任冲的笑容和大叫十分明朗热烈，能迅速驱散他心中的阴霾。罗佳则蒙周明相告，晓得了杨真跟孙爱红干的好事，心中颇喜，主动来找孙爱红说话。正跟孙爱红嗨拨纱游戏的陈玉白了罗佳一眼，故意把头偏过去。孙爱红一边敷衍着罗佳，一边不安地看着陈玉。罗佳说三句，她便搭一句，最后罗佳觉得她太冷淡，把脸一板，行开了。

而陈玉也不高兴，因为她竟然跟罗佳说了那么多话。孙爱红不知如何是好，心里一团乱麻，扯也扯不清。好在朱玲摇起了响铃，让孙爱红可以暂时逃过陈玉质疑的目光。一整节课她都趴在桌子上出神，以至于没有学会朱玲教的新歌：《小星星》。

到了下午，周明把杨真喊到一边，问他想清楚了没有。杨真有点紧张地看着他，说："还没过完一天呢。"

"何解还没过完一天？"

"要到快吃下午饭的时候才算一天。"

没想到他还计算得这么精确，周明倒是一愣，竟发不起火，讪讪地道："那要得嘍，等吃了下午饭再问你。"

等到傍晚时分，周明和何春生成立了寻找杨真二人组，像两只老鼠，怀着焦急和愤怒的心情，在越来越浓的暮色中穿梭往来，寻觅着快要到嘴却突然失踪的食物的下落。然而连孙爱红都不晓得杨真的去向。周明不太相信，把五官挤成恶狠狠的形状，威逼孙爱红赶快说出到底把杨真藏到哪里。何春生也上前一步，挽起袖口，做出副要动手打人的样子。单独面对这两个幼儿园的黑社会分子，孙爱红又急又怕，一再申明自己真的不晓得，骗人就是只猪。看到孙爱红并不像只猪，反倒像只刚从水中爬上来的小鸡，周明跟何春生渐渐相信她并不知情，正待放行。这时罗佳行了过来，目睹孙爱红一副惊恐的表情，大感快意。得知杨真躲得不知去向，而孙爱红正好落单，罗佳跟周明咬了一阵耳朵，两人瞟着孙爱红，都露出诡秘的笑容。然后周明又跟何春生咬了阵耳朵。何春生倒没有笑，只是表情复杂地看着孙爱红。最后周明对孙爱红说："我们不打你算了，你跟我们一起去找杨真。”

“要是找不到何解办？”

“硬是找不到，我们也不会怪你。”

面对敌人的通情达理，孙爱红居然生出了感激。她也想弄清楚杨真的去向，遂点点头。

周明马上说：“我们先去厂里找。”然后转身向坡上行去。

他所说的厂里就是生产区。翻砂车间、加工车间和总装车间像三个巨人一样错落站立在夜色中，表情严肃地打量着行进生产区的四个小孩。周明不往车间那边去，进门就朝左拐，从一溜办公用的平房前行过，前面蹲伏着方头方脑的仓库。绕过仓库，就是椿树林。月光很茂盛，将林间的小路镀成惨白色。周明、罗佳跟何春生都是一声不吭，只顾低头往前行。孙爱红喊了几声杨真，她的声音像落叶飘转了两下，就悄无声息地被林间的阴影淹没了。

踏上林子尽头和围墙之间那块水泥地后，周明似乎就到了本次寻人行动的终点站，重重地呼出一口气，抬头望望天空，然后蹲了下来。当孙爱红提出再去车间那边找找时，他却说莫急，歇一下再讲，罗佳跟何春生也马上附和，并齐齐蹲下。罗佳还从口袋里掏出三颗水果糖来。孙爱红以为没自己的份，故意扭过头去不看。没想到罗佳先递给她一颗，让孙爱红心头一热。剩下的两颗分给了周明跟何春生。至于罗佳自己，则声明在家吃过了。孙爱红过意不去，提出跟她分吃。罗佳也没推辞，便由孙爱红先咬下一半来，剩下的归她。四个人蹲在水泥洞边，都不说话，只听得到吮水果糖的声音。周明跟何春生倒还先吃完，两人都摆出一副无聊至极的样子。

“哎，要是有什么嗨的就好了？”

“嗨什么喽？”

周明瞟了孙爱红一眼，说：“干脆我们四个人来嬲麻屁。我跟罗佳嬲，你跟孙爱红嬲。”

孙爱红差点没把嘴里的糖吞进食管里。她看着罗佳，希望她能出声反对。没想到罗佳爽快地应着要得。孙爱红只有搬出最后一件武器——她要告诉老师。但这件武器被周明轻而易举地缴了械，周明说：“我们没告你的状算好的了，你还来告我们。你要是不肯，我们明天就去告状。”

平日口齿伶俐的孙爱红这时一句话也说不出来，像只待宰的羔羊一样，看着面前这两只小狼。

罗佳说：“你反正跟杨真嬲过了，怕什么？”

周明马上保证道：“我们不会讲出去。又不是跟你一个人嬲，罗佳也要来。”

“那只准这一次。”

周明马上同意。孙爱红又提出罗佳先脱裤子，罗佳也照办。看着周明跟罗佳褪下裤子，腰部对拱，粘在一起，一动不动，何春生的细眯眼变成了半个玻璃球，小鸡鸡硬得发痛。他催孙爱红脱裤子。孙爱红怕丑，说要到洞里去。何春生说：“怕什么，在这里不会有人看见。”

“周明跟罗佳看见。”

“你大方些喽，你看他们两个都不怕我们看见。”

“反正我要到洞里去。”

何春生一边动手解裤带一边往洞里钻，进去后发现孙爱红没跟上，又探出头来大声说：“你还不进来？”

等孙爱红扭扭捏捏地进来后，他要动手替孙爱红褪下裤子。挡住他的手，孙爱红小声说：“我自己来。”

把裤子褪到膝盖处，她就说什么也不愿意再脱了。但这并不妨碍何春生弯下腰去，又摸又揉，还自言自语道：“真的蛮软。”

孙爱红催他快点，何春生居然亲了那里一下，才站起来。顶住后，何春生却不动了，也不晓得怎么动。两人粘了片刻，何春生觉得没有用手去摸有味，便伸直腰，要亲孙爱红。才啄了一下，孙爱红就说他口水太多了，偏过头去不让亲。想起杨真比自己爱干净得多，何春生火就蹿了上来，说：“要得喽，你只跟杨真亲，不跟我亲。”

“没有。”

“明明是的。”

孙爱红心虚之下，只好又正过脸来，让何春生啃了个心满意足。把一切干完后，他系好裤子行出洞来。周明和罗佳已经穿好裤子，看着他出来，只是笑。何春生突然感到不好意思，眯着眼睛去瞄树林。

周明不放过他，大声说：“何解要这么久？”

何春生更加不好意思，也不知怎么回答。

“有味吗？”

何春生看了下周明，又抓了下脑壳，终于承认：“蛮味。”

等到孙爱红低着头行出来，罗佳马上迎上去，神情亲热至极，大有革命人士找到了同道的欣喜。行回去的时候，孙爱红还小声叮嘱罗佳不要跟别人讲。罗佳要她放一百二十个心。但孙爱红到了家门口的时候，心还是悬着的。远远地她听到陈玉跟人说话的声音，陡然感到一阵心虚气沮，连忙闪进门里去了。

第二天，在去幼儿园的路上，杨真被守株待兔的周明与何春生围住，质问他昨天何解不见踪影。杨真早就准备好了理由——跟爸爸和妈妈去奶奶家了。周明也无暇考证他是不是真的去奶奶家，直奔主题。

“你到底跟哪个一边？”

杨真马上摆出副无奈的模样，表示想跟他们嗨，但怕任冲打。

何春生声音高了起来：“怕什么，有我们帮你。我们三个还打不赢他们三个吗？”

“他要是喊谢海龙来，你奈得何吗？还有陈松。”

想到这两号恶人，连周明都黯然起来。杨真见状，马上进言：“要么这样，我假装跟任冲嗨，实际上是跟你们一边。”

何春生很狐疑地瞄着他，问：“何解假装？”

“任冲要做什么，我就告诉你们。”

“我晓得了，你是想当间谍。”

杨真猛点头，用充满期待的眼神看着周明。

“你莫骗我们。”

“骗你们是猪。”

想到快要上课了，怕挨老师的骂，周明只有相信杨真并不想当猪，遂表示要得。杨真如释重负，瞅瞅前后无人，从口袋里掏出两块水果糖，请周明跟何春生吃，同时提出自己先行，免得被任冲看见他们在一起。有水果糖入口，周明同意得很爽快。何春生忙于吮糖，也没有出声刁难。

到了幼儿园，杨真仍然跟任冲和王军嗨得欢，只是有时不忘向周明他们投去一个诡秘的表情，以示自己并没有忘记间谍的身份。陈玉还在生孙爱红的气，故意不跟她嗨，等着她来跟自己讲好话。等了一会不见踪影，到院子里一看，孙爱红正跟罗佳她们跳橡皮筋，嘴里念着："董存瑞，十八岁，参加革命游击队……"

陈玉脸都白了，转回教室去，伏在桌上生闷气。朱玲问她是不是生病了，陈玉摇摇头，眼睛却红了。朱玲又问她是不是被哪个欺负了，陈玉还是摇头，泪水在眼眶里直打转。朱玲很喜欢陈玉，想弄个究竟，就去问孙爱红。孙爱红说不晓得，等朱玲行开后，心里不太好过，甚至忘记了继续跳下去。等到上课的时候，她主动跟陈玉搭白。没想到陈玉红着眼睛剜了她一眼，吐出两个字："叛徒！"然后就扭过脸不再理她。

任冲目睹了这一幕，大为诧异，下了课后，便问陈玉何解跟孙爱红黑脸。陈玉才说了句："她跟罗佳嗨。"就哽咽起来。

任冲转过头，质问孙爱红何解跟罗佳嗨。孙爱红低着头，一声不吭。罗佳在旁边大声说："她想跟我嗨，何解喽？"

"我又没跟你讲，骚麻屁。"

周明马上冲过来，喝道："你骂哪个骚麻屁？"

"我骂她关你什么事？"

“就关我的事。”

王军跟任安围了过来，何春生很警惕地盯着他们。杨真站在不远处，看也不好，不看也不好，目光简直无处搁置。幸亏郭芳行了过来，问他们想干什么。这几人一致表示没干什么，然后就散了。

放学后，任冲追问杨真孙爱红何解要跟罗佳嗨？杨真支支吾吾，说他也不晓得。任冲又要他去跟孙爱红讲莫跟罗佳嗨。杨真却说不晓得她会不会听。任冲眼睛一瞪，说：“你不是讲她喜欢你吗？”

杨真被他瞪得心虚了一半，只有答应。他也疑惑孙爱红没和他打商量，就直接跟罗佳一边了。当孙爱红面对这一质疑，脸唰地红了时，杨真的疑心就像行进高倍放大镜下的蚂蚁，陡然膨胀起来。但过了片刻，这只蚂蚁又行出了放大镜，并且还急急地遁入洞穴，因为孙爱红很委屈地说：“哪个叫你躲了起来，害得周明他们来找我，还说我要是不答应，他们就去告状。”

根本想不到这不答应后面还别有内容，杨真赶忙替自己辩护：“我真的是去奶奶家了。”

“那你也要告诉我一声。”说完，孙爱红的样子显得更加委屈了。

杨真惭愧之下，只有去掏口袋，想拿出什么吃的来安抚孙爱红，里面却是空空如也。

孙爱红毫无食欲，蹙着眉头说：“罗佳说你假装跟任冲嗨，要是被任冲晓得了，还不打扁你。”

“那还有什么办法？”

孙爱红叹着气说：“要是那天没被周明他们看见就好。”

这句话正好道出了杨真的心声。两人共同追悔了一阵，又商量了怎么跟任冲解释，方转回家吃饭去了。

晚上在老樟树下拍烟壳纸的时候，杨真向任冲报告孙爱红站到罗佳那一边去的原因：因为大人总是夸陈玉长得乖态，不夸孙爱红，孙爱红烦得很，就不肯跟陈玉在一起嗨了。任冲听了，大声说：“她是没有陈玉乖态，还要大人来夸她，真是想得美。”然后又命令杨真不要理孙爱红。

杨真却说：“妹子黑脸，就那么一下，过一阵也许她们就和好了。”然后又表示，他会再劝一下孙爱红的。

任冲想想也是，遂收回成命。杨真松了口气，故意输给任冲一张“银象”，以让他高兴一下。

此后杨真的日子过得很是提心吊胆，算是领略了当间谍的真实滋味。而孙爱红常被何春生喊去嬲麻屁，虽然每次都说是最后一次了，到下一次又被何春生磨得褪下裤子。后来她也习已为常，只是怕被杨真晓得。好在杨真大部分时间是在跟任冲他们嗨，对她在罗佳这边到底做了些什么，茫然不知。令孙爱红真正难过的是，陈玉开始跟另一个小女孩戴娜嗨得火热，并不因为少了她而显得冷清。

戴娜是郭芳的女儿，被她妈妈打扮得很洋气，样子也长得逗爱。她一向很骄傲，除了陈玉，幼儿园的其他女孩子根本不被她放在眼里。对于陈玉跟孙爱红黑脸一事，她的评论是：“你根本就不该跟孙爱红嗨。她长得又不乖态，爸爸又没当官，跟这样的人有什么好嗨。”戴娜这么说，是因为她的爸爸是财务股长戴东风。虽然不认同她的说法，但陈玉也没有出声反驳。至少戴娜对她很亲热，还送了她一块金丝镶边的粉红色绸巾。很快陈玉就把这块绸巾扎在了马尾发上，连任冲见了都发出由衷的赞叹：“硬是好看！”

戴娜在一边听见了，忙问任冲自己头上的蝴蝶结好不好看。闻着她身上的花露水香气，任冲不由自主地点点头。

陈玉跟戴娜嗨得好，让王军很是兴奋。因为他跟任冲是好朋友，而陈玉又是任冲的“老婆”，那么戴娜就跟自己是一边的。然而戴娜却不这样想。四个人嗨“过家家”的时候，任冲理所当然地跟陈玉结成一对。王军看着戴娜，喜不自胜，主动贡献出两个塑料瓶盖来盛水喝。没想到戴娜嘴一噘，说：“我才不当你的老婆呢。”

王军顿时呆成一段木头，不晓得如何应对。见戴娜不肯跟王军“过家家”，任冲有些生气，横了她一眼。

陈玉劝戴娜说：“反正是假装的，有什么要紧？”

正好杨真行了过来，戴娜对他一指，说：“我宁肯跟他过。”

杨真对戴娜也甚为仰慕，既蒙相召，焉得不热血沸腾，踊跃向前。可怜王军站在一边，愤恨难言。他不敢对戴娜有什么意见，因为戴娜是小公主，怎么对他都可以，倒把杨真恨了个牙齿痒痒。王军不愿去想自己惹戴娜讨嫌是因为穿着邋遢，长得也比较马虎，而杨真五官比他精致，也爱卫生一些，倒认为戴娜要是晓得杨真跟孙爱红的事，就根本不会理这家伙。王军隐约听说杨真跟孙爱红搞那种大人做的事，就恨自己没有亲眼看见，否则现在就可以当场羞他一顿。他暗下决心，一定要跟踪到杨真做丑事，好向戴娜揭发。

这天傍晚，陈松在篮球场上抽陀螺，一帮小孩围着看新鲜把戏，并期待着自己也能抽上一回。那陀螺转得快时，仿佛变成了两个，让任冲看得眼睛都直了。王军的目光开始也随着那陀螺打转，后来觉得身边空了一块，才发现杨真不见了。他连忙从人群中退出，扫视四周，发现杨真正在坡上行着。王军连忙跟了过去。杨真行了一段，就拐进工会活动楼后面。楼房后面就是池塘。王军想孙爱红一定在池塘边等杨真，便小跑着逼近楼房。在墙壁转角处，他脸侧贴着红砖墙，慢慢地探出去。池塘边果然还有人，却不是孙爱红，而是周明跟何春生。王军大吃一惊，赶忙把头缩了回来，背贴墙壁，尖起耳朵听他们说话。杨真的声音小如老鼠，王军没怎么听清。等杨真闭嘴后，周明开始发话，他的声音很冲："你怎么尽讲些没用的事。任冲每天在嗨什么，我们也看得到，还用你来报告？"

听到这一句，王军明白了是怎么回事，咬牙切齿，同时又异常兴奋，不再听下去，转身返回。开始他还不敢行快了，怕被周明听见，等到过了楼房，便飞跑起来。等他上气不接下气地飙到操场，任冲正拿着鞭子，把陀螺抽得东倒西歪。围观的小孩把圈子拉得很开，生怕任冲一个失手，抽到自己头上来。只有陈松站得近，看着任冲拙劣的表演，满脸嘲笑。任冲见陀螺不听话，没有转着身子跳舞，而是像喝醉了酒，一股气就蹿了上来，手中的鞭子不是转着抽，而是横着打了，最后陀螺被他打得飞了起来，正中王军的肚子。王军手快，不等陀螺滚下，一把兜住，上前递给任冲。任冲却已意兴索然，把鞭子和陀螺还给陈松，退出人群。等到王军报告了杨真叛变的事，任冲侧脸瞪着他，似乎他就是叛徒。

“真的吗？”

“崽骗你。”

“你怕是听错了吧？”

“我听得清清楚楚。要是听错了，你把我耳朵割下来，要得吗？”

见王军一脸愤然，任冲不好意思再怀疑他，转而做咬牙切齿状，表示要打杨真一顿饱的，王军马上举双手赞成。

当夜色把大地罩得严严实实的时候，任冲他们陆续从各自家中窜出来，开始了夜间活动。任冲跟王军都是急性子，才放下碗，就飙了出来。任安本来性子缓和，但为了跟上哥哥的脚步，这时候动作也变得急促起来。杨真则是属于从容不迫型，吃了晚餐后还要拿个小杯子漱一下口（这主要是学洪丽华的样），踮起脚来扯下洗脸架上的毛巾擦一下嘴，兼带把头脸收拾干净，才肯露面。刚行出门外，就看到任冲、王军和任安在对面的梧桐树下站着，目光齐刷刷地望向他。

任冲说：“杨真，你吃饭硬是久，害得我们脚都站麻了。”

见任冲居然等了这么久，杨真心头一热，又是感动又是惭愧，连忙交代自己还擦了脸。

王军说：“你这么讲卫生做什么，跟个妹子一样。”

杨真也不争辩，跟着他们往长坡行去。任冲提出去厂里捉迷藏，王军马上附和。任安向来只有听命行事的份。杨真当然不好反驳，只是提出，要是人再多一点就好。任冲说先去厂里看看，也许已经有人在那里了。杨真不疑有他，追随任冲而行。一路上任冲还有说有笑，王军却闭着嘴巴不作声。杨真愉快地跟任冲说着话，忘记了自己是个间谍。任安也时不时地插上两句。整支队伍在行军途中显得很热闹。

等到进入生产区，举目四顾，连老鼠也没看到一只。任冲往右拐，那里有片空地，长着些荒草，零零散散地堆着一些废旧的机器零件，都生满了黄锈，其中以一段“L”形铁管最为庞大，可以钻进个一岁左右的小孩。来到这截铁管前，任冲突然转过身，目光直直地捅向杨真。王军则站在杨真背后，防止他逃跑。任安不晓得要发生什么，眼睛睁得溜圆。他的眼睛比任冲的还要大，只是眼神和善如绵羊，越睁得大就越显出一种无辜的表情。见任冲如此，杨真马上晓得了事情败露，像是被当头浇了桶冰水。

“你讲，你何解要叛变？”

杨真想出声辩解，但牙齿好像被胶住了，舌头也变成了块木头。

“我对你这么好，你还要叛变？”

杨真突然感到鼻子里液体急剧增多，连忙猛吸鼻子。王军忍耐不住，在杨真背后猛擂了一拳。转过身，杨真一边哭一边向王军的脸抓去。见杨真居然还动手反抗，用的招式是当年跟他打架的那种，任冲也心头火起，从后面抓住杨真的两条小腿，往上一提，杨真就摔趴在地上。不待他翻过身来，任冲就骑了上去，一手抓住他后脑的头发，一手扇他的脸，嘴里说："我要你当叛徒！我要你当间谍！"

杨真两手扑腾，像只被按在地上待宰的小公鸡。王军见他的手像公鸡的翅膀一样还在乱舞，冲上去就踢。

任安看得脸色发白，等任冲打了一阵后，说："哥哥，算了，莫打了。"

任冲也觉得有点累，站了起来。杨真才爬起来，肚子上又挨了王军一脚。这次他不敢再还手了，只是捂着肚子，眉头深蹙。见王军还想打，任冲说："算了，放他行。"

尽管两条腿都有些痛，杨真还是行得飞快。沿着坡奔到澡堂前洗衣台边的水龙头前，杨真洗了手，把脸和脖子抹了一遍，又把身上的灰尽量拍干净，还不敢归屋，怕被洪丽华看出破绽。樟树下有群小孩在嗨，他无心参与，低着头，匆匆从人群边掠了过去。周明见他行动古怪，便向何春生使了个眼色，远远地跟着他出了大门。站在岔路口，杨真不晓得该往哪里行。正茫然间，背后响起周明的声音："杨真，你要到哪里去？"

回头略略看了一眼，杨真又转过头，不作声。

何春生绕到他前面，说："哎呀，你还蛮大的架子，跟你讲话你听到吗？"

杨真不去看他，却向周明瞄了一眼，然后看着地面。稍稍蹲下身，周明凑近他的脸，觑了好一阵，才直起腰，说："你是被哪个打了吧？"

杨真的眼泪就要蹦出来了。

“被哪个打嘍，要我们帮你报仇吗？”

杨真看着周明，一边哭一边说：“是任冲跟王军打了我。”

“何解要打你嘍？”

“他们晓得我是间谍了。”

何春生说：“我早就讲了，你明跟我们一边上好，还去当什么间谍，硬是自己讨打。”

见何春生一副幸灾乐祸的样子，周明横了他一眼，说：“杨真被任冲打了，你还笑？”然后又关切地问杨真还被打了哪里没有。杨真两条腿本来就有点痛，被周明这一提示，更觉火辣辣的。卷起裤管一看，两条小腿前面都擦破皮，膝盖也见红。周明很夸张地倒吸一口冷气，说：“任冲真的蛮毒。”

“王军打我还凶火些。”

“你讲是现在就去报仇还是等你伤好了再去？”

杨真连忙说：“等我好了再去。”然后又扫描了一遍腿上，更加自伤自怜。

何春生蹲了下去，捡起块石头在地上划起来。周明是最喜欢蹲在地上的。杨真不便站着俯视他们，也慢慢地蹲下去，裤子还是擦了一下膝盖的伤口，有点微痛。他倒抽一口冷气，表示很痛。

何春生斜睨着他，说：“有这么痛？”

杨真气冲冲地说：“你去试一下嘍，看痛不痛。”

何春生语气微馁，问：“你还手了吗？”

“肯定还了手。”

“他们有两个人，你敢还手？”

"你以为我像你，不敢还手。"

"你才不敢还手呢！"

"你才不敢还手呢！"

"不敢还手的是猪。"

"要得，是猪！"

周明有些不耐烦了，说："吵什么吵，到时打起来就晓得哪个不敢还手了。"

何春生跟杨真这才不作声了。三人蹲在路口，远远地望去，让人怀疑他们是在随地大便。

第二天上午，杨真溜到医务室，谎称自己摔着了，要郑小华给伤口涂紫药水。郑小华问他什么时候摔伤的，杨真说就是刚才。见他的伤口已经微微结了痂，郑小华敲着他的头说："你还来骗我，讲老实话。"

杨真脸唰地就红了，嘴里还嗫嚅着说："就是没好久前摔的。"

"你还讲假话。你是跟哪个打架了吧？"

杨真再也作不得声，心想大人真厉害，什么都看得出来。见他一副尴尬万分的模样，郑小华嘴角泛起丝微笑，替他涂上紫药水。她的手法轻细，眼睛明亮，皮肤比厂里的其他女人都要白。涂完后，见杨真还看着自己，郑小华问："还有哪里吗？"

杨真摇摇头，说："郑阿姨，你当我妈妈好不好。"

郑小华目露诧异之色，问："何解要我当你妈妈呢？"

"你比我妈妈乖态蛮多，我要你当我妈妈。"

郑小华笑出声来。她的嗓音有点沙，男工们听了，却觉得别有味道。夏厚清正好行进来，听见了杨真要郑小华当他妈妈，咧开两片厚嘴唇，说：“郑姐，杨真是帮杨中华占你便宜呢。”

扫了他一眼，郑小华收起笑容，淡淡地说：“小孩子的话，也当得真？”

见郑小华不高兴，夏厚清恨不得打自己嘴巴。他很想跟她搞上，哪怕只有一次也好。无奈郑小华对不感兴趣的男人，从来都是严肃冰冷得如一把精致的医用剪刀。如果谁还要蛮缠，她就会变成让人望而生畏的针头，不是拖着不跟你开药，就是打针的时候钻得你骨头痛。厂里的几个实权派又都护着她。所以全厂人谁也不敢轻慢她，反而有点畏火。像夏厚清之流，只能祈望郑小华能看上自己，好过一把骚瘾。但他既无谢海龙之貌，又无朱斌之权，只能站在一边干流口水，所得到的待遇还不如杨真。

见郑小华对夏厚清爱理不理，杨真也小看了他，那一声夏叔叔就没有喊出来，转而问郑小华要气球吹。郑小华要他到自己屋里拿。杨真说爸爸把气球都锁了起来，然后扭着屁股撒娇。郑小华没办法，只好打开药品储藏柜，撕下一只避孕套给他。这种避孕套是免费发放给工人的，无色透明。小孩子在各自家里无意翻到，都以为是气球，欣喜雀跃，套在嘴上鼓腮吐气，吹成一个轻盈的冬瓜，在半空中拍来拍去。大人们见了，只有相对苦笑，回去后想办法把避孕套藏得隐秘一点了事。不知是谁发现大人们是从医务室领的气球，相互转告，于是争相来索要，能拿到手的却寥寥无几。郑小华只对自己喜欢的小孩子开点后门，而这些小孩无一不是长相逗爱，郑阿姨郑阿姨喊得亲甜。杨真能拿到一只，证明了他是属于小小美男子的行列。

回到幼儿园，杨真就迫不及待地拿出来炫耀。他先吹了一阵，把嘴巴都吹痛了。周明还嫌不够大，拿过来进行加工。合二人之力，把避孕套吹得空前之大。吹好了却发现没有线。周明拧紧嘴子，防止它漏气。杨真想起朱玲那里有替小朋友们缝扣子备下的针线，便去问她要了根细线来系好。杨真、周明跟何春生在院子里拍来拍去。罗佳在一边笑嘻嘻地看着，对身边的孙爱红说："你看那像什么？"

盯着浮在半空中的气球，孙爱红摇摇头。罗佳小声说："像只大奶子。"经她这一点拨，孙爱红果然觉得极像，遂捂嘴而笑。

有些小孩在旁边看得眼热手痒，也争着来拍。杨真还有点舍不得，周明却一边丢眼色给他，一边很大方地欢迎他们加入。任冲、王军和任安站在一边，显得有些冷落。周明瞥见了，越发着力营造出一片欢声笑语。任冲心里那股火渐渐涨了上来，直盯着杨真。见杨真居然还跳起来拍，居然还姿势优美，惹出了几个女孩兴奋的叫声，任冲实在按捺不住，摸出弹弓，拉满了就是一弹。他用的是带尖头的纸弹，弹弓的射力又足，那避孕套吹成的气球本来就皮薄肉嫩，禁不起这一弹，砰的一声就在半空中炸了。王军拍手叫好。任安吸着鼻子，紧张地看着周明他们行过来。

"你何解打烂我的气球？"

"不怕丑，那是杨真的气球，关你什么事？"

"就关我的事。"

"你要何解？"

“你要何解？”

两人胸脯快要挨着胸脯了，但周明还是不敢先动手——他实在怕谢海龙再来找麻烦。任冲忌惮周明比他高大半个头，只是努力保持着英勇无畏的姿态。两人把“你要何解”这句话反复操练了五六遍，声调一次比一次高，最后引来了郭芳。她站在教室通往院子的门口喊了句：“吵什么吵，想罚站了？”

周明跟任冲立刻拉远了距离。等郭芳转身行进教室后，周明不甘心就此罢休，提出晚上打场弹弓仗。任冲立刻接受了这一挑战，并讲定了一边三个，吃过晚饭就在篮球场碰头。在旁边听着，就连那些没有资格参加战事的小孩也变得紧张而兴奋。

吃完午饭，陈玉便去寻任冲。他正躲在自家里屋，和任安加紧赶制子弹。见陈玉来了，任冲说：“快来帮忙做子弹。”坐下后，陈玉却不动手，只是看着任冲，眉头微微蹙起。瞄了她一眼，任冲喝道：“你还不快做，想看到我们打输？”

“你们不要打了好不好？”

“何解？”

“我心里蛮怕。”

“我们打过好多次弹弓仗了，有什么怕？”

“不是的。反正这次我心里蛮担心。”

“担心什么？”

“不晓得，就是蛮担心。”

“那到时你躲在屋里，就不怕了。”任冲看着陈玉忧虑的样子，未免有点轻视。

任安停住了手中活计，耸着肩膀缩在一边，睁大眼睛看着他俩。

“你看什么看，还不快做！”

“我也有点担心。”

“你硬是胆小。怕就莫去。我跟王军两个跟他们打。”

“我不是怕打仗。”

“那你怕什么？”

任安也不晓得自己到底怕的是什么，无言以答，只好又动手做了起来。陈玉默默地坐了一会，见任安不理她，闷闷不乐地行了。

下午上课的时候，任冲已经有大半口袋子弹了，但他还不满足。朱玲在上面讲小红帽的故事，他的手仍在桌子下面动个不停，同时还不忘窥探何春生的进度。郭芳坐在讲台边的椅子上，发现这几位老是做小动作，似乎桌子下面可以摸鱼，其中以任冲摸得最为投入，便趁他低头向桌底的时候，无声地站起来。何春生最早发觉情况不对，连忙收手，瞥了眼旁边的任冲，又把眼神校正，对准讲台，做出专心听故事的样子，嘴角却露出一丝笑意。任冲正心无旁骛地投身于儿童兵器制造事业，对悄悄逼近的危险毫无察觉。坐在他后面的陈玉前臂叠放在桌面上，坐得端端正正，目光聚焦于朱玲，生怕挪动分毫被老师发现，得不到专心听讲的表扬，以致郭芳行到任冲身边了，她才发现，想伸手去戳任冲的背，却实在是不敢。任冲被抓获的时候，颇觉委屈，因为还有其他人在做子弹。当郭芳收缴了他口袋里的子弹时，任冲眼睛瞪得大大的，极不甘心。何春生正坐在旁边得意地笑，冷不防被任冲揭发，口袋里的子弹也被搜了去。他恶狠狠地横了任冲一眼，任冲的眼神却比他更恶，毫不客气地把他的目光顶了回去。

下了课后，何春生满怀义愤地质问任冲为何要告状。任冲叫道："缴了我的不缴你的，你想得美！"

何春生顿时为之语塞。

由于子弹被缴，任冲提出将弹弓仗推迟一天。周明却不同意，说你没子弹，何春生也没了，还不是扯平。任冲想想也是，便和王军、任安商量调配子弹的事。任安把自己的大部分子弹都让给了他，王军也让出一小半，任冲的上衣口袋又鼓了起来，对战斗的渴望重新变得强烈，倒担心周明改口。

对于自己辛苦制造的那些子弹，任冲实在难以忘怀。等第二节课下课的时候，他见朱玲、郭芳出去上厕所，而何春生他们又到院子里嗨去了，实在按捺不住对那些子弹的思念之情，便潜入休息室，麻着胆子打开桌子的抽屉。抽出左边那只时，他的心几乎要从嗓眼里蹦出来。但里面没有子弹，他的心像是落到了冰水里。关上它时，任冲甚至想转身跑出去。但他实在不甘心，把右边的抽屉打开，一堆纸弹赫然入目。任冲回头看看无人进来，忙抓起来往裤袋里塞。不敢全部弄走，他只抓了三把，由于手抖，还掉了几颗在地上。等口袋鼓起来时，任冲几乎不敢行出去了，似乎朱玲和郭芳正守在外面。但他又不敢不立刻奔出去。还好，教室里只有几个女孩在嗨抛棋子的游戏。其中有个小女孩注视了他片刻，眼睛里掠过惊疑和恐惧。任冲瞪了她一眼，骇得她赶忙转移目光。但接下来的时间里，被恐惧所牢牢罩住的乃是任冲自己。每次当郭芳行动或说话的时候，任冲的心都一阵猛跳。好容易挨到放学，他第一个逃出教室，一口气奔到垃圾堆前的坪里，回过头来确定郭老师并没有前来追拿，心里的恐惧才开始让位于庆幸、欣喜和即将开战的兴奋。

弹弓仗是在七点半左右开始的。任冲一行和周明一行相对而立，手中的武器都已上好了纸弹。在紧张和不安中，任安听到了球场边的老樟树发出一声悠长的叹息。但他还来不及确定自己是否听得清楚时，任冲就喊了声开始，像刀一样斩断了他的犹疑。任安的对手是杨真，所依仗的武器则是那把威震全厂的大号弹弓枪。他像电影中使用冲锋枪的战士那样，端着弹弓枪，手指扣在扳机上，对准杨真的脸。杨真站在两米开外，脸色有点发白，手中的弹弓看上去显得渺小无力。他相信直对着自己的这把弹弓枪能在人脸上打出个洞。只要任安勾在扳机上的手指不动，他也就引而不发，省得招来那可怕的一击。任安本来就没有什么攻击欲望，颇像一个热爱和平的小国拥有强大的核武器，能够把敌人吓住就心满意足。两人就这么对峙着练站功。

过了一会，任安的手臂有点酸，就对杨真说："我要把手放下来一下，你也放一下。"

杨真看着他，不作声，也不动。

又坚持了一会，任安越来越觉手沉，就发急道："你不放，那我就开枪了。"

想了想，杨真说："我喊一、二、三，我们两个一起放下。"

就这样，任安跟杨真得到了充分的战间休息。王军跟何春生却打红了眼。两人心里都憋了股劲，体力个头技术都势均力敌，彼此都挨了对方几弹，却斗志不减。打到兴起，王军连连跳起来发弹。何春生没见过这种打法，几弹都射到王军身上，王军发出的纸弹却对着他的头脸俯冲而来。纸弹打在身上，有衣服挡着，不会感到疼痛，头脸可就全无防护。王军可以完全不躲避，而何春生却还要东闪西躲，射击的频率自然放慢。一占到上风，王军越发精神抖擞，压着对手打。何春生一边苦撑，一边希望周明能过来支援。

周明那边情况却不容乐观。他和任冲用的弹弓都是上了双倍的皮箍箍，很费腕力。本来想着任冲毕竟人小，用这种弹弓不能持久。没想到这家伙非但有劲，耐力也足，发射子弹的速度和力道一直跟他相持不下。想着连比自己小的人都奈何不得，周明未免焦躁，手法有些乱，耳朵上挨了任冲一弹，痛得像火烧一样。他喊了声："跑啊！"转身就往长坡上跑。

何春生胡乱发射了一弹，跟着逃跑。杨真也想开溜，却对任安不放心，说："你莫开枪啊。"

任安连忙安慰他说："你放心跑喽，我不得开枪的。"

杨真得到保证，却不往长坡上跑，而是向平房方向奔去。

周明这么容易认输，任冲倒有些意外，愣了一下后，才开始追击。王军紧随其后，并不忘在运动中发弹射敌。周明跟何春生绝不还击，只管低头狂奔，一路冲到工会活动楼边，拐到楼后面就不见了踪影。任冲哪肯放他们逃跑，发力猛追。快要挨近楼房后墙时，王军一个箭步越过他，抢先拐入楼后的池塘边。还没有站稳脚步，黑暗中一丝金属的光亮直射过来，钻进他的左眼。

任安费力地在后面跟着跑，离楼房还有十几步的时候，就听到了一声凄厉的叫喊。他手猛地一抖，弹弓枪摔在了地上。

5

王军的左眼彻底报销。那颗子弹是截取了一小段电线内芯制成的。至于是谁制造并发射了这颗子弹，周明推给何春生，何春生说是周明，结果两家都赔了五百块钱，任冲家则赔了两百。把这些钱撒到屋门口，王军的母亲钱春花一屁股坐在门槛上号啕大哭，几乎把自己的心肺都号了出来。一些女工和女家属站在边上，陪着抹眼泪。宋巧云的眼泪流得格外丰富——这场祸有一半是任冲惹出来的，结果他反而没事。尤其当想到这颗子弹差点就打进自己崽眼睛里，宋巧云更觉得不寒而栗，陪哭的时候最具真情实感。事后她还蒸了只鸡送到钱春花家。钱春花倒没有拒之门外，而是红着眼睛、哑着嗓子说："你讲这些小孩子何解这样狠喽？"

庆幸她没有怪罪任冲的意思，宋巧云忙安慰说："小孩子不晓得轻重，惹出这样的祸来。"停了片刻又说："我屋里冲冲也差点被打到了。"

钱春花没说什么，只剜了她一眼，这一眼让宋巧云心里虚虚的，似乎王军是替任冲挨了这一击。她有些坐不下去，略略安慰了两句，就起身告辞。行出门口几步远，又回头看了看，还好，那只鸡并没有被丢出来，她这才稍稍落了心。

宋巧云心里的愧疚经久难去，任冲却好像什么都没发生过，唯一的损失就是弹弓枪和弹弓都被任建国扭成麻花，扔到对面礼堂的屋顶上，害得任冲有段时间总是仰望礼堂的屋顶，颇有怅怅之感。这段时间王军住在医院里；任安这小子突然变得不爱说话，也不怎么黏他了，一有空就泡在垃圾堆里；周明跟何春生都是蔫头蔫脑，失去了吵事的劲头；杨真则成天跟孙爱红黏在一起，且见了他就躲；虽然有陈玉陪他，但很多游戏要男孩子在一起才能嗨出味来的，赵虎、陈松那帮上学的大小孩又不屑于跟他嗨，任冲实在是度日如年。好容易等到王军出院，任冲连忙跑去他家喊门。王军才露出半边脸，就被拖了回去，然后是一声重重的关门声。面对着那扇面目严肃的木门，任冲发了会呆，勾着头行了。

现在是星期天，对无所事事的任冲来说，时间充裕得像涨水的资江，他则处在江的中央，有无法渡过去的窒息感。就像溺水的人拼命伸手想抓住点什么，他也努力想找点什么来嗨。幼儿园新买回来一些橡皮泥，因为太少，所以只能分组来轮流嗨。任冲才嗨了一次，而且分到手的只是一小块，极不过瘾，总想着把整盒橡皮泥占住才好。但这个愿望很难实现，除非像现在放假，没有别的小孩在场，而他又能潜入幼儿园。教室的大门肯定是锁上的，任冲寄希望于教室通往院子的门没有关——前两天门闩弄丢了，老师不一定已换上新门闩，但也有可能换好了，而且他未必能独自翻过去。但就是这点小希望，让任冲顿时又有了奔头。

幼儿园的院子连着工厂的后墙。也就是说，院子有面墙就是工厂后墙的一部分，高得让任冲感到绝望。但另两面要矮上三尺，而且墙体布满宽窄不一的砖缝。任冲曾从里面成功翻墙出来，但那是因为有王军和杨真在下面合力托着。现在战友们叛变的叛变，负伤的负伤，撤退的撤退，他只有孤军奋战了。

任冲把两面墙查看了一遍，选了处宽砖缝最多的地方，左手抠住一条砖缝，右脚尖抵住靠地面的另一条砖缝，同时用力，身子就提升了一尺。他右手往上急抓，抠住看准的另一条砖缝，左脚却找不到落脚处，只是抵在墙体上，上下试探着，好容易才把脚尖插进一条比右脚落脚处高一点的砖缝。这条砖缝离得比较远，他只有努力撕开胯，看上去像只在水中悬浮蹬腿的青蛙。努力仰着头，任冲看准了上面的一条砖缝，右手和左脚发力，又上升了半尺，左手连忙抠住那条砖缝，立刻感到一阵刺痛，至少是擦破了皮。那一刻，任冲几乎就要松手，但到底还是忍住了。稳了稳劲，右脚抵住比左脚落脚处高一点的砖缝，昂头一看，他却发现上方没有能用手抠进去的砖缝。倒是横隔两尺的墙上方有条宽砖缝，像大人咧开着嘴。任冲只有试图先横着移过去，看上去像只小心翼翼的蜘蛛。手越发痛了，胳膊也开始酸起来。如果一松手，马上就能回复到轻松。他咬咬牙，抵制了这种诱惑，就像拒绝了一颗水果糖，为的是能赢得一颗高级奶糖。好容易移到砖缝下，任冲又有了奔头，力量顿长，伸手就抠住。等他一只手攀住墙头的时候，立刻感受到胜利前的喜悦。生怕这胜利跑掉，他赶忙举起另一只手。

翻上墙头的时候，右膝盖擦破了块皮，但任冲一点都不在乎，骑在墙头上，审视空荡荡的院子，骄傲得像个骑在马上的将军。当他看到通往教室的门被风吹开条缝时，更是欢喜得像个发现了敌方防线弱点的将军。两手抓住墙头，把身子吊下去，等到伸展得笔直时，才松了手，落在院中。因为是水泥地，脚跟震得有点痛。原地不动站了片刻，等疼痛感消失，他才往教室行去。尽管晓得不太可能有人在里面，任冲推门的时候还是小心翼翼。等看到平时热闹的教室异常冷清，只有桌椅老老实实地蹲伏在教室里一声不吭时，他才卸掉了一半的紧张感，背着另一半行下台阶。

任冲本来要直奔放橡皮泥的教师休息室的，但行到教室当头却拐向了讲台。做讲台的桌子跟他们坐的一样，但在小朋友的眼里，却笼罩着神圣的光辉。任冲在讲台后坐下时，心里还有点发虚。不过等到他发觉老师坐的椅子跟他坐的一样硬时，胆气又提了起来。把两手放在桌上，他学着老师的样子扫视着教室，想象着所有的小朋友都恭敬地看着自己，不禁觉得异常神气。正想喊一句上课了，从休息室飙出一声哎哟，骇得任冲差点就从椅子上滚下来。他的第一反应就是想冲出教室，无奈两条腿在瞬间变成了木头，挪不动。当哎哟声接二连三地飙出来，他意识到里面的人并没有发现自己，那颗上下猛弹的心才稍稍平静，两条腿也活络起来。

任冲准备偷偷溜行，但经过休息室门口时却忍不住打量了片刻。门关得严丝合缝，似乎从里面锁上了。站立了片刻，他伸出手，一点一点挨近门，然后贴上去，稍稍用了点力，门纹丝不动。这扇门是用几块木板拼起来的，木板与木板间有几条缝隙，声音就是从缝隙里挤出来的。把右耳粘在一条缝隙上，任冲不仅听到女人的呻吟，还分明有男人的喘息声，他马上就明白里面的人在做什么了，顿时脸热心跳，小鸡鸡也硬了起来，竟不忍离去。再听了片刻，任冲觉得这两人的声音竟然都很熟悉。那女的声音又娇又脆，竟跟郭老师的声音差不多。而男的就更加耳熟，熟到任冲一时难以想到他头上来。等到那个男的在里面冲出声：骚麻屁，任冲耳边就像打了个雷——这分明是任建国的声音。但他又绝不敢相信，把耳朵撤下，眼睛贴上去，努力往里面张望。但缝隙太小，他的目光钻不进去。里面的声音一浪高过一浪，让任冲心急火燎，越发要弄个明白，全然忘记了有被发现的危险。他猛然想起教师休息室临院子的那面墙上开着窗户，便蹑手蹑脚地行出教室。

窗户下面是毛玻璃，上面是清玻璃，里面嵌着铁条。任冲爬上窗户，不敢站起来，双膝跪在台阶上，把脑壳升到清玻璃跟毛玻璃搭界的地方，又慢慢地往上浮一点。等到看清了室中的场景时，任冲的眼睛差点没鼓出来——郭芳躺在床上，两条腿跷得高高的，手搭在任建国腰上。任建国一手撑在床上，一手揉着她的奶子。那张木床摇来荡去，看上去快要被他俩搞垮了。床是靠左边墙摆下的，床头却并没有顶着任冲所靠着的这面墙壁，正好处于他视野的斜下方，却又不是太斜。郭芳的头朝向床尾，眼睛却是闭着的。任冲伸手使劲揉了揉眼睛，又重新睁开，往里面猛的一看，希望什么人都没有，刚刚那些都是孙悟空变的，但他竟分明看到了郭芳正睁开眼睛往窗户这边看，那张惊讶而妩媚的脸，像故事里的妖精。

任冲几乎是从窗户上滚下来的。他下意识地往对着窗户的那头围墙飙，跑了几步，又绝望地意识自己不可能在短时间内越墙而过。恍惚间院子的三面墙正在迅速收拢，向他挤压过来，任冲像只找不到出路的小兽，茫然地站立着。但他又不甘心束手待毙，使劲甩了甩头，那三面墙又迅速后退，回归原位。脑壳里似有火光一闪，任冲咬咬牙，往教室冲去。任建国跟郭芳还没有从休息室里出来。他急忙奔向教室大门，拉开内闩，箭一样飙了出去。

任冲一路疯跑，直飙到池塘边，才一屁股坐下，拼命地喘气。满塘的死水竟然剧烈晃动起来，像在电视里看见的波涛汹涌的海面，差一点就他将兜头罩住。等到胸脯平静下来，那水又变得纹丝不动，呈现出一种黏稠的绿色，沉沉的，阴阴的。任冲害怕起来，站起来拔腿就跑。他不想回家，也不敢去生产区，因为那终究还是大人们的地盘，便只有往大门外逃窜。

再次来到老街的时候，任冲发现陈勇他们居然和孙朋朋搅在了一起。四个人蹲在地上，嗨一种挑竹棍的游戏——就是各自拿出数量均等的小竹棍，每人手里保留一根，其余的撒在地上，然后用手里的小竹棍去挑地上的竹棍。在不移动其他竹棍的前提下把其中的一根挑起来，这根竹棍就归自己，并可继续挑，反之就算失败，得让给其他人来挑。这些竹棍有小部分是来源于自家吃完的冰棒，大部分则是在街上捡的——当此种游戏盛行的时候，许多小孩撅起屁股寻找脏兮兮的冰棒棍，也是街头的一大景观。任冲站在旁边看了好一阵，只有陈勇跟他打了个招呼，但也没有过去的那份亲热了。任冲既纳闷又恼怒，正想拔腿就行，赢了大半竹棍的孙朋朋却直起腰来，问他来做什么。

任冲气鼓鼓地说："来嗨啦。"

"你是机械厂的，到街上来嗨什么？"

"我也是街上的，何解不可以来嗨？"

“不怕丑，你明明是单位上的，还讲自己是街上的。”

看着孙朋朋讪笑的表情，任冲把目光投向昔日的三个伙伴，希望他们能站出来证明自己的街道身份。但陈勇一声不吭，钱兵只顾盯着地上残存的竹棍，倒是苏建开了口，却是指责任冲看不起他们，这么久了都不来街上。任冲这才意识到自己似乎有很久没在街上亮相了，心里虚虚的，嘴里却不肯软下来，大声说：“我明明才来看过你们，还带了铁丝来，你们就忘记了？”

“快算了，那是五百年前的事了。”

“那你讲我带了铁丝给你吗？”

想起那段铁丝做的弹弓还塞在口袋里，苏建就不再发难。

孙朋朋却说：“带铁丝算什么？你们机械厂有那么多好把戏，你何解不多带些来？”

“有好把戏我也不带给你。”

“你嘴巴还蛮硬，想挨打了是不是？”

“你敢打我？”

孙朋朋伸手推了一下他的胸膛。任冲往后退了一步，鼓起眼睛，却没有还手。他原来并不怕孙朋朋的，但现在意识到自己是单位上的而对方是街上的，心里倒生了些畏惧。

见他们要打起来，钱兵站了起来，却没有劝解。苏建则干脆露出幸灾乐祸的笑。只有陈勇劝了句：“算了。”但孙朋朋不肯算了，并声明自己早就想打任冲一顿了。

见这场架非打不可，任冲咬咬牙，猛地一拳击在孙朋朋鼻子上，然后转身就往张家奶奶家飙去。陈勇他们都蒙了，孙朋朋也是等任冲快要跑到张家奶奶家门口时才回过神来。感觉鼻子热热的，伸手一抹，竟然是血，孙朋朋又惊又怒，简直还有点不敢相信。又用手背狠狠擦了两下，确证了印在手背上的乃是源于自家鼻子的血后，他凄厉地大叫一声：“追！”就先飙了过去。

钱兵跟着跑了两步，但看到陈勇还在行，就又慢了下来。见他俩都不着急，苏建也不好跑快了。

快要飙到张家奶奶门口了，孙朋朋正在犹豫是在门口叫骂还是一头闯进去，却见任冲跳了出来，双手倒持一把夹煤球的铁钳，像电视里的日本武士握刀那样，嘴里喝道：“你敢来喽，我打烂你脑壳你莫怪我。”

紧接着是张家奶奶一脸惶急地行出来，劝这些小孩子快莫打了。见到孙朋朋鼻子下面红了一片，又说：“何得了，朋朋你看你鼻子流了好多血。”

见自己的伤势受到了长辈的关注和垂询，孙朋朋眼睛不禁一热，用更凄厉的声音控诉：“是任冲打的！”

“是你先打我的。”

“我哪里先打你？”

“你明明打了我一下。”

“我就只挨了你一下胸脯。”

“那是挨吗？打得砰砰响。”

……

就在他们对谁先动手的问题打口水仗的时候，张家奶奶反身从屋里水缸中舀了勺凉水，在掌心倒了点，要孙朋朋昂起头，在他额头上抹了抹，再要他勾下头，又倒了点水在他后颈处抹了抹，拍了两下，然后用剩下的水把他鼻子下的血洗干净，见还是有点流，便找了团棉花来塞住流血的左鼻孔。孙朋朋一边听凭张家奶奶帮他处理伤口，一边不时横着眼睛去瞟任冲，生怕他趁机溜行。任冲倒无此念头，铁钳也从端举式变成了下垂式，只是不肯放手，眼睛也始终盯着孙朋朋。等到张家奶奶要他们回各自屋里去时，孙朋朋顿时忘了张家奶奶的疗伤之恩，蹦起三尺高，坚决不干。张家奶奶问他要何解才肯，孙朋朋提出起码也要打任冲一拳才行。张家奶奶哪里舍得让任冲挨一拳，做出生气的样子，说："那你打我一拳算了。"

孙朋朋一愣，不晓得说什么好，只是鼓起眼睛看任冲。任冲又把铁钳端举在胸前。这时张治军从街那边行了过来，头上歪戴着顶军帽。见到任冲，他眼睛一亮，说："你也舍得来嗨了？"

任冲很严肃地看了他一眼，继续保持他的武士造型。

张治军不去计较任冲的态度，却对孙朋朋他们说："你们站到我屋门口做什么，想打架啊？"

孙朋朋声调马上降了下来，只是做客观陈述——他鼻子被任冲打了一拳，还流了血。张治军倒不太相信，问陈勇他们是不是真的。待看到三个小孩都点头时，他把脸转向任冲，说："哎呀，你现在越来越狠了，比你大的人你也敢打！"

任冲绷紧的脸皮忍不住一放，又马上收紧。

"还笑。"张治军拍了他一下脑壳，然后半转过身，斜着眼睛俯视孙朋朋，"你想何解？"

孙朋朋摸着鼻子不吭声。陈勇突然开口道："任冲拿两根铁丝给孙朋朋，就算了。"

任冲正想说要得，孙朋朋却冲出句："两根铁丝就算了，我不得肯。"

张治军问："你讲你还要什么？"

挠着脑壳悟了一会，孙朋朋说："我要个铁环。"又用手比画了一下，说："要这么大。"

任冲马上就答应了，并说好最迟后天送来。见他应承得爽快，孙朋朋又说："那两根铁丝我也要。"任冲却只肯给他一根，另一根要送给陈勇。孙朋朋也没反对。协议达成后，苏建和钱兵因为一无所获，先怏怏散去，孙朋朋随后也行了。陈勇最后一个撤离。等他行出几步，任冲把他喊了回来。两人对视了一眼，陈勇就把目光挪向别处。

"你何解跟孙朋朋一边喽？"

"孙朋朋讲你的是单位上的，看不起我们这些街上的。"

"我哪里看不起？"

"你好久都没来看我们了。"

"哪里有好久？"

"蛮久了。"

"我没有看不起你们，我还想到要帮你们带锯片来。"

"真的吗？"

"我放在屋里，下次帮你带来。"

"要得。"

“那你还跟孙朋朋嗨吗？”

“我跟他嗨得一般，苏建跟他嗨得好。”

“那钱兵呢？”

“钱兵跟我嗨得好些。”说了这句话，陈勇往后看了看，瞥见钱兵和苏建站在远处，头都对准这边，便向任冲说，“我过去了。”

看着他们三个会合在一起，任冲心里再次涌起被排斥的失落。直到张治军拿出把新做的火柴枪出来，任冲才兴奋起来。这种枪是用铁丝加单车链条做成，能发射火柴，射程有一米多远，打在人身上可以灼伤皮肤。任冲先是打墙壁，然后又对准张治军，嘴里喊着缴枪不杀。明知他是做样子的，张治军还是退后几步，怕这个小猛子一失手就扣了扳机。见张治军都这么怕，任冲十分得意，提着枪冲出门外，在街上纵横了几个来回，可惜孙朋朋他们都不见踪影，让他失去了一个耀武扬威的机会。日光渐黄，任冲却根本不想回去。直到在张家奶奶屋里吃了饭，打光了小半盒火柴，才恋恋不舍地行了。临行时他还想拐带火柴枪，张治军却早防着这一手，在门口把枪拦截下，申明只要他来街上就把枪给他嗨。不敢跟他赖皮，任冲只有带着张家奶奶给他的一个橘子行了。

进了工厂，见陈玉和戴娜在老樟树下踢田，任冲马上找到了不回家的理由，先是站在一边看，后来又亲自参与。但因为控制不好脚劲，屡屡把瓶盖串踢得越级或干脆是飙出界外，惹出陈玉和戴娜的一串串娇笑。她们在粉笔画的“田”上行了好几个来回，任冲一次都还没踢完。但他既不生气，也不懊恼，反而咧着嘴笑。任冲笑起来样子格外逗爱，戴娜都瞄了他好几次。陈玉察觉到了，便说："任冲，你妈妈在到处找你呢。"

听得这话，任冲脸上就起了阴云。戴娜却说："那是吃饭的时候在喊你，后来没看到喊了。"

陈玉马上指出："吃了饭后也喊了。"

瞪了陈玉一眼，任冲继续埋头踢田。直到任安出现，吸着鼻涕说哥哥妈妈喊你回去，任冲才勉强进了屋门。见这小子终于浮头，宋巧云骂道："你窜到哪去了，干脆窜到云南四川去算了，还回来做什么？"

任冲申辩道："我没有窜到云南四川，是到张家奶奶那里。"

宋巧云还要骂，任建国却在一边说："回来就好了。反正他是在张家奶奶那里吃饭，又不是跑到别人那里。"

见任建国居然替任冲说情，宋巧云有些诧异，继而更添恼怒，仿佛自己先前的焦急全成了多余，说："到张家奶奶那里吃饭也要讲一声，害得我到处找。"

对于任冲的失踪，任建国其实心里比宋巧云更急，生怕这小子受不住刺激，在外面乱窜，发生什么意外。见他全毛全羽地回来，心里着实松了口大气，又不愿他跟宋巧云多说话，便催他赶快洗脸上床睡觉。任冲听凭任建国给自己倒热水抹脸，却不愿正眼看他。

宋巧云余怒未消，尖着嗓子说："你给他洗什么脸，要他自己洗。"

"给自己的崽洗把脸有什么要紧喽。"

瞪了他一眼，宋巧云不再言语，心里却奇怪任建国脾气何解突然变得这么好。任冲明白是怎么回事，心头却未免热热的，不过还是坚持不去看任建国。这天晚上，他梦见自己拿着把火柴枪，站在窗台上，对着幼儿园里的那张床打。打了一枪爸爸就不见了，只剩下郭老师。过了一会任冲发现自己也到了床上，身子光光的，被郭老师抱着上下抚摩，好舒服。摸着摸着他就醒过来，发现自己的大拇指被弟弟含在嘴里，便抽了出来，又闭上眼睛，努力想重新沉入美梦之中，却怎么也回不到郭老师的怀抱里。老鼠在黑暗中跑动的声音溅进耳朵里，任冲突然恨上了那只老鼠，想着要一枪把它打得稀烂，脑壳和身子却沉沉的，爬不起来，最后在迷迷糊糊中睡去。

第二天上幼儿园，任冲发现郭芳对他格外温柔亲切。上午分橡皮泥的时候给了他一大块，让其他小孩子忌妒得眼睛发红。下午郭芳又把他喊进教师休息室。想起昨天晚上的那个梦，任冲的心就怦怦地跳得厉害。但当看到朱玲也在里面时，便涌出一阵失望，同时松了口气。郭芳对他一笑，露出两排洁白的牙齿。任冲一向喜欢看郭芳笑，觉得蛮有味。但现在他只要一看到郭芳，脑海里就会浮现出她光着身子的场景，心里感觉极怪，马上把头低下去。郭老师让他再行近一点，摸着他的头说跟朱老师商量了，幼儿园要设个班长，打算让他来当，问他愿不愿意。任冲只想快些离开这里，猛点头。没想到朱玲又说了番很长的话。具体是什么，任冲也没怎么听进去。因为郭芳身上的香气一阵阵地袭来，撞得他脑壳蒙蒙的。只有朱玲最后说的那句你去嗨喽，任冲听得清楚明白，转身就弹了出去，让朱玲跟郭芳相视苦笑。

朱玲宣布任冲当班长的时候，周明跟何春生都把眼睛睁得滚圆，却没敢提出质疑；杨真瞟向任冲，眼神中半是羡慕半是谄谀，还有一丝忌妒；任安屁股在座位上扭来扭去，有些坐不住；罗佳嘴巴噘起老高，把脸侧向孙爱红，打算与她交换冷笑；孙爱红却瞄着任冲，眼睛有些发亮；陈玉兴奋得红了脸，似乎当班长的是她本人；戴娜微微笑着，表情很骄傲，好像任冲这个班长是她任命的。任冲却一点都高兴不起来，他甚至想大喊一声，我不当！但抬起头的时候，郭芳正站在讲台边注视着他，嘴边泛着笑意。任冲那一声就喊不出了。在老师的提议下，小朋友们开始鼓掌。掌声还算热烈，把任冲的虚荣心鼓了起来。尤其是到下课的时候，女孩子们都争着跟他说话，任冲感觉浑身每根骨头都快飘起来，几乎忘记了自己为什么当上了班长。

放学后，任安先于任冲进了屋门，率先向宋巧云报告了这一好消息。他激动得舌头有些打转，说得磕磕绊绊。宋巧云却还有些怀疑，以为是任冲指使任安编造的，好凭此提出什么要求。这时陈红心出现在门口，眨着画眉眼说：“哎呀，你家任冲当了班长呢！”

宋巧云才相信这个班长并非兄弟俩自封的，笑容马上就溢了出来。陈玉从陈红心背后闪出来，报告说小朋友们还鼓了掌。白了任冲一眼，宋巧云说：“这个吵宝，还当班长了！”然后从柜子里翻出根子糖，分给陈玉、任冲和任安吃。

这时任建国提了一袋橘子回来。宋巧云有些惊奇，说：“你还晓得出去买了东西再回来？”

“冲冲不是当了班长吗？我买些橘子奖励他。”

“你还没进屋，何解晓得了？”

任建国目光落在橘子上，仿佛在对它们发问：“是啊，我何解晓得呢？”过了片刻，他才把目光挪到宋巧云脸上，说：“我下了班在路上就听那些小孩子讲了。”

宋巧云愈加觉得光荣，连忙接过来，掏出两个递给陈红心和陈玉。任安听爸爸说橘子是奖励给哥哥的，顿时有些着急。等到自己也分到了一个大橘子，这才落了心，搬只小板凳到门前的梧桐树坐下，细细吃了起来。一瓣橘子他可以有几种吃法：在一角咬个小缺口，先把汁水吸干，再吃橘肉，这可称之为吸汁法；把橘瓣两边剥开，用食指在底部往上一顶，便开成一朵小菊花，这可称之为品菊法；把橘瓣从中撕成两半，这可称之为腰斩法；最简单的一种就是整个往嘴里一塞，这可称之为橘全食。这几种吃法任安换着来，每吃完一瓣还要停歇一下，品咂其余味。品了三轮，吃了足足有十来分钟，他才恋恋不舍地消灭完最后一瓣。用舌头舔了一阵嘴唇，算是在追悼落入肚中的橘瓣，然后任安又向橘皮发起了进攻。外面那层青皮是不能吃的，但里面的内皮却可以用牙齿刮下食用。虽然味道寡淡，但任安依然吃得津津有味。在他的全方位进攻下，橘子最后就剩下了一层薄薄的外皮，有的部分几乎透光。把橘皮又检查了一遍，见确实没有可供下嘴的地方了，他这才意犹未尽地转身回屋。

进了门，任安的眼睛立刻瞪得老大。任冲正坐在桌边，往一个玻璃杯里挤橘汁。桌面上赫然还蹲伏着三个橘子。见任安过来，任冲宣布：“我在做橘子罐头。”他的做法就是把橘汁挤光，再把干瘪的橘瓣丢进杯中。观摩了一阵，任安建议他把橘瓣撕成细条再丢进杯中。任冲却不接受，说全部挤完了再用筷子戳烂就是。任安便不再吭声，咽着口水又看了一阵，就伸出右手，试探着接近离桌边最近的那只橘子。任冲眼睛一鼓，问："你做什么？"

任安马上把手缩回，怯怯地说："我想帮你挤。"

"哪个要你挤？"

宋巧云在一边说："老弟想吃，你就让他再吃一个。"

"他又没当班长！"

叹了口气，宋巧云把目光转向任建国，希望他站出来抑强扶弱。任建国却只是看着任班长抖威风，一副若有所思的样子。见爸爸和妈妈都管不了哥哥，任安只有带着无限哀怨，继续看任冲制造罐头。十多分钟后，满满一杯"任冲牌"罐头顺利出厂，里面汁液不见有多少，挤干的橘瓣倒是层层叠叠。啜了一口，任冲发出啧啧赞美之声，让任安悠然神往。瞟了他一眼，任冲问："想吃吗？"

任安猛点头。

"那你以后做什么要先告诉我，准你去你就去，不准就莫去。"

目光粘着那杯橘汁，任安想了想，又点点头。任冲却要他把陈玉喊过来，三人共同分食。任安分得最少，却是最后才吃完。桌上还有大半个没挤完的橘子。任冲递给陈玉。见任安目光像苍蝇一样追逐着橘子，陈玉就让给了他。任安顿时觉得陈玉是天底下最好的人。

吃夜饭的时候，任冲面对父母，一下子就变得闷不作声，谁也不看，只把头往碗里埋。宋巧云往他碗里夹菜，他不感恩倒也罢了，居然还愤愤地说自己晓得夹。

宋巧云笑骂道：“你怕是当了班长，雄起来了。”

任冲分辩了一句：“不是的。”又继续低头扒饭。

任建国不理会任冲对老婆的狂悖，却对任安说：“安安，你还记得上次到百货公司，看到的那把红缨枪吗？”

任安当然忘不了那根木制红缨枪：白杆红纹，枪头是银色的，枪颈上系着的红缨像火在烧。任安当时只是抬头痴痴地仰望，却压根没有要买的想法，因为他觉得这条枪太漂亮，太高级，离自己太遥远。而任冲可是跳着嚷着要买，甚至赖在地上不起来，最后被任建国强行拖走的。望着任建国，任安的大眼睛溢出疑惑，他不明白爸爸何解问他这个，也不明白爸爸何解问他而不是问哥哥。任建国接下来的话更让他吃惊。

“这个星期天带你去买。”

任冲大叫起来：“我也要去！”

“那你听话吗？”

“听话。”

“那我看你这几天的表现再讲，表现好了就带你去买，晓得吗？”

任冲有些愤怒，觉得爸爸不讲看弟弟的表现而要看自己的，明显是偏心。但红缨枪的诱惑力太大，他没办法抵挡，只有老老实实地应了声：“晓得。”

接下来的几天，任冲果然表现得很乖。除了从生产区偷了铁环和锯片带到前进街外，没干别的坏事。星期六幼儿园评选本周好孩子的时候，他得了朵红花。好孩子有两种奖励，除了红花就是小红旗，而红花的档次比小红旗要高，足以证明这个星期他的表现很好。当郭芳把红花系在他胸前扣子上时，任冲想到红缨枪可以到手了，心头不禁一阵狂喜，觉得郭老师很好。至于她和爸爸的事，似乎变得遥远起来。任冲甚至不敢肯定这事发生过，因为郭老师表现得那么自然，相比之下，自己倒像个做贼的，看到她心里就发虚。郭芳还给任安发了面小红旗。要是往常，任冲宁肯要小红旗的，因为可以举在手上一路奔跑，让风把红旗吹得左右飘动，就好像电视中的解放军战士举旗冲锋，而红花在他看来，是给女孩子戴的。但这次他颇以红花为荣，挺着胸行在路上。任安举着小红旗，跟在后面。两兄弟都引来了大人们的赞叹，任冲溢出一脸骄傲，任安却有些害羞，不过还是轻轻地摇动着小红旗。

回到家里，任建国却不见踪影，让任冲焦急地等待了好一阵，屡屡在门口张望。任建国是在球场上跟工友们打篮球，打到太阳快要从老樟树尖滚下来时，才满头大汗地回来。对于任冲别在胸前不肯取下的红花，他倒没怎么注意。对于宋巧云告诉他两兄弟都评了好孩子时，他也只是淡淡地哦了一声，要他俩先吃饭，就提着白铁桶往澡堂去了。任冲失望得要命，连炒蛋花都引不起他的兴趣。

好在第二天任建国还是履行了诺言，带领兄弟俩去百货公司把红缨枪扛了回来。枪到手的时候，任冲兴奋得当场舞动起来。任建国却说：“以后表现不好，就收了你的枪。”

这话让任冲沮丧了一下，但旋即又继续兴奋。一路上他的红缨枪缠绕着不少小孩羡慕的目光。等到进了机械厂，那些小男孩更是眼睛发绿，连赵虎、陈松这些大孩子也主动行过来跟任冲搭讪，以谋求嗨一下红缨枪的机会。任冲对赵虎和陈松倒还显大方，女孩子们想摸摸，他也乐意，但对其他的小男孩，他就苛刻得多。除了任安外，其他人都不能白嗨，起码得提供一张烟壳纸，或者是一个酒瓶盖。本来还有个王军，任冲是很想给他嗨的，但他现在总是躲在远离人群的角落里，根本就不来沾边。至于周明跟何春生，哪怕愿意贡献出崭新的玻璃球，任冲也不得让他们碰一下的。晓得无望亲近红缨枪，周明跟何春生干脆摆出不屑一顾的表情。但任冲偏偏爱拿着红缨枪在他们面前舞来舞去，让这哥俩气得小脸发青。

不仅在同伴面前炫耀，任冲还特意扛着红缨枪到青工宿舍转了一圈。贺薇说他像小游击队员，任冲却嫌这个职务太小，宣称自己是司令。吴媛取笑说："哪有司令自己扛红缨枪的。"任冲顿时哑口无言，扛着枪气鼓鼓地行了。在楼梯拐弯处他碰见谢海龙。这家伙许久没刮胡子了，嘴唇上和下巴处都是黑黑的，神情有些阴郁。见到任冲，也不像过去那样来劲，只是懒懒地摸了一下他的头，就上楼去了。见他对自己漂亮的红缨枪视若无睹，让任冲好一阵失望，因为他最想领受的就是谢海龙的称赞。看着谢海龙显得有些陌生的背影，任冲突然想戳他一枪狠的，看他还敢不敢漠视自己的红樱枪。这个念头让任冲自己都吓了一跳，赶忙从脑壳里抹掉。

从青工宿舍出来后，吴媛的话始终像只小老鼠在任冲脑壳里溜来窜去。经过一个晚上的郑重考虑，任冲决定把扛枪的光荣任务交给任安。任安扛上枪，就像只蚂蚁衔了根长草，让大人们看到了，既心疼又觉得逗爱。好在这把枪分量很轻，任安也能舞动。他不像任冲那样喜欢拿枪戳人，却专门去撵别人家养的鸡。他甚至练出了一套独门戳鸡枪法，专拣鸡屁股下手，搞得厂里的公鸡母鸡一见到他，都是侧着身子跑。

有一天，任安到平房当头的公共厕所撒尿，没有带枪，被几只最猛的公鸡瞅见了，埋伏在厕所门口。任安一出来，发现势头不对，连忙撒腿就往厕所里跑。好在这厕所两头都有口子，任安得以逃到平房后面，从厨房门进了家，并向任冲报告了这一来自鸡群的暴动。任冲一听就来了劲，提上红缨枪，让任安带上弹弓。那几只鸡虽然追击未果，但总算把任安撵得落荒而逃，正得意地在坪里唱着歌，不防兄弟俩从后面掩杀过来，顿时阵脚大乱。有只鸡翅力强劲，硬是飞上了墙头。有两只一扭身钻进了吴铁梅的屋。有一只径直往厕所跑。任冲跟在这只后面，把枪当棍使，一顿乱打。这只鸡心慌意乱之下，一头扎进了厕所坑。这厕所在机械厂算是最大，结构也最特别——上面是坑位，下面两米深处是粪池，中间没有斜坡做连接。这只鸡在下落的过程中，还扑棱着翅膀，以减轻落地时的反冲力。它却没料到下面虽是一片黄色，却非黄土。任冲和任安站在坑道两边，看着这只命运凄惨的鸡挣扎了两下，就淹没在那片暧昧的黄色中。以前他俩上厕所，从不觉得有什么危险，现在却有些背发寒，腿发软，对视一眼后，连忙蹦出坑位。往前面口子奔了几步后，任冲想了想，又转身往后面行。任安跟着任冲行，一声不吭，只是用力地吸着鼻涕。悄悄从自家厨房进了屋，把杀鸡工具收了起来，兄弟俩谁也不提那只鸡的事。

见兄弟俩齐齐变得这样安静，宋巧云高兴之余，未免有些奇怪。一个小时后，沈荷花上门来寻找自家公鸡，宋巧云更觉奇怪，笑着说："你家的鸡没跑到我屋里来啊。"

沈荷花偏过头，问藏在背后的孙爱红："你是不是看到任冲跟任安在打鸡？"

见孙爱红点点头，任冲像只小公鸡一样叫了起来："我又没追你屋里的鸡！"

"你追了蛮多鸡，里面就有我屋里的。"

"那些鸡都跑了，我就没追了。"

"你明明还追到厕所里去了。"

"没有。我是看到鸡跑了，就不追了，就去上厕所了。"

"你还明明提着红缨枪。"

"我喜欢提着红缨枪上厕所，你管得着吗？"

见任冲霸蛮得很，像快硬邦邦的砖头，砸得自己女儿的伶牙俐齿哑然无声，沈荷花便转移审查对象。

"安安，你看到我家的鸡没有？"

任安睁大眼睛，像只受惊的绵羊看着沈荷花，好半天才摇摇头。

"真的没看见？"

任安点点头。

见小崽那副可怜的样子，宋巧云未免心疼，说："我家安安是不会讲假话的。"

“那你意思是我家红红就讲假话了？”

“我没讲过这样的话，是你自己讲的。”

“那我红红就没讲假话了。”

“这也是你讲的。”

“是我讲的，何解喽！”

“沈荷花，你屋里丢了鸡你怪我做什么？未必我还得偷你的鸡。”

“那就不好讲了。你屋里又没养鸡，又要吃鸡，天晓得。”

顿时连耳根都红了，宋巧云和沈荷花吵起来，好容易才被闻声赶来的陈红心和吴铁梅劝开。沈荷花兀自还在坪里大骂：“哪个娘卖姿的偷我屋里的鸡吃，要泻他三天三夜的痢，把他的肠子都泻出来。”听到这诅咒，任安扭动了一下身子，看着对面的任冲。任冲却一脸的满不在乎，让任安为自己的惊恐而感到羞愧。

因为沈荷花的刺激，宋巧云改变了过去不养鸡的立场，从农贸市场买回了二十只小鸡。机械厂养鸡都是放养——厂区很多地方都没被水泥占据，可供鸡们寻觅纯天然食品。小鸡跟刚出生的婴儿一样，摆在一起就不太好辨认。避免混淆的办法是：用紫药水或者红药水在各家小鸡的身上涂个圆块。每家小鸡身上的记号或是颜色不同，或是颜色相同涂的部位不同。宋巧云养得晚，容易看见的部位诸如尾巴颈部背部翅膀别人都标过了，她只有把小鸡的腹部染上红块。

涂标志的任务是任冲主动包揽的，任安也积极响应。他们家的小鸡毛色纯正度居全厂之冠，除了两只是杂色外，大半是黄色，小半是黑色。任冲尤其喜欢那些通体嫩黄的小鸡。在他眼里，这些小鸡笼罩着一层淡淡的柔和的光辉，眼神温润而无辜，像些漂亮的小女孩。把一只黄色小鸡放在手掌上，任冲注视着，眼睛转都不转。他脸上难得出现这样安静的表情，任安在一边看着，心里欢喜，只希望哥哥能凝视得久一些。但过了一会他就觉得有些不对头。他感觉到任冲的目光跳动了一下，眼神变得炽热而古怪。他不晓得这些小鸡惹得任冲喜爱到想虐待的地步，只觉得背上没来由地凉气直蹿。然后他看到任冲一手抠紧鸡身，一手活生生地把鸡脖扭断,甩在地上。轻微的骨头断裂声让任安的喉咙又紧又胀，仿佛自己就是任冲手中的那只小鸡。一只、两只，任冲脸上露出一种快意的表情,丝毫没有住手的迹象。任安终于忍不住尖叫起来。这叫声引来了宋巧云。当她弄明白自己的大崽干了些什么而同样尖叫起来时，任冲已转身飙出门外如一只小鸡举翅飞逃。

实际上，任冲不晓得自己做的事有多严重，为什么要这样做。当他在篮球场上被任建国捕获并夹在腋下带回家时，脑壳仍有些懵懵懂懂。当任建国从柜子上拿下竹扫子时，他才像被泼了一盆冰水，清醒过来，大叫起来：“你敢打我？”

这句话让宋巧云和任安都猛吃一惊——任建国可还没有不敢打他的时候。更让母子俩吃惊的是，任建国举起竹扫子的那只手停顿了片刻，就放了下来。他瞪着任冲，眼睛有鸽子蛋那么大。任安也瞪着他，眼睛有葡萄那么圆。对视了片刻，任建国说：“要么我收了你的枪，要么你挨顿打，看你选哪样。”见任冲目光急剧萎缩，任建国上前就要把他按在长凳上。

“我不要你打，要打就要妈妈打。”

一愣之下，任建国把竹扫子递给宋巧云，行到门边，防止任冲逃跑。

宋巧云恨恨地说：“你以为我打你就打得轻些，告诉你，我今天不打肿你就不是你妈妈！”

她没怎么费力就把任冲按在凳上，扒出半个光屁股来，咬着牙抽下去。任冲觉得像火在舔屁股，而且越舔越猛。虽然痛，他却没有喊出来。这一个星期，他隐瞒了任建国和郭芳的事，总觉得很对不起宋巧云。现在被宋巧云打，他心里倒好过了一些。似乎每一扫子抽下来，心里的愧疚就减轻了一分。所以尽管痛得流泪，任冲还是没喊哎哟。最后竟是宋巧云撑不住了，流着眼泪说：“你何解这样调皮喽？你何解不喊一声喽？”

见宋巧云像是随时会晕过去，而任冲的屁股已红如小猴，任建国便上前做和事佬，一边把宋巧云拉开一边对任冲说：“你下次莫这样调皮了。”任冲却毫不领情，提上裤子后，对他翻了个白眼，行进了里屋。

那两只惨死的小鸡被清炖在一只小碗里。面对它俩任安无法下筷，任冲吞咽起来却毫无困难之感。作为挨打的补偿，他得以独享了全部的小鸡腿，甚至把鸡睾子也吞了下去。接下来的几天，任冲红光满面精力明显过剩，当他在操场上奔跑的时候，任安奇怪地看到两只小鸡在他体内拼命扑腾。任冲回过头来大喊一声：“老弟。”

任安吸了下鼻涕，跟了上去。

现在任冲正奔向操场上的人群。那里有一堆小孩，正在围观着什么。尽管他们围得密，见任冲来了，还是自动让开条小道。任冲长驱直入圈中，看到周明正舞弄着一根棒子。这木棍比周明高一个头，棒身用砂布打磨得精光，看上去像是涂了层清漆。两端包着金色锡纸，各有半尺长，使这根平凡的木棒在众小孩眼里变得熠熠生辉起来。周明宣称它为金箍棒，连任冲也没什么不同意见。但当何春生大声赞扬这根棒子最好看时，任冲立刻就有了异议，说："出丑，这根棒棒哪有我的红缨枪好看？"

周明对他眨眨眼睛，说："你拿出来比下看喽。"

任冲马上要任安去拿枪。见众小孩都巴巴地望着自己，任安深感这一任务之光荣，飞跑而去。等他气喘吁吁地把枪扛来，任冲一把夺过，舞了两下，大喝道："你比下看，到底哪个的好看？"然后环顾众人，目光凶狠，似乎谁不承认他的枪最好看，他就要一枪戳过去。好在红缨枪毕竟工艺不凡，对照之下，众小孩纷纷认为，还是他的枪最好看。任冲气焰顿时又高了一尺，对周明说："你还雄什么？"

"你的枪好看是好看，但是没得我的牢。"

"你乱讲，何解没有你的牢？"

"不信比下看，你敢来吗？"

任冲犹豫起来。自己的枪可是买回来的，又这么漂亮，万一打坏了，划不来。但看到周明挑衅的样子，他又咽不下这口气。感觉衣角被谁在扯动，侧头一看，是任安。他小声说："我们回去算了，莫跟他比。"

何春生听到了，露出一脸嘲笑，说："不敢比就算了，莫来现世。"

任冲眼睛立刻瞪圆了，喝道："你讲什么？"

何春生退后半步，说："我是讲实话，你的枪肯定没得周明的禁打。"

再次环顾四周，见众小孩的眼睛都像手电筒一样照着他，任冲喷出句："打就打！"

这句话像块大石头砸进塘里，众小孩马上像水花一样溅开，空出块方圆一丈多的地方，把任冲和周明留在中间。任安没有立刻后退，而是小声对任冲说："哥哥，你只拿枪戳他，莫跟他硬碰。"

横了他一眼，任冲说："我还不晓得，你快到一边去。"

棒子比较沉，周明舞动起来还有点吃力。枪的材质则很轻，任冲得以挥洒自如，抢了先手，在周明身上戳了一下。但他天生不习惯闪避，当周明一棒子劈下来时，他立刻忘记了任安的建议，学着电视里那些侠客的样子，双手握住枪杆两端，往上一挡。只听咔嚓一声，任冲顿觉天地间为之一暗，大喊枪断了。周明收回棒子。大家忙围上去看，枪杆没全断，但已经从中裂开了。任冲脸色发白，嚷道："你赔我的枪！"

"是你情愿打的，不关我的事。"

"你快点赔！"

"你好笑。"

把枪一放，任冲飙上去抓住周明的棒子，两人用力抢夺。何春生前去帮忙，任安虽然弱小，但毫不犹豫地挡住他，却被一把推倒在地。见弟弟被打，任冲眼睛都红了，一口咬在周明手背上。

周明大叫一声，松了手。任冲抢过棒子，抡起来在何春生的头上敲了一下。周明从后面抱住他，何春生便上前踢他的肚子。任冲和他对踢，还借助周明的抱力离地飞踢。周明突然放了手，任冲一屁股坐在地上。等他爬起来，周明已经棍子在手，打了他几下。任冲两手空空，只有跳到一边。毕竟怕任冲又喊谢海龙来找麻烦，周明没有继续追击，而是跟何春生得胜鸣金而去。众小孩安慰了任家兄弟两句，也散了。看到那根受伤的枪躺在地上，红缨散乱，任安顿时悲从中来，放声大哭。任冲却咬紧牙，眼睛通红地望着周明跟何春生撤退的背影。

红缨枪的裂口被任建国用工业万能胶粘住，又缠了几层胶布，牢固依旧。但黑色胶布在白底红纹的枪身上格外刺眼，明显影响其美观，让任安心痛不已。任冲却不再关心红缨枪，一门心思只想着报仇。任安看到他从生产区搜集来了十来片长短不一的钢锯，用报纸包好，放在里屋桌子的右边抽屉里藏着。以为他要制造什么危险的兵器，任安每天趁他不注意，总要打开抽屉翻出来看看。见钢锯们还好好地躺在那，任安晚上才会睡得放心。

到了星期天，吃过早餐后，任安去刨了一个多钟头的垃圾，回来就不见了任冲的踪影。那只抽屉半开着，任安踮起脚往里一看，连钢锯带报纸一齐失踪。以为任冲单独去报仇，任安提着红缨枪，还往口袋里放了把弹弓，追出门外。到了篮球场上，却不见任冲的踪影。

周明跟何春生正在花圃边上嗨。这几天谢海龙并没有来找麻烦，周明便认为任冲已喊不动他了，无所顾忌起来，甚至重新找回了幼儿园孩子王的良好感觉。他拿着“金箍棒”一顿乱舞，口中霍霍有声，号称是练少林棍法。等舞到手发软时，便由何春生接过棒去练习。几个小孩站在不远处观看，目露敬畏之色。有的还向他们献出谄谀的笑容，以求能舞一下这根“金箍棒”。

见任安提着红缨枪出来，周明问：“任冲呢？”

任安不答。

周明爆出一脸讪笑，说：“怕是吓得不敢出来吧！”

何春生停住棒子，大声说：“那肯定！”

旁边几个小孩也争先恐后地发出讥讽的笑声。周明对他们说：“你们不晓得抢他的枪嗨。”见他们彼此相望，谁也不行动，周明又说：“怕什么，反正任冲没在这里。在也不怕，有我保护你们。”

那几个小孩子开始蠢蠢欲动。任安握紧了枪，准备往家里跑。见他惊恐得像只遇见狼的小兔子，周明很觉畅快。但接下来他看到任安改变了准备起跑的姿势，望他身后张望。回头一看，周明立刻把身子全部转过去。任冲正甩着膀子，快步行过来，身后跟着四个人。有三个跟任冲年龄相仿，是陈勇、苏建、钱兵三员小将；有一个跟周明差不多大，乃是前进街的孩子王孙朋朋。他们外衣都不系扣子，身上比较邋遢，着装风格明显跟单位上的小孩不同。周明在工厂幼儿园可以横行霸道，但见到街上的小孩就心虚腿软。

指着周明，任冲说：“就是他！”

孙朋朋行上前去，尽管他并不比周明高，但眉眼中已有种让单位上的小孩非常敬畏的痞气，这种痞气镇得周明不敢吭声。用非常轻蔑的目光在周明脸上剐了一轮，孙朋朋伸手推了他一下。

后退一步，周明浑身变得僵硬，小声说：“你要做什么？”

“做什么？你欺侮任冲，还讲做什么。你晓得他跟我们的关系吗？”

周明脸色煞白，摇摇头。

“他跟我们一起在街上长大的，你敢欺负他？”孙朋朋把街上两个字咬得特别重。陈勇不自觉地把胸膛挺得更高，以凸显自己的街道身份。苏建跟钱兵更是一副老虎表情，环顾四周，机械厂众小孩温顺胆怯的表情让他们越发觉得自己很凶猛。

何春生握着棒子，小声说：“我们又没欺负任冲，只是打着好嗨。”

孙朋朋目光戳向他，说：“你拿着棒棒干什么，未必还想打架啊？快放了。”

看了他一眼，何春生准备把棒子放在地上，却不防被任冲抢去。他一棒扫在周明身上。周明鼓起眼睛，说：“你莫太毒了！”

“你还敢恶？”任冲又是一棒。

周明不再作声，也不敢闪避，眼睛里有泪光闪动。

见他眼泪出来了，任冲顿觉气平，又把目光转向何春生，对陈勇说：“你去箍着他。”

何春生想跑，腿却发软。陈勇、苏建、钱兵一拥而上，把他围在中间。苏建鼓起眼睛，喝道：“你还想跑！”见何春生不敢动弹，他胆气愈壮，甩手就是一耳光，洗刷了自己经常被人打的屈辱，算是填补了一项个人历史空白。

绕到他身后，陈勇伸出右胳臂，夹住他的脖子。苏建、钱兵各抓住他一只手。任冲大步向前，问：“你还敢踢我吗？”

何春生马上摇头，却有点摇不动。

任冲起脚踢他。左脚踢累了踢右脚，最后双手拄棒，来了个起身飞踢，踢出一串哎哟声。

踢完后，任冲对任安说：“你来踢他。”

任安不动，小声说：“哥哥，算了。”

任冲眼睛瞪得像小灯笼，喝道：“你快点踢！”

任安最终没有踢，而是用枪在何春生肚子上戳了一下，竟感觉比戳鸡屁股还过瘾。

“再戳一下！”

任安又戳了一下。

陈勇他们松了手，何春生滑在地上，蜷缩成一团。任安紧张起来，害怕出事。任冲却只扫了一眼，就拿着棒子行到花圃边上，在栏杆上尽全力打了几下，手震麻了，棒子也从中间断为两截。他行到周明面前，口水四溅地说：“你还想打吗？”

周明红着眼睛，不停地吸鼻子。

孙朋朋手突然痒起来，扇了他一耳光，又往地上呸了一口，说：“以后哪个还敢欺负任冲，我把街上的人全部喊来，打扁他！”

厂里的小孩大多低头盯着地面，不敢去面对孙朋朋目光的扫视。他们谁也没觉得任冲被欺负过，只不过是打了场败仗而已，没想到他这么快就报了仇，而且报复得如此猛烈。他们都在心里狠下决心，永远不跟任冲斗霸。

威风抖够后，孙朋朋要求任冲带他们去生产区转转。谭燕华正坐在传达室打毛线衣。任冲气昂昂地要闯进去，却被她拦住，说不准带外面的人进来。任冲有些发急，讲了一箩筐好话，她还是板着脸，不肯松口。孙朋朋他们在大人面前还不敢耍横，最终像一群猖獗的小老鼠，被谭燕华这只大母猫轰出了传达室。任冲颇感抱歉，一再说下次帮他们带些东西过来，保证比锯片要好。

把这群小豪杰送到大门外，任冲转身上坡。小孩们大多已散去。何春生蹲在地上，不停地抽泣。周明站在旁边，眼睛通红，勾着头，像只败得很惨的小公鸡。任冲故意从他们面前晃过。周明没敢跟他对视。何春生却抬起头来瞪着任冲，那目光毒毒的，渗入任冲的心，让他感觉有些发寒。但任冲绝不把这心寒表露出来，而是鼓起眼睛，把他的目光狠狠地弹回去。

等任冲行远后，何春生站了起来，抹了下眼睛。周明执意要看看他的肚子。拗他不过，何春生掀起肚子，那里青了一片。周明吓了一跳。何春生却说不要紧，并一再叮嘱周明别告诉他爸爸和妈妈。嗯了一声，周明催他回屋里休息。等何春生行远，他捡起断成两截的棒子，先回家放好，然后往生产区传达室奔去，向谭燕华报告了何春生遭受任冲任安脚踢枪戳，肚子青了一片的事。他还特意指出，任冲喊了街上的人来帮忙。谭燕华哪里还坐得住，急急地往家里奔去。周明本想跟过去看热闹，但转念一想，便扭身钻进了生产区。

本来小孩子打架，只要不像王军那样出大问题，大人们是吵不起来的。何春生肚子被踢青了，只能怪他不能打。任冲的罪责在于，喊了街上的人来帮忙。这点让宋巧云颇觉理亏。更让她觉得危险的是，一向温顺的任安居然也动手打了人。宋巧云把这笔账记在了任冲身上，咬着牙齿说："你还教会老弟打人了？你是不是还要教他杀人？"

任冲硬起脖子，说："是何春生先打了老弟，我才要老弟打他的。"

"好久打的？"

"就是星期二。"

宋巧云立刻把目光转向谭燕华，开始觉得她的一脸正义值得怀疑。不晓得还有这回事，谭燕华顿时不那么理直气壮，只是再次强调任冲不该喊外面的人来帮忙。在这个问题上，宋巧云跟她的立场是一致的，扇了任冲一耳光。任冲倒没有哭闹，只是盯着被谭燕华强行拖来的何春生，恨恨地说："要得喽，你们打了我们，我没有告状。我打了你们，你就告状。"

在他脑壳上拍了一掌，宋巧云说："未必你还想报复。"

晓得任冲犟得像只小牛，谭燕华有些担心他再喊人来打何春生，遂道："算了，算了。冲冲你以后莫喊外面的人进来了，晓得吗？"

任冲昂着头，不吭声。宋巧云又在他脑壳上拍了一下，说："谭阿姨跟你说话，你听到吗？要听谭阿姨的话，莫跟外面的人乱嗨，晓得吗？"

任冲很勉强地嗯了一声。

等谭燕华母子离去，宋巧云急切地追问任安哪里被打了。待听说只是被推倒在地，并没有受伤，这才落了心，只是责怪任冲："老弟那时被欺负了，你何解不去帮忙？"

“哥哥来帮忙了。周明跟何春生两个人打他。他打不赢，才喊外面的人来帮忙的。”

见任冲一脸委屈，宋巧云心疼起来，摸摸他的圆脑壳，从柜子里翻出一个发饼来，掰成两块，分给他们。见有东西吃，任冲马上眉开眼笑，一把抢了过来，塞进嘴里大嚼起来。半个发饼下肚，他意犹未尽，不住地去瞟坐在旁边的任安。任安吃得慢，不待任冲开口，便从剩下的部分掰下一半，递给任冲。宋巧云在一边看着，又是摇头又是微笑。

任冲喊街上的人进厂打架，很快就传遍了全厂的少年儿童界。那些大小孩们都不高兴，觉得是折了机械厂的威风。陈松为这事还向任冲瞪过眼睛。赵虎则批评任冲有点傻——自己厂里的人打架，输了赢了都没关系，喊外面的人来做什么喽？见这两位大哥都不认同自己的做法，任冲顿时蔫了下来，好一阵都是神情郁郁。至于那些小一点的孩子，普遍对他敬而远之。周明跟何春生倒意外地收获了许多同情，顿时又活跃起来。周明央求他爸爸把两根短棒断裂的那头打平，用砂布抛光，他跟何春生一人一根，号称“双龙棒”，竟比“金箍棒”还要威风。他们不敢再向任冲挑衅，甚至对任安也尽可能离远点，只是带着帮小男孩疯嗨，努力衬托出任冲这边的冷落。

任冲激愤之下，放肆跟陈玉和戴娜嗨。任安也有了个小女伴。这小女孩叫许琪琪，父母都不在本厂。本来幼儿园是不收外面的小孩，但她是朱玲同时也是朱斌的外甥女，大家就只能把许琪琪视为本厂子弟了。任安以往常常半天不开一句口，但跟许琪琪混熟后，两人竟有说不完的话。在家里分到零食，任安总要偷偷留下一半。被任冲发现后，他紧紧捂住口袋，说是带给许琪琪的。任冲咧开嘴大笑道：“你好出丑，还带东西给妹子吃。”

任安涨红了脸不吭声，手捂得更紧。任冲越发觉得好笑，跑到陈玉家，向她报告了这一新闻。没想到陈玉白了他一眼，说：“任安比你强多了，还晓得带东西给妹子吃。你呢，就只晓得吃我的东西。”

任冲无言以对，准备行开，却被陈玉拉住，从口袋里掏出瓣柚子，并叮嘱他别被陈松看见了。陈玉给他带过许多次零食，但唯独这瓣柚子，让任冲猛然领悟到她对自己的好，心里着实感动了好一阵。下次他分到个辣椒糖，硬是忍住没有吃，第二天带到幼儿园给陈玉。戴娜看到了，马上烂了脸，口气跟任冲早上吃的坛子菜一样酸：“我晓得啦，你跟陈玉好些，有东西也只给她吃。”

陈玉连忙把辣椒糖让给她，戴娜嘴巴噘起老高，坚决不要。把糖递到她嘴边，戴娜却把头扭过去。见陈玉笑得很辛苦，任冲心头火起，说：“她不吃就莫吃，我是给你吃的。”

戴娜眼泪顿时就滚了下来。罗佳看见了，连忙跑去向郭芳报告。见自家小公主当众掉眼泪，一副梨花带雨可怜兮兮的样子，郭芳恨不得扇陈玉和任冲两人一人一个耳光。她哄了戴娜半天，答应给她买“大白兔”奶糖吃，戴娜仍然是一副委屈万分的样子。没办法，郭芳只有把任冲带进休息室，挤出笑容，掏出两毛钱，要任冲去买两包粒粒糖，一包给戴娜，一包自己吃，并叮嘱他不要说是老师给的钱。拍拍他的脑壳，郭芳说：“快去快回。”

任冲岿然不动，没有伸手接钱。

郭芳眼睛里顿时闪出两点凶光，说：“冲冲，你不听郭老师的话？”

“那陈玉没有粒粒糖，她也会哭的。”

郭芳连忙又掏出一毛钱。任冲又说：“那我老弟也想吃。”

郭芳拿着他无可奈何，只有又翻出张毛票。把钱攥在手心里，任冲连蹦带跳地跑了出去，十分钟后又跳着回来了。他口袋里装着四包粒粒糖，颇有骤然大阔的感觉。要不是郭芳在盯着，他还真舍不得全掏出来。跑到院子里，任冲双手叉腰，喊了句：“发糖了！”

这三个字可谓如雷贯耳，所有的小孩都停住游戏，齐齐把目光对着他。任冲声音越发高亢:“喊名字的就来领糖，今天我请客。”此言一出，周明何春生明知任冲不可能请自己的客，也尖起耳朵听。

“戴娜。”

戴娜把头伏在教室课桌上，还在黯然神伤。郭芳连忙推她，说:“快起来，冲冲发糖给你吃了。”

戴娜抬起头来，往院子里张望。

“戴娜，你听到吗？”

听到任冲当众在呼唤，戴娜没有应，却掏出小手绢擦干泪水，扭捏着行到教室通往院子的门口，就不再前进了。郭芳跟在后面，对任冲说：“娜娜在这里。”

转过身，任冲从口袋里捏出包粒粒糖，在空中晃了两下，说：“戴娜，我给你买的，你吃不吃？”

郭芳轻轻地推了一下女儿的背。往前行了两步，她又不动了。郭芳正着急，任冲却主动上前，把糖放到她手里。看着他，戴娜脸上的笑容一下子绽放开来，让郭芳松了口气。

接下来两包糖发给了陈玉跟任安。其他小孩站在一边干看着，几乎个个都变成了红眼小兔。见他们口水流起三尺长的模样，任冲心里暗笑，掏出自己那包，晃了晃说："这包是我的，想吃的就来拿，一个人只准拿两粒。"

众小孩你看看我，我看看你，然后一拥而上。任冲喝了一声："排队！"他们就乖乖地排队。连杨真也羞答答地排在最后面，领了两粒糖。就只有周明、何春生和罗佳站在一边没动，噘着嘴巴摆出一脸不屑。瞟了他们一眼，任冲高声问："好吃吗？"

众小孩响亮地喊道："好吃！"

任冲兴致越发高涨，索性把剩下的粒粒糖朝他们撒去。众小孩顿时抢作一团。有的糖没接住，他们也满地去捡。任冲看得高兴，咧开嘴大笑。笑完后，自有陈玉掏出一半粒粒糖给他吃。

就这样，任冲通过慷慨捐献粒粒糖重新赢得了民心，身边又团聚起一帮小孩。在他的带领下，这些男孩女孩打成一片，整日里捉迷藏、过家家、跳橡皮筋、嗨工兵捉强盗，快活到不晓得快活。时光像滑冰一样溜过去，冬天很快就到了。到草料库嗨便成了厂里所有小孩最乐意的游戏。

草料库设在厂区。它像一个用红砖砌成的大方盒子，里面积满了干稻草。在离地一米多的地方，开了个两尺高的长口子。这是它唯一的出入口。靠口子处站着几堆砖垛。砖垛旁堆着些空油桶。

小孩们踏着砖垛，像些身手敏捷的飞贼穿墙而入。那些一丈多厚的稻草温暖而柔软。在上面可以表演各种武侠电影中才会有的动作。那种热烘烘的氛围让人着迷。任冲率先在草堆上表演完他的花拳绣腿后有点厌倦。他抱臂站在一边显得心不在焉。这是他进行幻想的时候。盯着那些丰厚温暖的稻草，他的眼睛突然亮了一下。

当天深夜，任冲爬了起来，去门外的梧桐树下撒尿。任安被惊醒了，也要跟着去。任冲起初不准。但任安带着哭音说胀得很。任冲只好放行，但叮嘱他看到什么都不要作声。回来时，任安看到哥哥从爸爸放在椅子上的长裤中摸出盒火柴。他得手后爬到床上开始心满意足地睡觉。那一夜任安频频听到有哔剥哔剥的声音脆响在四周。它也许来自遥远的梦境，也许就在身边。但任安不敢睁开眼。

第二天早晨，任冲在路上突然提出要任安先去幼儿园。任安听话地往前行了一段路，又偷偷地回头看。他看见任冲拉着陈玉在说什么。那个早晨雾气未净，任安看着他俩向厂区移动的背影，陡然涌出被排斥的心酸感觉。

冬天很冷，任冲想在草料库烤火。原因就这么简单而荒唐。虽然陈玉提出了起火的可能，却被任冲轻易地否定了。当火苗越蹿越高的时候，陈玉吓得哭了起来。任冲拉着她的手撤退到砖垛上。他往里面砸了几块砖头但毫无效果。最后任冲采取了溜之大吉的上策，迅速逃离涨满火焰的现场。一路上陈玉不停地说："我爸爸会打死我的。"

任冲狠狠地瞪了她一眼，说："我们不晓得躲起来。"然后带着陈玉往仓库后面奔去。当浓黑的烟滚滚冲上厂区的天空时，工人们终于被惊觉了。八十年代初期的工人阶级依然保持了高度的组织性和纪律性。在他们强劲而高效率的行动下，火很快就被压制下来，最后彻底地沉寂。而两个小纵火犯躲在水泥洞中，根本听不到外面的喧嚣。陈玉蹲在地上，不停地哭泣。任冲起初一声不吭。等陈玉哭歇气了，伸手去扯她的裤子。陈玉扭动了两下，最后还是习惯地顺从了。任冲学着大人的样屁股前后摇动，不停地去顶陈玉，把纵火的事都抛到九霄云外去了。

快到下午上班的时间，肚子开始饿得咕咕叫了，他们才行出水泥洞。还没出生产区，两人就被抓获。抽肿任冲的屁股后，任建国把他双手倒剪绑在床脚上，然后去上班。屋内寂静无声。这对于任冲而言是一种比饿肚子还要厉害的惩罚。他胆大妄为无所畏惧，但怕静，怕孤单，一如鬼之畏火，鼠之畏猫。但很快任冲就得到解脱。因为任建国怕把他的手捆坏，绑得很松。碎动碎动，任冲居然把手抽了出来。揉了揉手后，他连忙跑去隔壁敲陈玉家的门。陈玉也挨了顿打，但没有被绑起来，而是被罚待在家里反省，等待晚上更严厉的审判。起初她不敢开门，说爸爸不准她再跟他嗨，但禁不住任冲坚持不懈地喊门，还是放他进来了。任冲把陈玉带到自己家里，从柜子里翻出米糖请她吃。两人肚子都饿到前面贴着后面，吃得分外香，一时倒也消除了对可能会继续挨打的担忧。只是等生产区的下班铃响彻工厂的天空时，陈玉两道细细的眉毛又紧紧蹙在一起，对任冲说："何得了喽，我爸爸肯定还要打我，要把我打死去！"

“你莫这样想喽，你爸爸不会再打你的。”

陈玉摇摇头，站起来要回家。跨过门槛的时候，她又回头看了任冲一眼。任冲正呆呆地望着她。蹲在门槛边，陈玉又抽泣起来，直哭得任冲心里酸酸的。放火，不算什么，被打，也不算什么，但害得陈玉这样，任冲心里过意不去。他暗下决心，如果陈叔叔再打陈玉，他就冲过去告诉他，火是他放的，不关陈玉的事，也不准再打陈玉。再打的话，他就会挡在陈玉前面，就像电影里的战斗英雄那样无畏地面对炮火的轰击。

接下来的一段时间里，任冲不断地想象自己如何保护陈玉，如何在陈叔叔巨大的拳头下临危不屈。他甚至设想了在必要的时候掏出弹弓，以掩护自己和陈玉撤退。他还想好了避难的地点，当然就是前进街。那里不仅有永远护着他的张家奶奶，还有一干小兄弟们，足以保护他和陈玉不受欺负。许多细节让任冲暗自激动，他甚至有点期待那一幕的到来。但奇怪的是，整栋平房都出奇的寂静，大人们似乎约好了都不回来。只有麻雀在屋前树上叽叽喳喳地叫，吵得任冲心烦意躁。拿起弹弓行到门前，他正想开弓射击。任安气喘吁吁地跑了回来，磕磕巴巴地说：“哥哥，你快去看，出事了。”

不满于弟弟的张皇，任冲瞪了他一眼，说：“还有什么事，就是我放火的事。”

“不是的。是贺姨出事了。”

任冲脑壳轰然一响，问：“在哪里？”

“就在她屋里。”

任冲甩开脚就跑。平房与篮球场间连着段短坡，任冲从短坡跑下去，远远地看到青工宿舍闹哄哄的，似乎全厂的人都聚集在这里。进了宿舍，越靠近贺薇的寝室就越难前行。好在身体小，大人们又让他，任冲硬是从密密麻麻的人腿中挤入了贺薇的寝室。进门他就看到吴媛坐在地上，背靠床脚，披头散发，掩面而哭。朱斌铁青着脸站在屋子中央。保卫股股长方铁则费力地阻止人们往床边拥。任冲从他的腋下滑了过去，挨进床边。床上的帐子全部放了下来。谁也想不到任冲会突然掀开帐子一角往里看。他马上就被拎着后领撂到门边。任冲并没有像往常那样大吵大闹，而是像块木头一样任人搬弄，嘴巴呆呆地张开。许多年过去以后，他仍然常在梦中看到贺薇躺在床上，一丝不挂的身体闪烁着苍白的光芒。他看到她的嘴唇青紫，那张清秀的脸已因扭曲而变形，愤怒和恐惧仍在绵绵不断地溢出。

谢海龙是在昭市火车站被抓获的。他从飞龙县逃到这里，又准备从这里坐火车逃往长沙。审讯时他发了半天的呆，然后要了支烟抽完，就交代了一切。贺薇当时感冒请病假独自待在寝室。他从吴媛嘴里得知后溜出车间，潜返青工宿舍，谎称是替吴媛拿东西，要贺薇开门。贺薇却不上当，说要吴媛自己来拿。咬咬牙，谢海龙一脚踹开门，冲了进去，压住贺薇，想把生米煮成熟饭。贺薇一边尖叫一边在他脸上狠抓。谢海龙卡住她的喉咙，想把她的叫喊掐灭。没想到心慌加上疼痛，那双钳子手没把握好分寸，用力过猛，贺薇一口气没上来，手就软了下去。谢海龙当时就想跑，但又觉得实在不甘心，把贺薇衣服扒光，奸了尸后才离开。

这样的罪行让全县人民都切齿痛恨。所以当谢海龙被宣判死刑后，连他的父母也没动上诉的念头，只是在地上边打滚边哭。

出事之后，吴媛终日神情恍惚，差点就惹出了生产事故，厂里只好强制要求她回家休养一段时间。郑小华倒若无其事，还夹在人群中跟大家一起谴责谢海龙的造孽，以此来证明她跟这个可耻的罪犯之间毫无瓜葛。任冲则变得沉默起来，他无法接受这个事实。谢海龙阴郁的没刮胡子的脸，贺薇苍白的赤裸的身体，不断地在他眼前交替闪动，有时还重叠在一起，反复刺激着他的神经，让他第一次感触到这个世界的残酷和不可理喻。跟这件事比起来，他放火的罪行简直微不足道，只不过是让任建国赔了三块钱、陈平赔了两块钱而已。

当谢海龙在离县城十里的矮松寨被执行枪决的时候，飞龙县有许多人跑去围观，大家都拍手说杀得好，这样的人要千刀万剐。行刑手扣动扳机的那一刻，远在机械厂幼儿园的任冲竟然听到一声清晰的枪响。子弹带着呼啸声，以无比的真实和锐利，终止了谢海龙年轻而强悍的生命，也洞穿了任冲浑然懵然的内心。面对这个世界，他开始真正有了恐惧感。

6

第一次被送去幼儿园的时候，任冲大哭大闹，极不情愿。但当宋巧云说要带他去东方小学报名的时候，任冲却积极得很，连问了几次到底好久去喽。倒不是因为外婆就在那里教书，而是背着书包上学堂的形象令他向往已久。一九八五年夏天过去的时候，机械厂有几个小孩达到了上学年龄。在报名那天，朱玲看着空出来的座位，竟然有些怅然若失。

东方小学这届一年级有两个班。任冲、陈玉、戴娜被分到62班，杨真、孙爱红、何春生则进了63班。令任冲欣喜的是，陈勇、苏建、钱兵也换了身新衣服，头昂昂地跟着各自父母前来报名。见到任冲，他们都兴奋得大叫。任冲像个皮球一样连蹦几下，然后强烈鼓动他们进62班。陈勇的爸爸咧开嘴笑道："四个调皮鬼又碰到一起。"然后去瞟宋巧云。

勉强笑了笑，宋巧云心里却不情愿任冲再跟他们混，跑去跟江萍说想把任冲调到63班。江萍却说不必，因为63班的班主任跟她吵过架，关系很僵，怕对冲冲不利。宋巧云只好作罢。

报名回来的时候，任冲那个双肩背的褐色小书包里装上了语文和数学书，还有外公外婆送他的文具跟作业本。任冲喜欢那个有匹斑马图案的铁皮文具盒，喜欢文具盒里散发着香气的擦皮、镶着小镜子的圆形卷笔刀和带条纹的铅笔。单单为了这些，他也愿意去上学。任安却对那两本教科书大感兴趣。他把每一页都翻看了，然后对任冲说："哥哥，你老师的字写得真好。"

任冲倒晓得这书是印的不是写的，却说："肯定写得好，不然还当什么老师。"

露出无比欣羡的表情，任安眼巴巴地望着宋巧云，说："妈妈，我也要上小学。"

摸摸他的脑壳，宋巧云笑着说："等你读完幼儿园，妈妈就送你上小学。"

“那还要好久？”

“等你长到哥哥这么大。”

“那要等蛮久去了。不行，我明天就要去读。”

见任安说话带着些许哭腔，宋巧云怕他发烈——这小家伙虽说性子温和，然而一旦发起烈来，竟比任冲还难劝——便说：“明天你跟着哥哥去喽，看学校的老师肯收你吗。”

任安马上问她要书包。见他还当了真，宋巧云只好谎话一路说到底，声明要等学校的老师肯收他，才买书包。任安不去考虑老师会不会收他，只喜滋滋地说要跟哥哥坐在一起。任冲斜睨着他，大声说：“我才不跟你坐呢，我跟陈玉讲好了，坐一桌。”

任安眨着眼睛说：“那我就坐你前面要得吗？”

“那你莫转过来跟我讲小话。小学又不是幼儿园，你讲句小话老师就把你开除了。”

“那我做小动作呢？”

“也要开除。”

听说小学老师竟如此严厉，任安倒担忧起来，追问动一下屁股算不算做小动作。想把他吓住，任冲断然说：“那肯定算。”

任安不作声了，搬只小板凳到门前的梧桐树下坐着悟了许久，最后还是毅然决定：不动屁股就是。

第二天早上，任安比任冲还先爬起来。第一件事就去翻装衣服的大木箱，把自己最漂亮的衣服寻出来穿上，然后把任冲的书包背好。任冲起来后看见了，叫道：“快把我的书包放下来。”

“我来帮你背。”

“哪个要你背。”任冲说着去扯书包。任安不敢反抗，只有恋恋不舍地看着被任冲重新摆在左边衣箱上的书包。

大口地扒完饭后，任冲背起书包。任建国问他要不要送。任冲大声说：“我晓得路！”然后去隔壁喊陈玉。

任安本来还没吃完饭，也放下筷子，一溜就下了凳子。任建国一把捉住他，说：“哥哥是去读书，你跟着去干什么？”

“我也要去读。”

“等你长到七岁就送你去读。”

“我现在就要读。”

“你现在这么小，哪个得收你？”

“我到外婆班上去读。”

“外婆是教五年级的，都是十多岁一个的，你才几岁？”

任安无言以对，便一屁股坐在地上，眼泪鼻涕全奔出来了。任冲在门口等着陈玉吃完饭，偏还要探进半个脑壳，舞眉弄眼地对任安说：“你去吗？”

宋巧云一个劲地把手往外挥，说：“你快点行，莫在这里惹起老弟哭。”

正好陈玉出来了，任冲这才意气风发地喝了一声：“我们到学校去了！”其实他没有立刻奔赴学校，而是又和陈玉行到靠幼儿园那栋二层楼下，不停地喊戴娜。等她从楼上下来后，凑齐一个三人小组，才正式向学校开动。

62 班的班主任叫赵秋云，教语文；三十来岁，胖胖的，一张银盘脸白里透红。她进来的时候笑眯眯地喊了声同学们好。任冲觉得她那声同学们好是对自己喊的，似乎班上就只他一个同学。喊老师好的时候，他声音比谁都响亮，几乎是扯着喉咙在号。赵秋云因此多看了他两眼，还笑了一下，让任冲颇为欣喜。上数学课时，任冲也是如此表现，并充满期待地看着钱亚男老师。没想到钱亚男瞪了他一眼，让任冲大受打击，平生第一节数学课就上得无精打采，觉得那些数字冷冰冰的，就跟钱老师的脸一样。

从学校回来后，任冲倒不急着嗨，而是学大小孩们的样，先把长凳运到梧桐树下，摆上文具盒，摊开课本和作业本，再搬只小板凳坐下。任安站旁边，虔诚地注视他的一举一动。故意不去看他，任冲神气地把铅笔一头塞进卷笔刀里刨尖，很响亮地吹干净笔屑，然后大咳一声，开始抄写拼音字母。任安想嗨他的卷笔刀，刚伸出手就被任冲拦住，并要他快行开。任安立场坚定，不行，咬着手指看哥哥写字，过了一会，见陈玉也搬出凳子在屋门口做作业，他又跑去那边观摩。最后任安得出结论：陈玉姐姐的字写得比哥哥好。

任冲听到了，大嚷起来："哪里比我写得好？"然后把陈玉的作业本拿过来比对。他写的字母又粗又黑，歪歪扭扭，就像些邋遢的顽童。陈玉写的字母小，笔画细，形状工整，站在纸上就像些干净漂亮的小女孩。瞎子也能看得出谁的字好，但任冲偏不服气，说："妹子写的字就是妖怪些。"

陈玉也不跟他争，只是蜜笑蜜笑地拿过作业本来继续抄写。半个小时后，任冲站起来，甩甩手，大声感叹道："就这么一点作业，太少了。"然后傲然四顾，看有没有哪个大人注意到自己已经做完了家庭作业。

大人们都忙着做饭或者聊天，没人来表扬他的丰功伟绩。任安倒还站在旁边，正拿着陈玉的语文书认真翻看，似乎里面藏着什么上好的零食。陈玉后做作业，却比任冲先写完，正坐在那里抛子。见她嗨得很专注，看都不看自己，任冲有些生气，突然伸手抢了几粒军棋子便跑。他没飙远，就绕着梧桐树转圈子。追了他几圈，陈玉头有些晕，便站住不动，那棵梧桐树却还在动。觉得没什么味，任冲把棋子塞到她手里，喊任安去滚铁环。任安却拿着书不肯放。任冲说：“你看得懂吗？莫在这里做出副假样子。”

任安并没有声辩自己是不是看得懂，只是赞美学校老师非但字写得好，画也画得好，书上的这些人和动物都是活溜溜的。实在忍不住，任冲说：“你硬是傻，书是印出来的，老师哪里画得出。”

“那字呢？”

“字也是印的。”

见任安站在那里发愣，任冲一把抢过书，递给陈玉，然后拖着任安去滚铁环。篮球场上依然热闹。只是几个刚上了一天小学的家伙，不肯再跟幼儿园的小孩嗨了，而使劲往陈松那边靠。陈松已经读小学六年级了，对这帮来投靠自己的一年级小师弟不太感兴趣，而总想着和赵虎那帮更大的小孩套近乎。但赵虎显然对他也很轻视，似乎一跟小学生嗨，就立刻辱没了初中生的阶级身份。好在每个阶级都有一摊人，嗨起来不愁没伴。只有王军始终游离于各个群体之外，就像只误入人类世界的小野兽，总是待在偏僻的角落自己跟自己嗨。

原来并不觉得王军瞎了只眼有什么要紧，但随着年龄慢慢长大，任冲逐渐意识到这是件很悲惨的事，内疚感也就一天比一天地强烈起来。很想恢复过去那种友谊，任冲主动喊过他几次，但王军总是装作没听到，要么把头勾得更低，要么就干脆转过身子去。依任冲的脾气，早就大骂起来，但对王军，他就像个欠债的人，在债主面前发不起火。远远地他看到王军正在靠食堂的操场一角抽陀螺。这种游戏很能吸引别的小孩参与，却没有人前去围观。任冲心里有些发酸，滚起铁环来也不怎么投入，好几次都是出师未捷环先倒，连球场的一个圈都没能绕完。

回家吃晚饭的时候，任冲意外地看到沈荷花大驾光临。她正坐在长凳上跟宋巧云说着什么，眼睛红红的。见任冲睁大了眼睛立在门槛边，沈荷花立刻努力绽放出亲切的笑容，似乎这几年遇到任冲总板着脸的那个人并不是她。把任冲喊到面前，宋巧云摸着他的头说："沈阿姨叫你明天去她家吃下午饭，要得吗？"

瞥了眼沈荷花，见她一副很期待的表情，任冲没有摇头，也没有点头。见他一脸纳闷，沈荷花马上做出了解释。原来王军也到了上小学的年龄，却死活不肯去报名。无论是面对王大成的拳脚还是沈荷花的眼泪，他都无动于衷。想到自己崽本来就瞎了只眼，要是再不读书，那就只有变贼变强盗这条路了，沈荷花心里又痛又急。她想起王军原来最听任冲的话，要是再跟他嗨在一块，说不定就跟着去上学了，便来找宋巧云商量。宋巧云一听就满口答应。沈荷花还有些担心任冲不肯去，准备许诺给他买个玩具。没想到任冲一等她说完，就飞快地点头，让沈荷花感动得鼻子顿时一酸，觉得任冲其实是个好孩子，比周明跟何春生那两个剁脑壳的要好上百倍，自己这几年真不该总是冷着脸对他。

第二天下午，沈荷花特意称了一斤半肉回来，半斤炒青辣椒，一斤炖红枣。她对王大成说："现在好了，只要有钱，农贸市场上万千的肉等着你去称。哪像过去，一个月半斤肉票，塞你的牙缝都不够。"

王大成说："那要有钱才行。你一次买这么多肉，亏你舍得。"

"你不晓得任冲要来吃饭？"

"请个小孩吃饭要搞这么大排场干什么？"

白了他一眼，沈荷花说："你硬是不会想。要是军军肯去读书，莫讲一斤半肉，十斤肉我也称了。"说完，就往厨房行去。

过了半个小时，厨房里便飘出红枣炖肉的香气。王大成忍不住咽口水，并把装有米酒的瓶子从柜子里掏了出来。

等到空气渐渐散温，变得有些清凉的时候，沈荷花满面春风地来喊任冲吃饭。任冲表情严肃，像电影里即将去完成重大任务的战士，就差没有跟任建国和宋巧云敬礼告别了。任安跟在任冲屁股后面送行，一送就送到王军家门口。沈荷花喊他一起进去吃。他摇摇头，却吸着鼻子，努力享受着屋内传出的香气。沈荷花把他往里拉，任安身子往外倾倒，大有不吃白食的高士风范，眼睛却望着任冲。任冲说："你要么就快行，要么就进去吃，莫在这里做出副假样子。"

任安脸上顿时烧了起来，坚决不肯进去了。沈荷花便用只小碗装了些红枣炖肉，要他小心捧着拿回去吃。这肉实在炖得香，一路上竟有好几只公鸡尾随而来，看样子是想半路打劫。任安大声呵斥，也没能把它们吓跑。好在这几位鸡中好汉还记得任安拿枪来戳它们的威风，不敢贸然动手，他才得以平安把这一小碗红枣炖肉护送到家。不待宋巧云开口询问，任安就预先申明这是沈阿姨给他吃的。任建国冷笑着说："沈荷花好小气，要请就请我们一起去啦，未必还怕把他家里吃穷？"

宋巧云面露微笑，说："不是沈荷花小气，是另外有个人小气。"

任建国连连点头，说："他是小气，喝口酒还要藏着喝，生怕我们看到，小气得比妇人家还要过去三里路。"

"你是不是想打牙祭了？明天也帮你称斤肉回来，你讲是炒着吃还是炖着吃？"

任建国嘿嘿笑了两声。

任安嘴里嚼着肉，还不忘及时发表意见："我要炖着吃。就这样炖着。"

任建国看着他，说："你今天吃了肉，明天就不准吃了。"

任安急得声音带了哭腔，说："我要吃！"

"傻宝，爸爸是逗你嗨的。哪个不准我安安吃肉，我就一脚把他踢到云南四川去。"

这才放下心来，任安继续幸福地吃着红枣炖肉。他一点点地细嚼，生怕一下子就吃完了。照这种吃法，大概可以吃到过年那天。在沈荷花那边，任冲却是梁山好汉的吃法，大块吃肉，就差没把王大成的酒瓶抢过来往嘴里灌了。沈荷花不断给他夹菜，夹得王大成脸色有点难看。他不好发作，便以更快的频率给自己崽夹菜。

王军却不耐烦，说：“我自己晓得夹呢。”

王大成脸色更加难看，运筷如风，直往自己嘴里塞。懒得理他，沈荷花对王军说：“冲冲明天想喊你去学校嗨，你去不去？”

盯着自己的碗，王军说：“不去。”

叹了口气，沈荷花看了任冲一眼。任冲马上说：“学校蛮好嗨，有好多人。还有个滑梯，比墙还要高，嗨起来好像是从天上滑下来一样。我明天带你去滑。”

王军突然抬起头，直盯着他。任冲头次这么近地看清他那只瞎眼，布满血丝的空洞让他背上发寒。王军几乎是喊了起来：“我才不到学校去，那么多人看到我这样子，丑死了。”

沈荷花停住筷子，说：“傻宝，冲冲带着你去，哪个敢讲你丑？”

“我才不要他带呢。”

“你不是跟冲冲嗨得最好吗，何解不要他带？”

“我才不跟他嗨呢。他样子乖态，伢子妹子都喜欢跟他嗨。我现在变丑了，没得哪个肯跟我嗨了。”

“冲冲讲了要跟你嗨。”

“他是觉得我可怜，才跟我嗨的。我才不要别人可怜呢。我自己跟自己嗨。”

沈荷花忍不住敲了一下他的脑壳。王军顿时把筷子往地上一甩，往门外冲去。沈荷花伸手去拉，竟没抓住。看着王军的背影消失在门外，她眼睛渐渐红了。任冲也望着门外，愣了好一会。沈荷花要他别管，继续吃，并要王大成去把王军找回来。王大成却梗着脖子说：“等我吃完再讲。”

沈荷花声音陡然变得凄厉："你到底去不去？"

见他俩就要吵起来，任冲滑下凳子，说："我吃饱了，我去找。"不等沈荷花表态，就飙了出去。

外面的暮色还是薄薄的，好像用水冲淡了的蓝墨水。任冲像只小蝌蚪在这淡蓝的水中急速游动，寻找另一只离群出行的蝌蚪。但篮球场、樟树下、长坡上，都没看到王军的影子。青工宿舍二楼尽头有个天台，王军平常喜欢在上面嗨。任冲猜他可能躲在那里，但他不想上去，因为要经过贺薇住过的房子——他一直在躲避对那件事的回忆，连青工宿舍都很少去嗨了。站在坡上，任冲双手卷成个喇叭筒，仰头对着天台高喊王军的名字，声音响亮得几乎把从头顶飞过的一只麻雀震下来。他连喊了六七声，喊得诚恳急切，颇具荡气回肠的艺术效果，最后却招来了一把从天台上飞下的烂扫帚。甩扫帚的那位显然不想让任冲看见，当然也看不到任冲，所以这扫帚跟陈松写的作文差不多，劲头稀松，离题太远。饶是如此，任冲仍气得头发都快站起来了。他咬着牙齿，瞪着天台，直想冲上去把王军打一顿饱的。但想到王军那只空洞的瞎眼，想到沈荷花无可奈何的表情，还想到刚刚吃过的香喷喷的肉，任冲攥紧的拳头又慢慢松开，一声不吭地转身行了。

回到家里，宋巧云问他情况怎样，任冲大声说："王军现在变成个癫子了！"

宋巧云吓了一跳。再问王军如何变成癫子，任冲却鼓着腮帮不作声。宋巧云放心不下，便急匆匆地往沈荷花家中去了。王大成已经醉倒在床上，蜷缩着瘦长的身子，看上去像只烫熟的大虾。

沈荷花正坐在凳子上抹眼泪，见宋巧云出现，眼泪便跑得更快了。问明情况后，得知王军并没有发癫，宋巧云才松了口气，正想再安慰两句便行人。见宋巧云细眉微蹙，一副同此忧患的模样，沈荷花心里稍稍舒解，突然想起件事，眼睛顿时亮了起来。把宋巧云拉进里屋，也不开灯，还要把嘴巴凑近宋巧云耳边，她才开口说："有件事我本来不敢跟你讲的。但看到你对我这样贴心，我不告诉你心里过不得。不过你千万莫讲是我讲的。"

见她如此郑重而神秘，宋巧云顿时紧张起来。等到沈荷花说完，宋巧云浑身就像浸在冰水里，冷得几乎说不出话。过了好半天她才问："你看清是他们两个吗？"

"看你讲的，肯定是看清了我才敢告诉你。他们两个，化装成特务我也认得。"

"仓库后面有什么？"

"你未必没去过啊？后面是片林子，林子后面有个水泥洞，正好容得两个大人落。郑小华那个骚货就最喜欢在里面跟男的干。没想到郭芳也做这样的事。不过你也莫太往心里去。男人就是猫，哪有不爱吃腥的？戴东风还不是搞了好多女的。只要任建国还顾着屋里，你就睁只眼闭只眼算了。"

对于沈荷花的这种理论，宋巧云坚决不认同。但她是以贴心人的姿态在发言，宋巧云不好反驳，只是勉强嗯了一声，便起身告辞。行出门的时候，她被门槛绊了一下，几乎摔倒。看着她像个木偶一样挪远，沈荷花心里突然涌出一阵隐秘的快慰。

这个晚上，宋巧云没去看电视，就坐在堂屋的桌旁发呆。任冲和任安都觉察到她神情有异，不敢吵闹，像两只小猫一样陪伴在她身边。六十瓦的灯泡发出橘黄色的光，洒在母子三人的脸上和身上。任冲和任安并排坐在长凳上，小心翼翼地搭着积木，不时偷偷地看宋巧云一眼。她脸上的神情是兄弟俩从没见过的，就像冬天的水洼里闪动着薄冰，那冰就是冷冷的神情，而水就是悲哀的神情。宋巧云呆坐的时间一长，任冲心里直发冷，好像真的碰到了寒冬的冰水。任安更是受不住，去摇她的胳膊，喊道："妈妈，妈妈。"

宋巧云像是在梦中被他摇醒，缓缓低头看着他。任安便靠在她身上，两条小胳膊还围不圆她的腰。摸着他的头，宋巧云叹了口气。任冲也连忙靠过来，让宋巧云把他也揽住。一边是妈妈，一边是哥哥，任安夹在中间，觉得这样子很温暖，很安全，干脆闭上眼睛。任冲却睁着大眼睛，仰望着宋巧云。他其实想说些什么，却不晓得如何说起。过了一会，就低头去看任安，发现他竟然睡着了，遂马上向宋巧云报告了这一发现。宋巧云低头看着小崽那张睡梦中的脸，凄然一笑。也不把他抱到床上去，她就这么坐着，让两个崽依偎着自己，才觉得心里不那么空。

也不知过了多久，门外响起任建国沉重的脚步声。任冲心里又开始发紧，好像每一步都踩在他心上。推开门，见母子三人挤在一条长凳上，任建国有些惊讶，说："十点钟了，快送崽到床上睡觉去。"

宋巧云脸上结了层霜，看都不看他一眼。任建国愣了一下，按他的性子，马上就要发火，但不知为何，心里却虚虚的。他话锋一转，开始诉说自己今晚手气不好，钻了几次桌子。见宋巧云还是没反应，他便在任冲脑壳上拍了一下，说：“还不去睡觉，明天早上又睡得像只猪一样喽。”

“你莫拍我！”

“哎呀，我拍你都拍不得了，你以为你当了皇帝。就算你当了皇帝，我还是你爸爸，莫讲拍你，打你都是正打。”

“他没得你这样的爸爸！”

被宋巧云猛然戳出的这句话哽住了喉咙，任建国怔怔地看着她站起来，把任安抱进里屋。任冲也跟了进去。堂屋里只剩下任建国呆站着。灯光似乎一下子变得暗淡起来。

上床后，任冲被任安在睡梦里习惯性地吮住大拇指的时候，并没有像往常那样抽出来。他睁着眼睛，尖着耳朵，像一只心怀惊恐的小老鼠，努力捕捉着堂屋的动静。先是有低低的声音飘来，然后渐渐高起来，急促起来，任建国和宋巧云的声音像两股绳子在空中绞着。宋巧云的声音尖厉，而任建国的嗓门洪亮，相持了一阵，宋巧云的声音被压了下去。任冲不觉握紧拳头，马上他就听到了哭声如风雨袭来。任建国的大嗓门迅速熄火，过了好一会，便开始赌咒发誓。任冲听到他说：“骗你我是只猪，要得吗？”

宋巧云的哭声慢慢低下去，仿佛相信了他。虽然明知爸爸是在骗妈妈，任冲还是为他们不再继续争吵而松了口气。先前他整个人都绷得紧紧的，陡然一松，倦意就像洪水涌了出来，在瞬间把他淹没。

第二天早上吃饭的时候，任冲的目光在任建国和宋巧云脸上刮来刮去。宋巧云眼皮有些浮肿，不过脸上那层寒霜已经消融了不少。任建国脸色如常，只是当发现任冲老盯着他看的时候，突然就不耐烦起来，吼道：“你还不快吃。等一下要行路去学校，还在这里挨死。”

任冲很不服气，心想：“你做了坏事，讲了假话，还这么雄？”他期待着宋巧云的拔刀相助。没想到宋巧云也催他快吃。任冲憋了股气，饭没吃完就滑下桌，背上书包往外跑。等上陈玉后，他说不喊戴娜了。陈玉眼睛一亮，不过还是担心戴娜会怪他们。任冲把眉毛一扬，说：“还怕她怪。她妈妈现在又不是我们老师了。”陈玉最喜欢看到任冲这副神气的模样，遂点点头，嘴角绽放出一朵蜜笑。

晨读快结束的时候，戴娜才嘟着嘴，眼睛红红地行进来。见她好像受了天大的委屈，以为是在家里挨骂了，赵秋云也没问她为何迟到。第一节课上完后，同学们都一窝蜂地拥出教室，到操场上去嗨。戴娜偏生还钉在座位上，脸绷得铁紧，专等任冲和陈玉前来道歉并予以安慰。任冲和陈玉是一对同桌小鸳鸯，就坐在跟她相邻的第一大组，而且是并排，中间只隔条过道，任冲稍稍侧身屁股不离凳就能抓住她的辫子。眼角余光扫到任冲站了起来，戴娜努力把脸绷得更紧。没想到任冲带着陈玉直往外冲，嘴里还叫着：“嗨去哦！”

陈玉心里过意不去，回头望着戴娜，想跟她说点什么，身体却被任冲扯得直往外倒。戴娜把头伏在桌子上，呜呜地哭了起来。上课铃又一次响起来的时候，陈玉行进教室，看见戴娜脸还贴在桌面上，便推推她的肩膀，小声说：“戴娜，上课了。”

戴娜似乎专等这一刻，突然扬头直腰，伸手把陈玉的手猛地荡开，横着眼睛，咬着牙齿说：“哪个要你管。不怕丑，专门跟伢子嗨！”

她的声音超出了风琴的最高音，全班同学的目光像探照灯一样全扫到这边来，个个脸上都爆出惊讶，连刚行进教室的赵秋云也愣在了讲台边。看着戴娜那张因愤怒而有些变形的脸，陈玉半张着嘴，却发不出任何声音；脸上蹿起一片火烧云，从双颊迅速弥漫到耳朵根。任冲行上前，挡在戴娜前面，对戴娜鼓起眼睛，说：“你想挨打了！”

戴娜站起来，昂着头，把胸脯挺向任冲，说：“你打啦！你打啦！”眼泪又一次滚滚而下。

赵秋云喝道：“任冲，你回座位上去。戴娜，你也坐下。有什么事，先上了课再讲。”

小学老师的威力远胜幼儿园老师。任冲和戴娜便一声不吭地坐下，只是怒气还在胸中鼓荡。陈玉却并不愤怒，相反，想起戴娜那副满脸泪痕的模样，心中还觉得抱歉。她不住地偷偷去瞟戴娜。戴娜目光笔直地投向黑板，看那神情，似乎已下定决心，不再侧过头来看他们一眼。

下了课后，赵秋云把任冲、戴娜和陈玉喊到教师休息室，问他们何解相骂。

戴娜说：“他们不来喊我上学，害得我迟到。”

任冲眼睛一瞪，说：“哪个规定要来喊你。”

“我们明明讲好三个人一起上学的。”

陈玉忙说：“今天我们起迟了，以为你先行了，就没来喊你。”说完后，她脸红红的。

“你讲假话。”

陈玉很软弱地声明是真的，但脸红得更厉害了。

任冲说：“你怪她做什么，是我不喊你的。”

见任冲的表情和口气都硬得像石头，戴娜鼻子一酸，眼泪又飙了出来。

赵秋云要戴娜别哭了，然后又批评她不该那样讲陈玉。本来觉得是受了天大的委屈，而赵老师还批评自己，戴娜实在忍不住，放声大哭起来。赵秋云只有皱起眉头，喝了声：“莫哭！”

戴娜这才真切地意识到现在不是在机械厂幼儿园，面前的老师也不是自己妈妈。她努力去抹眼泪，胸脯还是一起一伏的。赵秋云又批评了任冲，说他不该那么凶。然后号召三个人要团结，继续做好朋友。戴娜却表示，再也不跟他俩嗨了。

任冲忍不住大声说：“哪个喜欢跟你嗨！”见赵秋云盯着自己，又连忙闭嘴。这时上课铃又响了。是钱亚男的数学课，赵秋云不好再把他们留在教师休息室谈话，便要他们先去上课。

中午放学后，大家排队回家。戴娜远远地落在后面，就像一只掉队的小雁。陈玉屡屡向她回顾，反而助长了她的怨气，把脖子扭得格外夸张。这倒让陈玉越发心虚，小声向任冲提议跟戴娜讲和。任冲硬着脖子坚决不肯。陈玉问任冲何解突然就跟戴娜黑脸，任冲自己也搞不太清，反正就是不愿意跟戴娜嗨了。最后陈玉叹了口气说：“随你。”

回到家里，戴娜放下书包，一头扑在枕头上，又呜呜地哭起来。郭芳哄了她半天，也没能把她从枕头上哄起来半寸。戴东风被她哭得有些烦，一巴掌拍在小公主娇嫩的屁股上，立刻就拍出更加凄惨的哭声，以及老婆的怒目呵斥。等到戴娜哭累了，郭芳才从她断断续续的声音中打探出了事情的原委，便问她任冲何解不跟她嗨了。戴娜悟了一阵，先是脸色茫然，然后恍然大悟，说：“肯定是陈玉讲了我坏话。”

“陈玉何解要讲你坏话呢？”

“她喜欢任冲。”

郭芳笑了起来，说：“她喜欢任冲是她的事，何解要讲你坏话呢？”

戴娜被这句话问蒙了，又悟了好一阵才说：“她怕我把任冲抢行了。”

郭芳笑得更是风情四溢，摸着她的脑壳说：“你这个小脑壳，何解想得这么复杂？”

“是真的。我长得比她乖态，新衣服也比她多。”

郭芳把她搂在怀里，说：“我们娜娜这么标致，任冲不跟娜娜嗨只跟陈玉嗨，是个傻宝，我们不理他。”

戴娜扁起嘴巴说：“任冲调皮得要死，在学校里经常挨老师批评。”

“那娜娜有没有挨老师批评？”

戴娜迟疑着摇摇头。郭芳表扬了两句，便把她哄到了餐桌边。

下午上学的时候，戴娜尽管一个人愤然出发，但心里还是希望看到任冲和陈玉在门外等她。她甚至还想象了他们面带羞惭的模样。然而门外空荡荡的，只有两只麻雀在空地上跳行，仿佛在嗨踢田的游戏。戴娜努力把头昂得高高的，眼睛却有点发酸。她绝不肯相信任冲会为了陈玉而不跟她嗨了。自己是小公主，陈玉只是侍候公主的小丫头，怎么会呢？但任冲就是没有等她。行到长坡上，杨真、何春生和孙爱红正在前头，戴娜便把脚步放慢，不愿意让他们看到自己落单。但何春生就爱东张西望，身子跟脑壳不停地晃荡，偶尔也回头瞅瞅，一眼就瞅到了戴娜，立刻向同伴通报了这一发现。杨真跟孙爱红回头张望了一眼，确定她身边没有随从，惊异之余，就交头接耳起来。能够想象出他们在说什么，戴娜心里顿时一阵刺痛，恨不得喊警察叔叔把这三个人都抓起来，最好把陈玉也抓起来。至于抓不抓任冲，她倒犹豫起来，想了好一阵才决定：如果任冲向她赔礼道歉，并且从此只陪她嗨，就不抓。就在她决定原谅任冲的时候，这小子带着陈玉像阵风似的从后面赶了上来，越过戴娜，飘在了前面。见他俩头也不回，戴娜气得手脚发凉，只想喊警察叔叔来把任冲枪毙了。

下午最后一节课开始选班干部。说是选，其实是赵秋云和钱亚男商定好的，同学们连举手表决的过场都免了。戴娜出任音乐委员，陈玉当上了学习委员，就连陈勇也捞了个体育委员。任冲却只分得一顶小组长的帽子，他不敢冲老师发火，却在放学后对陈勇说："你有什么了不起，打得赢我吗？"

虽然已经比任冲高出一块横放的红砖，陈勇在他面前还是有些怯火，说：“是赵老师要我当的，又不是我想当的。”

苏建也戴了顶小组长的帽子，倒是心满意足，晃着脑壳说：“赵老师还是蛮看得起我们。”这句话立刻招来了任冲的怒目而视。他脑壳立刻不晃了，但脸上的表情还是很得意。

钱兵却摆出副苦瓜相，说：“你们都当了班干部，就只我没当，老师肯定是看不起我。”

陈勇和苏建连忙安慰他。这时出任班长的欧明从他们面前经过，任冲哼了一声，横着眼睛去瞄他。欧明目光却不和他对接，这让任冲更加恼火，大声说：“长得像个妹子一样，还当班长。”

欧明这才看了他一眼，神情平静，也没有停下脚步和他争论，而是径直行到前头，让同学们按出校门后的走向排成两队。欧明衣着整洁五官精致举止文静，比陈勇还要高出一块砖头，看上去像是从大城市来的。女孩子看他时目光都闪动着仰慕和羞涩，而那些衣着邋遢的调皮鬼在他面前会油然而生一种自卑之感。这样的人当班长，大部分同学觉得是理所当然。任冲没有自卑感更不会去仰慕，倒是欧明不争不吵的态度让他感到意外，就像一只小狗碰上一只缩在硬壳里的乌龟那样，有种无从下手的茫然。当同学们按照欧明的吩咐把自己砌进逐渐整齐的队伍时，任冲也不由自主地加入了进去。

小学生列队回家，通常还没行出校门口就散了架的，是五、六年级的学生；刚一出校门就自我松绑的，那是三、四年级的学生；能够维持队形行上半里路的，是一、二年级的学生。出了校门口后，副班长蔡集贤带了一队往左行。欧明带着任冲所在的一队往右行。

他住在公鸡山上，那是飞龙县最早一批私人楼房聚集的地方，在上面修房的要么是发了财的个体户，要么就是党政干部。也不知是谁传出欧明的爸爸是电力局副局长，这使他又增添了一道让同学们感到敬畏的光环。当他挺直着腰行在最前面时，连陈玉的眼中也闪动着仰慕的光芒。

队伍开到老街边上的时候，任冲欢呼一声，冲到大井边，把手探进冰凉的水中。

欧明喊道："任冲，赵老师说不准嗨水。"

任冲翘起屁股对着他，根本就不理睬。如果欧明这个时候能果断地施展班长的权威，把任冲拖回来，那么队伍依然可以保持整齐。但他从来不习惯霸蛮，只是叹了口气，准备继续往前行。没想到队伍就像道坝，任冲这个大窟窿没堵住，便开始迅速崩散。先是陈勇、苏建和钱兵追随任冲来到井边。然后是陈玉红着脸说我去把任冲喊回来，结果她自己有去无回。因为任冲威胁说如果她要归队，就再不理她了。其他几个调皮点的男同学趁机起哄，竭力把队伍打散。最后欧明发现只有一些女同学在后面。好在他从小就喜欢和女孩子嗨，特意把脚步放慢，等女同学们慢慢地和他行成并排。

那些女同学喜欢远远地看着欧明，悄悄地谈论，真靠近他，反而把头低了下去，目光躲躲闪闪，你戳戳我，我瞟瞟你，彼此都笑得羞涩，连话也不敢多说了。只有戴娜的头照样昂得很高，紧绷着脸——她在为陈玉当上了学习委员的事而生气。欧明主动对她一笑，戴娜的脸才松了下来，不过还是摆出了小公主应有的骄傲，欧明问她一句，她才说一句。欧明说起话来很柔，跟任冲硬邦邦的口气截然不同，让戴娜听着很舒服，脸上的笑开始像云一样飘来飘去。见他们讲得投机，其他女同学都悄悄地往后撤，远远地观望着，话又多了起来。大家总的看法是欧明长得标致，穿得又好，戴娜乖态，打扮得也好。因此他们两个凑在一起，同学们都没什么意见。有人提出陈玉其实比戴娜还乖态些，马上就有人指出陈玉穿得没戴娜好。又有人说陈玉跟任冲蛮好。然后话题转移到任冲头上。叽叽喳喳了一阵，她们给任冲总结了两点：一是调皮得像孙悟空，二是样子也长得好，跟陈玉还算般配。

同学们在前面议论任冲的时候，他正在和陈勇他们分边打水仗。陈玉躲在旁边的梧桐树下，帮他们看守书包。任冲脸上和衣领都透湿，兴头却像汽油燃起的火，水越浇越旺，奋力兜水对着陈勇泼去。陈勇打得兴起，也忘记了任冲是老大，一片一片的水甩过去。苏建跟陈勇一边，钱兵跟任冲一边，这两位豪杰对泼了一阵，头发都湿了，便交换了一个眼神，就住了手，站在井的另一边，观看主将交战。瞧了一会，他们都看出了任冲竟然处于劣势。

其实论勇猛，论力气，任冲都盖过陈勇，但是他手臂比对方短，就在这上头吃了亏。眼看得胸前都湿了一大片，任冲来了火，不退反进，水也不兜了，对着陈勇直撞过去。见他发猛疯，陈勇转身就跑。生怕他逃走，任冲脚下灌足了劲。没想到井边极滑，脚底一溜，他就摔到了井里，溅起一片惊呼声。好在这是个敞口井，形状相当于水池。任冲并不惊慌，手脚没有乱动，觉得有只大手从下面使劲把他往上推。等到在旁边洗菜洗衣服的大人们赶过来的时候，他已经重新站在了井边，呆呆地看着围观的人们。有个老妇人担心任冲是吓跑了魂，弯起食指在他脑门上使劲一刮。

任冲眼睛立刻睁得溜圆，问："你打我做什么？"

那个妇人这才放了心，以为是自己的办法生效，连连说："菩萨保佑得好，菩萨保佑得好。"

陈勇半是害怕半是关心，问："你没得事吧？"

任冲板着脸，摇摇头。见他没有找自己麻烦的意思，陈勇松了口气，但不好就这么行，也不晓得再说些什么，就上前跟他并排站着，共同以沉默来抵御着大人们的议论。陈玉起初骇得心都快蹦了出来。尽管任冲很快重返陆地，那颗心还是像颗乒乓球一样弹个不停。她挪着有些发软的腿，行上前去，见任冲浑身透湿，心疼得蹙起眉头，催他快回去换衣服。任冲不吭声，行到梧桐树下，单手提起书包，也不跟陈勇他们打招呼，就往机械厂方向行去。陈玉努力加快脚步，甚至有时还要小跑几步，才勉强跟得上他。

望着他们远去的身影，苏建说："陈玉对任冲极好。"

陈勇问："你是不是也喜欢陈玉？"

苏建连忙猛摇脑壳，几乎把脑壳摇脱。

行了一段路后，任冲却突然停住了脚步。陈玉问他怎么了。任冲说："我等身上的衣服干了再回去。不然我爸爸会打死我去。"

陈玉的眉头蹙得更加心疼，说："那会得病的。"

任冲很肯定地说不会。他身上就一条短裤和一件半旧的短袖衬衣。夏天黄昏的阳光尚残留着一些热气。那件薄薄的衬衣已是半干，短裤却还是湿湿的，贴在大腿上。不过这短裤是蓝黑色，乍看倒瞧不出是刚浸过水的。围着他打量了一圈，陈玉也觉得任冲这个办法行得通，就不再反对。

任冲要她先回去，陈玉说："我陪你。"

"等一下你妈妈还以为你留堂。"

"不要紧。我回去告诉她我当了学习委员，她就会蛮高兴，还会买糖给我吃。"

任冲想起自己就当了个小组长，水仗也没打赢，火气又鼓了起来。但面前站着的是陈玉，不是欧明也不是陈勇，他只有抿紧嘴，把火气关在肚子里。见任冲脸色有异，陈玉也想起了他只当上小组长，说："我明天跟赵老师讲，告诉她你在幼儿园是当班长的。"

像是做了贼将要被人检举，任冲打了个激灵，大声说："你莫去讲，丑死人了。"

"那有什么丑的？"

"反正蛮丑。"

见任冲着急的样子，陈玉微笑着说："要得呢，我不得去讲呢。"

任冲这才落了心，从地上捡起石头，去打路边树上的麻雀。石头飙进枝叶间，几只麻雀迅速蹿起，扑腾出一片簌簌之声。望着那些远去的小黑点，任冲说："要是有把气枪就好。"停了一下，又宣布了自己的理想："我长大后要去当解放军，天天拿枪打麻雀。"说完，又问陈玉想当什么。

陈玉想了想，说："我要当科学家。我觉得科学家好高级。"

任冲有同感，连忙说："那我也要当科学家。"

陈玉脸上立刻开出朵花，说："要得，我们一起当。"

就在他们憧憬美好未来之时，阳光已经渐渐隐退。一阵凉风吹来，任冲突然觉得身上发冷。在某一瞬间冷到了骨头里，他打了个哆嗦，不由自主地耸起肩膀。陈玉问他要不要紧。他马上又松开肩膀，挺起腰，说自己没事。只是声音不那么响亮干脆，像是也被井水打湿泡软了。

快到家门口的时候，两人看见郭芳站在陈玉家门口，和陈红心说着话。陈玉上前喊了声郭老师。笑得眯起眼睛，郭芳说："陈玉，你蛮狠啊，还当了学习委员。以后要跟戴娜互相帮助，两个人好好学习，天天向上。"

陈红心的笑是从心底泛出来的，她说："郭老师的话你听到吗？"

陈玉点点头。她绝没有想到戴娜回去后在家中哭闹了一场，要郭芳到学校去跟老师说，别让陈玉当学习委员。板起脸训了她两句，郭芳又得知女儿跟任冲和陈玉还没有和好。心知女儿太骄傲，如果总是跟陈玉任冲黑脸，只怕会太孤立，在班上受欺负，遂屈尊跑来恭贺陈红心。陈红心跟她男人都是普通工人，崽在学校里只晓得打闹，没被学校开除已经是要念阿弥陀佛，当班干部就不要去想了，没想到女儿才上学就当了学习委员，顿时又看到了希望。本来有些重男轻女的，但现在她摸着陈玉的脑壳舍不得放，像是突然间发现自己家里还有个放光的宝贝。见陈玉受到大人的表扬，任冲替她高兴，同时又有些失落，也没喊郭老师，勾着头往自己屋里钻。郭芳喊了声任冲，正准备向他输灌机械厂的小朋友要团结的思想，一直隐遁在屋里尖起耳朵听他们说话的宋巧云探出半个头，冷着脸把任冲喊了进去，然后把门摔出一声重响。

这一下摔得陈红心大惊失色——她跟宋巧云做了多年邻居，还没见过她对人如此无礼——连忙向郭芳解释说宋巧云可能在单位上跟人吵架了，心里有气。郭芳勉强一笑，脸色有些发白，跟陈红心又扯了两句，就匆匆行了。突然想起今天在车间听到的一些传闻，陈红心久久盯着她的背影。直到看不见人了，她还在望着那个方向。陈玉来扯她衣角，陈红心才回过神来，钻进了屋里。今天是陈平在做饭。她钻进厨房，把声音压低："你听到讲吗，郭芳跟任建国有戏。"

陈平横了她一眼，边炒菜边发出冷笑，说："那些当官的专门搞别人的老婆，当老百姓的未必就不可以搞当官的老婆？"

陈红心眼睛更亮，问："真的有这回事？"

"有没有，要当场捉到才算数。你去管这些事干什么，管好自己就要得了。"

在他背上擂了一下，陈红心说："我哪里没管好自己了？"

见老婆脸上飞红，陈平咧嘴一笑，小腹蹿起一股热流，一边把菜铲进碗里，一边决定今晚上好好干一场。

这个晚上，当陈平和陈红心把床板弄得咯咯响的时候，隔壁的任冲身体发起了寒战。他躺在床上就像躺在井里。冰冷的水从四面压迫着他，而让他感到压迫的是自己的脑壳，仿佛胀大了十倍。巨石一样沉重的脑壳里有火在燃烧。热火和冷水相激相荡，最能硬撑的任冲也忍不住要大声呻吟起来。

7

因为得了重感冒，任冲在县人民医院打了三天吊针。赵秋云发动同学们来家中看他，领头的当然是欧明。欧班长似乎忘记了任冲跟他作对的事，转达了赵老师的问候，要他好好休息，然后提出自己每天放学后，和陈玉一起来帮任冲补习功课。任冲马上说："陈玉帮我补习就要得了，你难得行。"

欧明把头转向陈玉。陈玉点点头，说："任冲是怕你回家晚了。我来帮他补就要得了。"

"你一个人补语文和数学，奈得何吗？"

陈玉粲然一笑，说："我是学习委员，当然奈得何。"

欧明说："那就好。"然后掏出自己带来的慰问礼物，乃是一盒包装精美的夹心饼干。其他同学见状，纷纷亮出了各自的礼品：有的擎起根辣椒糖，有的捧出个臭皮柑。陈勇的礼物可谓别出心裁，乃是一把石头弹弓。看见这件礼物，任冲精神陡长，一把抢过，拿在手中翻来覆去地看。弓身是用粉条粗的硬铁丝钳制而成，这种铁丝任冲倒见得多了，并不觉得稀罕；弓弦竟是用医生扎在病人手臂上以便抽血的橡皮管做的，弹兜则是块结实的小长方形皮革，一面带毛，一面闪着油亮的光，这两样都让任冲爱不释手。他甚至举起弹弓，用力拉开弓弦。站在前面的同学们见他的架势凶猛，明知没装石头，也都下意识地往后缩。任冲连忙调高对准天花板。

见他对自己的礼物如此赏识，陈勇满脸生光地说："任冲得了病，还这么凶火。”

许多同学都笑起来。任安站在床角，拖着两筒鼻涕，脸上笑得一塌糊涂。宋巧云要留小朋友们吃饭，大家都看着欧明。欧明说：“谢谢阿姨，我们还要回家写作业。”然后向任冲说再见。任冲要下床送他们，欧明按住他说你莫送了。他按得很轻，任冲不好跟他争力；鼻子闻着他身上传来的香皂气，心里涌起一阵温暖，同时又感到有些羞愧。

等目送他们行远，宋巧云从门口转进屋来，向任冲问清那个最高的男同学叫什么，在班上当什么，然后感叹道：“极好的一个伢子喽，长得乖态，又懂礼貌，你要向他学习。”

任冲这次倒没有感到不服气，而是老老实实嗯了一声。

第二天傍晚，陈勇、苏建、钱兵这三位小兄弟又来探望任冲。见到这三个脏兮兮的街上小孩，宋巧云心里有些厌恶。但人家毕竟是同学情重，宋巧云尽量保持着和颜悦色，每个还发了块水果糖。陈勇他们把糖咂得啧啧有声，围坐在床头跟任冲讲白话，一讲就是半个多小时，似乎忘记了还要回家。陈玉见状，大声说：“你们还不回去，我要跟任冲补课了。”

任冲说：“你们干脆在我屋里做作业算了。”

陈勇正想应着好，陈玉说：“不行，等一下你们又只顾着讲白话。”

苏建对陈勇说：“那我们回去算了，莫耽误任冲补课。”然后瞟了陈玉一眼。见她眼睛中有赞赏之意，脸上顿时神采一亮。

陈勇说：“那我们明天再来看你。”

任冲正想应着好，宋巧云连忙说：“冲冲明天就快好了，你们也难得行，莫来算了。”

任冲溜下床，把陈勇他们送到短坡上。陈勇要他莫送了，他才回转身。进了屋，宋巧云皱着眉头对他说：“陈勇这些人不讲卫生，身上邋遢死了，像是从煤矿里爬出来的。你以后跟他们讲，要他们穿干净些。”

见自己的朋友被妈妈如此评价，任冲脸上发烧，硬着嘴说：“他们从来就是这样，还没有老弟邋遢。”

“看你讲的，老弟比他们还是爱干净些。”

“老弟哪里干净，天天在垃圾堆里钻。”

宋巧云被任冲顶得没有话说，见任安在一边很得意地笑，没好气地说：“你笑什么笑，只晓得去翻垃圾，以后莫读书算了，专门去捡垃圾。”

“不行，我要读书。”

见任安着急的样子，宋巧云想笑，但还是板起脸，说：“那你以后莫去垃圾堆里钻，要得吗？”

任安悟了许久，表情有些痛苦，最后还是点点头。

到了第三天傍晚，陈勇他们又像三只小猴一样，结成一支小队伍，神情欢快地向任冲家里进军。宋巧云刚从平房尽头的厕所里出来，远远地看见这支小分队，脸色不禁一沉。但再定睛一看，小分队后面还跟着位胖胖的老妇人，提着袋东西，步履有点蹒跚，正是张家奶奶，连忙堆出笑容，迎了上去。

张家奶奶对宋巧云说：“这三个鬼崽崽，今天才告诉我冲冲得病了。”

宋巧云连忙扶着她进了屋。陈勇他们也得以跟在后面鱼贯而入。任冲立刻从床上爬起来，两手撑在床沿，像只神情欢快的小狗，大喊：“奶奶。”

任安跑到张家奶奶身边，抱住她的大腿，也铆足了劲喊了一声，像是在跟哥哥比赛谁的声音更高。

张家奶奶的笑跟她脸上的肉一样四下流淌。行近床头，她仔细看了任冲一回，又把手覆盖在他额头上量了下体温，说：“烧是退得差不多了，就是脸瘦了些。”

宋巧云说：“你老人家不晓得，那天烧到四十度，吓得我跟建国要死。夜里一点多钟了，往人民医院送。医生讲要是再来晚一下，就要把脑壳烧坏。”

张家奶奶听得一脸惊恐，把任冲搂住，说：“你以后千万要小心，莫冻了。”见任冲应着好，才落心，把带来的东西打开，说：“奶奶没得好东西把你吃，就带了一斤红枣，还有些桂圆。你多吃点，要把身体补好。”

宋巧云感谢了一番，定要留她吃饭。张家奶奶却声明屋里煮了一鼎锅饭在那里。晓得她有个怪脾气，就是不愿意在别人屋里吃饭，甚至在自己屋里吃饭，也是弄好饭菜等丈夫和崽女都吃了，才肯上桌，吃些剩菜下饭。任建国说这是旧社会留下的老习惯。宋巧云觉得有些不可理解，但又拗不过张家奶奶，便回了她一包砂糖，半斤发饼。推辞了一阵，张家奶奶接过来，行到门口又突然把东西放下，快步前行，仿佛撂在那的是拉开导火索的手榴弹。

宋巧云撵了几步，被她发觉，竟然加速到几乎要进入短跑状态。生怕她摔倒，宋巧云只有停下来，喊道："我不得追了，你老人家慢些行，莫摔倒了。"

张家奶奶回了好几次头，确定宋巧云不会追来，才恢复正常步态，在陈勇他们的簇拥下慢慢行远。

直到张家奶奶的背影完全消失，宋巧云才转身回屋，对任建国说："张家奶奶真的好，就跟亲奶奶一样。"

任建国说："要是我妈妈还在，看到冲冲和安安，那还不是当两个小菩萨一样在心尖尖上供着。"

宋巧云叹了口气，说："你爸爸不是还在？他就会顾着自己，过年发压岁钱，一个一块，天底下哪有做爷爷的这么小气？"

"他也没什么钱，又不肯做事，你没看到蔬菜场他那两块地都快荒了，还要靠我们给他钱呢。"

"哎，他要不是那么懒，你妈妈当年也不会死得那样早。"

任建国眼睛有些微微发红，说："我妈妈真的就是累死的。"

"你还算好，像你妈妈，肯做事。任建军就跟你爸爸一个模子里出来的，二十多岁的人了，天天游手好闲。今天在街上碰到他，还硬跟我借了两块钱。"

"你借给他做什么？"

"他讲是给你爸爸买药，我何解好意思讲不借？"

"他的话，你最多信一半。"

"我晓得信哪一半？"

任建国也搞不清该信哪一半，便抽出支烟把嘴巴堵住。这时陈玉进来要给任冲补习功课，任冲的脸顿时从六十瓦暗成了四十五瓦，说：“反正我明天要上学了，今天就不补了。”

“不行，明天有明天的课。”

任冲还想逃避，宋巧云命令他立刻把书包拿过来，然后又摸着陈玉的头说：“冲冲在学校里要是不听你的话，你就告诉宋阿姨好了。”

陈玉昂起头看着宋巧云，说：“任冲在学校里总是保护我，别的男同学都不敢欺负我。”

宋巧云表扬了任冲两句，他情绪才好转了一些。任安早替他把书包拿了过来，还积极主动地把书本摊开在桌上。陈玉讲解的时候，他就坐在任冲旁边，听得比哥哥要认真得多。

第二天早上，任冲和陈玉一起去上学。行到门口的时候，两人发现戴娜居然已经站在那里。以为是在等他们，陈玉还犹豫着是不是跟她打声招呼。但戴娜只瞟了他们一眼，目光就滑开了，往公鸡山的方向张望。机械厂右边有条小路直通公鸡山，路两边是乡下的菜地间杂着城里人修的楼房。夏天的太阳不睡懒觉，早就升得老高。任冲看见欧明披着阳光从小路上行过来，脸上的笑容跟早上的阳光一样温暖灿烂。任冲本来想带着陈玉先行，然而欧明热情地招呼他们一起行。任冲不好意思再跟他唱反调。戴娜虽然板着脸，但也没有出声反对。于是四个人结伴前行。

先是欧明和任冲边行边说，然后陈玉也加入了谈话的行列。欧明怕戴娜受冷落，又努力从她嘴里勾出话来。过了一会，陈玉跟戴娜偶尔也搭上了话。只有任冲还不肯跟戴娜说话，不过并没有黑着脸对她。快行到校门口的时候，戴娜的脸上已经迸溅出笑容。她的笑透着骄傲和矜持，陈玉的笑则显得乖巧和善，欧明多半是微笑，任冲则喜欢咧开嘴大笑。赵秋云从教师宿舍楼行出来，看到这四个长得乖态的小学生行成一排，有说有笑，也不禁感到愉快。尤其是当任冲他们争先恐后地喊着赵老师的时候，她心里就像是大热天喝了碗沁凉的酸梅汤，更加受用。十多年来，她都没有厌倦教师生涯，有大半就是因为这种感觉经常能出现。

第一节课下课铃才响，任冲和陈勇就带头冲出教室。他们刚从高年级同学那里学来一种新游戏：斗鸡。其方法是单腿站立，另一只腿弯曲架在站立腿的大腿上，成锐角三角形，一手勾着脚踝处，用弯曲的膝盖头相斗，一方倒地或两脚着地即算输。在教室走廊前有块正方形的大水泥坪，坪中央有个喷水池。62班的这帮小豪杰在池边抢占了一块空地。众人公推看上去最为强壮的任冲和陈勇为作战双方主帅，由他们轮流点将。任冲点了钱兵，陈勇点了苏建。任冲又要把欧明拉进来。欧班长面对此类剧烈武斗有点怯场，扭捏了一阵，敌不过任冲的盛情相邀，还是勉强加入了。副班长蔡集贤倒毫不推辞，很爽快地加入到陈勇一伙。双方很快各凑足五人，任冲一声大喝，便捉对儿展开厮杀。

陈勇不去斗任冲，却直奔欧明。欧明竖着看比他高了一块横放的砖头，横着看却比他瘦了两圈。他斯斯文文地把膝盖头往前送出，仿佛要跟陈勇的膝盖行碰头礼。陈勇却毫不客气地使劲往上一顶，欧明连退几步，靠在喷水池边。虽然重新站稳桩子，但他已不敢跟陈勇争锋，转身单腿连跳四五步，想摆脱这员悍将。

陈勇却没打算转移目标，咬在他屁股后面。一个追，一个逃，两人沿着喷水池绕了大半圈。任冲见状，放过正被他压着打的蔡集贤，几个跳步，挡在欧明前面。

欧明才松了口气，却发现蔡集贤正盯着他。他向蔡集贤一笑，又摇摇头，意思是我俩都是班长，就别窝里斗了。蔡集贤却向他跳了过来。他想欧明不过是长得乖态，家里条件好，成绩未必比自己好，却当了正班长，心里早窝了口气。这股气让刚刚被任冲杀蔫了的他又重新变得斗志昂扬，甚至劲头更大。在他接二连三地冲撞下，欧明的斯文招式显然不堪抵敌，但他想到班长要是向副班长投降，是件很丑的事，还是支撑着没有放下那只架起的脚，只盼着任冲能过来支援他。

任冲跟陈勇正斗得兴起，无暇顾及他这边的险情。陈勇比任冲高，屡屡跳起来，像俯冲的战斗机向对手撞去。任冲就像地对空导弹，每次都是以硬碰硬地向上反挑。陈勇跳起来往下压，能够把全身的力量加在膝盖上，任冲却只能以单腿之力反击，未免有点吃亏。但他越战越勇，也越战越有章法。等陈勇再次跳起的时候，任冲不待他压过来，往前一跳，膝盖头已伸到陈勇弯曲的大腿下，再往上一送，结结实实地顶在他大腿麻筋上。陈勇像被过了一下电，半边身子都是木的，翻倒在地。任冲斗志不减，转身寻找下一个对手。见欧明一副摇摇欲坠的样子，任冲大喝一声，跳了过去。见他奔过来，蔡集贤咬着牙，连连催劲，想先把欧明斗倒。但欧明也学乖了，小幅度地跳动，尽量不跟他碰撞。蔡集贤正想骂他是个妹子，只晓得躲，任冲已经赶到。他不好意思主动认输，只有硬着头皮应战。欧明居然还试图从背后夹攻他。任冲却喝道：“哪个要你帮忙！”

欧明只好跳到一边观战。观了不到十秒钟，蔡集贤被任冲跳起来撞到胸膛上，往后连退几步，终于支撑不住，一屁股坐到地上。这边五个已去了两个，其中一个还是主将，剩下的三个虽然还蹦跶得欢，但力量对比过于悬殊，很快就在围攻中被斗垮。赢的这一边固然兴高采烈，输的那一边兴致也分毫未减，大有重战一场的趋势。只是上课铃响了，他们只有恋恋不舍地回到教室。

下午有节体育课，还没上课，同学们就奔向右边侧门外的操场。说是操场，其实是个大土坪，连水泥都没冻上。如果不是竖了个篮球架，挖了个沙坑，很难想象这是学校的专用操场，放鸡倒是比较适合。土坪是块洼地，地头高处有座坟山。右边与坟山隔着一条小路的，是更广阔的菜地。坟山左边，挨着道围墙，墙内就是机械厂。任冲独自在墙外徘徊了一阵，觉得这边的墙虽然高了点，但墙体上砖缝更多，似乎大有可为。正当他想一试身手的时候，体育老师雷武吹响了集合哨。任冲只有先归位到集体中来。

雷武四十来岁，显得老相，常让人误会成五十有余；个子不高，缩头缩脑的像只猴子，看不出跟体育有什么关系。不过当有人因调皮被他一把揪出队伍的时候，才发觉到他力气实在不小。任冲看着陈勇站在队伍前头，鼓起胸膛，神气地喊着立正、稍息、向右看，心里突然就来了气，偏不向右看。雷武瞅见了，上前屈起食指在他脑壳上凿了一下。任冲只好侧过头去，两个腮帮却鼓得出位。接下来雷武格外地关注他，行齐步的时候把他喊出来单独表演。任冲在队伍里本来行得好好的，在同学们面前一个人操练就浑身不自在，仿佛鱼儿出了水，怎么动都是错，一举手一抬足就是同边步，惹出大片哗哗的笑声。只觉得耳根烧得厉害，任冲又羞又恼，对着前面晃动的人头大喊一声："笑个屁！"然后用目光恶狠狠地刮着每一张脸，看谁还敢笑。

有一部分同学赶忙关上了笑容，但还有一部分继续挤眉弄眼，其中以蔡集贤的脸部表情最为夸张。任冲的目光像炮弹一样射向他，蔡集贤却不和他对视，往天上翻白眼。见这小子竟如此嚣张，雷武喝令他继续行。任冲很想行对，手脚却不听使唤，同边步像噩梦一样老缠着他。最后雷武对他失去了信心，喝令他归队。任冲勾着头，脸绷得跟铁板一样，回到队伍里。

操练了二十多分钟后，雷武宣布自由活动。同学们立刻感到幸福降临，一群一群地结伴做游戏。蔡集贤从负责分发体育用品的陈勇手中领到了个小皮球，喊上几个同学开始踢球。任冲什么游戏也不参与，就蹲在操场边，用块尖利的小石子在地上画来画去，不时抬头关注一下雷武的行踪。雷武正弓着背，慢慢地行进侧门。耐住性子，等了几分钟，确信他短时间内不会出现，任冲就从地上弹起。

蔡集贤正在追赶滚动的皮球，眼见就快挨着了，有人却先他一步踢在了球上。砰的一声，球远远地飞了出去，被站在那边的几个男同学不劳而获。蔡集贤斜着眼睛，去看这个横插一脚的家伙到底是谁，目光才碰上就萎缩了下来，假装不在意，准备行开。任冲在他肩头推了一把。蔡集贤还想避开，但瞟见旁边有些同学的目光正钉在自己身上，咬咬牙，伸手在任冲胸膛上推了一把，其力度跟任冲推他的正好相等。见他还敢还手，任冲跨进一步，双手按在他胸膛上，猛地一发力，蔡集贤就摔了个仰面朝天。这时陈勇跑过来，说："算了算了。"

这句话出口，就像泼出一桶汽油，任冲火气腾地蹿了上来，鼓着眼睛说："你莫来充狠。"

没想到任冲这么不给面子，陈勇愣了一下，讪讪地退到边上。

蔡集贤才从地上爬起，大叫："我要告诉老师！"

话音才落，又被推倒在地。任冲想骑到他身上，却被蔡集贤来了个兔子单蹬腿，小腹上挨了一脚。要是换了旁人，早就捂着肚子缩成一团。任冲却发起猛疯来，两手分别抓住蔡集贤的双脚踝，在他小肚子上连踩两脚。还不解恨，任冲拖着他在操坪上转圈。同学们立刻像马蜂一样聚拢来围观。

蔡集贤大骂："你娘卖娿！"

话音还没落，他胯下就挨了一脚，痛得眼泪立刻蹿了出来。再也不敢骂了，蔡集贤只是尽力挣扎。本来脚的力量比手大得多，但任冲天生力大，又霸蛮，硬是拖着他转了半个大圈。直到欧明和陈玉怕他把蔡集贤拖伤了，合力来劝，任冲才松了手。蔡集贤一路哭着往侧门去了。陈玉在任冲耳边悄声说："你还不快跑，等下雷老师就来捉你了。"

任冲悟了悟，就从操坪和侧门之间的小路潜逃。等到雷武一脸怒气地出现在操场上，任冲早不见了踪影。雷武又不好去找赵秋云，因为他中途离开课堂也是违反了学校规定，只有把蔡集贤训了一顿，说：“你这个傻宝，他要动手，你不晓得跑到我那来。”然后要他快去水龙头底下洗个脸，把身上衣服也拍干净。

本指望雷武替他报仇，没想到挨了打又挨训，蔡集贤眼睛红如兔子，委屈得直想用脑壳撞墙。

任冲也没怎么跑远，就在校门口对面的零食摊边流连。一九八五年小县城的零食摊品种还不甚丰富，素炒瓜子、冰棒和酸萝卜乃是三大主要品牌。盛瓜子的扁箩上躺着两个竹筒，一大一小。卖瓜子的就按竹筒来论价，盛满一大竹筒是一毛钱，小竹筒则为五分。冰棒挤在带盖的铝筒里，也有用白色泡沫箱来装的。对任冲而言，一毛钱的绿豆冰棍属于日常的平民消费，两毛钱的牛奶冰棒则是偶尔的奢侈享受。他记得小时候还有种黄色的带甜味的小冰棒，只卖五分钱，不知什么时候就退出了冰棒家族，彻底消失。在他的记忆中，那种冰棒比绿豆和牛奶的都好吃。现在他翻遍口袋，也只找到两分钱，便慢慢地游到卖酸萝卜的摊子边。

酸萝卜早就切成片，拌着剁碎的酸辣椒盛在小盆里，并没有什么遮拦，灰尘和苍蝇都可以随时光顾。这种零食，最不卫生，偏偏又最受学生们欢迎。除了口味好之外，还有个重要原因就是价格便宜，出售方式灵活。两分钱有两分钱的分量，三分钱有三分钱的卖法，如果出到五分钱，酸萝卜片的数量就很可观了。有的女同学嘴馋手紧，一分钱也买过。任冲通常都是买五分钱才过瘾，现在捏着这两分钱，倒还有些不好意思。卖酸萝卜的老太婆却是一视同仁，笑眯眯地夹了几筷子酸萝卜，放在张裁成正方形的纸上，递给任冲。这张纸跟任冲的手掌差不多大，上面还爬着铅笔字。

其来源乃是学生们写完的作业本。一本可以换五分钱的酸萝卜，前提是看上去还算干净。像任冲写过的作业本，一片乌黑，就难以换到。任冲左手摊开，托着酸萝卜，右手拎着一片片地往嘴里送。酸辣的滋味渗入舌头，漫过全身，他觉得世上没有比这更好吃的东西了。为了避免被老师发现，任冲又往左侧行了二十米，躲在根电线杆后，吃得酸水与口水直滴，嘴角与辣椒齐红。

有只土黄色的小狗不知从什么地方钻出来，边向任冲摇尾巴边汪汪地叫。他有点怕狗，忍痛割舍出一片酸萝卜。萝卜片在空中翻了个身，划出个抛物线。还没落地，小狗往上一蹿，就接在口中，咂了一下，赶快吐出，对着任冲愤怒地叫了两声，声讨他的东西怎么这样难吃。任冲担心它咬，正想行开，这只小狗却扭身跑开，凑到一堆鸡屎前嗅了起来。见酸萝卜这么好吃的东西居然吐出来，偏偏要去亲近鸡屎，任冲觉得这狗真是个大傻瓜，难怪只能做狗。不屑于再看它，把脸侧到一边，任冲继续细细地品尝剩下的酸萝卜。因为怕吃完了没事干，他每吃一块就要停一分钟，这样很容易就打发了十多分钟。学校的下课铃声弹到半空中，连打几个滚，落进任冲的耳朵。把最后两块一起塞进嘴里，任冲猛嚼几口，牙齿都酸得打战，痛快得很。他用手背抹了下嘴巴，就大摇大摆地从正门行进学校。

62 班的同学大部分还在外面的土坪上嗨。教学楼前的水泥坪上，63 班的同学正在热烈地开展斗鸡运动。何春生横冲直撞，像只奓开毛的公鸡，倒也所向披靡。杨真跟在他屁股后面，专拣那种豆芽菜类型的同学开战。任冲越看嘴巴撇得越厉害，最后实在忍不住，把腿一盘，就往杨真跳去。杨真骇得大叫："你不是我们班的，我不跟你斗。"

话音刚落，任冲就已经到了面前。杨真连忙把盘着的腿放下。任冲哈哈大笑，说："我还以为你真的变狠了，哪晓得还是胆小得跟只麻雀一样。"

没跟杨真一边的人都笑了起来。何春生阴着脸，对任冲说："你要吵事就到你班上去吵，我们又没惹你。"

"我们两个斗一盘要得吗？"

"你想得美，我刚刚斗过，再跟你斗就吃亏了。"

"那就明天斗。"

"要斗就多些人斗。"

"也要得。一边出十个人，下午放了学就到外面坪里去斗。"

"要得。"

"不来的是猪！"

"不来的是猪！"

这时上课铃响起来了，任冲带着满脑兴奋钻进教室，几乎忘掉了跟蔡集贤打架的事。这节课是音乐课，上课的杨洁心是全校唯一的音乐老师。虽然已经快五十岁了，声音还是甜脆如刚熟的苹果。当她坐在风琴前边弹边唱时，所有的同学目光中都透露着崇敬。任冲唱起歌来像鸭子大叫，却也学得兴致勃勃，乃至摇头晃脑，陶醉于自我的歌声中。陈玉的声音本来就小，这下完全被淹没。她发现旁边几个女同学都捂着嘴笑，并不时偷偷地瞟任冲，就用手推了一下他，要他小声点唱。任冲以为自己唱得很好，质问她何解要小声。陈玉还真说不出来。任冲也不追问，继续得意地昂头高歌。杨洁心仔细一瞧，原来是江萍的外孙。她跟江萍同住一栋楼，平时关系不错，早就认识这个虎头虎脑的调皮鬼，只能置之一笑，任凭他把《童年》唱得独树一帜。杨洁心根本就不用看琴键，手指娴熟地在上面跳舞，目光像柔软的柳条，在这些光洁红润的小脸蛋上扫来扫去。很快她就发现有个男孩把头伏在桌上，一动不动，便停了下来，行到他身边，问是不是生病了。蔡集贤抬起头，满脸泪痕，再怎么追问他，就是不肯作声。杨洁心只有把赵秋云请来。赵秋云带他进了教师休息室，过了一会，又把任冲喊了进去。

“你讲，你何解要打蔡集贤？”

“他笑我，还骂娘。”

对于这两项罪名，蔡集贤倒没有抗辩。赵秋云脸上的阴云稍稍飘散，但还是一副痛心疾首的样子，说：“你们是同学，你打架就打架，何解踢他胯里？这是街上的流氓阿飞用的招式，你晓得吗？”

任冲从没有觉得此招有何不对，经赵秋云这么一说，才醒悟到打架原来也讲身份的，便勾下头看着自己的脚。

“还算好，没踢到正地方，要是真把他踢伤了，你就会被抓去监狱里劳教。”

听到监狱二字，任冲有些寒毛。按照赵秋云的要求，他向蔡集贤讲对不起。因为头次使用这个词，任冲很不习惯，讲得硬邦邦的。按照礼貌用语，蔡集贤应该说没关系，但他扯动了一下嘴巴，就是说不出口。因为他是受害者，赵秋云倒也不强求。本来还要任冲写检讨书的，但考虑到他才上学，真正会用的字不会比他的牙齿数量多，也就免了。

下午放学的时候，任冲宣布了跟63班斗鸡的事。出乎他的意料，最应该热烈响应的陈勇却默不作声。任冲行到他面前问："你是不是怕63班的人？"

陈勇猛然戳出一句，说："你这么狠，你一个人跟他们斗就要得了。"

实在想不到陈勇会说出这样的话，任冲被噎住了，只是瞪着他。

怕他们打起来，钱兵对陈勇说："任冲再狠，也斗十个人不赢。"

苏建也说："我们要不去，等下63班的人还以为我们怕他们。"

欧明却说："都莫去，等一下老师晓得了又要挨批评。"

任冲总算找到话说了："你总是怕事，跟个妹子一样，反正不得要你去。"他又剜了陈勇一眼，提高声音说："去的就报名，怕的就莫去。"然后举起手来。

钱兵跟着举起手。苏建看着陈勇，也迟疑着抬起手，好像徐徐升起一面小旗。见他们都同意了，陈勇便说："去就去，哪个怕哪个！"唰地就把手往上戳，像支快速蹿起的小标枪。后面的人举手就利落多了，很快就凑齐了十个。

欧明不放心，说："斗鸡就斗鸡，千万莫打架。"

任冲皱着眉头，高声说："晓得呢，妹子家。"

对于他的恶劣态度，欧明只有摇头。不过在排队回家的时候，有几个调皮鬼老是追逐打闹，任冲把他们喊进队伍，算是主动帮了欧明一把。

第二天，任冲简直坐不住，课也没怎么听，就想着放学后那场大战。时间却好像在跟他作对，流逝得异常缓慢，就好像拧得半紧的水龙头口沿上的水，许久才流下一滴。他还生怕何春生反悔，在课间特意跑到63班教室，询问他人凑齐了没有。何春生说：“肯定凑齐了，你操什么空心喽？”

看着他满脸轻慢的神情，任冲恨不得打他一拳，不过想到放学后有机会修理他，还是忍住了。

好容易挨到放学，任冲率领人马奔赴外操场。大部分没有参战的男同学也跟在后面，连蔡集贤也混迹其中。让任冲他们精神倍增的是，还有些女同学前来观战。63班也来了不少人。任冲发现周明站在何春生旁边，昂头四顾，颇显二年级学生的威风。以为他是来看热闹的，任冲不去理会，用从家里带来的尖头小铁棍在坪里画了个大圆圈，直径二十余米，足足用了五分钟。看着这个气派非凡的大圈，任冲豪情盈胸，感觉自己就是电影中的将军，正带领士兵准备冲锋。他大声宣布规则，凡是倒地、双脚落地或是跳出圈外的都算输。何春生没有异议。任冲看了站在不远处的陈玉一眼，就蹦进圈中摆好架势。小豪杰们纷纷进入临战状态，双方都摆出一字长蛇阵，甚是壮观。大部分围观的男同学都开始想象自己也在其中，而女同学们则激动得涨红了脸。欧明暗自祷告，希望菩萨保佑自己班取胜。蔡集贤其实很想参战，但因为跟任冲赌气，故意置身事外。现在看到这种场面，只想跳进去，却已不能反悔，只有红着眼睛锁定任冲的背影。他们屏息等待战斗开始的时候，任冲却指着单腿而立的周明大叫起来：“他不是63班的！”

何春生嬉笑着说：“你只讲一边十个人，又没讲一定要63班的。”

“你要赖皮！”

“我哪里要赖皮？是你自己没讲清楚。”

任冲记得自己确实没讲过，他以为这是不言自明的，没想到被何春生钻了空子，恨得牙齿痒痒手脚更痒。

周明露出一脸嘲笑，说：“你是不敢跟我斗吧？”

“我还怕你。不过你是二年级的，跟一年级的斗鸡，丑不丑？”

“我要斗，你奈得何吗？”

任冲还想争辩。陈勇对他说：“斗就斗，怕什么。”

任冲小声说：“周明太高了，我们两个先把他斗倒。”

陈勇点点头。

任冲喊了声：“冲啊！”

两条长蛇迅速绞在一起。周明是何春生请来专门对付任冲的，所以当任冲径直跳来的时候，他毫不意外，从容迎战。陈勇则沿着弧线前进。周明以为他是去斗何春生的。没想到刚跟任冲撞上的时候，陈勇突然一转，从侧后方攻了上来。何春生比周明更为吃惊，连忙跳过去。苏建猜到了任冲和陈勇的意图，上前挡住何春生。他曾经扇过何春生一耳光，在他面前有心理优势，尽管现在比他矮点，胆气还是很足。没想到何春生当年被打而不还手，只不过是慑于他街道小孩的身份。如今同读一校，时常碰见，觉得不过如此，反击起来毫不畏惧。苏建本不以打斗见长，没过三个回合，就只有招架之功。

任冲清楚苏建不是何春生的对手，只想快点把周明解决，不顾自己个子矮，连连跳起来撞过去。陈勇则拼命从侧面冲击。两个人都像在发猛疯，周明难以招架，大喊：“快过来帮我！”

然而除了何春生外，没有谁敢来招惹任冲和陈勇。杨真听到呼唤，甚至还跳得离他远一些，生怕被强行摊派上救驾的差事。瞥见何春生正把苏建斗得松松垮垮，周明心下一宽，稳住了阵脚，见任冲又撞过来，往后使劲一跳。撞了个空，重心前倾，任冲连忙把直立的腿一弯，卸掉了冲力，周明却迅速撞了过来，饶是任冲奋力上挑，还是被他击中了胸口。任冲连退几步，让陈玉的心跳了上来，在嗓眼里连弹几下，眼见就要从嘴巴里跳出来了，最终还是落了下去，因为任冲尽力下蹲，总算稳住了桩子。

周明猛跳过去，想一鼓作气把他撞倒，陈勇从旁边杀了过来，由侧攻改成了正面对撼。周明被他从侧面撞了好几下，正憋着股气，猛压狠撞，只想把这小子斗翻。任冲重整阵容，跳上前来，见陈勇没有让出正位的意思，便从侧面的空当插进。同样是面对两个人，这一换位，周明觉得压力大增。原因是陈勇个头比他矮得不多，正面对垒让他居高临下的优势锐减。而任冲的平膝直撞力道很足，如果不是主动对撞，单纯做原地防御很是吃亏。他从侧面发起进攻，周明腾不出手脚来防御，大腿被猛撞了一下，顿时痛得龇牙咧嘴。任冲一得手就不饶人，才落地马上又屈膝发力。周明被他连撞两下，腰腿发软。何春生正好把苏建撞翻在地，连忙赶过来。就在他快挨着陈勇后背的时候，任冲又一次前撞，顶在周明大腿根上。

陈勇也大喝一声，奋力跳起来，冲到周明胸膛上。实在支持不住，周明后退了两步，就一屁股坐在地上。何春生一时呆住了，竟忘了偷袭。等他醒过神来，任冲和陈勇都已掉转身来，对着他恶狠狠地笑。

这场斗鸡大赛持续了十几分钟。最后63班就剩下个小矮子，皮肤黝黑，耐力好，跳得极快，奉行的乃是游击战术：打得赢就打，打不赢就跑。任冲和陈勇两人联手，才把他逼到了边线，这小子还是一副嬉皮笑脸的样子。陈勇跳了起来，想一举把他撞倒。谁知在陈勇撞过来的那刻，他迅捷地闪在一边，陈勇止步不住，竟冲出了圈外。他想转回来，小黑个却大叫："你出线了！"

陈勇只有恨恨地放下腿，看着任冲撵得他满场跑。他跳的频率比任冲快，但任冲单次跳跃的距离比他长，两人速度基本持平。起初任冲还想单独把他拿下，但这小子先跳，他跟在后面，总差了那么一步。还是62班另外剩下的几名战士在前面拦住，任冲才从背后把他撞倒。围观的人群中立刻迸溅出一阵欢呼，那是62班的学生。63班的学生则垂头丧气，悄悄地溜走了。

有几个高年级学生放学路过操坪，顺便看完了这一战，评价说："这些小孩子斗得还蛮凶火。"

斗鸡大战后的第二天，任冲就听到班上有男同学说："周明是陈勇斗倒的。"他立刻上前质问。该同学马上说："我也是听别人讲的。"

任冲立刻找到那个同学。他也是听别人讲的。任冲一路追问下去，最后查到了蔡集贤头上。蔡集贤眨着小单皮眼说："我就看到陈勇在周明胸脯上撞了一下，周明就倒了。”至于任冲的奋力一击，他则没有看到。

任冲问其他同学看到没有，有的说看到了，有的说没看清。见自己的伟大功绩居然还有人不承认，他心里胀得痛，要陈勇出面澄清。陈勇说：“本来就是我们一起斗倒的，还有什么好讲？”

任冲硬逼他当着蔡集贤的面说一遍，然后对蔡集贤说：“你听到吗？”

没想到蔡集贤转过身就小声嘀咕道：“反正我只看到是陈勇撞倒的。”

任冲气得很想往他胯下再踢一脚，但怕赵秋云再批评他，只有忍住。

回家的路上任冲要陈勇以后莫跟蔡集贤嗨。陈勇却说：“蔡集贤对我还可以，讲小话的时候没记我名字。”

“你跟他嗨就跟他嗨呢，有什么了不起！”

“我跟他嗨一下有什么紧，又不是经常嗨？”

苏建和钱兵有些胆战心惊，生怕他们又翻脸。

陈玉连忙说：“你们嗨你们的，陈勇跟蔡集贤嗨是他的事，又不相干。”

苏建深表赞同，并指出，任冲跟班长嗨得好，陈勇跟副班长嗨得好，有什么事，两边都可以包庇。

脸稍稍松弛下来，但任冲心里仍觉得不痛快，带着陈玉先行了。在路上他提出回到厂里就去嬲麻屁。没想到陈玉坚决不肯，说：“丑死了，以后我们莫那样了。”

“那你以前何解不怕丑？”

“以前是不懂事。现在我们读书了，要做好学生，你讲是吗？”说完，她热切地望着任冲。

觉得赵老师的脸闪现了一下，任冲不由自主地点点头。

8

应该说，62班的每一个人都想做好学生。但是学校评判好学生的标准只有一个：考试成绩。经过几次小考和一次期中考试，陈玉证明了她这个学习委员是当之无愧的。欧明也经常能拿到双百分，单凭这个，班长的位置就能继续坐下去。蔡集贤死记硬背的功夫差了点，但数学经常打百分，也在好学生之列。令同学们惊讶的是，苏建没看到做出发狠读书的样子，但考试总能冲进前十名。所以尽管他喜欢吵事，赵秋云和钱亚男还是把他看作好学生。钱兵自然课成绩好，但这不算数，只有语文和数学好才算成绩好，因为升初中就看这两门。戴娜能唱会跳又乖态，在杨洁心目中是个十足的好学生。但在小学，当班主任的要么是语文老师，要么是数学老师，是不是好学生，得由这两门主课的任课老师说了算。

至于任冲同学，上述几门都是稀松平常。他语言表达能力虽然不错，却讨厌背课文，语文成绩总是上不去。要不是看江萍的面子，赵秋云连小组长都不会让他当。数学倒不要死记硬背，但他不喜欢钱亚男，便对这门课也反感起来。再加上有次小考任冲把乘数和被乘数全部颠倒，虽然答案正确，还是被钱亚男判了零分。他觉得乘数和被乘数颠倒又不影响结果，要求钱亚男给他六十分。

见还有学生敢跟她争论业务问题，钱亚男脑壳后两条跟她年龄不相衬的麻花辫子差点飞了起来，劈头把任冲训了顿饱的。任冲不敢再跟她争论，只是以后听数学课更加没有兴趣。音乐方面，他的大嗓门和不拘一格的唱法虽然得到了杨洁心的宽容对待，却没法获得高分；跳起舞来虽然劲头很足，也难以称为舞姿优美。自然课因为常在室外进行，他积极性很高，但大部分课时都在忙于打闹，没工夫去领略自然的神奇美妙，很多次作业都是钱兵帮他完成的。至于体育方面，他倒是跑得快跳得远，令雷武对他的印象大为改观。但如果体育好就算好学生的话，那全校大部分调皮鬼都可得此光荣称号，这是校方万万不能承认的。“德智体”全面发展的“三好学生”从来就是“一好学生”，连这个“智”也缩减成语文和数学考试成绩。至于德，东方小学的老师们认为学生们都是些小孩子，再调皮捣蛋，也跟道德没什么牵涉。

宋巧云很希望任冲能捧张“三好学生”的奖状回来，随着期末考试的临近，她这个心愿越发强烈，再三叮嘱任冲一定要发狠考好。尽管成绩不好，任冲却还是颇有信心。他觉得只要自己想到，就能做到，以前没考好，只是不想考好而已。陈勇却没有他这么乐观，对于末考不抱希望，暗地向任冲表示，已准备好了挨餐打。任冲鼓励他发点狠，陈勇摇摇头，用罕见的阴冷口吻说：“我们这样的人，吵事狠，读书是嗨把戏的。”

任冲不认为自己读书是嗨把戏的，有几个晚上忍住没出去，在家复习功课，让宋巧云大为惊喜，甚至看到了未来科学家的形象在大崽身上晃动。为了让这个形象固定下来，她每天早上都煮两个清水鸡蛋。任安忍不住伸出渴望的小手，却被宋巧云温柔地阻止，说："哥哥读书用脑，要多吃鸡蛋才能补回来。"

这个理由听上去很科学，任安心甘情愿地缩回了手。任冲只喜欢吃蛋黄，把蛋白全给弟弟。但任安一副深明大义的样子，要任冲全部吃了。任冲颇为诧异，说你不吃就算了，就把蛋白放回碗里。见他真的不吃，任安便说带到幼儿园跟许琪琪一起吃。任冲就问他有没有跟许琪琪亲过嘴，结果被宋巧云打了一嘴巴，不准他问些这样的痞子问题。任安却陷入了沉默，努力回想跟许琪琪到底亲过嘴没有，最后伤心地确定：没有亲过。

过了几天，当任安和许琪琪又一次分享蛋白的时候，麻着胆子提出要亲个嘴。许琪琪脸唰地就红了。任安连忙说："你不肯就算了，千万莫告诉老师。"

许琪琪左右看了看后，眼睛亮亮地说："这里有人看见。"

任安心头一喜，等吃完了蛋白，便和她假装去捉蚱蜢，躲在院后的草丛里亲嘴。他本来只想亲一下就放手，但许琪琪还要他多亲两下，让任安欢喜如一只啃着嫩草叶的小蚱蜢。

任安带着幸福和战栗跟许琪琪亲嘴的时候，任冲正在试卷上冲锋陷阵，挥笔横扫。越做他心里越喜，因为没有空出的题目。等到画完最后一个句号，他环顾教室，见绝大部分同学都还在埋头苦干，不禁踌躇满志。很想马上交卷，不过宋巧云叮嘱得最多的一句话还是起了点作用：要记得检查试卷。这句话的作用就是让任冲晚交了五分钟的卷。生怕别人比他先交卷，任冲检查试卷就是用目光扫一下，每道题都扫到了，便霍然起身，把试卷放在目露惊讶的赵秋云面前。考完后，陈玉不太放心，问他做得怎么样。

“全部做出来了，肯定考一百分！”

到了下午，当任冲头个把数学试卷放到讲台上的时候，钱亚男斜睨着他，问：“你检查了没有？”

“检查了。”

“没有错误？”

“没有。”

钱亚男瞟了一眼试卷，伸出手指，用长长的指甲点在一道填空题上，说：“这道你就写错了。”

她的声音并不大，刚好让班上的每个同学都能听到，任冲顿时面红耳赤。

“你还检查吗？”

任冲想着可能就这道题错了，把心一横，说：“不检查了。”

“真的不检查了？”

“真的。”

钱亚男嘴角现出一丝笑容，也不知是赞许还是嘲讽。不愿在她面前多站，任冲转身逃出教室。

考完后放两天假。本来自从上学后，任冲每周最盼望的乃是星期天。而一到星期天，唯一发愁的就是时间怎么溜得这样快。这两天他却嫌时间过得慢，老是盼望着早点去领通知书。至于领到通知书后的情形，他已经预想过很多次：爸爸和妈妈笑得合不拢嘴，一致答应奖他十元钱，而且得是一整张青灰色的“大团结”。然后他就揣着这笔巨款，带着任安、陈玉上街去，看到好吃的就买，从机械厂一路吃到大桥，再从大桥吃回来。这个美妙的计划，他忍不住预先透露给任安。任安也很激动，并问可以带许琪琪去吗。任冲豪爽地一挥手，说："带十个都可以。"任安感激不已，觉得哥哥的形象又高大了许多。

接下来的时间里，任冲就靠着憧憬打发日子，并不断在心里完善这个计划。等到两天假快放完了，这个计划中的人数已经达到八位：任冲、任安、陈玉、许琪琪、陈勇、钱兵、苏建和欧明。并且，如果欧明要喊戴娜的话，任冲也不打算反对。到了领通知书那天，他居然六点钟就爬起来了。穿好衣裤后，任冲行到堂屋，摸索着准备洗脸，宋巧云被惊醒了，问："你这么早起来做什么？"

"我要去领通知书。"

"你发神经，学校现在还没开门。"

"我晓得，我要洗脸。"

"再去睡一个小时，七点钟喊你。"

任冲嘟着嘴，转回里屋，爬到床上，才沾着枕头又沉入梦里。这一睡就睡到了八点。爬起来后，匆匆洗了脸，吃了早餐后，他就去隔壁喊上陈玉，一齐去学校领通知书。

路上他问："你猜我可以考好多名？"

见他容光焕发的样子，陈玉不忍心把名次说得太低，遂说："应该可以进前二十名。"

任冲大嚷起来："你就以为我这么差了，再猜！"

"那……进前十名。"

"起码是前十名。"

见任冲信心十足，陈玉受到感染，嘴角绽放出两朵小小的梨花，但又隐隐觉得这是不可能的。

来到学校后，赵秋云刚好来教室开门，见他们来得这么早，倒有些诧异。任冲对着她使劲地笑，想从她那里先领到表扬。只瞟了他一眼，赵秋云就把目光调向陈玉，问："你晓得自己得了第几名？"

陈玉蜜笑蜜笑，摇了摇头。

"第一名。"

赵秋云表扬了陈玉几句，又要她不要骄傲，继续努力。任冲忍不住横插一句："赵老师，那我是第几名？"

赵秋云脸色一沉，说："你自己看喽。"然后翻出通知书，递给他。任冲接过来一看，立刻傻了眼——倒数第十名。

"你那么早交卷做什么？好多题目明明会做，都是粗心大意。你讲你要充狠做什么？"

任冲变成块木头。陈玉在一边看着，心里难过，拿到自己的通知书后，说："赵老师，我们先行了。"

她拉了拉任冲的衣角。任冲像个木偶一样地跟着她行出教师休息室。正好欧明和戴娜行进教室，看到他们，欧明说："你们等下我们，一起行。"

任冲就当没听到，板着脸径直出了教室门。陈玉对他抱歉地一笑，也跟了上去。

"没考好没关系，下学期再发点狠就是。"

"你叫什么叫！还不晓得你考得好。"

陈玉不敢再说什么，只是觉得委屈，眼睛微微发红。明白自己不该冲她发火，任冲心里内疚，嘴上却不肯道歉。过了一会，他对陈玉说："你先回去算了。"

"那你呢？"

"我到外面转一下。"

"要我陪你转吗？"

"不要……真的不要。你先回去喽，不然你妈妈会着急的。"

"那你记得早点回来。"

"我晓得。"

看着陈玉的背影像一片树叶飘远，任冲眼睛突然发酸。想起那个上街买零食的计划，他又羞又愧，垂头丧气地胡乱行了一阵。又猛然想起欧明和戴娜说不定就在后面，怕被他们追上询问成绩，任冲连忙加快脚步，遁入老街。不敢从张家奶奶门前过，他拐了个弯，绕过前进街，快到农贸市场时候往左拐，朝坡下行去。

这道坡坡度不大，但一直往下倾斜，差不多有百米。老街上的孩子喜欢在这里嗨滑轮车。大多数是坐在车上，弓背蜷身，用双手握着横杠控制方向，缓缓下滑。也有艺高胆大的，立在车上，还能够用脚蹬，加快速度，在大家钦佩的目光中与风相互追赶。但是横杠缺乏控制，方向有时会打偏，滑轮车会对着坡边石阶撞去。这时唯一正确的选择就是赶快弃车。有经验的人都会往斜前方一跳，手脚快的还能伸脚挡住滑轮车，不过这种经验多半是以撞烂过滑轮车为代价换来的。现在起码有四五辆滑轮车在坡上展示风采，滑出满街的欢叫。任冲是骑机制三轮车长大的，对这种手工做的滑轮车有着特别新鲜的兴趣——三轮车最多能嗨到六七岁，上了小学后再骑就会被其他小孩笑话，而滑轮车到十五六岁都能嗨——正当他望得出神的时候，肩膀被人拍了一下。转过头，他就看到了陈勇。

“何解喊你不应？”

“没听到。”

“就在你背后喊你，何解听不到？”

“我看蒙了……你也有辆滑轮车，何解以前没看到过？”

“别人嗨旧不要了，让给我的。”

“也还不算旧……苏建跟钱兵呢？”

“刚刚去领通知书了。”

“你何解不去？”

“肯定是倒数第几名，不想去领。”

“总要去领的。”

“先嗨了再讲。你领了吗？”

“还没有。”

“我们先嗨一下，下午一起去领。”

“我下午也不想领。”

“那你好久领？”

“过两天。”

“那你肯定考得比我还差。”

“肯定不得比你差。”

“你不信，赌一下吗？”

“要得，就赌你的车子。”

“要是你输了呢？”

“我把红缨枪给你。”

“那还要加三条锯片，三根粗铁丝。”

“要得。”

整个上午，任冲都在和陈勇轮流坐滑轮车嗨。他很快就掌握了要领，能够操纵自如。但是站在上面滑，他还没有这个胆量和技术。陈勇这辆车虽然陈旧，但稳定性和灵活性都还过得去。三根枞树圆木棍构成了三角车身，三个脏兮兮的滑轮分别装在三根圆木前端，担当着奔行的重任。在前角处横贯一截短木棍，可以调节方向。三块长度依次递减的木板钉在车架下，用来承载那些满是尘土的屁股。这辆三轮车的坐板被磨得发亮，想必在老街上已服役多年。坐在上面，任冲总希望不要到底，就这样顺溜地、永远地滑下去……

中饭任冲是在陈勇家吃的。到了下午，任冲怕陈勇硬拉着自己去拿通知书，就说要回家去。

“你真的不去拿通知书？”

“过两天再拿。”

“过两天赵老师就不得到教室去。”

“我到她屋里去拿。”

“你反正要拿的，干脆和我一起去拿。”

“我不想去。”

“那随你。”

从陈勇屋里逃出来后，任冲已是面红耳赤。他圆谎圆得很辛苦，简直像是经受了一场艰难的考试。根本就不想回家，任冲就往大桥方向行去。桥上没什么人，只有冷风在鼓荡。任冲把脚踩着桥栏底，双手攀住栏杆，下巴才能够抵在栏杆横面上。江面上飘着寒气，一只木舟泊在老码头边，远远地望去，显得瘦小可怜。任冲的视力好得如同一只小鹰，隔得这么远的小舟，也能看清楚。但当他把目光戳向桥下的水面时，却陡然而生一种无法测度的感觉。几个大而深的漩涡不断转动，看得久了，任冲觉得那就是江水的嘴巴。他突然担心这桥会断裂，而他会被吞进这深不可测的江中。腿有些发软，任冲连忙回落桥面，向桥头快步行去。恍惚间他听到后面有桥梁断裂的声音。不敢回头看，任冲疯跑起来，把自己融进迅速掠过的风中。他觉得桥梁的裂口正追逐他的脚步，每当他跑出一步，桥梁就在已经抬起的后脚下裂开。前面马路上的行人看到这男孩，都诧异他怎么跑得如此之快。任冲跑出大桥很远了，才敢停下来。喘完气后，他慢慢地回过头，大桥好端端地架在那。甩了甩脑壳，任冲决定回家。因为比起寒气弥漫、变幻莫测的江水来说，家里虽然有打骂在等待着他，但毕竟温暖可靠得多。

任冲跨进屋门的时候，宋巧云已在床上面对墙壁躺了小半个下午。任冲考了倒数第十名的事实，将她美好的憧憬击得粉碎。当任安报告哥哥回来时，她翻身而下，拿起早放在枕头边的竹扫子。看到宋巧云咬着牙齿、红着眼睛、头发凌乱地向自己行来，任冲整个人像是浸在冰水里。让他害怕的不是即将来临的打骂，而是宋巧云悲伤绝望的神情。他一点也不愿意看到她这样。宁肯挨十顿打，他也不愿意看到她这样。当竹扫子在他脸上划出火辣辣的痛感时，任冲心里才好过一点。他咬紧牙，一声不吭，忍受着劈头盖脸的打骂。

“你读的什么鬼书……你以后只有变贼变强盗……”

宋巧云的骂声凄厉如门外的北风。任建国在一边站着，起初还说打重些，打醒他的脑壳，后来就不作声了，但也不好去劝，只有点起烟来大口地抽。任安躲在任建国大腿后，看着任冲脸上现出一道道红痕，两只眼睛蓄满了惊恐。最后他实在忍不住，尖叫起来：“哥哥快被打死了！”

宋巧云手一软，竹扫子掉落在地。任冲离死还遥远得很，不过脸上红痕交错，确实触目惊心。宋巧云又气又心疼，眼泪流了下来。仍是木木地不作声，但任冲在心里暗下决心：“以后一定要发狠读书，再不让妈妈气成这样了。”

过了两天，任冲行到前进街，把滑轮车扛了回来。陈勇考了倒数第六，总算让任冲得到点安慰。而苏建考了第七名，钱兵考了第二十名，这又让他颇为失落，再次兴起要发狠读书的念头。在年前的假日里，每天除了嗨会滑轮车，任冲基本上是待在家里做作业，结果提前把寒假作业做完了。这个表现让宋巧云对任冲的光辉前途又重新燃起了希望，当着他的面对任建国说：“冲冲晓得发狠了，肯定还是蛮有出息的。”

任建国呵呵地笑。任冲心里一阵激动，又借着这股劲把作业从头检查起，倒也查出不少错误。等他把全部作业都检查完了，新年也就如一辆慢吞吞的牛车驶到了眼前。

大年三十那天晚上，从江萍家吃过年夜饭回来，任冲和任安打开衣箱，第N次检查了放在里面的新衣服，确定并没有不翼而飞后，才放心地回到桌边，围着火炉守岁。到了十点钟，肚子已经空了，宋巧云用小鼎锅煮了一锅甜酒，还煎了几个糍粑。糍粑用足了油，金黄喷香。任冲用筷子夹着，蘸着白糖吃，不时喝上一口热甜酒。任安坐在对面，也学他的样，吃得口水与油水齐流。糍粑很饱肚子，甜酒也只喝得一碗。他们就学父母的样，把手伸到桌子下去烤火，听任建国和宋巧云讲白话，不时对望一眼，心窝里暖烘烘的，都希望永远这样就好。这时候外面是没有行人的。人人都在自己的家中，守着这平凡而实在的温暖，等待着新旧交替那刻来临。如果有什么足音，那就是时间行走的声音。任建国隔一阵就会看下表。这是他十年前托人从上海买来的。现在表壳有些发黄，但表针走动的声音依然清晰有力。他得意地向宋巧云说："上海货就是上海货，经事得很。"

宋巧云表示同意，并说："明年要买双上海出的鞋子，贵是贵点，但式样好，又蛮牢，可以多穿几年，还是划得来。"

这时任安已趴在桌上睡着了，任冲的眼皮也直打架。怕他俩着凉，宋巧云要他们到床上去睡。任冲马上努力睁圆眼睛，表示自己精神很好。任安从睡梦中挣扎出来，边摇脑壳边直起腰，同样表现出坚定的革命意志。这时外面响起沙沙沙的声音，像是千万个脚步轻盈的小精灵从天而降。起初以为落雨了，但任建国觉得又不太像，仔细侧耳听了一会。

“只怕是下沙雪了。”

听到下雪，任冲真正长了精神，从凳子上翻下来，打开门。任安也像只闻到肉香的小狗一样活了起来，屁颠屁颠地跟上去。浓黑中到处闪着银光。任冲行到檐下，伸出手去，感觉到有些冰凉的小颗粒在掌上弹跳。收拢手掌，飞快地缩回再摊开，借助屋内淌出的灯光，任冲看到掌上一片潮湿，中间闪动着两颗极微小的冰粒。他用另一根手指去点触，刚感觉到一点硬度，它们就消融了。任冲还不尽兴，把脖子扯成麻鸭那样长，舌头也吐得险些要掉出来。小小的沙雪落在舌尖上，在瞬间融化，冰冰的，有点隐约的刺痛，但又觉得过瘾。任安也想做鸭子状，却被出门看雪的任建国拦住，把两兄弟统统赶进屋去。

任冲意犹未尽，看着屋外，说：“要是落抛雪就好。”

任建国说：“沙雪是打底的，过两天就会落抛雪。”

任冲便和任安热烈地讨论怎么打雪仗。宋巧云把剩下的甜酒热了一遍，切了个煮熟的猪血丸子，又拿出些炒花生和葵瓜子。靠着这些，一家人熬到了零点。这时沙雪已经停了，就像放完了一则短暂的电影预告。任建国提前五分钟把一千响的电光炮拆了封，挂在根长竹竿上，等到时针离正点还有两秒钟的时候，就用香烟点燃，伸出门外。持竿的任务交给任冲和任安共同完成。几乎在同时，平房的每一家门口都炸响了鞭炮声，一团团电光在弥漫的硝烟中舞动，冷寂的雪夜霎时变得异常热闹。任冲使劲地吸气，想把硝烟味融进血液中去——这种味道让他觉得有说不出的好闻。一千响电光炮很快就吼完了，但耳朵里依然闹得有劲。不远处，远处，更远处，鞭炮声此起彼伏，不时间杂着雷炮的巨响，冲天炮的呼啸。任建国目光越过屋顶，说："要是站在高处看就好了。"

鞭炮退场后，就是花炮亮相。任冲和任安早把彩珠筒拿了出来。开始他们朝向对面的屋顶，后来齐齐对准门前的梧桐树。火球撞在树枝上，溅出五颜六色的火花，像些绚丽的发着亮光的小飞蛾在黑暗中闪动，连宋巧云也说好漂亮。只是每筒只有九珠，虽然喷的时间不算短，但在任冲和任安的感觉中，却只是一眨眼的工夫。他们每人还有一支，但舍不得一个晚上放完，便去欣赏其他小孩的花炮。

让任冲和任安惊讶的是，陈玉也没有睡，她的出场节目是小蝴蝶花炮。这种花炮玲珑小巧，点燃后在地上不断地旋舞，发出碧绿的光芒，就像陈玉穿着绿裙子跳舞。她手里的小蝴蝶似乎不少，放飞了一只又一只。任冲未免眼红，遂以帮忙为由，拿过来放。他的放法跟陈玉不同，拿在手里点燃后高高抛起，那蝴蝶就在天空急速旋舞。陈玉拍着手直说好看。但她自己不敢那样放，所以余下的花炮全由任冲包办。任安羡慕至极，从哥哥手里讨了一个，放在地上点燃了，遂也心满意足。等到全厂的炮声消失，空气中只有浓郁的硝烟味在流动，任冲和任安却还处于亢奋状态，被宋巧云硬揪着上了床。

第二天早上五点半钟，任冲和任安就被喊醒。过年的兴奋压倒了睡意，兄弟俩都很爽快地竖了起来，没有像往常那样抱着被子做难舍难分状。任冲的新衣有两个肩章，上面分别缀了颗金光闪闪的扣子，让他觉得十分神气。任安的新衣胸前则缀有小花猫图案，让他看了又看，觉得这小猫跟许琪琪一样可爱。任建国的新衣则是蓝色工装布制成的风衣，后面还剪了道燕尾。这个款式是厂里一帮师傅级的男工人们早就商量好的——统一着装，团拜的时候才显得整齐。宋巧云的新衣最漂亮，是红色的毛料女式西装。任安仰着头看了一会，说："妈妈像个电影演员。"

宋巧云脸上顿时绽开一朵大大的牡丹花，发红包的时候先给了他，让任冲嘴巴嘟了下狠的。红包内是六张五毛票，崭新挺括，像是刚从印钞厂行出来。任冲和任安都是一张张仔细欣赏了，然后叠得整整齐齐放进上衣口袋，把口袋扣子扣上，并不时用手去压一压，以确证钱还在口袋里。宋巧云忙着把糖果摆出来。任冲和任安积极予以协助，并不时手脚敏捷地往裤兜里塞上一颗。那些平常难得一见的软糖、芝麻片、威化饼、灯芯糕、姜片糖，都是他们密切关注的对象。这些被中途截留的糖，绝大部分被他俩存放在抽屉里，留待日后细细品尝。至于今天，有大量的糖果在别人家中等着他俩。

吃过早餐后，任建国、陈平、赵伟、孙治富、杨中华、王大成、何颂武这些住在平房里的资深男工人凑成一伙，先去给住在两层楼房里的头头们拜年。小孩们看到父辈们蓝衣飘飘的样子，一致认为很威风，并觉得各自的新衣黯然失色。他们也成群结队，挨户去拜年。这时全厂一般都是男主人出去拜年，女主人留守在家。如果是拜到自己家中，那个小孩就会先跑到家中向妈妈报告。其他小孩手持点燃的蚊香，口袋里装着拆散的小鞭炮，先在门口放上三五个，再拥进去，学着大人的样，口里喊着拜年，有的还抱着小拳头作揖。对前来拜年的小孩，大人也不会怠慢，每个人都要打发几颗糖果，一把瓜子或者花生。一趟年拜下来，每个小孩的衣兜、裤兜都会塞满。赵燕、罗佳、陈玉、戴娜这些女孩子讲究些，每人手里提个小塑料袋。拜完后大家都会清点战果，数一数有多少颗高级糖，多少颗一般的糖，然后开始悠然品尝。瓜子、花生这些东西小孩子们都不在意，通常是添加到自家桌上。

除了资深工人、小孩这两大拜年团体外，青工们也会三五成群地挨户来拜。他们通常会晚一点，因为怕各自的师傅外出拜年没回来。任冲回到家中的时候，正好碰到几个青工前来拜年，其中赫然有吴媛。在经历过贺薇事件后，她在男女关系上变得很无所谓，同时跟几个男人来往，其中有一个还是社会上有名的二流子。任冲听宋巧云在背后说她成了个“烂货”，这个字眼让他深受刺激。其实在任冲看来，吴媛还是跟以前一样，爱笑爱说，如果说有什么变化的话，那就是更漂亮更时髦了。她今天穿了件紫色风衣，脚上蹬着双罕见的高筒皮靴，头上盘了个高高的髻子，眉毛和嘴唇都刻意修饰过，明艳动人，宋巧云被她一照，就显得土气了。身边的两个男青工对她奉承有加，她爱理不理，看到任冲却笑盈盈的，还当他是三岁小孩，抱住亲了一口。见到任冲脸唰地红了，吴媛便说他是越大越怕丑了。宋巧云虽然不太高兴，但毕竟是过年，她还是努力维持住微笑，倒茶发烟。等他们终于行了后，也就快到中午了。任建国遂锁上门，带着全家向蔬菜场进军。

蔬菜场有些地已经卖给外面的人修建贴着马赛克的楼房，但更多的地方还是驻守着本场人住的砖屋。砖屋分两类：一类是红砖屋，如同中年汉子身体仍健尚能挺胸而立；一类是土砖屋，如同老年人气力衰微还在勉力撑持。任冲的爷爷任大发和叔叔任建军就缩在三间土砖屋内。屋的外墙被风雨冲刷得斑驳不平。黑夜二十四小时都驻守在屋内，二十五瓦的白炽灯泡通常在来了客人的时候才开着，看上去像随时会熄灭。宋巧云想着过年了，堂屋里应该明亮些才有喜气，特意要任建国提前带去个六十瓦的灯泡换上，并给了五元钱做多出的电费。结果这天全家到了蔬菜场一看，还是那个二十五瓦的灯泡，像朵暗淡虚弱的花开在空中。任建国来火了，冲着任大发说："你就这么节约了，二十五瓦的灯泡，开了等于没开。"

任大发嘟囔着说："我们反正过惯了。"

"今天是过年呢。那个灯泡呢？"

"建军拿去了。"

任建国把目光调向任建军。他嬉皮笑脸，双手笼在棉衣袖子里，袖口处油腻发光。

"灯泡呢？"

"跟别人换了包烟。"

恨不得一巴掌扇过去，但想想今天是过年，任建国还是忍住了，重重地吐了口气。任大发觉得不好意思，连忙招呼两个孙子吃糖，然后溜到后面厨房炒菜去了。任建军满不在乎地点了根烟，又递给任建国一根，被他挡了回来，便顺手夹在耳朵上。目光在桌上巡视了一遍，任冲和任安发现瓜子花生占了主要地位，当中点缀着一些最便宜的纸包水果糖和糖耳朵，失望之下，赌气跑到门外嗨去了。

门外有棵老槐树，树上垒了个鸟窝。现在槐树叶全掉光了，只剩下铁样的枝干刺向寥落的天空。那个鸟窝像个大钵子被树枝托着，显得安静而寂寞。任冲和任安仰着头瞻仰了一回，就里面到底有没有鸟的问题开起了小型研讨会。最后任冲认为：甩个鞭炮进去，就晓得有没有。他讲了就做，跑进屋去问任建国要了根烟点燃了，至于拆散的小鞭炮，早埋伏在口袋里。连点了几个掷向鸟巢，但鸟巢的位置高了点，而小鞭炮又太轻，不是在半路上提前炸了，就是失了准头。任冲有点火了，摩拳擦掌，打算爬到树上去。任安劝道：“莫爬了，鸟也要过年。”

任冲悟了悟，觉得自己的新衣服要是刮烂了不划算，遂点头说：“它们可能也去拜年了。”

见哥哥接受了自己的意见，任安很是高兴，提议去水沟边嗨。建议又一次被任冲欣然采纳。水沟起码有五里长，像条长蛇在飞龙县的地下盘曲迂回，到了蔬菜场总算见到阳光，从暗沟变成了明沟。它的实际功能是把县城大量的生活污水排向资江。任冲点燃个小鞭炮，往水里丢去，正好在入水的时候炸开，发出一声闷响，溅起朵小小的浪花。如果没入水就炸响或者完全入水后还没燃完引线，这游戏就宣告失败。任冲嗨得多了，锻炼出一种感觉，晓得什么时候丢出去恰好。任安怕炸着手，往往刚点燃就甩出去，无声无息地没入水中。任冲要他慢点丢，他也晓得哥哥说的是对的，但看到引线燃着手就发颤，忍不住急急地甩出去。任冲说：“你硬是胆小，跟只鸡崽崽一样，你看我呢。”说着点燃了一个鞭炮，捏在手中。引线迅速短下去，一点火花径直往炮口跑去。任安的目光追逐着那点微小的火光，忍不住尖叫起来：“快丢！”

本来想甩出去的，但听他这样说，任冲偏还要捏一下，才猛地丢出去。鞭炮在松开的那刻炸响了，任冲觉得右手指头一阵剧痛，忍不住飙出声哎哟。任安忙跑过来看，眉头皱得紧紧的，仿佛食指和拇指被炸脱皮的是自己。把手指伸到嘴里用力吮着，任冲才觉得好过一点，但拿出来后过了片刻，疼痛又像被吹进了空气的火灰堆那样重新燃烧起来。他要任安莫告诉爸爸和妈妈，省得挨骂。任安点点头，问他要紧吗。任冲把手甩了两甩，说：“小意思。”

吃饭的时候，任冲努力把筷子往掌心靠。他笨拙的姿势引起了宋巧云的注意，问他何解那样拿筷子。任冲只有恢复常位，筷子挤着伤口，脸上表情难免异常。伤口还是被发现了。由于挤压，看上去血糊糊的，宋巧云惊叫起来，问任大发有没有紫药水。没等任大发回答，任建国说：“这里哪有紫药水，先用点盐水洗一下，回去再涂紫药水。”

把任冲的手拉过去看了看，任大发说不要紧，从桌底的木炭盆里抓了点灰，在任冲伤口上抹了抹。宋巧云立刻又惊叫起来：“木炭灰脏死了，等一下还要感染。”

“不会呢，木炭灰治红伤最灵。建国建军小时候弄伤手了，都是敷木炭灰。”

把目光投向任建国，见他默认了，宋巧云才稍稍安心，又提醒任冲莫去碰伤口。任冲干脆用左手拿筷子，虽然几次差点把饭扒到鼻孔里，却觉得新鲜、好嗨。任安也想模仿，但被宋巧云呵斥住了。吃完了饭，任冲和任安领到了红包，就跳着要行。任大发想留他们，宋巧云问兄弟俩："爷爷要你们吃了夜饭再行，要得吗？"

任冲和任安把头摇得跟拨浪鼓一样。宋巧云便丢个眼色给任建国。任建国慢吞吞地站起身。

任建军对着宋巧云说："你们就行了，凳子还没坐热呢，再坐一下喽。"

宋巧云不去看他，对任大发说："爸爸，等下还要去几个朋友屋里拜年，下次再来看你。"

任大发点着头，把他们送到门外。行出蔬菜场，任建国问清红包里有几块钱，然后不无欣慰地说："爸爸还蛮大方，一个封了三块钱的红包。"

宋巧云说："还不是我们给他那五块钱，他再添一块钱，又还给我们。"

"你也莫怪，他有几分钱喽。"

"我不是怪他。你爸爸就是懒，心肠还是好。我就看不惯你那个弟弟，身强力壮，还靠着爸爸吃闲饭，丑不丑喽？"

任建国也把眉头皱得很紧，说："他总是认为我读了高中，他只读到初中，是他吃了亏。"

"那是你屋里太穷了，送不起了，又不是故意不送他的。"

"他不得那样想，总认为我要分一半工资给他。"

"他硬是想得美。"宋巧云把嘴巴撇到了最大限度，又看着支起耳朵听他俩谈话的两个崽，"你们要发狠读书，不然就变得跟叔叔一样，晓得吗？”

想到变成叔叔那副样子，任冲和任安都觉得真是太出丑了，齐声说：“晓得！”

回到家中后，宋巧云重新检查了任冲的伤口，发现有愈合的倾向，但还是不放心，给他涂上紫药水。之后并没有出去给什么朋友拜年，而是做了顿丰盛的晚餐。任冲和任安吃到肚皮发胀还使劲往嘴里扒菜。任建国也就着菜喝了四两昭市大曲，脸上红红的像是火光映照。宋巧云一向胃口秀气，没吃多少，但看到崽和男人吃得酣畅，心里异常满足。

到了晚上，厂里的小孩都不约而同地聚集在球场上，手里拿着各式各样的花炮，像一群小神仙携带着随身法宝来开斗法大会。任冲任安擎着各自的九珠彩珠筒，但看到杨真的彩珠筒比他俩的长了一截，就改高擎为倒提了。陈玉的小蝴蝶花炮固然好看，但比起戴娜提的那一小袋形状各异的花炮来，未免黯然失色。好在戴娜已经没跟陈玉黑脸了，愿意和她一起分享这些花炮。陈玉不忘向任冲招手。虽然不太想跟戴娜说话，但任冲抵制不住那些漂亮花炮的诱惑，还是行了过去。当他用手拨弄花炮的时候，戴娜也没出声反对。任安也把脑壳伸了过去，看到了一只形状如老鼠的花炮，眼睛顿时亮如黑暗中的小猫。任冲却对一只飞机形状的花炮发生浓厚兴趣，拿在手中反复观看。赵虎、陈松也围了过来。戴娜马上把袋子攥紧，警惕地看着他们。

赵虎说：“娜娜，给我们看一下。”

戴娜想了想，说：“只准看。”

看了一会，陈松说：“娜娜，给我们放一个喽。”

“不行！”

要是换了陈玉或是孙爱红，赵虎早动手抢了，但戴娜的爸爸是管钱的，在厂里很有地位，赵虎他们只有讪讪地行开了。见赵虎都未能得逞，周明何春生更不敢来打主意了，老老实实地放自己的花炮。除了杨真的十二珠彩珠筒还有点威势外，他们那伙的法宝都乏善可陈：周明的“满天星”非但蹿起的高度只有十几厘米，而且噼里啪啦了十多秒钟就完事了。何春生的也是立在地上喷烟花的那种，看起来要高大一些，但放起来不成束状，而是砰地大响一下，让人以为是在放雷炮，蹿到两米高后才绽开烟花，但并不绚丽，甚至可以说是单调。以为要连喷几次的，何春生等了有半分钟，还是哑然无声，只从空中落下一顶土黄色的纸降落伞，顿时气得上前一脚把花炮踢飞。孙爱红拿的是精瘦的火花棒，五分钱一根，点燃了就冒火花，可以拿在手中挥舞，大约不到二十秒就燃到头了。杨真忍不住鄙夷地说：“这么便宜的花炮，放起有什么味？”

孙爱红耳朵顿时烧得厉害，燃完一根后，就一声不吭地躲在夜色里。

相较之下，任冲这边就显得多姿多彩。先出场的是架小飞机，喷着红火，带着呼啸在半空中飞翔，还转了两个弯，在博得了一阵喝彩声后才肯熄火着陆。任冲飞跑过去，捡起报废的飞机花炮，也不管戴娜同不同意，就塞进自己口袋。此后是只浑身发光的老鼠尖叫着飙了出来，在地上左冲右突，拐弯、绕圈、掉头又迅速折回，仿佛在使尽浑身解数来摆脱一只大家看不见的猫。就在任安盘算着等它报销后立刻跑去捡回来的时候，砰的一声大响，它居然炸开了，散出五颜六色的火花，在夜色中飘了好一会才完全熄灭。任安惊讶之下，一阵失望，以至于当戴娜催他们放自己的花炮的时候，还像块木头一样没反应。任冲干脆把他那根彩珠筒分给陈玉放。陈玉还不太敢握着放，任冲说："你要是怕，就跟戴娜一个一只手拿着。"

戴娜本来也有点怕的，但听任冲这么一说，还是伸出只手握在彩珠筒的末端。陈玉也伸出只手握着。任冲替她俩点燃了。火花隐入筒内有好几秒钟，却还不见声响。戴娜和陈玉对望一眼，手都有点抖，生怕彩珠筒突然爆炸。这时砰地响了一声，一颗彩珠喷了出来，却几乎是平行射出。

"举高点！"

她们放下的胳膊才重新扬起来。每响一下，就发出兴奋的尖叫，在叫声中半空便绽开朵美丽的花。任冲也点燃了自己的那根，试图去拦截她俩的彩珠。因为发射时间和频率都没套准，没有一次成功。但两道彩珠的长痕在空中擦身而过，像两条绚丽的长长的织带互相交错，倒也不比相撞逊色。等彩珠喷完，任冲、陈玉和戴娜都是眉开眼笑，连说好看。

这时蹿出个带哭腔的声音："那是我的彩珠筒！"

任冲一看，是任安在申诉，马上指出："你也放了戴娜的花炮，她放你的有什么要紧？"

任安无言以对，但还是觉得自己吃了亏，不停地耸鼻子。陈玉忙说："你拿我的去放。"说着把五六个蝴蝶花炮都捧过去。任安拿了一个，看了陈玉一眼，又拿了一个，就不肯再拿了。他只放了一个，另一个收在口袋里，便觉损失得到弥补，心满意足。任冲怂恿戴娜继续放。戴娜立了个大花炮在地上，自己点燃了。这花炮引线燃烧的声音特别响，像一条小蛇嗖嗖爬动。任冲担心它比雷炮还响，捂住了耳朵，却看到里面升起一棵金色的小树，足有米把高，许多银色的小星星在树枝上跳跃。任冲、任安、陈玉、戴娜忍不住鼓起掌来，欢喜赞叹。杨真孙爱红都张开了嘴，远远地看着，眼睛动也不动。周明何春生又羡又妒，头虽然扭到另一边，但还是忍不住去瞟。等火树渐渐矮下去，最终缩回到花炮筒中，任冲大声说："这才是真的'满天星'！"

周明低下头，一腔怨气不好发向任冲，全集结在自己妈妈身上，只在心里怪她没给自己买高级花炮。

然后是陈玉放了几个蝴蝶花炮。任冲鼓动她拿在手上点燃再抛，她答应了，但临到点火那刻却又缩回了手，坦承自己实在是怕。戴娜却觉得这样放有意思，再加上成功施放彩珠筒后，胆子磨得大了一些，遂拿在手上，要任冲帮她点燃后，马上抛了出去，但因为紧张，抛到自己头顶上空。那只蝴蝶就在他们头顶上乱舞。戴娜、陈玉都尖叫着蹲在地上，抱着头。任冲和任安跳到一边，仰头看着蝴蝶转了几个圈，就往花圃方向掠了过去。戴娜跟陈玉站起来后，彼此看了一眼，咯咯地笑个不停。见他们如此快活，周明他们待不下去了，气冲冲地离开操场。孙爱红却恋恋不舍，回头望了好几次。

把剩下的花炮一一放完，任冲过足了瘾，开始重新觉得戴娜可爱了，至少是很大方。这时有一点白色的东西飘了下来，很轻，很细，然后是两点、三点。他们都往空中看去，开始只看到一片深蓝，仿佛大海倒悬在头顶，但没多久就能看清一些白点在深蓝的水中朝地面游过来，而且越来越多，也越来越大。

怔怔地看着，任冲突然大叫："下雪啦！下抛雪啦！"

其他三人像是在梦中被人点醒，也跳了起来，用手去捉。雪花都是些轻功高手，往往轻盈地一扭腰，就躲开了。偶尔被捕获，也迅速消融，像是有隐身术。但这并不能妨碍他们激情喷涌，像四只小兽一样在雪中跑着、跳着、喊着、笑着。

在这一刻，春节的快乐达到了顶点。而在操场的另一角，王军躲在夜幕的后面，睁着孤独的眼睛看着他们玩闹。当任冲感应到他的存在，扭头往这边张望时，他立刻转身，像只野猫那样悄无声息地行远了。

9

快开学的时候，又落了次抛雪，远比第一场丰盛。气温也降到了最低点，似乎冬天杀了个回马枪，要狠狠地冷上最后一把。平房瓦檐边沿垂下的冰柱最长至一尺多，通体晶莹，像小宝剑在阳光下闪烁。任冲掰下两把"宝剑"，跟任安各拿一把，冰到手痛都不肯放；口中霍霍有声，在屋后展开了打斗。没斗上几下，碰撞稍稍用力，宝剑就双双断裂。任冲任安心疼过后，又继续去掰。整栋平房后面稍长一点的冰柱，都是这样壮烈牺牲掉的。那些短小一点的冰柱，则被两只馋猫当成冰棍来吮。宋巧云看见了，立刻来拧他们的耳朵。拧得生疼生疼，还骂他们是不是想进医院打针了？据她说，这里面很多细菌，邋遢死了。任冲和任安在她行后，又掰下两根来反复观察，觉得清亮透明，干净得很，哪里有什么细菌？只是冷天吮冰柱，并不觉得如何好吃。任冲灵机一动，说："干脆我们挖个洞，把冰埋起来，等到天气热的时候再挖出来做冰棒。"

任安连声说要得，看着哥哥，眼睛里发出无比钦佩的光芒。任冲越发觉得这个主意极妙，连忙跑去告诉陈玉。陈玉也感到新奇，只是担心会融掉。任冲说："我们挖深点就是。"接下来他们讨论用什么来装冰。任安提出直接就埋到土里。瞪了他一眼，任冲说："那太邋遢了，根本吃不得，你真的是傻得要死。"

任安也觉得自己傻，吐了下舌头，不再发表意见。任冲想用坛子来装。陈玉也觉得坛子好，盖得严实，不怕虫子爬进去。但回去一找，两家的坛子都装满了酸菜。三人再开碰头会的时候，陈玉提出铁皮饼干盒也盖得很严，不比坛子差。但是铁皮饼干盒是用来装高级饼干的，任冲家有两个，吃空后被宋巧云用来继续盛散装的糖果。陈玉家也有两个，一个用作糖果盒，一个被陈红心用来装针线和扣子。无论谁家，只要其中一个突然失踪，肯定会遭到严厉追查。任冲正想提出用硬壳纸盒来装，陈玉眼睛一亮，说："戴娜家有很多这样的饼干盒，可以问她要。"

三人马上踏雪来到戴娜家，把她喊了出来。一听这个主意，戴娜就说："蛮有味，是哪个想出来的喽？"

"肯定是我啦。"

“你还蛮灵性。”

任冲忘记自己考了倒数第十名，扬扬得意地说：“那还用讲。”

戴娜的慷慨出乎他们意料，一举贡献出两个空饼干盒。陈玉拿了一个反复摩挲，觉得上面的花真好看，说：“你真的舍得？”

“我屋里还有好多。”

三人都对戴娜家的富有表示出毫不掩饰的羡慕。但是关于埋藏的地点，戴娜跟任冲发生了争执。任冲想埋在自己屋后的梨树下。戴娜却嫌离自己家太远，提出就埋在幼儿园的墙外面。两人谁都不肯让谁，最后请陈玉来当裁判。

陈玉说：“埋在幼儿园好是好，但蛮多小孩子在那嗨，容易被发现。反正到时候挖肯定要我们四个人到场，埋在哪里还不是一样？”

戴娜听得入耳，也就同意了任冲的方案。

挖土的工具由任冲提供，是任建国为钓鱼而挖蚯蚓用的小锄头。本来以为三下五除二就会出现个大洞，但挖到手酸，还只掘了个小坑。陈玉要来帮忙，任冲喘着气说：“你们妹子莫管。”然后让任安接手。兄弟俩挖了足足半个小时，头顶腾腾地直蹿热气，才把洞挖好。陈玉和戴娜装满一盒冰，一盒雪，把盖子压严实，叠放进洞内。盖上土后，任冲又用脚把地踩平，然后说：“你们都记住这个地方，等‘六一’儿童节的时候再来挖。”

任安、陈玉、戴娜都带着美好的憧憬点点头，仿佛正在别人惊异的目光中品尝着穿越季节的冰凉。

把雪埋好后，任冲越想越觉得兴奋，觉得到时可以让爸爸和妈妈都大吃一惊，跟着宋巧云去报名的时候，也兴高采烈。看他摇头晃脑的样子，赵秋云很严肃地说："你成绩这么差，干脆退学算了，过了暑假再读个一年级。"

像被当头浇了一桶冰水，任冲把求援的目光投向宋巧云。她居然不跟老师求情，还说："要得，哪个叫他读书不攒劲。"说完就把他往外拉。

一阵前所未有的惧怕紧紧攫住了任冲，他一屁股坐在地上，抱住桌腿大哭起来。宋巧云看了赵秋云一眼，忍住笑，说："莫哭了，快起来，你跟赵老师做个保证，要发狠读书。"

任冲马上爬起来，用手背使劲擦着眼睛，胸脯一起一伏，说："赵老师，我保证发狠读书。"

"那你要记得呢。这个学期要是还考得这么差，我就要你留级的。"

"我记得。"

"那你要听赵老师的话，晓得吗？"

"我晓得。"

就像一个由实刑改为缓刑的小罪犯，任冲面对老师的宽宏大量，不胜感激，再次流下了热泪。

这个学期，任冲的表现让老师们刮目相看。他不再捣蛋，而是把腰挺得笔直，目光始终追随着老师，瞎子也看得出这学生是在认真听讲。老师们一提问，他总在第一时间里把手举得高高的，想忽视他都不行。下了课也经常泡在教室里和陈玉共同探讨学习问题，让陈勇大为惊讶。为了提高答问的准确性，任冲一改从不预习的做派，每天回到家就赶着把作业写完，吃饭后和陈玉一起研究明天要上的课文。任安央求任冲把第一学期的课本移交给他，并不惜贡献出一半新年里储藏的糖果。任冲和陈玉围在桌子边预习的时候，他也摊开书本，一页一页地翻阅，或是听任冲和陈玉念书。

见他一副比自己还要认真的模样，任冲问："你到底看得懂吗？"

"反正看起来蛮味。"

"你又不认得字，何解看起来蛮味呢？"

任安抓了抓脑壳，不晓得该怎么回答。陈玉笑着说："你老弟喜欢看就让他看。"任冲这才放过他。

见孩子们如此发狠，宋巧云满心欢喜，有时连电视也懒得去看了，就坐在桌边打打毛衣，欣赏孩子们认真读书的样子，心里熨帖得很。陈红心无事时也过来看看女儿，跟宋巧云聊聊家常。当她的面，宋巧云一再夸奖陈玉。陈红心笑着说："你这么喜欢，干脆给你做女算了。"

"做女你怕是舍不得，把我做媳妇要得吗？"

"要得啦，只怕冲冲不得肯。"

"他有什么不肯的？玉玉又乖态又聪明，脾气又好，哪点不好喽？"

任冲本想大声宣布：我肯！但听宋巧云这么一讲，反而赌气不说了，只顾去看课本。陈玉也装作没听到，但眼睛亮亮的，脸上飞红。任安瞅瞅任冲，又瞟瞟陈玉，嘿嘿地笑。宋巧云在他脑壳上轻轻拍了一下，说："你在这里傻笑什么？"

任安也不晓得自己笑什么。任冲突然说："老弟要讨许琪琪做老婆。"

"没有，你乱讲。"

"你有什么好东西就收着，自己舍不得吃，带给许琪琪吃。你还跑到外面田里摘油菜花，插到许琪琪脑壳上，以为我不晓得？"

因为证据确凿，事例充分，任安无法反驳，只是涨红了脸。陈红心笑得露出了牙龈，说："你这两个崽都替任建国，狠得死，将来找老婆根本不用你操心。"

宋巧云脸色有点变。晓得说错了话，陈红心马上转移话题，跟她讨论起打"半斤纱"的针法来。

似乎62班有同学练就了顺风耳，第二天早上，教室墙壁上赫然出现一行粉笔字：陈玉是任冲的婆娘。还画着两个小人抱在一起，一个底下画一竖，一个底下画一圆圈。陈玉看了，立刻就掩面哭起来。任冲头发都竖了起来，骂道："哪只猪写的？你屋里娘卖姿。"

一室寂然，人人脸上表情都很紧张，生怕自己被任冲看成那只猪。戴娜拿黑板刷擦掉，又劝了一会陈玉。眼见要上课了，赵秋云行进来，见气氛不对，问明情况，眉头就锁了起来，说："有些同学，麻雀大的人，睾子还没长全，脑壳里就不晓得在悟些什么。陈玉是帮助任冲学习，有什么要不得？下次要是发现还有这样的事，我就要这个同学喊家长来。"

一听到喊家长来，同学们都不寒而栗。陈玉也觉得有了保障，不再哭了。只有任冲怒气未消，一门心思要把这个人找出来。下了课，他就到昨天值日搞卫生的那组人中去打听，得知最后行的是蔡集贤。中午放学时，出了校门他就把书包甩给陈玉，行到蔡集贤面前，推了他一下。

蔡集贤脸有点发白，问："你做什么？"

"那句话是你写的吗？"

"我没写。"

"明明是你写的。"

"你莫乱讲，你又没看到。"

"昨天值日，你是最后一个行的。"

"昨天我是最后一个行的，但今天我又不是最早一个来的，你晓得是哪个写的？"

"就是你写的。"

"你莫霸蛮。"

"写了还不承认，你娘卖姿。"

"你娘卖姿。"

话音还没落，蔡集贤鼻子上就挨了一拳，有湿湿的东西流下。他摸了一把，满掌是血，顿时大叫起来："你打得我出血了，我要你赔医药费。"

听到后面这句，任冲倒也有些害怕，第二拳没有打出去。欧明上来劝架，任冲就势收了手，还不忘指着蔡集贤说："下次要被我捉到，我把你睾子踢爆。"然后背上书包，回到自己的队伍中。

盯着任冲的背影，蔡集贤从地上捡起块石头，想冲上去，但又不敢。旁边的同学劝他："算了，任冲是个猛子，你莫跟他打。"

蔡集贤松了手，擦擦鼻子，说："我告诉赵老师去。"便折回学校。

有人跑去告诉任冲。把脖子一挺，任冲说："是他做了坏事，又不是我，我还怕他告？"

第二天早自习时间，赵秋云把任冲喊到教师休息室，问他何解打蔡集贤。任冲觉得正义握在自己手里，理直气壮得很。但当赵秋云要求提供目击证人时，他就茫然起来，但还是不倒架子，说："我敢打赌是他。"

赵秋云又好气又好笑，说："哪个跟你打赌。下午放学你留下来写检讨。"

任冲忍不住叫起来："是他骂我和陈玉痞话，还要我写检讨书？"

"老师要你写你就写，不写你就莫来读书。你乱打人还蛮有理啊？"

任冲被点到死穴，顿时泄了气，只盯着脚下看，像是要把地面看出个洞来。

这一天他都闷闷不乐。陈玉问他怎么了，他怕其他同学听到，硬邦邦地戳出句："没什么。"就把嘴巴胶上。

到了下午放学的时候，任冲要陈玉先行。陈玉说："你这组又没搞卫生，你是不是又想到哪里去嗨？"

"没有。"

"那你要做什么？"

任冲正一肚子闷气，忍不住鼓起眼睛说："你问这么多做什么？

真的是闲事婆婆。快行呢！”

看着陈玉闷闷地离开，任冲鼻子突然一酸，赶忙低下头。他也不想让搞卫生的同学看到自己在写什么，就跑到教学楼的天台上，在栏杆上写了平生第一封检讨书。写完后一看，四五行的检讨书，拼音字母倒快占了一半。

把检讨书送到赵秋云家里的时候，她正坐在桌边择豆角。看了一遍后，她说：“你的前鼻音和后鼻音分得蛮清楚，看来这个学期还是发了狠。”得到这意外的表扬，任冲顿时心里涌起一股暖流。当赵秋云以亲切的口吻说：“记得呢，以后莫乱打人了。”任冲几乎是心悦诚服，鼻子又是一酸，再次暗下决心，一定要成为好学生。

回到家中，任冲翻出自己珍藏着的酥糖，然后行出门。陈玉正在梧桐树下做作业，瞟了他一眼，继续挥笔疾书。当任冲把手掌伸到她鼻子底下时，陈玉把头一偏，皱着眉头说：“你做什么？”

任冲笑着说：“给你糖吃，要不要？”

“不要。”

“蛮好吃呢。”

“我不要你的糖吃，你只莫恶我，我就蛮感谢你了。”

任冲搔着后脑勺，不晓得说什么好，手掌就僵在那里。陈玉侧过头来看着他，嘴角隐隐泛出笑容，又努力忍住，说：“你告诉我，你刚刚做什么去了？”

“是赵老师要我留下。”

“要你做什么？”

任冲往后面看了看，然后说："你千万莫告诉别人。"

"我何解会呢？"

"要我写检讨。"

陈玉脸色马上变得柔和起来，轻声说："没得什么事吧？"

"没得。"

"你何解不早告诉我？"

"有同学在边上，我怕他们听到，丑得很。"

"你呀，真的是太爱面子了。"

"你莫告诉我妈妈。"

"我晓得。快来做作业。"

"先吃了糖。"

陈玉剥开一颗，看看旁边没有人，就塞到任冲嘴中，再剥了一颗放到自己嘴巴里。两人互相看着，脸上都流淌出很蜜的笑容。

在任冲的感觉中，时间慢如一只蜗牛在爬。也不知爬了多少个日子，总算到了期中考试这天。他这次走了极端，硬是等到最后一个才交卷。成绩出来后，是第十九名。宋巧云特意买了只鸡回来犒劳任冲。两条大鸡腿都归任冲享用。任冲盯着鸡腿看了会，说："我要把一条给陈玉吃。"

宋巧云说："哎呀，我没想起，是要谢谢玉玉。还亏你记得，要得。"然后用只菜碗装上鸡腿，又夹了几大块鸡肉，要任冲送了过去。

陈玉仍然是第一名，但没有得到犒劳，正暗自觉得委屈。见任冲送来鸡腿，顿时满脸放出阳光。陈松目光死死盯着鸡腿。任冲还没行出门，他就嚷着要吃。陈平骂道：“不怕丑，这是送给你妹妹吃的。考了个倒数第五名，还好意思抢鸡腿吃。”

陈松嘴巴嘟得像里面塞了块大鸡肉，目光转向陈玉，盼望她主动让出。陈玉不作声。陈红心正想提出把鸡腿剁开，一个一半，却瞥见任冲还站在门口，眼睛睁得大大地望着他们，不好意思表露得太过偏心，便对陈松说：“妹妹吃鸡腿，你吃鸡肉算了。”

听到这句话，任冲才肯行出去。回到家里，他还特意报告了此事，并得意地宣称：“要不是我看着，那条鸡腿就被陈松吃了。”

宋巧云慨叹道：“陈红心封建思想蛮严重，重男轻女。陈松调皮得要死，成绩又差，当不得陈玉一个手指头，还看得那么重做什么？”

任建国笑道：“你要是有一个崽一个女，还不是一样偏心？”

白了他一眼，宋巧云说：“我好歹也是个高中生，思想开明得很。不管是崽是女，哪个听话，读书攒劲，我就喜欢哪个。”

这话掷地有声，说得任建国哑口无言，嘿嘿笑了两声。任冲听了，觉得压力不小，考个十九名显然还不够。而任安听了，恨不得明天就去报名读书，考个一百分回来，好让妈妈喜欢自己。

过了两天，到了星期日。任冲做完作业后，又一次想起埋在树下的冰雪，心里便痒得厉害。实在忍不住了，便向陈玉提出挖开来看看。陈玉说：“讲好到‘六一’儿童节再挖的。”

“我怕蚂蚁爬了进去，先挖出来看看，要是还好就再埋进去。”

“那样太麻烦了，你等了这么久了，再等一个月有什么紧？”

“现在是五月份了，做冰棒做也做得了。你悟一下看，六月份到处都是卖冰棒的，我们的冰棒肯定不稀奇了。要是现在做出来，保证看到的人都觉得蛮稀奇。”

任安这两个月里独自跑到梨树下打量过很多次，听到哥哥的提议，便在一边嚷着挖开算了。陈玉也觉得任冲说得有道理，想了想后，提出还是问一下戴娜。任冲便要她去把戴娜喊来，自己却提着小锄头，和任安跑到梨树下，先动起手来。等到戴娜赶来，梨树下已经耸起了一堆土。对他俩提前开挖，戴娜倒没意见，只是说：“那两个盒子都是我的，做好冰棒后，我要吃两个。”

陈玉和任安都说要得，任冲却说：“那你要送一只盒子给我。”说完，他虎视眈眈地看着戴娜，似乎要是她不同意，就要在她头上锄个洞。戴娜被他看得有些害怕，来不及去想这个交换是否划算，连忙点头同意。

这次挖起来锄头要吃土一些，进度比上次快。等到盒子逐渐露出的时候，四个人都兴奋起来。怕锄头把盒子碰坏，任冲跪在地上，俯下身去，用手挖了一会，把两个盒子相继端了出来。将盒子上的土都拂掉后，任冲怕自己手不干净，弄脏了里面的冰雪，要陈玉和戴娜来开。两人掰了半天，盒盖竟然没反应，像是被万能胶水胶住了。任安上去帮忙，手指头抠得通红，也没什么进展。任冲嘲笑了两句，让她们把盒子带到自己家中。洗干净手后，他大声说：“看我的！”便屈指做虎爪状，吐气用力，盒盖便咯咯作响，最后嘣的一声，开了。

任安、陈玉和戴娜都凑过去，满以为会看到耀眼的冰雪，谁知竟是满满一盒水，还透着浊黄色。原来盒子里面都生锈了，盒盖就是被锈住的。任冲还不死心，又奋力打开第二盒，依然是满盒浊水。四人你看看我，我看看你，都不说话。任建国正好从外面回来，见他们一脸沮丧，便问是怎么回事。任冲、陈玉和戴娜都不好意思说，还是任安如实交代了。任建国忍不住哈哈大笑。任冲红着脸不吭声，把盒子端到门外空了水。戴娜见盒子生了锈，不肯要了，全送给任冲。

任冲到手两只盒子，虽然冰棒没做成，也算是有所收获，脸上又变得晴朗起来。他用砂布将铁锈一点点磨去。尽管摩擦的声音刺得寒毛都竖了起来，任冲还是一丝不苟地完成了全部工序。盒子又变得漂亮起来，让任安好生羡慕，吸着鼻涕说："哥哥，给我一只喽。"

"你想得美。"

任安实在很想拥有一只这样的盒子，他不敢跟任冲硬要，便去找宋巧云撒娇。宋巧云对任冲说："你反正有两只盒子，送一个给老弟，要得吗？"

"我讲好给陈玉一个的。"

任安马上指出："哥哥没讲。"

"我想给陈玉啦，你要何解？"

见哥哥对别人竟然比对自己好，任安伤心地哭起来。宋巧云连忙替他抹眼泪，说："妈妈以后给你买个盒子，比哥哥的要漂亮蛮多。"

"我不要，我就要哥哥的。"

"你哭喽，我就不给你。"

看着任冲横眉怒目的样子，任安愈觉委屈，泪水成片地迸出来。宋巧云正拿着两兄弟没办法，陈玉闻声而出，问清缘由后，眼睛亮亮地对任冲说：“你把哪个给我喽？”

任冲一手端着一个，说：“随你选。”

陈玉便挑了个有熊猫图案的，然后递给任安，说：“我的给你。”

听得这话，任安止了哭，不敢置信地看着陈玉。

“还不快谢谢玉姐姐。”

任冲眼睛瞪得大大的，看着任安从陈玉手中接过盒子。

“你看玉玉比你懂事多了。”

任冲大声说：“我也蛮懂事。”然后把另一个送给陈玉。陈玉推让了一番，在宋巧云的劝说下，还是收下了。她抚摩着盒盖上的牡丹图案，满心欢喜，因为她很早就想拥有一个这样的盒子了，更何况这个盒子还是任冲送给她的。任冲则得到两句表扬，两手空空地站在那里，看着陈玉和任安摆弄着盒子，首次深切地品尝到做一个高尚儿童的滋味。

星期一上学的时候，赵秋云宣布“六一”儿童节前，班上要发展一批少先队员。任冲对高年级学生脖子上火一样燃烧的红领巾向往已久，觉得自己大有希望，暗自激动了好一阵。等到赵秋云把名单宣读完毕后，他就像个充足了气的皮球被戳了个大洞，迅速蔫下去——这次一共发展十个同学，也就是期中考试的前十名。

过了两天，全校加入少先队的同学都集合在水泥坪上，对着少先队旗宣誓。欧明、陈玉、蔡集贤、苏建他们把手举得高高的，满脸都洋溢着幸福。欧明当上了一年级的大队长，陈玉当上了62班的中队长，这倒也罢了。杨真那家伙居然当上了63班的中队长，戴着方缝了两条红杠的臂章，刺得任冲眼睛发酸。眼泪几乎要流出来了，任冲咬紧牙深吸气把眼睛睁大才勉强忍住，但心里难免有种被遗弃的感觉。陈勇站在他旁边，刻意摆出不屑的表情，双臂交叉抱在胸前，像极了街上的小痞子。但这个造型没摆多久，在赵秋云目光的扫视下，他又赶忙恢复成两手贴腿垂直站立的姿势。

放学后回家的时候，苏建把胸脯挺得高高的，恨不得让飞过的鸟也能看见他的红领巾。行了一会，他发现任冲、陈勇和钱兵三个人直往前面冲，连忙加快脚步跟上，说："行这么快做什么？"

任冲转过头，恶狠狠地说："我们行我们的，关你什么事？"

苏建一愣后，说："我哪里惹你们了？"

陈勇说："你现在是少先队员了，还跟着我们做什么？"

苏建胸脯顿时瘪了下去，小声说："你莫这样讲喽？"然后把求援的目光投向钱兵。钱兵和他的目光一触就移开了，仿佛眼前站着的是个国民党特务。几乎要急哭了，苏建跺着脚说："你们到底要何解？"

任冲跟陈勇对视一眼，然后说："除非你跟我们嗨的时候，莫戴红领巾。"

苏建踌躇着道："要是被赵老师看到，那何得了？"

任冲说："在学校里随你戴。"

苏建瞟了一眼行在前面的欧明，伸手握住红领巾，一副要取不敢的样子。

陈勇不耐烦起来，说："你取就取，莫取就莫取。"

苏建一咬牙，伸手去解红领巾。陈玉看到了，凑到任冲耳朵边说了两句。任冲说："算了，等散队你再取。"

苏建如蒙大赦，感激不已。见他这样，任冲觉得能成为少先队员的人也不过如此，愈加感到愤愤不平。行到大井边上时，他对陈玉说："你先回去，我要跟他们嗨一下。"

晓得是自己崭新的红领巾和臂章冒犯了任大少爷，陈玉觉得他的小心眼有些可笑，却不好说破，应了声要得，就和戴娜、欧明先行了。没想到戴娜也一副闷闷不乐的样子。欧明问她怎么了，她说："你和陈玉都戴上了红领巾，就我没有。"说话间，眼泪就掉了下来。

陈玉连忙说："你明年肯定可以加入。"

戴娜摇摇头，说："我读书没得你们狠。"

欧明说："你唱歌跳舞比我们狠啊。我最喜欢看你跳舞了。"

陈玉说："我最喜欢听你唱歌。"

被他们捧得云里雾里，戴娜忍不住破涕为笑。第二天上学时，她特意扎了块镶金丝的红绸巾，像朵红云飘动，比任何人的红领巾都抢眼。赵秋云看到了，笑着说："戴娜今天好乖态哦。"

钱亚男看到后，却有不同意见，在教师休息室里对赵秋云说："戴娜读书不太发狠，专门喜欢打扮。"

打量着钱亚男的两条粗辫子和一身蓝布衣服，赵秋云说："她是文娱委员，打扮得乖态一些也不要紧。"

赵秋云说这话的时候，杨洁心正在班上挑学生练集体舞，为“六一”儿童节的全校文艺会演做准备。任冲看着戴娜、欧明、陈玉相继被点名，紧张得有些喘不过气，生怕自己又一次被排除在外。好在杨洁心的选择标准不是看成绩好坏，而是看长得逗不逗爱。虽然身材略显粗壮了一些，但亮晶晶的大眼睛和红扑扑的圆脸蛋帮助任冲顺利入选。苏建也被点了名。陈勇和钱兵又一次落选，垂头丧气。任冲也替他们难过，但当看到蔡集贤没选上时，忍不住又高兴起来。这家伙居然还站起来问:“杨老师,我是副班长,何解不选我去跳舞？”

杨洁心说：“你去问赵老师喽。”

蔡集贤真的跑去问赵秋云。赵秋云说：“杨老师选哪个去就是哪个去，不准多问，晓得吗？”

瞟见蔡集贤头栽栽地从教师休息室行了出来,任冲大声说:“有些傻瓜，杨老师讲的话也不听。”

那些被选中的同学都哄笑起来。蔡集贤脸涨得通红。今天正好轮到他值日，下午快放学的时候，他在黑板上写下了几个讲小话和做小动作同学的名字，全部都是被挑选排练集体舞的。这些人也无话可说，因为他们委实异常激动，以至于上课的时候都在摇来晃去。任冲却没有被记名，因为他晓得蔡集贤会报复，上课时的表现简直无懈可击。而没有明显的把柄，蔡集贤绝对不敢乱记他的名字。

回到家中后，任冲马上报告了参加跳集体舞的事，并说杨老师要求男的穿白衬衣、蓝裤子和白球鞋。宋巧云却没他那么激动，她想白衬衣和蓝裤子有现成的，唯独白球鞋要买。但这个月因为有几项意外支出，钱用得差不多了，就剩了些菜钱，能否支撑到下个月发工资还难说。银行里倒是有三百块钱定期存款，但没有到期，要是因为买双球鞋而去提前支取，那太不划算。琢磨到此，她便对任冲说，球鞋太贵了，穿你那双单布鞋去跳就要得了。

任冲正想着明天中午去百货公司把球鞋买到手，下午就可穿着排练了，听得此话，如遭雷击，脸马上就烂开了。宋巧云连忙说："那你先去跳着，等妈妈凑够了钱再买。"

"那你要快点！"

宋巧云叹了口气，摸着他的头说："要得呢，你莫急。"

第二天上午，任冲根本就没听进课，老想着球鞋的事。当他得知陈玉中午就可穿上新鞋时，一颗心顿时像是被放到火上烤。到了中午吃饭的时候，他催问了宋巧云几次。宋巧云心烦意躁，说："考个倒数第十名也没看到你这么急，没得球鞋未必就跳不得舞了？"

任冲把筷子一拍，碗一推，对着桌面怒目而视。

"你才吃了几口饭，就不吃了？"

"不吃了。"

"你有本事就再也莫吃，看饿倒哪个？"

任冲一动不动，和宋巧云僵持着。任建国说："快吃，明天我帮你去买。"

宋巧云瞪着他，说："你哪来的钱？"

"我先借着，等发工资再还。"

任冲对任建国顿时充满感激，同时极其不满地剐了宋巧云一眼，把饭碗拢过来，往嘴里一口口地扒着饭。

下午排练的时候，任冲发现只有自己蹬了双黑色单布鞋，恨不得把鞋子用裤脚包起来。其他同学虽不敢公然嘲笑他，但目光难免有些异样。杨洁心也觉得他那双黑鞋子刺眼，问他何解不穿球鞋来。任冲强忍住羞愧，大声说："我爸爸讲了明天带我去买！"

杨洁心点点头，行到前头去了。任冲看着杨洁心做示范动作，心里却总是在担心爸爸是否借到了钱，以至于几个动作都出错，老被杨洁心训斥。而得到表扬最多的是戴娜和陈玉。两人的舞姿都优美动人——戴娜跳得奔放自如，像是彩蝶翻飞；陈玉跳得轻巧灵动，如同细柳飘荡。旁边有些没参加的同学在观看，目光都粘在她们身上。戴娜感觉到了，跳得愈加来神。陈玉则被看得有些羞涩，脸微微发红，尽量不去看别人，只顾专心致志地跳。只有和任冲跳到一起的时候，她才会露齿一笑，让任冲放松了许多，甚至还跳出了韵律感。

下午回到家中，任冲没有马上做作业，而是站在门口往长坡那边张望。时光像雨后屋檐上的水一样，一点一点往下滴，流得很慢。眼睛望得有点痛了，任冲才看到任建国和陈平、王大成有说有笑地从长坡那边行过来。他兴奋地蹦到门口的路中间，等任建国行近，响亮地喊了声："爸爸！"

任建国只是看了他一眼，又忙着和陈平说笑去了。等他行进家门，任冲跟了上去，问他借到钱没有。任建国漫不经心地说："你莫着急喽，明天总有双鞋把你穿。"

任冲稍觉安心，便搬出长凳到门口做作业。写着写着他心里又开始躁动起来，担心爸爸是哄他的。但又不敢再问，怕催得急了，爸爸又像妈妈那样发火不给他买了。吃饭的时候，任冲总是去瞟任建国，想从他的神态中寻找出蛛丝马迹来证明他是否把这事放在心上。任建国却只顾埋头扒饭，把苋菜嚼得极响。到了晚上，任建国去找工友打牌，任冲非要跟着去。在旁边站着看了半天，也没听到爸爸跟旁人提借钱的事，任冲赌气跑了出来。他不愿回家去，也不想跟别的小孩搭话，独自来到池塘边。

池水在夜色中泛着幽光，像一小块一小块打碎的镜子。任冲在池边呆呆地站着，突然蹦出个念头——要是家里不给他买白球鞋，就跳到塘里淹死算了。他想象着自己的尸体被拖到岸上，爸爸、妈妈和老弟都围着他哭，还有陈玉，肯定也会哭得稀里哗啦，不禁又悲伤又有些快意。这样想了一阵，他心里的气倒顺了许多，便离开池塘，去找陈玉温习今天老师教的舞蹈动作。

第二天上午，任冲还是蹬着一双黑布鞋上学。欧明见了，有些担心，课间把他拉到一边，轻声说："我屋里还有一双白球鞋，虽然是穿过的，但看起来不算旧，你要不要？"

"哪个要你的鞋子穿？"

见任冲陡然间变得脸红脖子粗，像只怒气冲冲的小公鸡，欧明一愣，说了句："你不肯要就算了，莫这样恶喽。"就行开了。

瞪着欧明的背影，任冲明晓得他是好意，还是忍不住痛恨他跟自己说这种话。咬了咬嘴唇，他暗下决心，要是家里不给他买鞋子，他今天下午就不来上学了。

中午回到家，任冲不再问关于买鞋的事，把一股怨气憋在肚子里，闷不作声。任建国觉得有些奇怪，吃饭的时候瞟了他好几次。这家伙只顾低头扒饭，似乎没打算理他。今天没什么菜，除了一碗苋菜汤外，就是从坛子里挖出来的剁辣椒。任冲用辣椒把饭和得通红，吃得飞快。怕他光吃辣椒上火，宋巧云要他吃点蔬菜，任冲很生硬地蹦出句："不吃！"

这两个字像石头一样硌得宋巧云心里不舒服，但她没能给崽买双新球鞋，未免愧疚，也就容忍了他这次小小的反抗。这让任安觉得惊奇，抬头看着宋巧云，没想到立刻招来训斥："你看我干什么，还不快吃？"

任安大觉委屈，但他不敢像任冲那样公然反抗，只是一粒一粒地把饭送入嘴中磨，以表不满。任冲吃完后，不下桌，就看着任安磨饭。过了一会，任建国也吃完了，也不下桌，而是点着根烟，抽了两口后，终于忍不住问任冲："你还要买鞋吗？"

听到这句话，任冲眼泪几乎要飙出来，仰望着任建国，说："要买。"

"要买就行。"

任安也嚷着要去。任建国说："那你快把饭吃完，莫在这里挨，好像吃农药一样。"

任冲只想快点穿上新鞋，见任安拖延时间，恨不得把他手里的碗打掉。他瞪着任安，每隔十多秒便叫一声："快点吃呢！"

任安被他叫得心慌慌的，把饭一团团地往嘴里赶。宋巧云在一边看着，说："慢点吃，莫噎到了。"然后又问任建国向哪个借的钱。

“肯定是车间里的人。”任建国说完，就用烟堵住嘴。等他快抽完第二根烟的时候，任安吃完了饭，虽然桌上掉了不少，碗里也没扒干净，但总算是创造了个人吃饭最快的历史纪录。

当任冲在百货公司当场穿上向往已久的“回力”牌球鞋，蹲在地上系鞋带的时候，激动得手都有点发抖。那双旧鞋装在球鞋盒里，将由任建国带回家去。任安则收获了一支铅笔和一个带小镜子的圆形卷笔刀，欢喜得像只小皮球一样在地上连蹦了几下。任冲系好鞋带后，感觉脚下有股神奇的弹力，忍不住也跳了起来，其高度让任安叹为观止。女售货员笑着对任建国说：“你这两个崽蛮逗爱。”

“还逗爱，调皮得要死。”任建国一边说，一边溢出满脸得意的笑。

下午进入教室，任冲特意在讲台上过了一道，好让同学们看清他买了新鞋。但除了陈玉外，没有谁来对他的新鞋表示赞美。放学后排练的时候，当杨洁心行到面前，任冲憋住气，等待着她的表扬。但她只是瞟了一眼任冲的脚，什么也没说，就行了过去。任冲大为失望，跳舞的兴致顿时减了一半。《娃哈哈》的舞曲响起来——“我们的祖国是花园，花园里花朵真鲜艳。和暖的阳光照耀着我们，每个人脸上都笑开颜。娃哈哈啊娃哈哈，每个人脸上都笑开颜……”跳到此处，其他同学都努力奉献出甜蜜的笑容，唯独任冲脸部表情僵硬，似乎这双新鞋格外打脚。

排练完后回到家中，任冲想从宋巧云那里获得一些赞美，特意问：“妈妈，这双鞋子好看吗？”

青着脸看了他一眼，宋巧云不作声，只顾在桌上摆放碗筷。她本来手脚轻柔，今天却放得很重，顿出斩截的声音。任冲和任安对视一眼，都感到家里空气闷闷的。任建国比任冲后进屋，见宋巧云如此，说：“你今天又哪里不高兴了？”

“我哪有你高兴？到骚货那里借得到钱，还哄起我是跟车间里的人借的。”

“你莫听别人乱讲？”

“你还不承认喽？今天上午有人看到你站在幼儿园外面，跟那个骚货借钱。”

“我是借钱给崽买鞋子，又没格外做什么？”

“厂里这么多人，你都不借，何解就跟她借？”

“我也问几个人借了，大家都讲手紧，借不出。”

“就是喽，只有她肯借给你喽。我问你，你跟她到底什么关系？”

任建国忍不住把桌子一拍，碗都跳了起来，吼道：“我跟她就是同志关系，还有什么关系？”

“你还跟我拍桌子！要得。我今天就跟你到她屋里去，当着戴东风的面，搞清楚你们到底是什么关系？”

“你怕是吃多了。”

“你是不是不敢去？要得，你不去我去。”宋巧云边说边往外行。任建国上前拉她，被她反手一抓，脸上火辣辣地痛，心头已燃着的那把火立刻蹿起老高，拦腰把她摔在地上，反手关上门，上去就是一脚。任安大哭起来。任冲边哭边去抱任建国的大腿，叫道："莫打妈妈了，莫打妈妈了。"

宋巧云肚子上挨了脚狠的，痛得蜷成一团，过了好一会才伸展开来。从地上爬起来后，她一言不发，收拾好一包衣服。任建国问："你要到哪里去？"

宋巧云看都不看他，只对任冲说："你把书包背起。"

任建国大喝一声："莫背！"

任冲木在当场，看看宋巧云，又看看任建国，也不知是该背还是不该背。宋巧云哑着嗓子说："那你就跟他过，看他帮你做饭吗？"然后拉着任安行出门外。

跨过门槛的时候，任安回过头来。两兄弟的目光胶在一起。任安叫了声："哥哥。"随即被宋巧云拉了出去。

那一刻，任冲很想跟上去。迈出一只脚的时候，他低头看见了脚上的球鞋，想起爸爸在百货公司抽烟憨笑看着他和任安吵闹的样子，便停了下来。

这天过后，任冲便跟着任建国在工厂食堂里吃钵子饭。食堂狭窄而拥挤，摆不下餐桌，工人们都端着钵子蹲在篮球场上吃。对这种吃饭姿势，任冲向往已久，认为很有派头。蒸饭的钵子是用粗陶所制，比之于家里的细瓷碗，任冲更喜欢这种粗犷的食具，甚至看到它连食欲也增进了几分。

有人问他："你家里何解不开伙了？"

任冲仰着头说："我妈妈出差去了。"

"那任安到哪里吃饭？"

“他到我外婆那去了。”

“那你何解不到你外婆那去呢？”

“我就是要待在厂里，你何解？”

问的人见他摆出一副霸蛮的架势，便嘿嘿笑起来，没再问下去。其实他是明知故问。因为任建国和宋巧云一吵架，左邻右舍就晓得了。左邻右舍晓得，整栋平房的人也就晓得了。整栋平房的人晓得，全厂的人也就晓得了。戴东风没有理由不晓得，回家后便黑着脸审问郭芳。谁知才一开口，便被郭芳反过来大骂了一顿，说他偷了厂里好多女人，还倒过来怀疑自己老婆。戴东风没有真凭实据在手，倒是有把柄捏在郭芳手里，气势便立刻弱了下去，说：“我又没别的意思，不过是要你注意一下影响。”

“我要注意什么影响？我身正不怕影斜，哪像你，光屁股上面尽是屎，擦也擦不干净。”

戴东风拿着郭芳没办法，心里窝了口气。正好任建国新近评上了七级钳工，本可以加级工资，戴东风硬卡着不调。任建国跑到财务科吵闹。两个人心气本来就不平，斗嘴不足以发泄怒火，干脆动起手来。戴东风动用了搪瓷烟灰缸，把任建国的额头砸出血来了。尽管他是先下手为强，还是被任建国后来居上，骑在身上。那双七级钳工的手一只扼住他脖子，一只把他的脸当鼓来猛捶。如果不是被同志们强行拉开，戴东风的脑壳说不定会被打爆。饶是如此，那张脸已经变成了红烧肉，女工们看到都忍不住发出啧啧之声。任建国觉得戴东风动了家伙，自己吃了亏，跑到车间拿了把大号扳手冲出来。幸好朱斌和赵伟都已赶到现场，见状赶忙把他拦下。朱斌是厂长，赵伟是任建国的顶头上司。见这两人挡在前面，任建国气就先馁了一半。朱斌一使眼色，其他几个工人一拥而上，先把他的扳手下了，再边劝边把他架开。

戴东风跑到人民医院住了下来，声称如果不处分任建国他就不上班。任建国则声称准备带把锤子奔赴人民医院把他那个猪脑壳打爆。厂领导还专门为此事开了个会，认为任建国跑去吵闹，戴东风率先动家伙，各有各的不是。但考虑到戴东风毕竟是中层干部，又打输了，为照顾他的面子，名义上医药费用由任建国赔偿，实际上是厂里出钱。而为了防止任建国再闹事，那级职称工资由党委直接下令让财务科的会计调上去，从这个月算起。

过了一个礼拜，朱斌打听到戴东风伤好得差不多了，便带上几个中层干部去医院请他的大驾。见朱斌亲自来接，戴东风也不好意思硬赖着不行，只是问处分了任建国没有。朱斌说他已做了检讨，旁边的几个干部也马上予以证明。戴东风晓得要让任建国当面跟他做检讨不太可能，也就见好就收，起身回厂。回来后他很快发现任建国加了工资，虽然恼火，但到底没有找会计来追问。一帮资深工人私下里祝贺任建国，说你搞了别人老婆还加了工资，要请客。任建国佯怒道："莫乱讲！"但口袋里那包"岳麓山"烟，到底还是任由工友们掏去分掉了。

斗赢了戴东风，固然是喜，但是宋巧云迟迟不见回来，却是更大的忧。非但任冲天天哭叫着要妈妈，他自己夜里一个人躺在床上的时候，也忍不住想老婆。老婆天天在面前晃动的时候，打扮得再乖态，笑得再蜜他看着也嫌烦。几天不见，老婆的种种好处竟一一浮现，清晰得让他自己都吃惊。别的不说，宋巧云可是个真正的正经女人，这样的女人在厂里并不多见。有的女人是里外都不正经，像郑小华；有的女人是外面正经里面骚，像陈红心。至于郭芳，任建国觉得她有一半骚是戴东风戳起的。如果戴东风没那么风流，郭芳兴许还会做个规矩女人。所以任建国打戴东风打得理直气壮，没有半点愧疚之感。倒是一想到宋巧云，心里就虚虚的。他有种说不出口的担心，怕宋巧云为了报复他，像郭芳那样跟别的男人好。这种想法像猫爪一样紧紧揪住他的心，怎么也摆脱不了。最后他实在忍受不下去了，便咬咬牙，拉下面子，买了只鸭子，带着任冲奔赴江萍家。

站在江萍家门口的时候，任冲还是头一次有忐忑不安的感觉。其实这段时间，每次放学，他都很想去江萍家看宋巧云。但同时他又怕跟宋巧云见面，因为自己没能跟她一起走，也就是说，没跟她站在一边。倒是任安，他在学校里碰见过好几次。他这阵子没去上幼儿园，成天就泡在东方小学。每当学生们做广播体操或者在外操坪上体育课的时候，他都会拖着两筒鼻涕，裤子松垮垮地站在旁边呆看，惹得一些女同学指指点点，让任冲羞于承认他是自己老弟。更让他恨心的是，有时在教室里上课，任安会悄然从后门闪现，痴痴地盯着黑板。虽然他竭力不引起别人的注意，但过不了多久，就会有同学不断地回头看他，坐在后排的同学还会向他吐口水。当上课的老师要他到外面嗨的时候，任安便一声不吭地行了。有同学小声说他肯定是个傻瓜。任冲听到了，耳朵立刻就烧起来，但又不好出面反驳，只有在课后悄悄地找到任安，让他以后不要到教室来。任安却说自己蛮喜欢看老师上课。任冲气得想动手打他，但看到他可怜巴巴地望着自己，那只手还没捏成拳头就松开了。现在开门的就是这个家伙。看到他俩，任安眼睛立刻像日光灯一样亮了起来，回头朝屋里喊道："爸爸和哥哥来了！"

任安的兴奋并没有得到回应，屋里充盈着让任冲感到害怕的寂然。他几乎不敢行进屋去，但看到任建国已勇敢地把壮硕的身体塞进房间过道的阴影中，心里又变得踏实起来，跟了进去。

过道左边有一道门，里面是厨房。任冲看到任建国转头冲着里面说："妈妈，我给你买了只老鸭子来。"但并没听到江萍回应，倒是有剁案板的声音陡然响了起来。那鸭子被这案板声一激，嘎嘎地叫起来。

任建国直起身，往客厅行去。任冲路过厨房的时候，往里面张望了一下，见江萍正站在灶边切菜，便喊了一声："外婆！"

停住手中的菜刀，江萍转头研究了一下他的脸，然后说："你也舍得来了。"任冲抓抓后脑勺，不知所措地笑。江萍又说："你站在门口做什么，快到屋里去，桌上有爆米花吃。"

任冲蹦进了客厅，看见外公宋正德正坐在躺椅上，手里拿着报纸，跟爸爸说着话，便响亮地喊了声外公。宋正德本来是满脸严肃，但见他跳到面前，笑容就从皱纹中溢了出来，伸出手来摸他的圆脑壳。宋正德是五金厂的老会计，退休后由宋巧云顶了班。任冲像只小狗一样靠在椅子边，努力地笑着，同时偷偷地去瞟宋巧云。宋巧云坐在桌边，缝着一只蓝色套袖，脸色跟她手中的钢针一样，有种尖利的冷。宋正德要他去桌上拿爆米花，任冲鼓起勇气行过去，怯怯地喊了声："妈妈。"

宋巧云应了一声，虽然不太热情，但让任冲大大地放了心，爬到凳子上，抓起爆米花就往嘴里塞。宋巧云瞪了他一眼，骂了句："吃得这么恶，好像前世没吃过一样。"

任冲从这一瞪里看出了妈妈还是认他的，便吃得更加欢畅了。任安也爬上桌来，不用手去抓，学小狗一样低头用嘴巴去吸爆米花。这种爆米花是用大米放在米花铳里膨制而成，比普通稻谷大上一倍，白如雪，略带甜味，在嘴里含一下就松软如棉。

两兄弟吃得欢，任建国却还在表情沉重地接受着宋正德的教训。他小心翼翼地辩解着并无偷人之事，却惹来了宋正德的如下教训："建国啊，孔夫子讲得好啊，君子瓜田不纳履，李下不整冠，就是说一个人要学会避嫌。就算你没做过那样的丑事，但也说明你没有学会避嫌。跟女同志相处，尤其要注意分寸啊，既要热情相待，又不要太过热情，不然会引起别人的误会。像我在五金厂当了这么多年会计，女同志来领工资，我都是以礼相待，连句玩笑都不开，所以没人讲闲话。看来你要跟我学学才行啊。"

宋正德有机会把小时候读私塾的那点底子抖了出来，又回顾了自己的光荣历史，再加上任建国一副虚心领教的模样，心里很是顺畅，便转头跟宋巧云说："巧云啊，我看建国还是会改好的，你就不要再犟了，吃了饭就回机械厂去。两个人以后和和气气过日子。"

宋巧云停住手中的针，说："爸爸，你不要听他嘴里应得好，转过背去还不是一样的。”

“巧云，毛主席讲得好啊，既要允许别人犯错误，也要允许别人改正错误。你不看他的面子，也要看两个崽的面子。”

任冲虽然吃着爆米花，耳朵可一刻也没放松过，听到此处，便抬起头说：“妈妈，跟我们回去喽。”

任安也马上跟着说：“妈妈，我想回家了。”

见两个崽眼巴巴地望着自己，宋巧云眼睛微微红了。悟了片刻后，她说：“我丑话讲在前头。再有这样的事，就没得商量，只有离婚了。”

“我又没有这样的事。”

“你还不肯承认。”

“好啦好啦，两个人都少讲一句。”

宋巧云横了任建国一眼，便扭过头去，不再理他。吃饭时江萍也板着张脸，对任建国爱理不理。任建国明白多说无益，只是努力赔笑。见任冲一副饿鬼投胎的架势，对着桌上一碗猪血丸子发起猛攻，任建国随口呵斥了两句。江萍马上说：“小孩子就是要吃得落，想吃就多吃些，莫假充斯文。”

任冲得到外婆的声援，得意地对任建国翻了个白眼，继续运筷如风，猛嚼快咽。心里堵了口气，却不能发作，任建国只有干笑两声。

回去的时候，江萍要任建国把鸭子带行，说：“又不是过年过节，还要带什么东西。我们两个的工资加起来比你们高。你们也要攒点钱，莫大手大脚。”

见给丈母娘买东西居然变成了大手大脚，任建国深吸一口气，重重吐出，眼睛盯着地面。宋正德说：“建国买只鸭子来也是他的心意，你就收下算了。”宋巧云也不肯把鸭子拎行。江萍便不再坚持，只是要求任建国以后要规规矩矩做人。任建国勉强应了声好。

任建国跟宋巧云重归于好，压在任冲心头的那块石头也就消失无影，跳起舞来都轻快了许多，得到了杨洁心的表扬，获得了一个口头颁发的进步最快奖。

“六一”儿童节很快就到了，正式表演的时候，所有参演的同学都系上红领巾。没有入队的表演者，系的是杨洁心向校方借来的新红领巾。任冲把红领巾看了又看，摸了又摸，还放到鼻子底下嗅，虽然没嗅到什么香味，但总感觉那味道闻起来很舒服。他还不晓得怎么系，又不肯让别人帮忙。看着陈玉示范了两次，才能独立操作。但才系上又觉得没别人系得好，便解开重系。这样反复折腾了几次，经过陈玉的一再肯定，任冲才勉强相信自己系得好。

等画了眉毛扑了粉涂上胭脂后，任冲看上去活脱脱就是动画片里的美哪吒。女同学们都忍不住偷偷地多看他几眼，陈玉也觉得跟他站在一起很有光彩。任冲却从不觉得自己长得好，倒是羡慕欧明，觉得他化了妆后像岳云。尽管他没听大人说过岳云到底长得什么样，却凭空认定就是欧明这样子。而欧明总觉得自己眼睛小了点，羡慕任冲有双大眼睛。戴娜化了妆后反而没有平时好看，看上去像只小熊猫。但她认为化妆本身就是美，自我感觉好得很。

而陈玉化了妆后，连老师们都啧啧称赞，说她是个小林黛玉。戴娜虽然心里酸得能够泡酸萝卜了，但还是承认陈玉确实比不化妆更乖态。

文艺会演放在新修的影剧院举行。东方小学的学生们把整个演出大厅变成了一个硕大无朋的鸡笼，每个座位上都有只小鸡在叽叽喳喳扭来动去。而老师们则像一些尽职的老母鸡们努力维持着秩序，确保同班的小鸡们准确无误地坐在指定区域，防止高年级的小鸡们欺负低年级的小鸡们。

任冲人越多就越来神，根本就坐不住，站起来昂首四顾，见演出厅挤满了人，兴奋得像只初试啼声的小公鸡见到了太阳升起，只想放声大叫。后面有个女同学小声说："任冲，你莫挡着我喽。"

任冲瞪大眼睛，说："反正还没开始，你着什么急喽？"

那个女同学羞涩地一笑，不再抗议，反而觉得很满足，因为她跟任冲说上话了。班上的女同学品评男同学，都是以长相乖态和成绩好这两个硬指标来衡量。任冲以前因乖态却成绩差而让女同学们感到惋惜，这学期读书发狠，成绩渐升，得到了女同学们的一致赞赏。已经有几个小女孩在私下里表示，喜欢任冲。虽然也有女同学认为，他还是太调皮。但喜欢他的女同学立刻表示，伢子调皮一点不要紧。只要他成绩好，长得乖态，就要得了。反对的女同学又指出，任冲只跟陈玉好，你有陈玉乖态吗？那些小女孩都觉得自己不能跟陈玉比，只有默然。而陈玉跟任冲搭档跳舞，更是让这些小女孩心里打翻了酸水坛子，但目光又忍不住始终黏着他们。

62 班的节目排在后面，任冲他们出场的时候观众们都有点看疲了。更何况对一年级同学的节目，那些高年级的同学都要刻意表示出不屑的态度。所以兴趣盎然认真观看的不过就是本班的同学和任课老师。但任冲站在台上，以为全场的人都在看着他一个人，激动得腿有点抖，甚至不太听使唤。

杨洁心特意把任冲、陈玉、欧明、戴娜作为整个舞队的核心，大部分时间都出现在舞台中央偏前的位置。戴娜太想跳好，表情动作都很夸张，在杨洁心看来，表演得有点过，但在大部分同学们眼中，这就是专门跳舞的。欧明跳得还算放松，再加上他身材高挑，在戴娜的逼人风采前还能撑得住。陈玉起初有点紧张，但她很快调整了心态，不去注意底下的观众，就当自己是一个人在跳，那种迷人的轻盈感开始荡漾在每一个动作中。杨洁心里嘘了口气，然而马上又皱起了眉头——获得过进步最快奖的任冲同学看起来又要获得退步最快奖了。他的动作显得机械僵硬，而且老是往台下看。蔡集贤已经开始大声地发出嘲笑，并得到了几声附和。陈勇和钱兵都没有反驳，只是盯着台上，表情复杂。陈玉最早感受到任冲状态不佳，努力冲他甜甜地笑，想把他的注意力吸引过来。但任冲对她的蜜笑视若无睹。陈玉有点着急，在两个人再次拉手的时候对他说："你莫老是看台下。"

任冲也觉得自己跳得笨笨的，不知所措地问："那我看哪里？"

"看着我。"

任冲便老盯着陈玉，该看着她的时候看，不该看着她的时候也看，急得杨洁心在台下把眉头揉成一堆。等到任冲终于放松，跳出了感觉的时候，音乐伴奏已到了尾声部分。杨洁心板着脸，专等任冲回座位后好好训他两句。没想到任冲下台后就跟欧明说要解大手，往偏门出去了。这一解直到散场，也没看到他回来。

演出结束后就快到午饭时间了，下午不用上课。因为人多，也不好排队，同学们各自回家。陈玉被兴奋过度的戴娜拉着说个不停，抽空就四下张望，却不见任冲的影子，便以为他是因为跳得不好，不想跟大家一起，先回家了。没想到任冲还待在厕所里，身上又臭又脏，脸也青了一块。

原来任冲在解完大手后被两个高年级的同学堵在厕所里，要求搜身。任冲裤兜里藏着个五分硬币，准备散场后买包红姜和陈玉好好享用一下的。如果这两个打劫的人是五、六年级的，实力对比悬殊太大，任冲畏惧之下，也许就任他们搜去。偏生两个人是二年级的，比任冲只高了一块横放的砖头，也只配来吓唬一年级的学生。任冲却不会被二年级的学生轻易吓倒，奋起反抗，但最终双拳难敌四手，被一个人从后面夹住脖子，放倒在地上。另一个人想上前把他按住，任冲乱蹬乱舞，红着眼睛大叫。那两人怕有老师被任冲的大叫惊动，踢了任冲两脚，便慌慌地撤退了。

虽然保住了钱财，但身上弄得又脏又臭，任冲气愤加伤心，在厕所里流了会眼泪。等擦干泪准备回家的时候，同学们又散场了，并且有不少足音往厕所涌来。任冲只有重新蹲在坑位上，假装解手，等人行光，才系上裤子，勾着头急急往家中奔去。他行得极快，还没到厂门口，就快追上了陈玉和戴娜。怕被她俩瞅见，任冲马上闪到粮食局大院的围墙拐角处，看着两人的背影消失在坡上，又等了一会，才往大门里钻。进了门后他就飞跑起来，散播下一路臭气，惹得遇见他的工人们回头张望良久。

见到任冲一身邋遢地回来，宋巧云的第一反应就是这家伙又跟同学打架了，眉毛立刻竖了起来。任冲本来就满腹委屈，又遭到了宋巧云的误解，再次流下了伤心的泪水。宋巧云弄清原委，怒火就化成了心痛，说："哎呀，就五分钱，你就给他们好了。他们比你大，又是两个人，要是打伤哪里何解得了？"

任冲带着哭音喊道："我就是不给他们！"

任建国说："你打不赢就跑啦！"

任冲这才想起那厕所有两个出口，但他当时就是没生出逃走的念头。发了会愣，他不再流泪，也不再作声，只是咬着牙。任安在一边看着，觉得他脸色十分可怕。

洗了澡换过衣服以后，宋巧云念叨着要去学校告状，把那两个小抢劫犯找出来。好像她要去出自己的丑一样，任冲叫起来："你莫去。"见宋巧云盯着自己，便补充了一句："我明天去告诉老师。"

第二天到了学校，杨洁心来收红领巾的时候，批评他昨天在台上动作僵硬，表情呆滞，像个木头人。这话虽说得重，然而从任冲左边耳朵进去，立刻就从右边耳朵溜出去了。他心里只在想一件事：到底是告诉赵老师，还是自己带着陈勇他们直接去报仇。这事让任冲整个上午都魂不守舍，以至于钱亚男喊他回答问题的时候，他站起来纯粹就是块木头，还是陈玉在旁边小声告诉他答案，才勉强过了关。到了中午，在回家的路上，任冲一声不吭。陈玉说："今天杨老师批评你，那话是讲得重了些，你莫老是放在心上。"

瞟了陈玉一眼，任冲终于忍不住了，把自己所恼何事告诉了她，并问她何解办好一些。陈玉立刻说：“你还是告诉赵老师好些。”

任冲点点头。

到了下午，任冲利用课间时间去找人，很快就在一群拍烟壳纸的学生中瞄到了那两个家伙。他不进反退，拉开距离，远远地盯着。上课铃响后，操坪上学生像鸟一样轰然散去，各自归巢。任冲看着那两只鸟进了60班教室，便往赵秋云家跑去。出来的时候，赵秋云行在他前面，脚步匆匆地去找60班的班主任汤太平。两位班主任商议了两句后，便带着任冲进教室认人。当两位绿林好汉被带进教师休息室的时候，脸色都有点发白。对于昨天在影剧院厕所里发生的事，罗文龙和黄宏志没敢抵赖，只是对于事情的性质，提出了不同看法。按他们的说法，当时是想向任冲借钱买瓜子吃，而并非打抢。汤太平冷笑了一声，问他们认不认识任冲。罗文龙看了黄宏志一眼，慢吞吞地说：“看着有些眼熟。”

“那你晓得他叫什么名字？”

罗文龙看了任冲一眼，摇摇头。

“那你呢？”

黄宏志没去看任冲，也摇摇头。

汤太平的冷笑更加响亮：“连别人的名字都不晓得，还讲认识别人。小小年纪就晓得打抢了，长大了还不杀人放火？我看你们两个就是一副挨枪子的相，还读什么书，开除算了。”

听到开除二字，罗文龙和黄宏志都抖了一下，眼睛中露出恐惧之色。

赵秋云说："现在晓得怕了吧。晓得怕就好，证明还有救。"

罗文龙说："汤老师，我们做检讨。"

"你悟起这么容易，做个检讨就算了？回去喊你们屋里大人来。"

罗文龙的眼神立刻由恐惧变成绝望，黄宏志则干脆哭了起来。赵秋云正想开口，汤太平已经发了话："你们也莫上课了，现在就回去喊。没喊来就莫来上学了。还不快行！还站在这里做什么？"

看着罗文龙和黄宏志一前一后地行了出去，任冲心里并没有多少解恨后的快意，反而感到不安起来。

过了两天，赵秋云把任冲喊到教师休息室，告诉他罗文龙和黄宏志在家里都挨了顿饱打。罗文龙是被他爸爸吊起来，剥了衣服用皮带抽。黄宏志则被他爸爸用柴棍劈头盖脸地打，打到连棍子都断了。两人都是由母亲送到学校来，汤太平还不肯收，讲一粒老鼠屎打坏一锅汤，怕他们把班上的同学带坏。两位母亲好话讲了一箩筐，还流了眼泪。汤太平这才松了口，要他们在班上做公开检讨，就可以留下来继续读书。最后赵秋云说："他们两个都住在城边上的那种老木板屋里，家庭条件蛮差，读个书也不容易，这件事就这样算了。"

任冲连忙点头。

过了三个星期，又迎来了期末考试。考试的那天早晨，宋巧云给任冲煮了两个鸡蛋，还买了根油条。任安却只能吃到一个鸡蛋，嘴巴顿时噘了起来。宋巧云说："哥哥要去考试，吃一根油条两个鸡蛋就是要考一百分。"任安的嘴巴这才不噘了。任冲觉得这一期自己蛮发狠，对考一百分信心十足。吃完后把嘴巴一抹，背上书包，喊上陈玉，昂首挺胸地奔赴考场。

上午是考语文。试卷发下来后，教室里溅起一片啧啧称异之声。原来这次学校引进了标准试卷，不再是那种看上去脏兮兮的油印试卷。看着眼前洁白的试卷和卷面上整齐的铅印字，任冲精神更足。这次他牢记上回的教训，认真审题，做得很慢。试卷有两面，包括作文在内，一个小时他就做完了。觉得这次的题目比上学期的少了一些，任冲也不以为异，又从头至尾从尾至头检查了两遍。实在没看出什么错误，他便交了卷，仍然是头一个。在走廊上他翻书核对答案，发现错了两个填空题，一道选择题。虽然总共只有三分，但还是让任冲感到痛心。

等同学们陆续出来后，任冲听他们口头互相核对答案。听着听着他就觉得不太对头，因为有些题目根本就没在试卷上看到过。他问陈玉有这些题目没有，陈玉说有。任冲着急起来，宣称根本没看到。陈玉说那些题目全部在第二面。任冲说第二面就是问答题，哪有那些多项选择题？陈玉说那是第三面，第二面是在第一面的背面。任冲顿时如遭雷轰，眼泪在眼眶里直打转。即使是打架打输了，他也不会觉得这样委屈。陈玉也替他难过。正好赵秋云路过，看见任冲这样，问他怎么回事。任冲哽咽着，口齿有些艰难。陈玉替他回答了。赵秋云的眉头蹙了起来，说："试卷已经交到校长那去了，何解办呢？"

听到这一句，任冲绝望起来，眼泪止不住地往外迸。见他这样，赵秋云便拉着他来到校长办公室，跟伍校长把事情的原委说了，并特意说明任冲是江萍的外孙。沉吟了片刻，伍校长同意任冲再做半个小时，考场就放在校长办公室。任冲擦干眼泪，飞跑到教室寻出铅笔，在校长的亲自监考下把第二面做完。其间有老师进来跟伍校长说事。任冲趁他不注意，把那几道做错的题改了过来。不用半个小时，他就交了卷。出了办公室后，任冲便预感到，自己肯定考得好。

过了几天，任冲去领通知书，语文九十六，数学九十九，考了第四名。陈玉是第二名。头名让欧明夺了。按照惯例，前五名都能拿到“三好学生”的奖状。陡然跻身于尖子学生之列，任冲全身每根骨头都轻了几钱，行起路来头昂到天上去了。回到家中，任建国和宋巧云都还没回来。任冲把奖状和通知书摆在桌上，打量了一会，觉得还不够醒目，便寻出根木棒，用糨糊把奖状粘在棒头上，棒身用两条长凳夹住，竖在堂屋中间。任安第一个蹦回来，猛然看见家中竖立起的这面旗帜，颇觉惊异，绕着转了半圈，试探着伸手去扯那张奖状。任冲大喝一声：“莫动！”又补充了一句：“只准看。”

任安便住了手，踮起脚凑近去瞅个明白。他这一年刻苦自学，倒也认识了不少字，一张奖状大致能看明白。艰难地瞻仰了一会后，他惊讶地说：“哥哥，你当了三好学生？”

任冲摆出傲然的样子，说：“肯定啦！”

“那你肯定考得蛮好。”

“那还用讲。”

“考了第几名？”

“你自己不晓得看。”

任安便爬到长凳上，把桌子上那张通知书仔细看了一遍。虽然还有些字不认识，但分数和名次总是看得懂的。他对任冲越发敬仰，虽然任冲对他摆出副爱理不理的样子，他还是很忠诚地陪伴一侧，等候爸爸和妈妈回来。

先进门的是任建国。他把奖状看了一会，眼睛就笑得眯起来，摸着任冲的脑壳说：“你何解这样狠啦？”

任冲倒有些不好意思了，咧开嘴巴傻笑。任建国问他想要什么奖励。任冲悟了一会，提出要买身海军衫。任建国说：“明天就带你去买。”

过了一会，外面传来宋巧云跟陈红心打招呼的声音。两人在门口聊了片刻，宋巧云便满面生光地跨进门来，对任冲说：“你这个傻宝，还考了第四名，要得。”然后又对着那张奖状反复观摩，嘴里自言自语：“还是三好学生呢！”

见宋巧云这样欢喜，任冲觉得比吃了个大雪糕还要爽心。他对自己说：“当个尖子学生真好。”

10

天气越来越热，中午要是行在大街上，就会感觉到柏油路面似乎被晒熔了，竟有些粘鞋。但这并不影响任冲在暑假里四处乱逛。这天上午，任建国陪他去百货公司买了海军衫。下午他就穿上，四处串门。虽然赢得了一些赞美，但意犹未尽，便前往老街显摆。没想到陈勇他们对他的海军衫并没有热烈关注，反而像是有什么事急着要去做。任冲问他们要去做什么，陈勇吞吞吐吐不肯说，他立刻拉下脸来。

“要得喽，有事还瞒着我，还讲是兄弟？”

“也不是想瞒你。”

“那有什么事？快讲喽！”

看了看四周，陈勇把任冲拉到一边，凑近他耳边小声说：“我们要去江里游泳。”

任冲吓了一跳，问：“你们会游了？”

“不会。反正莫到深水里去就是了。”

“江里有水鬼，你们就不怕被拖下去？”

“白天水鬼不敢浮头，又有蛮多人在游，怕什么？”

“那你何解不喊我？”

“你去了陈玉肯定晓得，她晓得了，就会告诉赵老师。”

“我不得告诉陈玉。再讲现在是放假，她到哪里去告？”

“那就一起去。”

想到真的要去江里游泳，任冲心里还是有些打鼓。他对资江有种很复杂的感情：既畏惧它的深沉和浩大，但隔一段时间没去，又颇为想念。至于到江里游泳，任冲以前几乎没动过这个念头，因为确实有点怕。但一想到陈勇、钱兵和苏建都敢去，任冲觉得自己要是怕去，那就是很出丑的事了。他咬紧牙，不再说什么，跟着队伍向资江进军。让他感到稳心的是前头站着个张治军。张治军还带上了巨大的汽车内胎做的游泳圈。孙朋朋也加入了这支队伍。

来到江边后，除了张治军还穿条短裤外，其他的人都脱得精光。他们把衣裤和鞋子甩在鹅卵石滩上，欢呼着行进水中。水中鹅卵石有些滑，踩上去凉凉的。蹭到齐腰深的地方，任冲就停了下来。他看到张治军往深水里扎了个猛子，那一瞬间任冲的心猛地往上挣了一下，似乎他再也不会上来。但张治军的头很快就出现在游泳圈中央，对着他们哈哈大笑。在他的笑声中，任冲又往前推进了几步，到了齐胸深的地方，身体有种轻微地往上悬浮的感觉，便不敢再往前。陈勇猛地向他泼出片水来，任冲猝不及防，被淋了一头，连擦都不去擦，马上反击。钱兵和苏建也加入了战斗，顿时一片水花四溅。这比在井边打水仗要过瘾得多，而且不用担心弄湿衣服。在把陈勇打得退避三舍后，任冲大声感叹道："江里真的好嗨！"

孙朋朋在一边说："你们只晓得打水仗，跟小孩子一样。"

见他手脚和身体都没入水中，只有头露在水面，而且不停地前后晃动，任冲有些奇怪，说："那你在做什么？"

孙朋朋口动了动，正想说话，头却突然往前栽，整个人都没入水中。等他重新出现时，头不晃了，肩膀也露了出来。

陈勇说："他在学狗刨。"

"狗刨是什么？"

"就是最土的一种游泳方法，像狗在刨食。"

孙朋朋说："你连狗刨都还不会呢？"

陈勇说："我才不会学狗刨呢，军哥哥说要教我蛙泳。"

任冲问："什么叫蛙泳？"

陈勇说："就是像青蛙那样游泳。"

"我还以为是什么高级把戏，青蛙游泳跟狗刨还不是差不多？"

孙朋朋顿起知音之感，主动提出教任冲狗刨。他自己还没怎么学会，带出的徒弟便不像是在狗刨，而是像鸭子乱打水。孙朋朋指责他动作错误，任冲顿时不耐烦起来，说："随便我怎么游，只要游得起。"

"我看你游得起吗？"孙朋朋冷笑道，赌气不教了，自个到一旁继续钻研狗刨式。

任冲也没打算向孙朋朋认错，心想你不教就莫教，我还不稀罕。看到陈勇、钱兵和苏建把头闷在水里比赛憋气，他觉得好嗨，踊跃加入。比了几次，任冲都是最后一个从水中拔出脑壳的。张治军已从江心游了回来，观看了他们的一次比赛，对任冲说："你想学游泳吗？"

任冲猛点头。

"你只要记得，在水里的时候就憋住气，浮头的时候就发狠吸气，只准用鼻子吸，晓得吗？"

任冲才点了下头，张治军就把他往深水里一推。任冲双脚一悬空，就哇哇大叫起来，嘴里马上进了两口水。他赶忙吐出，不敢再叫，手脚一顿乱舞，身子却像个秤砣一样往下沉。脑壳没入水中后，任冲憋住气，努力睁大眼睛。水中的一切都显得朦胧而虚幻，就像在梦里。但任冲没有心思来欣赏这个梦，因为他觉得自己快要淹死了。起这个念头的时候，他手脚停顿了一下，便感觉到有股浮力把他往上托。然而这个念头带来的恐惧感又让他拼命乱划，这股浮力便迅速散去。不晓得怎么回事，任冲发了一下蒙，手脚又缓下来，浮力便重新聚集成团。他不敢再乱动，只是顺着这股浮力。等脑壳露出江面的时候，任冲第一眼就看到了张治军。他躺在救生圈上，手脚并用，把救生圈当船划。看到任冲一脸慌乱，张治军喊道："莫乱动，手这样划！"然后做了个分水下压的动作。

张治军刚做完，任冲又沉了下去。他现在唯一的念头就是不要淹死，张治军说什么他都会照做。先是找到那股浮力，然后学着张治军的样子，很谨慎地划了下，脚也下意识地一蹬，任冲立刻就弹到了水面。张治军笑着说："你游过来，我把救生圈给你。"

任冲只想抓住点什么，一使劲，反而又沉下去。不过他已不太惊慌，捕捉到浮力后，手脚稍动，又浮了上来。但他不晓得怎么往前游，只能绝望地看着张治军那张可恶的笑脸越来越远。就在任冲感到力气将要用尽的时候，张治军又划了过来，翻身而下。任冲立刻用两只手臂钩住游泳圈，让张治军把他带到了浅水区。当他正准备用目光炮轰张治军的时候，张治军却拍着他的肩膀对陈勇说："任冲比你狠些，只落了一次水，就晓得些门道了。"

"我也晓得。"

"你晓得个屁，落了几次水，还像个秤砣一样。"

陈勇不好意思地抓抓后脑勺，笑了起来。任冲对张治军的恨意顿时烟消云散，仰着头说："军哥哥，再教我何解向前面游。"

"那个不要教。你回去捉只青蛙放在盆里，看青蛙何解游，你就跟着学。"

任冲对张治军已极为信服，铭记在心。这时钱兵提出去摸江螺。张治军哼了一声，说："你到江里来就只晓得嗨些这样的，一世都学不会游泳。"

任冲说："军哥哥，把他也推到深水里去。"

钱兵立刻大嚷起来："莫推我！"

张治军作势要推他。钱兵扭身就往岸上逃，行得太急，脚底滑了一下，摔在水里。

张治军下令把他捉住。任冲和陈勇争先恐后地奔过去，把钱兵又拖了回来。张治军又命令把他丢到深水里去。钱兵骇得哭了起来。任冲和陈勇互相看了一眼，松开手。钱兵还在不停地耸鼻子。

任冲说："你不到深水里去，何解学得会游泳？"

"我只要在浅水里嗨一下就要得了。"

"你真的是个胆小鬼。"

钱兵木然以对，看他的架势，是宁肯做个胆小鬼，也不要到深水里去。任冲不屑再跟他说话，对苏建说："你学不学？"

苏建连忙献上笑容，说："我肯定学，不过要等你们学会了，再教我。"

这时人渐渐多了起来，江面上四处都溅着笑声和打闹声。前面不远处有人喊张治军的名字。看清楚那块区域颇有些异性，张治军马上奋力游过去。没有他护着，任冲是不敢下深水的。孙朋朋提供了一种新花样，就是憋住气，仰躺在水中，像块木板那样顺水而下。苏建提出还要往岸边靠拢一些，免得不小心漂到深水里去。五人并排仰躺，任冲在最靠深水区的那边，苏建在最靠浅水区的那边。漂到下游后，憋不住气就站起来，再往上游行，重新漂下。这样来回了七八趟，也不觉得厌倦。这时夕阳正从半空慢慢往江面滑落。水面上有许多大块的金子闪动。任冲痴看了一回，突然醒悟到时间不早了，便提出回家去。陈勇却说："还嗨一下喽。"

任冲本舍不得离开，便又嗨了一会。等到江面上的金子变小变少，半空中出现蝙蝠时，五人才上了岸。张治军正跟一群大男大女嗨得正欢，任冲往水里叫了几声，也没看到他回应，便和陈勇他们先行了。

回到家后，任冲宣称去跟陈勇他们弹玻璃球去了。宋巧云也没多加追问，只是说："你现在是三好学生了，要嗨就跟陈玉、欧明这样的人嗨，陈勇那样的差学生，还是少在一起嗨。"

任冲嘴上应着好，心里却嘀咕道："欧明成绩好是好，但跟他嗨，一点味都没有。"

这天晚上，任冲躺在床上，总在想着蛙泳是怎么回事。第二天他就宣称要去抓青蛙。任安一听，马上蹦了起来，摩拳擦掌，准备追随哥哥大干一场。

宋巧云问："你到哪里去抓？"

任冲想了想，说："就到沟里面。"

"沟里面哪有青蛙？最多就是有几只癞蛤蟆。"

"那就到外面的菜地里。"

"菜地里哪有，要到田里才有。"

任冲便说："那我到田里去捉。"

宋巧云把脸一板，说："田里有蛇，不准去。"

任冲马上把嘴巴噘了起来，任安的脸上也晴转多云。见两兄弟都烂着脸，任建国笑道：“准你们去你们也不晓得捉。”

任冲叫起来：“我晓得！”

“那你讲一下。”

“就是看到青蛙坐在那里，就轻轻地行过去，用两只手捂住。”

“还没等你行过去，青蛙早就跳到田里去了。”

“那我也跳到田里去。”

“田里尽是禾，青蛙早躲得没看到影子了。”

“那你讲要何解捉？”

“要捉也要晚上去了。我带你们去捉。”

任冲和任安立刻欢呼起来。宋巧云还是不同意。任建国说：“反正放暑假了，带他们出去嗨一下有什么紧。我也蛮久没吃青蛙了，捉些回来炒着吃。”

见任建国态度坚决，任冲任安又带着哭音央求自己，宋巧云无奈之下，只有同意。任冲欢呼一声，飙出门外，向陈玉报告了这个消息，并热烈邀请她同行。陈玉还没开口，一旁的陈松就踊跃报名。陈红心倒不甚阻拦，只是要求兄妹俩听任建国的话。

吃了晚饭后，陈松和陈玉就到任冲家来集合。瞟了他们一眼，任建国说：“你们去捉青蛙，何解空手摺摺地去？”

陈玉脸唰地就红了。陈松眨巴着眼睛，问：“那还要拿什么？”

“起码要拿个手电筒，一个蛇皮袋子，莫太大了。”

陈松和陈玉连忙回家，没多久就拿来了。任冲任安早已把饭菜扫进肚子里。任建国却不急，还喝了两杯小酒，抽了支烟。任冲任安像两只麻雀在他身边聒噪了好一阵，任建国才慢悠悠地站起来，带着小孩们出了工厂大门，往公鸡山那边行去。

公鸡山离机械厂只有里把路。说是山，其实是个巨大的土堆，上面砌满了房子。任建国也不上山，而是往右边穿过一片菜地绕过去。到了山后，眼前陡然开阔起来。数十亩碧沉沉的稻田在月下绵延开来。风像丝绸一样清凉，空气中流动着清香。任冲深吸一口，感觉香气在体内弥漫，整个人都清爽了许多。到处都听到青蛙在擂着小鼓，这边停了，那边又响。但放眼望去，却看不到一只青蛙的影子。

任安噘起小嘴说："爸爸，又没看到青蛙。"

"你莫着急喽，青蛙又不得专门跳出来给你看。"任建国说着，放慢了脚步，边行边照田垄，突然站住不动。任冲和任安眼睛都尖，同时看到地面的光圈中蹲着只青蛙，眼睛鼓鼓，大腿健壮，像是随时会起跳逃入田中。任冲说了句我去捉，就屏住气，小心翼翼地挨近。

任建国说："你捉快点没关系，青蛙在夜里被电筒光照着，根本不会动，像个傻瓜一样等着你去捉。"

任冲还是不敢加快，双手离青蛙头顶只有三四寸远了，才猛地往下一罩。该青蛙没有练过铁布衫，差点连肠子都被他压了出来。任安连忙打开蛇皮口袋。任冲把这只半死不活的青蛙丢进去，扬扬得意。任建国说："你用力要轻点，等下还没带回屋青蛙就翻白眼了。"

虽然首战功成没有得到表扬，但任冲还是斗志昂扬，又连捉了两三只。陈松大为眼红，自己却没照到一只。行过了一块田，他才醒悟到任冲在前面，把青蛙都捉光了，便提出自己和陈玉行另一条路，到前面再会合。任建国要他们别行远，又叮嘱他们行慢一点，先照清楚路，看有没有蛇再往前行。陈玉舍不得跟任冲分开，向他张望。任冲却只顾寻觅青蛙的踪影，根本就不抬头。陈玉微觉气恼，一声不吭地跟着陈松行了。

任安攥着口袋，突然叫起来："爸爸，青蛙在袋子里蹦来蹦去，快把袋子蹦烂了。"

"莫讲傻话，何得蹦烂？"

"我怕。"

见他一惊一炸的，任建国便把袋子接过来。任安立刻换了副脸，眉欢眼笑地蹦到前面去，大叫："我也来捉！"

任冲把他往后面推，说："你晓得捉什么？"

"我要捉！"任安马上透出哭音，扭头望着任建国。

"你就让老弟捉一只试下看。"

任安终于行到任冲前面，目光跟随着手电光缓缓前移，神情紧张，像是要去抓特务。很快他就看到一只火柴盒大小的青蛙蹲在草丛边，立刻就兴奋起来。但手电光很快就移开了。

"爸爸，你何解不照着？"

"那么小的青蛙，莫捉。等它长大了再捉。"

"何解喽？"

"你把小青蛙都捉了，以后就没得青蛙给你捉了。"

任安还是不太明白。但他很听大人的话，任建国这么说了，他便铭记在心，认真遵守。任冲却觉得那么小的青蛙好逗爱，很想捉来嗨嗨。他正在琢磨如何背着任建国捉一只来放在自己口袋里，就听到任安一声欢呼，双手拢着只青蛙，看上去比任冲捉的几只都要大。任建国表扬说："安安手轻，还会捉些。"

任冲马上说："哪里，他没我捉得多。"

"你们轮流来捉，看哪个捉得多些。"

"那何解比？"

"现在不算，等过了这块田，一个捉一块田，轮着来。"

任冲立刻应承，并轻蔑地看着任安。任安不敢跟任冲对视，却暗自激动。

比赛开始后，任冲憋足了劲准备出击。但是青蛙们不给他出手的机会，懒得现身。行过了一块田，他才捉到一只，还是个瘦子。轮到任安出手，青蛙们纷纷登场亮相，让他连抓了四五只，而且个个都是胖子。任冲两眼冒火，轮到他再次出手的时候，忍不住冲田里喊："快出来，不出来我就冲下去踩扁你们！"

对他的威胁，青蛙们无动于衷，依然不到垄上来，只在田里呱呱地叫着。任冲听到它们说："你下来啊！你下来踩我们啊！不下来就是只小狗！"

望着田里站着的密密的禾苗，还有禾间水的反光，任冲根本不晓得青蛙们躲在哪里，有种无从下脚的感觉，顿时失去了冲下去的劲头。

"爸爸，青蛙专门躲我。"

"青蛙何解不躲老弟呢？"

任冲悟了片刻，摇摇头。

任建国说："你样子太恶了，青蛙都怕了你。"

任冲连忙把面皮松下来，眼睛也没瞪得那么大了，对着那些看不见的青蛙献出笑容。但赏脸的青蛙寥寥无几。而任安一露面，许多青蛙就忙不迭地跳出来献身。任冲不干，提出要替下任安。任安小声地晓之以理："这块田是我捉的。"但任冲根本不打算跟他讲道理，使出蛮劲来要把他挤到后面去。如果是平常嗨闹，任安也就咽下哑巴亏算了，但现在他是稳赢的局面，又是任建国在当裁判，便一边拼命抵抗，一边向任建国控告："哥哥赖皮。"这一招果然有效，任冲马上被任建国提了起来，转移到队伍最后。任冲还想闹，任建国宣称要把他撂到田里去，他才恨恨地接受了现实，随任安捉去。

过了第四块田后，到了个小塘边。塘边开了一个小口，水从口子中细细地流出，灌入渠中。在渠与塘的接口一带没什么草，尽是黄泥路。任建国也没打算在这里发现青蛙，只是为了照路，电筒光漫不经心地晃来晃去，猛然间就凝固下来。路上赫然蹲着只饭钵大的巨蛙，皮肤呈淡黄色。任建国小声说："莫动，那里有只石蛙。"

任安和任冲都绝无扑上去的想法，半张着嘴，盯着这个奇怪的大块头。任建国慢慢靠过去的时候，他们憋住气，紧张得能听到自己的心跳。就在任建国手快近石蛙的时候，它猛然往前一跳。任安和任冲的心都快从嗓眼里跳了出来。任建国在半空一捞，抓住了它半边身子。这只石蛙一顿乱舞，让任冲想起自己刚落到资江深水里的情形。奈何它落入的乃是七级钳工的手，那条命就被牢牢地钳住了。

看着石蛙落入口袋，任安问：“爸爸，它会不会欺负其他青蛙？”

“它又不是你哥哥，何得欺负别人？”任建国说完，笑了一声。

任安也跟着笑了起来，又怕任冲发火，偷偷地看了他一眼。任冲却不好意思起来，抓了抓脑壳，问：“爸爸，它何解长得这么大？”

“它吃得多，所以长得大。你们也要多吃些饭。”

任冲嗯了一声，决心向这只石蛙学习。任安却觉得这石蛙太难看，还是那些青蛙逗爱些，于是决定少吃些饭。

这时一声尖叫从斜对面的田垄上蹿起。任建国父子三人齐刷刷地扭过头，手电筒光也直轰过去。

“何解？”

“有条蛇挡在前面。”

没听到陈玉的声音，任冲有些着急，大叫：“陈玉，你没得事吧？”

“我没事。”陈玉的声音比她哥哥冷静得多。

任建国手心直蹿汗，提高声音说：“你们莫动，用手电筒照着它。”然后从垄上捡起一块拳头大的石头，对着手电光的落点扔了过去。他用力过猛，石头擦过那条垄，落在田里，溅起一片响声。

任冲的心顿时变得像石头一样重，却听到陈松欢呼起来：“那条蛇吓跑了！”

任建国喊道：“你们沿原路行，行到我这边来。”

陈松出现在他们面前的时候，脸上惊惶之色还未消去。任建国问他那条蛇有多大，脑壳是不是三角形，陈松说：“我吓得魂都脱了，根本没看清是什么样子。”

陈玉说：“没得好大。脑壳长什么样子，我也没注意看。”

任冲问：“要是三角形，又何解？”

“三角形脑壳的蛇有毒，咬得死人。”

陈松说：“我记起来了，是三角脑壳。”

任冲立刻指出：“你不是讲根本没看清？”

陈松顿时语塞。陈玉说：“任叔叔，我们回去吧。”

任建国担心再遇到蛇，便下令收兵。看到自家的袋子比陈松的鼓得多，任安得意非凡，向陈玉报告：“玉姐姐，我一个人捉了十多只青蛙。”

“你硬是狠，我只捉了三只。”陈玉说着，把目光投向任冲，想听他报告战绩。任冲却一直看着路边的田，似乎根本没听到他们说什么。

任建国笑着说：“安安怕是蛇变的，蛇捉青蛙最狠了。”

“我才不是蛇变的。”

任冲这时耳朵变灵了，笑道：“你就是蛇变的，你看你的脑壳，是个三角形，还是条毒蛇变的。”

陈松仔细一瞅，说：“真的有点像三角形。”

任安大嚷起来：“我哪里是三角形脑壳？你才是的。”

陈松晃着脑壳说：“我是个扁脑壳，任冲是圆脑壳，就只你是三角形脑壳。”

陈松脑壳确实像个军用水壶，而任冲的就像个小西瓜。任安感到绝望起来，带着哭音说：“爸爸，我不是蛇变的。”

“哥哥是逗你嗨的。人是猴子变的，不是蛇变的。”

四个小孩顿时都感到震惊。但此话既是出自大人之口，他们都不敢怀疑。

过了好一阵，任冲才问：“爸爸，人何解是猴子变的？”

“上初中你们就会晓得了，课本上有。”

任安宁肯大家都是猴子变的，而非他一个人是蛇变的，悟了一阵后说：“我晓得了，人喜欢吃水果，猴子也喜欢吃水果，所以人是猴子变的。”

任建国嘿嘿笑了两声。任安见爸爸并没有否定，脑壳渐渐地昂得高了。

陈玉突然说：“人喜欢吃肉，猴子又不喜欢吃肉。”

任冲说：“就是喽，老虎喜欢吃肉，这样讲人是老虎变的喽？”

任安又一次哑口无言，把求援的目光投向任建国。任建国忘记了人是怎么由猴子变来的，便装作没听到他们的话，摸出根烟把嘴巴塞住。

回到家后，任建国把蛙都倒在桶里。看着那只石娃，宋巧云惊叹了一回，喜滋滋地说：“光这一只，就可以炒碗菜了。”

话音未落，那只石蛙猛地向上一蹦，竟跃出桶口，撞到宋巧云身上，又跌了回去。宋巧云被吓了一跳，说：“这只石蛙会不会是成了精的？”

任建国说："亏你还是读过书的，还讲些这样的迷信？快去拿案板来盖住。"

看着宋巧云用案板盖住桶口，只留出一条缝来透气，任冲任安才放心地去睡觉。

第二天早上，任冲起来后第一件事就是去厨房看青蛙。揭开案板往里面一瞅，不少青蛙还在往上蹦呢，可惜轻功不够高明，没有谁能一跃而出。尽管蛙头济济，但任冲总觉得少了些什么。使劲悟了悟，他便大叫起来："石蛙不见了！"

头个闻声赶来的是任安。往了桶里扫描了一会后，他眼睛顿时鼓得比青蛙还要厉害。任建国将厨房搜索了一遍，又带着任安任冲前往里屋和堂屋追拿逃犯。床底都用手电筒照过，三门柜底虽然太贴地，不好照，也拿长扫帚来回扫荡了两遍。考虑到那只石蛙轻功甚高，任建国连柜顶和蚊帐顶都检查了，却还是不见其踪影。他又检查了门窗，见都关得严实，便说："只怕是躲在哪个小角落里，你们都要注意点。后门莫开，前门出去的时候都要随手关上。"

宋巧云却说："天气热死了，不开门，屋里还不成个蒸笼？反正有那么多青蛙，够做两顿菜了，跑掉一只就算了。"

"那是石蛙，难得抓得到的。"

"哎呀，我昨天就讲过了，它怕是成了精的。要不是有神通，案板盖好的，它何解跑得脱？算了，莫去想它了。"

剔了宋巧云一眼，任建国嘴唇动了一下，又停住了，点起根烟来抽。宋巧云便起身做别的事去了。任冲惦记着看蛙泳，便和任安合力把洗衣的大木盆搬到门口梧桐树下，然后自个拎只空桶去短坡边的公用龙头打水。每次只能运一小半桶，往返几次，才注入大半盆水。他跑进厨房，挑了只腿长的青蛙。等返回梧桐树下的时候，却发现任安像那只石蛙一样不见踪影了。任冲心想，老弟真的是个傻瓜，这么好的把戏居然不看，便把陈玉叫了出来，一起观看蛙泳表演。每当这只青蛙试图逃出来的时候，任冲就把它按了回去，它只能不停地游。

看了十多分钟，陈玉说："这只青蛙只怕游累了，你让它休息一下。"

任冲还没看够，说："它本来就是在水里游的，何解会累？"

"我蹲得腿都麻了。"

"那我们站起来看。"

虽然游了很久，但青蛙的泳姿依然轻盈优美，好像在水里跳舞。任冲的目光牢牢地粘在青蛙身上，跟随着它在盆里来回飘动。陈玉偏过头来，打量了一会任冲，小声说："你是不是想学游泳？"

像是被针戳了一下，任冲把背一耸，回头往屋门口瞄了瞄，并没有看到大人，身子才舒展开来，用更小的声音说："你莫叫要得吗？"

任冲的口气半是威胁半是哀求，陈玉默然了一阵，说："江里有很多水鬼的。"

"水鬼都是夜里才出来，白天不会有。"

"你是不是去游过了？"

"游过一次，蛮好嗨。"

“你莫再去了，要去也要你爸爸带你去。”

“好呢，好呢，你嘴巴真多。哎呀，青蛙跳出来了。”

杨真家的大公鸡正在散步，陡然瞅见这只活蹦乱跳的家伙，便平举着翅膀飞奔过来，利嘴如钩，闪电般地一啄，正中蛙头。任冲大惊失色，连声呵斥。以为任冲要跟它来争食了，这只公鸡叼住青蛙，夺路而逃。等到它意识到嘴里这东西并非自己所好而松嘴时，这只青蛙已是四脚松松垮垮，伏在尘土中不能动弹。任冲悲愤之下，回家取出石头弹弓。他所使用的子弹不是石头，而是从车间地面搜集到的铁砂。这种铁砂没有小钢珠那样光亮匀称，总是有不规则突起，有的还带尖头，更具杀伤力。任冲痛恨那只公鸡平白无故对自己的游泳教练下毒手，瞄准了它的头就是一弹。公鸡一声惨叫，憋足了劲往上一蹿，等落下来时，左眼流出一缕鲜血，叫得是一声比一声凄厉。如果太阳听到的尽是这样的鸡叫，一定会躲着不出来。洪丽华却不是太阳，闻声而出，上前看清了，便发出比鸡叫更凄厉的声音：“哪个剁脑壳的打瞎我家的鸡？”

“是我！”

听到这清脆斩截的童音，洪丽华一愣。任冲一副理直气壮的模样，作案工具还堂而皇之地拿在手里。

“你讲，何解要打瞎我家的鸡？”

任冲往地上一指：“是它先咬死了我家的青蛙。”

洪丽华瞄了那只青蛙一眼，说：“你死的只是青蛙，就打瞎我一只鸡。”

“我的青蛙死了，你的鸡还是活的。”

洪丽华一愣，说：“快喊你妈妈出来，要她赔我的鸡！”

“你先赔我的青蛙！”

“要得，我明天给你买一只。”

“我不要，我就要这只，你把它弄活。”

洪丽华一时语塞，怒气顿时把头发都冲乱了。旁边围拢了几个人，都是笑笑地看着任冲。任冲越发来劲，甩着弹弓说：“它还要咬我的青蛙，我就把它另外一只眼睛打瞎。”

见这小子如此嚣张，洪丽华伸手来夺他的弹弓。任冲一闪，就躲到前来看热闹的吴铁梅身后。

吴铁梅说：“丽华，讲是讲，大人莫跟小孩动手啊！”

“他也太调皮了！”

“他是调皮。不过话讲回来，要不是你的鸡啄死了他的青蛙，他也不得来打你的鸡。你的鸡反正还活着，快去给它涂点药。万一死了，它也长得这么大了，正好杀了吃。公鸡不比母鸡，再长老一点，肉就不好吃了。”

厂里的妇女里面，洪丽华对吴铁梅最畏火。她出面打圆场，再加上确实是自己的公鸡先啄死了任冲的青蛙，就算去跟宋巧云吵，也未必占得了上风，满腔怒气便只有发泄在那只公鸡头上。她猛地一脚踢去，叫道：“你去死了算了，还站在这里扯气做什么？”

觉得这脚是在发泄对自己的不满，吴铁梅把脸一板，对任冲说：“还不快行！”

任冲得胜而返，还不忘拎着那只死青蛙。吴铁梅要他丢了算了，任冲直摇脑壳。吴铁梅说：“未必你还把它炒了吃了？”任冲还是摇脑壳。吴铁梅就搞不懂了，瞪着他说：“你呀，真的是只飞天蜈蚣。”

任冲嘿嘿一笑，觉得是受到了表扬。只要任冲笑，吴铁梅就觉得他还是蛮逗爱的，叮嘱他吃夜饭的时候过来，到时有煎面饼吃。任冲问：“吴姨，那我带陈玉过来吃，你准不准？”

吴铁梅脸上腾起了波浪一样的笑，笑完了便说：“准，何解不准？你这么小，就晓得疼妹子了，要得。”

被这么一夸，任冲记住了疼妹子原来是件好事，笑得越发得意。陈玉在旁边听到了，低下头，脖子都红了。正想躲到屋里去，却被任冲喊住，要她寻个有盖子的小纸盒出来。任冲自己取出小锄头，在屋后的梨树下挖了个洞，然后把青蛙放到纸盒中，埋在洞里。地面上还隆起个小土堆，就差没有立一块小碑，上书某某青蛙之墓了。干完这一切，任冲直起腰，发现任安从对面远远地行过来，双手捧着个什么东西。等他行近了，任冲才发现他满身都弄得脏兮兮的，却是一脸的兴奋和激动。

“哥哥，我抓到那只石蛙了。”

任冲连忙跑上前，看清在任安手中挣扎的就是那只石蛙，心里顿时一酸，觉得这件大功应该是由自己来立。要不是陈玉在旁边眼睛亮亮地看着，任冲真想把石蛙抢过来，说成是自己找到的。任安却全不明白任冲的心思，又赶着去向爸爸和妈妈报告自己的伟绩。宋巧云正在厨房杀青蛙，见任安抓回了石蛙，脸色却不太好看。但小崽满脸喜色，她不忍加以打击，勉强表扬了句：“你还蛮狠啊！”

任建国却是赞不绝口，询问他是怎么找到的。任安说：“我猜到它要跑就会跑到蛮湿的地方，就去沟里到处找。开始它还躲在盖子底下，我没看到。后来打转身找的时候，它又蹦到没盖子的地方。我就从后面行过去，站在沟里，不准它再蹦到盖子底下去，抓了几次才抓到手。它力气好大，还挣脱了一次。”

任建国笑眯眯地摸了摸他的头，说：“要得，奖你多吃一只蛙腿。”然后吩咐宋巧云赶快把这只石蛙脑壳剁下，省得又跑掉了。

宋巧云却说：“我是不敢剁，要剁你来剁。”

任建国也不说话，拿过菜刀，把石蛙按在案板上，一刀切掉蛙头。把刀往案板上一拍，任建国说：“还要我来剁吗？”

宋巧云冷着脸不作声。任建国拿块毛巾擦了擦手，就往堂屋去了。任冲和任安像深秋的蝉，不再出声，跟在任建国屁股后面，离开了厨房。

到了堂屋，任安问：“爸爸，我抓回了石蛙，何解妈妈不高兴？”

“你妈妈太迷信了，莫管她。”

见爸爸批评妈妈，任安便不再作声。父子三人情绪都有些低落，闷闷地等着开饭。任冲还有些担心宋巧云把石蛙丢掉。不过等菜端上来的时候，那只石蛙到底还是被盛在碗里，两只健硕的后腿格外醒目。辣椒炒青蛙乃是美味，宋巧云的厨艺在厂里又算得上是顶尖，父子三人的胃口被充分调动起来，刚才的一点不快被菜香冲得无影无踪。看到他们吃得开心，宋巧云也禁不住露出笑容。在任建国的一再劝说下，她吃了只石娃的前腿，并得出结论：青蛙的肉细一些，石蛙的肉有嚼劲一些。

饱餐了蛙肉后，任冲觉得自己也快变成了一只大青蛙，只想跳到水里一展身手。第二天，任建国和宋巧云一上班，任冲就甩开任安，直奔老街而去。陈勇一伙天天都往江里奔的，任冲的到来，让他们兴致更高。只是张治军没空去，按孙朋朋的说法，他要去钓妹子。任冲被游泳的渴望紧紧攫住了，根本不去想若没有张治军的带队，他们这些旱鸭子和半旱鸭子的安全就得不到保障。其他人也都觉得无所谓，热情高涨、勇气十足地向资江进军。太阳像刺刀一样戳在他们身上，他们一点都不蔫，反而活蹦乱跳。

江面被阳光烤得热热的，但只要踩进水里，凉意就会从脚底升起，浸透全身。任冲是个火体，进了水就觉得心里的躁意全跑了，又空又静，舒服得很。孙朋朋的狗刨练得小有成就，可以越过浅水线，在深水里刨上二十几秒钟后又游回来。陈勇上回受到刺激后，也颇为发奋用功，在齐胸深的地方能够游五六米远，只是还不敢到深水里去。任冲虽不像他们勤于实战，但自从观看了青蛙游泳后，每天晚上临睡前在床上模拟。其方式是用肚子顶着床面，两手两脚抬起，模仿青蛙划动——任安缩在床角观看，还以为他在练武功。只是肚皮太软，硬绷着顶床面很难受，任冲做梦都想着到江里来回真的。现在看到孙朋朋和陈勇都各有进展，便憋着一股劲，在齐胸深的水中练习起来。但这么深的水浮力不够，每次才扑腾几下，又迅速沉了下去。任冲气恼起来，几乎想赌气不练了。但一想到陈勇能游起来，自己肯定能，便又继续扑腾。陈勇站在边上看了会，横出一只胳膊，在水中垫在任冲肚子下。开始还不太情愿，但划了几下后，感觉跟以前有点不同，任冲便说：“你莫放。”陈勇胳膊不动，身子往前移，任冲也跟着移动。慢慢地任冲就体悟到了手脚怎么配合。他越游越起劲，越游越快，扭头想夸奖陈勇这一办法好，却发现他已不在身旁，身子立刻便沉了下去。

从水中站起来后，任冲用手抹了一把脸，冲着身后的陈勇叫道："我还以为你在托着我。"

"你不用我托，已经晓得游了。"

"你这个办法蛮好，哪里学的？"

"军哥哥就是这么教我的。"

任冲一旦找到感觉，进展就可谓神速。在水中他不晓得什么叫疲倦，游了大半个上午，兴致还是跟刚刚下水时一样高。直到孙朋朋提议到农村去嗨，任冲才肯上岸。

沿着江岸，大家往背对大桥的方向行。左边的农田流淌着无边无际的翠绿，亮得醒人眼睛。不时有白鹭从田间飞起，像云朵一样飘动在半空。远处的农舍戴着黑瓦，三三两两地站立着，跟田里的农民一样显得憨厚朴实。右边江面上出现一块小洲，洲边停着只渔船，船舷上蹲着排嘴巴奇大的黑鸟。这些黑鸟不在天上飞，却轮流表演着往水里扎猛子。当它们从水中蹿上来时，渔夫就会掐住它们的脖子，从口中掏出活蹦乱跳、银光闪闪的鱼。

任冲大为惊奇，问："这是什么鸟，还晓得捉鱼？"并把目光投向孙朋朋，期待着这个读三年级的人能提供答案。孙朋朋却跟他一样，一脸惊奇和茫然。

钱兵却说："我晓得，这叫鱼鹰，专门捉鱼的。"

见他回答出了这个读三年级的人都不晓得的问题，陈勇未免有点忌妒，问：“你何解晓得的？”

“我听我外公讲的，他以前打过鱼。”

任冲说:“鱼鹰有些傻，捉到鱼不晓得自己吃了，还要吐出来。”

“不吐打鱼的就会掐死它们。”

“它们不晓得跑啊？反正又晓得扎猛子又晓得飞。”

钱兵也不明白它们为什么这样老实，只好承认这些鱼鹰确实傻。他目光漫无边际地在江边游荡，突然惊叫起来，指着临江的垄下说：“那只鸟好乖态。”

其他人顺着他指的方向望去，果然看到一只玲珑精致的小鸟，翠尾彩身，从垄下芦苇丛中飞出，在半空中划出一道优美的弧线，无声无息地钻进水中。等它从江里弹出来时，口中叼着尾小鱼，又隐入芦苇中。如此漂亮又能干的小鸟，让几个人看得呆了。任冲心里涌起一股怜爱，竟然想起了陈玉。他盯着在风中微微起伏的芦苇，期待着那只小鸟再次现身。

陈勇提出下去捉它，任冲马上说：“它飞得那么快，你还没下去它就跑了。”

“那我们一个捡块石头，对着底下一齐扔下去，讲不定就可砸到它。”

几乎是愤怒地瞪了他一眼，任冲说：“这么乖态的鸟，要捉就捉活的，捉死的有什么味？”

陈勇想想也是，便取消了扔石提议，只是奇怪任冲是最喜欢打鸟的，这会为何心肠好得像个菩萨。钱兵却在琢磨那是只什么鸟。这次孙朋朋倒提供了答案，说：“这是翠鸟。”

任冲说：“这名字真是取得好。”

芦苇丛过去三百米，到了江的拐弯处，出现了一片桃林。尽管树上结的是毛桃，也足以让这些城里来的馋猫欢呼雀跃了。他们每人承包了一棵树，爬上去后放肆往裤袋里塞桃子。但短裤袋子的容量实在有限，任冲便把海魂衫一脱，无师自通地结成个包袱。这个办法马上就在桃林里推广开来。毛桃个小，褐中透点红色，因为绒毛多，沾了不少灰，看上去脏兮兮的。但任冲实在等不及去江边洗干净，拿起一个，咔嚓一声，就咬去半边，嚼得吱吱有声。

陈勇在另一棵树上问：“好吃吗？”

“好吃，酸甜酸甜。”

于是桃林里响起一片咔嚓之声。其实毛桃以酸居多，没熟透的还有些涩口。但对任冲他们来说，没熟透的也算得上是稀罕的美味。甚至光止桃子这两个字，就已能让他们口舌生津。任冲提出，干脆先吃饱，再装满带走，这样最划得来。他的提议得到了大家的一致赞成。就在这些人咔嚓得浑然忘我的时候，七八个农村小孩从林子后面包抄了过来。苏建最早看见，手一抖，啃了半边的桃子就掉下来。

为首的小孩有十一二岁，小头长腿，光着上身，皮肤黝黑，看上去像条巨大的泥鳅，手里还提着根扁担。跟在他身边的也有和任冲他们差不多大的，也有四五岁的小屁孩。

“泥鳅”仰头喝道：“你们还不快下来！”

任冲他们你看看我，我看看你，最后一齐望向孙朋朋。孙朋朋听说农村里的孩子很野，腿早就有些发软。但他耀武扬威惯了，面子上下不来，硬着头皮说：“我们不下来又何解？”

“不下来我们就扔石头了。”“泥鳅”说做就做，命令旁边的人捡石头。

孙朋朋连忙说：“莫扔！”便拿着一兜桃子，慢慢地下了树。任冲最后一个溜下来，靠在树边，包袱就数他手中的最大。

打量了他们几眼，“泥鳅”发现这些人皮肤比自己要白得多，火气就更大，喝道：“你们是哪里的？”

孙朋朋很少被人这样呵斥，但慑于对方手里的扁担，还是忍住气，老老实实回答：“街上的。”

“泥鳅”一听，气焰顿时减了几分。住在城边农村的人，向来对“街上的”抱有畏惧之心，因为他们进城遭受的奚落多半来自“街上的”。然而眼前这几个“街上的”不像传闻中那样头上生角，何况人又少，何况最高的那个也不过十岁左右的样子。看着看着，“泥鳅”气焰又涨上来了，极力装出轻蔑的样子，说：“街上的又何解？还敢来偷我们队上的桃子！”

如果孙朋朋拿出一点硬气来，“泥鳅”吓唬几句后也就完事了，但他是遇强则弱，小声说：“我们又不晓得是你们的桃子。”

见他畏缩的样子，“泥鳅”更加来劲，说：“偷就是偷，还有什么晓不晓得？”

“那你们要何解喽？”

“何解？”“泥鳅”上前两步，像翻身的长工审视着小地主崽崽，“肯定是赔钱。”

“我们身上一分钱都没有，就把桃子还给你们算了。”

“泥鳅”愈加确信这些“街上的”是些软柿子，说：“呸！想得美。先搜了身再讲。”

见他们就要动手，任冲心里腾起一股气，把畏惧之感冲淡了，大声说：“这些桃子是野生野长的，哪里写着是你们的？”

“泥鳅”一愣，调转目光。孙朋朋暗自庆幸终于不用自己当先锋了，往后退了两步。任冲站着不动，眼睛睁得大大的，把“泥鳅”射来的目光硬生生地顶回去。见他长得好看，“泥鳅”忍不住自惭形秽，同是又生出妒恨来。他往前行了两步，说：“你偷了我们的桃子，还这么凶火，想讨打了？”

看着比自己高了一头不止的“泥鳅”，任冲忍不住想往后退。但后面的树挡住了他的脚，便只有往前面行了一步，和“泥鳅”隔着两尺的距离。那条苍黄发亮的扁担横在眼前，实在是颇有震撼力。任冲这次罕见地没有回嘴。瞄着他手中那个大得过分的包袱，“泥鳅”又说：“就只你偷得多些，还就只你恶些。”

任冲目光瞟了下站在斜后方的陈勇，觉得他并没有上前相助的意思，心里便有些虚弱，但绝不摆在脸上，只是咬着牙不作声。

“你包桃子的衣服还算好看，留下来给我老弟穿。”

从后面的人群中行出一个男孩，跟任冲差不多高，八字眉，豌豆眼，身上那件烂了两个洞的套头衫明显小了一号。他盯着那件用来做包袱的海魂衫，如同发现了一块肉骨头的狗。

见他们居然提出这样的要求，任冲心猛地一沉。咬咬牙，他指着“豌豆眼”，说：“你敢跟我单挑吗？打赢了衣服就归你。”

这个提议让双方的人都为之一愣，既而兴奋起来。见“泥鳅”

和“豌豆眼”都面露犹疑之色，陈勇马上鼓噪起来：“不敢的是小狗。”

“豌豆眼”显然不愿做小狗，把那件套头衫脱下，说：“我还怕你？”

任冲把包袱放在树下，说：“先讲好，我要是打赢了，桃子就归我们。”

“泥鳅”显然不相信他弟弟会输，冷哼了一声，说：“只要你打得赢。”

双方的人都往后退，腾出块空地来。苏建说：“那要先讲清楚，只准空手打。哪个先倒地哪个算输。”

“泥鳅”皱了皱眉头，说：“你们街上的人真的啰嗦。要得喽。”

他话音还没落，“豌豆眼”就冲上来，俯身去抄任冲的腿。他出手快，动作娴熟，任冲还没反应过来，就被他抱住左腿。没想到这么快就要输，陈勇他们脸都白了。任冲往后一倒，却被桃树抵住了背。仰头时他看见主干分杈处，便伸出手牢牢抓住，身子悬了起来，双腿尽力往上缩。“豌豆眼”还箍着他的左腿不放。任冲右脚往他肩上一蹬，“豌豆眼”喊了声哎哟，松了劲，却不放手。任冲左腿猛地往上一抽，从“豌豆眼”双臂中拔了出来，马上就蹬在他胸口。“豌豆眼”往后退了几步，身子一蹲，再往后一跳，才卸掉了冲力。任冲已松手落在地上，猛撞过去。“豌豆眼”还没直起身，被他撞了个正着，摔在地上。陈勇他们立刻欢呼起来。“豌豆眼”爬起来后，口里发出霍霍之声，又冲过来。

任冲一闪，叫道：“你们嗨赖！”

“泥鳅”铁青着脸说：“志宝，莫打了，放他们行算了。”

“豌豆眼”回头说：“这不太便宜他们了？”

“我们讲话要算数，莫让街上的人看不起。”

“豌豆眼”这才住了手，恨恨地瞪着任冲。不去看他，任冲拾起包袱，往林外行去。其他人连忙跟上。

才行过大桥，几个人身上都痒起来。起初还能受得住，到后来那痒一阵阵地冲向心窝，让他们恨不得把皮都挠破。好容易挨到老街上，五个人提了两个桶，跑到大井边冲了个澡，才略略止住。回到家中后，宋巧云审问桃子来自何处。任冲说是在城边山上摘的野桃子。宋巧云审视了那些桃子，不过是些又小又涩的毛桃，挑到街上来是没人会买的，也就相信了任冲的话。

任安陡然看到这一大堆桃子，兴奋如同小猴，一手抓一个，就要往口里塞。宋巧云连忙喝住，要他洗干净再吃，不然会闹肚子。任冲在旁边听到，露出副不以为然的表情——他吃了几个没洗的毛桃，肚子却安然无恙，可见就算是妈妈的话，也不一定对。任安却谨遵指示，要任冲帮忙用洗菜的白铁盆把桃子运送到公用龙头底下，然后自己动手，一个个洗得干干净净。

不知什么时候，旁边已围了几个小孩，都望着那些桃子流口水。反正是不要钱买的，任冲乐得大方，赵虎、陈松、陈玉每人一个。孙爱红跟陈玉现在有时也说几句话了，虽没有问她要，目光却牢牢地粘在她手中的桃子上。陈玉见状，便问任冲又要了一个，递给孙爱红。孙爱红不胜欢喜，偷偷地去瞟任冲，担心他横加阻拦。但任冲好像没看见一样。何春生跟周明晓得任冲不会给他们吃，便冷着脸站在一边，批评这些桃子太小，肯定不好吃。

任冲大声说：“你们还没得吃呢！”

何春生说：“我们不稀罕。”

“不稀罕还站在这里看什么，还不是心里想吃得恼火？”

何春生被这句话噎住了，好像喉咙里塞进个大桃子。周明拉着他，恨恨地行了。杨真却还小心地笑着，混迹在吃桃一派中。孙爱红把自己的桃子让他咬一口，他也没有拒绝。任冲却不理会他，和任安把桃子运送回家。

过了一会，陈玉来到他家，笑着对任冲说：“我哥哥还想吃，你还给他一个喽。”

任冲马上给了陈玉两个。

此后每过一两天，任冲就要和陈勇他们去游泳。游完后，便去看鱼鹰捕鱼，或是在芦苇丛边等着翠鸟现身，桃林那边却不敢去了。这天任冲他们顶着大太阳来到江边，发现有人跟他们一样不怕晒，光着身子往水里行。那背影很是熟悉，任冲却一下子想不起是谁。那人滑了一下，身子倾倒在水中。他用手撑着河床，又站了起来。任冲这才想起他是王军，立刻兴奋地喊起来。王军回头望了他们一眼，继续前行，一直行到齐胸深的地方，才停住，在水中乱划起来。

孙朋朋以行家的口吻说：“他还不晓得游。”

苏建得意地说：“还没我会游。”

任冲不发表意见，很快脱光衣裤，下了水。

见他们过来，王军又往上游行了十多米。陈勇愤愤地说：“他真是个怪人。”

任冲还是不发表意见，自个游了起来。他在水中已经可以跟青蛙媲美，就是人小，力气还不足以游得太远。他喜欢逆流游上十来米远，再放松身体，仰卧闭眼，任凭水流把自己带回原处。孙朋朋、陈勇也都敢到深水里游上一阵。钱兵和苏建在齐胸深的地方能浮起来，就是不敢到深水里去。每当陈勇想把他们推到深水中，这两人总是未卜先知，迅速往更浅的地方移动，然后一屁股坐下，让陈勇无可奈何。

王军在上游乱划了一阵，总是浮不起来，有些恼怒。下游传来的欢笑声更是刺激了他，让他觉得这是在嘲笑自己。他发了狠心，一定要浮起来，便往江中行了一步，觉得浮力大了一点。又行了一步，感觉要漂起来了。他想还行一步就停止，便又迈出一步。这一步却踩了空，身子一偏，便没入水中。他没有喊叫，只是手脚下意识地急剧动起来。任冲正往这边游过来，一看情形，连忙加力前进。

王军吃了两口水，差点就呛住了。心里积聚的那股戾气顿时冲了出来，手脚毫无章法地乱打，要把这可恶的水打烂打倒。但水是打不烂的，就算出现伤口也会马上愈合。王军那点小小的力气很快就要耗尽了。他意识到自己斗不赢水，便赌气不再动弹。身子沉下去的时候，王军心里涨满了愤恨和悲凉。他想瞎了一只眼睛还不如死了。他想自己死了就沉在江底，不要被人找到，这样就不会再有人看到自己的瞎眼。这样想着他心里涌起一丝快意。就在王军意识渐渐模糊的时候，突然有只手抓住他的衣领往上提。

他没有像抓救命稻草一样去牢牢抓住这只手，因为这一刻他心里出奇的平静，没有了愤怒，没有了怨恨。他一点都不想动弹，不想破坏这种异常舒服的状态，所以任冲得以顺利地把他带到了浅水区。当王军头脸露出水面的时候，他还不愿意相信自己又回到了这个世界。陈勇他们赶过来的时候，王军的呼吸已经恢复正常。

看着他无悲无喜的表情，陈勇忍不住说："是任冲救了你。"

王军的目光在任冲脸上停留了一会。任冲有些兴奋和紧张，很期待地看着王军。但王军什么也没说，就往岸上行去。

陈勇骂道："真的是个傻瓜，别人救了他也不晓得讲声谢谢。"

其他人也纷纷发出谴责。苏建甚至说："让他淹死还好些。"

任冲沉默着，最后才说："这样也好，我就不欠他的了。"

11

新学期一开学，赵秋云就依据上学期的考试成绩排名，对班干部进行了调整。陈勇因为语文和数学成绩太烂，惨遭免职，尽管他的体育成绩很好。接替他位置的是任冲。如果换了是旁人，陈勇一定会寻衅。但任冲出任体育委员，他还得表示恭喜。任冲当然欢喜得很，但同时也替陈勇感到难过。他表示，这是赵老师安排的，他事先不晓得。陈勇模仿着张治军的口吻，说："兄弟之间，哪个当都一样。"这句话他说得格外大声，引起了一些同学尤其是女同学的注目，让他心里好过了一些。

任冲晋升为新进的尖子学生后，活得格外得意。他是上课专心听讲，下课放肆打闹。就算闹得有点过分，赵秋云见到了，也会一笑置之，反而说他活泼。江萍在学校里碰见他，也笑得慈祥，而不是像过去那样，总是带着恨铁不成钢的表情，动不动还要训斥几句。意识到这一切都是成绩好所带来的，任冲学习更加不敢放松。他的形象思维比逻辑思维强，学语文感到轻松一些，也觉得有味一些。但他执意要在数学上显示出比别人强，喜欢去钻研一些怪题偏题。这种题目每回考试只占少量，但这并不影响任冲的钻研热情。几次小考下来，钱亚男对他的评价是：最难的题都会做，很容易的题目反而做错了。任冲听到了，把这视为一种表扬，颇为自喜，劲头更大。快到期中的时候，年级举行数学竞赛，所出的试卷上就全是难题怪题。任冲术业有专攻，居然勇夺头名，把蔡集贤、苏建和陈玉这三大数学尖子都比了下去，更是得意非凡。拿到奖状后，他特意跑到蔡集贤面前显摆。看到奖状上那醒目的第一名的字样，蔡集贤只有忍气吞声。这张奖状比三好学生的奖状更让宋巧云惊喜，她说："冲冲还是像我，我读书时数学成绩就特别好。"

任冲这次终于听到妈妈说自己像她，而不是说老弟像她，心里有种云开见日的爽朗。为了让宋巧云更加欢喜，他在被问及需要什么奖励的时候，大声说要买书。果然，宋巧云又一次夸奖他懂事了，真的爱学习了。为了再次证明自己懂事，在新华书店买书的时候，任冲压下了对连环画的强烈向往，选了一本《十万个为什么》。宋巧云回来后喜滋滋地对任建国说："冲冲说不定会当个科学家。"对这个激动人心的预言，任建国只是嘿嘿笑了两声。倒是任安在一边听到了，热血沸腾，宣称自己也要当科学家。

看着两个崽都是奋发有为的模样，宋巧云说：“要得，以后我们家里出两个科学家。”说这话的时候，她瞟了任建国一眼。见他还是一副心不在焉的样子，不禁有些生气，说：“你在悟些什么，是不是又在想野婆娘了？”

任建国夹烟的手一抖，连忙辩解道：“哪里，你莫乱讲。”

宋巧云本是说气话，见他如此，倒起了疑心，斜睨着他说：“乱讲不乱讲，你自己心里清楚。”

把眉头努力挤成一堆，摆出副痛心疾首的表情，任建国说：“你这个人呢，总是没事找事，搞得自己和别人都不快活。”

“我哪里不快活？冲冲比赛得了第一名，我快活得很。就只你阴着脸在那里。”

“我当然也高兴。崽得了第一名，我何解不快活？”

“这还差不多。”

见他俩终于没有吵起，任冲和任安都暗自松了口气，更加快活起来。

就在任建国申明自己很快活的第二天，他在准备跟郑小华快活的时候，被戴东风带人堵在下班后的医务室里。因为郑小华闹出的桃色事件太多，大家习以为常，并不把她作为谈论的焦点，反而将关注的目光聚焦在宋巧云身上。有人期待她会像其他妇人一样，披头散发地找郑小华大闹一场。但宋巧云并没有这样做，而是脸色惨白，一言不发，提了个皮箱，要带任冲和任安回娘家去住。如果她大哭大闹，任建国还不怕，但这个态度，着实让他胆寒。任建国很怕宋巧云一去不复返，但又不敢强行阻拦，便表示：

崽是两个人的，要带也只能带一个回去。

因为任安小一些，离不得妈妈，宋巧云便又带上他，同时叮嘱任冲，要他中午和下午都到外婆家来吃饭。任建国并没有反对。

这次爸爸和妈妈闹别扭，任冲并不紧张，觉得无非像上次那样，过一阵就好了。何况他每天既可以跟爸爸在一起，又可以跟妈妈在一起，生活跟过去没什么两样。任安则不用去上幼儿园了，除了想念许琪琪外，一个人在学校里东游西荡，倒也过得快活。只是过了段时间，两兄弟就觉得有些不妙。因为任建国来了两次，宋巧云都不肯跟他回去。而且在餐桌上，两兄弟越来越频繁地听到离婚这个字眼。宋正德还是劝女儿包容一些算了，因为两个小孩都这么大了，离婚不好。江萍却态度坚决，说："这样的男人还要什么，离了就离了。世上的好男人多得是，随便找一个都比他强。"任冲在边上听到了，不禁对江萍起了憎恨，但又不敢表露出来，只是瞟了一眼任安。任安一副失神落魄的样子。宋巧云一直默不作声，等宋正德跟江萍说完了，才表示，不想跟任建国过了，离了后也不会再找，就带着两个崽过日子。宋正德马上提出一个问题：任建国会同意两个崽都归你带吗？宋巧云陷入沉默，脸色愈加显得苍白。任冲陡然感到一阵寒意沁入了骨头。

任大发前来替任建国求情的时候，校园里梧桐树叶已经转黄了。宋正德里面穿着毛线衣，外面套件单衣，本觉得温度适宜，但看到任大发缩着背，把手笼在袖子里的模样，身上便起了冷飕飕的感觉，不禁想念起埋在衣柜深处的棉衣来。见亲家来了，宋正德的笑容还是很有暖意。江萍却当是见了仇家，脸上冰冰的，端上来的茶也是要冷不热。任大发却是好脾气，一口一个亲家母，喊得亲热。江萍依旧是爱理不理，任冲在边上看到了，顿时心中起了不平。他平时不太喜欢爷爷，这刻却觉得他可亲得很，黏在他身边。江萍要他和任安出去嗨，任冲却说："我就要在屋里嗨。"

瞪了他一眼，江萍说："大人要谈事，你莫在这里碍事。"

"我嗨我的，你们谈你们的，哪里碍事了？"

江萍伸手来揪他的耳朵。任冲一闪就躲过了，然后钻到桌子底下。见江萍气得脸上肉抖抖的，宋正德说："他不肯出去嗨就算了。外面有点冷了，怕感冒。"江萍这才罢休。

任安也学哥哥的样，缩到桌子底下。两兄弟挤在一起，觉得十分安全稳妥。大人们的话在上面盘旋，然后准确无误地降落在他们耳朵中。他们听到任大发先是以沉痛的语气，数落"我家建国"的种种缺点和过失，包括脾气臭说话口气冲爱抽烟喝酒不太晓得关心人等等。任冲头次听到爸爸的缺点居然比自己还多，惊讶之余，倒也有些快意。任大发又把话一转，说"我家建国"心还是不坏，做事也算勤快。听到此处，任冲心里又得到了某种安慰。但当江萍的冷哼钻进桌底时，他的心又颤了一下，悬了起来。随即宋正德对任大发的话进行了肯定，而江萍除了冷哼外并没有进一步表示异议，任冲的心才又落到安稳处。这时任大发又开始夸奖"媳妇妹子"的种种好处，诸如能干细心勤俭持家言语温柔懂得礼数尤其是给任家生了一对好崽云云。听到"一对好崽"的评价，任冲和任安心头都一热。这时外面响起了开门的声音，是宋巧云回来了。

见到任大发，宋巧云并没有喊爸爸，而是说：“你老人家来了。”

这个态度，才真正让任大发心里发冷。但他依然堆出笑容，说：“巧云，你这个时候才下班，累着了。”

“巧云，你去厨房里帮我择下四季豆。”

“你去厨房里择四季豆就要得了。巧云，你坐下，跟你公公讲一下话。”

江萍瞪了宋正德一眼，见他笑眯眯的样子，也不好再使气，便昂着头，甩着双手，往厨房去了。

任大发感激地看了宋正德一眼，然后重重地叹了口气，说：“巧云啊，建国这个不争气的，太对不起你了。我骂他都骂了好多次。我讲，巧云这样的好婆娘，打着灯笼也找不到，自己还不晓得珍惜……”

任大发足足讲了有一个小时，宋巧云只是不吭声，也没有像他预期的那样起码要红眼睛。等到任大发替任建国保证从此痛改前非，要重新变人的时候，宋巧云开了口：“他改不改跟我没什么关系了。这就好像一块肉，如果掉到厕所里，就算捞上来洗得再干净，我也不得吃了。”

这个比喻让任大发一怔，半张着嘴，不晓得说什么好。见他这样，宋巧云倒有些于心不忍，说：“你老人家放心，就算我跟他离了婚，也一样把你当亲人看待，逢年过节总要来看一下你老人家。”

这话让任大发心里又燃起了希望，说：“巧云，你不看我面子，也看在两个崽面子上，跟建国再和好这一次，要得吗？”

这时江萍端着碗筷出来了，听到任大发如此说，把碗往桌上重重一蹾，说："你放心，两个崽跟着巧云，总变得人出。跟着那个流氓，那就只有变流氓了。"

这话喷出来，顿时让任大发瞠目结舌。任冲忍不住跳了出来，大叫："妈妈，你莫跟爸爸离婚！"

话音才落，他头顶就挨了一凿栗，紧接着落下来的就是江萍的训斥："小孩子懂什么？莫乱讲话！"

任冲仰着头，瞪着江萍，却又不敢作声，泪珠在眼眶里直打转。任安本想追随而出的，但见任冲遭遇到强力阻击，便还是缩在桌底下，直到宋巧云喊他出来吃饭。

宋正德留任大发吃饭。任大发瞟了一眼桌上，见只有五双碗筷，便说我回去吃。宋巧云也说了句，干脆吃了饭再行，但语气并不热情。任大发下了决心，抵制住厨房里飘出的香气的诱惑（他能肯定，其中有道菜是辣椒炒腊鸭子），起身告辞。宋正德把他送到门外的坪里，任冲也跟在后面。他听到宋正德对任大发说："我再好好劝劝巧云。"任大发点点头，便袖着手，慢慢地行了。见任大发佝偻的背影，任冲心里涌出一股酸楚的感觉，平生头次觉得爷爷很可怜。

此后的一个星期，任冲中午和下午都不肯去江萍家，而是和任建国一起吃食堂。宋正德特意到教室来找他，问他何解不来吃饭。任冲说："我到机械厂吃饭，妈妈就会回来的。"

摸了摸他的脑壳，宋正德长叹一声，说："你要好好读书。"

任冲使劲嗯了一声，几乎要战栗起来。

过了十来天，陈勇悄悄地问任冲："你爸爸和妈妈吵架还没和好？"

"你何解晓得他们吵架了？"

"我几次留堂，都看到你妈妈提着菜行进你外婆住的那栋楼里。你又没在那吃饭了，那肯定是她跟你爸爸吵架了。"

"嗯。"

"他们这一次就吵得久喽。我爸爸和妈妈吵得再凶火，最多过两天，就又在一起有讲有笑了。"

"他们也快好了。你莫告诉其他人。"

"钱兵和苏建也不告诉？"

"莫告诉。"

此后任冲一回到家中，就是问任建国："爸爸，你什么时候去接妈妈回来？"任建国总是说快了，但总是不见行动。拖延得久了，任冲干脆限定时间，说："爸爸，今晚上去接好不好？"

见任冲眼巴巴地望着自己，任建国按捺住烦躁，说："你不晓得，你妈妈趁我上班，到屋里来把她的所有东西都搬行了，你老弟穿的衣服也拿行了。"

听到妈妈拿了老弟的衣服而没有拿自己的，任冲鼻子一酸，几乎要落下泪来。但他忍住了，赌气说："那我们莫去接妈妈，等她自己回来。"

看了任冲一眼，任建国嘴巴动了动，却没有说话。

以后每天下午放学后，任冲都怀着焦虑和激动往家里奔。他渴望着还没进屋就看到门开着，从里面传出宋巧云和任安说话的声音。但每次门都是板着面孔等着他来打开。但任冲并不死心。在梧桐树下做作业的时候，他总是写几行字或做完一道题就往短坡所在的方向张望一阵。在他的幻觉中，总能看到宋巧云的灰卡其布衣服和齐耳短发在坡上一闪而过，但接下来显现的往往是其他人更为切实具体的身影。有时觉得是自己张望得太频繁了导致宋巧云没有来，任冲便努力把目光校正到作业本的方向，直到写完一版字或做完所有的计算题，才怀着重新盈满的希望，抬起头，慢慢地转动脖子。但看到的依然是别人的身影，或者干脆是空空荡荡。看着他这时的表情，陈玉都忍不住难过起来。有次她说："任冲，你快做完作业。晚上我要我妈妈带着我们去喊宋姨回来。"

像是遭受到某种侮辱，任冲恶狠狠地说："哪个要你妈妈去喊？"

陈玉小声说："我是想帮你。"

"哪个要你帮？"

见任冲蛮不讲理，陈玉又委屈又难过，默坐了一会，就收拾文具往屋里去了。其实很想她再陪陪自己，却又说不出口，任冲只是板着脸，不去看她。但等陈玉真的进了屋后，任冲想到连她都离开了，觉得自己没人理，可怜得很，心里酸痛酸痛。难过了一阵后，又有股戾气慢慢地积聚在胸口，他想："干脆哪个都不理我算了，就让我一个人过。"这时深浓的暮色从梧桐树枝叶的间隙中大滴大滴地落下来，落在任冲的作业本上，黯淡了本子上的字迹，也落在他的心头。

第二天下午，江萍把任冲从教室里喊了出来，说："你放学后到我屋里来，你妈妈有话跟你讲。”

不太愿意跟江萍多说话，任冲只嗯了一声，就转身行进教室。江萍心里堵着口气，觉得任冲越来越不逗爱了。

江萍行后，任冲直愣愣地盯着黑板，却一个字也没看明白。自然课老师见他神情如此专注，提问时特意把他喊了起来。任冲却是一脸懵懂，还是钱兵在后面小声传递了答案，才得以蒙混过关。

放学后，任冲坐在座位上一动不动。陈玉问他何解不收拾书包，任冲说：“你先行喽，我还有事。”

“是不是你外婆找你有事？”

“是我妈妈有话跟我讲。”

“那你还坐着做什么？快点去喽。”

“我不想去！”

“何解？”

“我也讲不清楚。”

“你还是要去。要我陪你去吗？”

仰头看着陈玉，任冲说：“算了，你先回去。”

“反正你要好好听宋姨讲，莫使气。”

“我晓得。”

望着陈玉的背影消失在教室门口，任冲心里愈加虚得厉害。

江萍家就在一楼，行进楼道里的时候，任冲头次觉得这里有种阴森的感觉。甚至当门打开的时候，那窄窄的过道也给他这种感觉。宋巧云还没回来。宋正德见了他，依然含着笑，但任冲感觉到那笑容后有掩饰不住的沉重。只有任安，快活得像只刚吃饱桃子的小猴，见任冲来了，急急地拿出江萍给他买的微型塑料玩具小车。但任冲只是冷冷地瞅了一眼，并没有表现出任安期待中的羡慕和欢快。觉得自己像是犯了什么错，任安连忙提出把小车借给任冲带回去嗨两天。任冲却摇了摇头，让任安甚为沮丧。他把小车塞进口袋里，陪着任冲坐在长凳上。两兄弟都不说话。宋正德也不说话。只有厨房里偶尔发出锅瓢碰撞的声音。

也不知过了多久，宋巧云回来了。甚至她还在楼道里的时候，任冲就感应到了，心狂跳起来。但等宋巧云面对面地坐下，跟他说话的时候，任冲的心反而不跳了，因为他看到的还是自己最熟悉的妈妈，并没有变成别的模样。

“冲冲，我要跟你爸爸离婚了。”

听到这句话，任冲大脑一片空白。等他刚醒过神来，又有句话像锤子一样砸了过来。

“我想把你们两兄弟都带在身边，但你爸爸不干，他讲要带你。”

半张着嘴，任冲怔怔地看着宋巧云。任安缩在一边，心里被内疚缠绕着，因为自己能跟着妈妈，而哥哥却不能。

“我还要跟你爸爸讲，要他同意我带你。你外公也会跟他讲的。最好你先跟他讲，你想跟着我。这样我们就好讲一些，晓得吗？”

任冲点点头，像个机器人。

“你在这里吃夜饭，今晚上回去就跟他讲。”

任冲又点点头。

吃饭的时候，任冲默不作声。今天吃鸡，宋正德给他夹了只鸡腿，宋巧云也给他夹了几块鸡肉。江萍却只给任安夹。席间讨论起离婚后的事，江萍说：“你最好到我这住，就是带了两个人，太挤了。”

“我到外面租房子住。”

“那我何解放心？你一个女的，带着两个小的，太不安全了。”

“不要紧，冲冲和安安都是男孩子。”

“他们太小了。万一有什么事，你未必还靠他们挡在前面？”

“我们会保护妈妈的！”

见任冲瞪大着眼睛，一副满不服气的样子，江萍冷笑道：“你打得哪个赢喽？”

“我打得好多人赢，班上还没得哪个同学我打不赢。”

“那都是小孩子，你打得大人赢吗？”

“我可以拿刀子去打。”

“你莫充狠要得吗。快点吃完饭，早点回去跟你那个剁脑壳的爸爸讲。”

“爸爸不是剁脑壳的。”

“哎呀，你跟他感情还蛮深啊。”

宋正德瞟了一眼宋巧云，见她脸色有点冷，便说：“他是冲冲的爸爸，在一起生活了好多年，当然有感情。”

“安安就没有，他只跟妈妈好。对不对，安安？”

八道目光都聚焦在任安脸上，他表情紧张地点点头。

任冲顿时替爸爸感到不平起来，不想搭理江萍和任安，把脸埋在碗里，全力扒饭。宋正德要他吃慢一点，不然对胃不好，他也没减慢速度。吃完后，把嘴一抹，他对宋正德说：“外公，我行了。”就背上书包往外冲。

宋正德对他的背影说:“你爸爸何解讲,你明天要来告诉我们。”

这时任冲已隐入过道中，从那里飘来他并不响亮的回答：“我晓得！”然后是门锁碰撞的声音。

回到厂里，家门却是锁上的，这却让任冲大大地松了口气。这时天已经黑了，进屋后，他就在灯下摊开作业本。语文作业快完工的时候，任建国回来了。任冲连忙告诉他，是外公喊他吃饭去了。

“陈玉告诉我了。”任建国说完，坐在侧面的椅子上，点燃一支烟。看到他弓着背，眉头深锁，任冲觉得爸爸可怜。宋巧云所教的那番话，他实在是说不出口，只有重重地划着字，把纸都划破了。

“冲冲，你妈妈硬要跟我离婚。我跟她讲了，要离就一个带一个。安安还小，就跟着她。我就带着你。”

停住铅笔，任冲看着任建国，眼睛里一下子就盈满泪水。

“你们莫离要得吗？”

“我是不想离，是你妈妈硬要离。”

“我去跟她讲，我还要陈姨去。”

“哪个陈姨？”

“就是陈玉的妈妈。”

“快莫提她了，她总是挑起你妈妈跟我离婚。”

任冲一怔，诧异陈姨何解会这样做，但爸爸说的话又不能不信，顿时心里乱成一团麻。

看到任冲一脸茫然，任建国叹了口气：“你妈妈那个人，打定了主意就不得回头的，你去讲也没用。”

泪水已经滴落在脸庞上，任冲咬着牙说：“我就要去讲。”

“哎，随你。你先把作业做完。”

抽完支烟，任建国就往门外行。任冲问：“你又要到哪去？”

“我去别人家里打牌。你做完作业就睡，听到吗？”

应了一声，任冲开始做数学作业。心里像是有很多蚂蚁在乱爬，本来很简单的文字题，却总解不开，气得他想把作业本撕了。这时门吱呀一声响，任冲一抬头，见是陈玉，便说：“你来得正好，快把你的作业本拿来让我抄。”

坐在他身边，陈玉看了看，说：“这么简单的题目，你闭着眼也解得开。”

“我就是不想做。”

“不行，你要自己做。”

“你不肯帮我做就算了。”

见任冲气鼓鼓的样子，脸上还有泪痕，陈玉说：“那就只准抄这一次。”便转身回家，拿来作业本。

任冲接过来，却只顾埋头抄，仿佛忘了她还坐在旁边。过了好一会，陈玉忍不住问：“你妈妈跟你讲了什么？”

“也没讲什么。”

“她不会跟你爸爸离婚吧？”

“你是听哪个乱讲？是不是你妈妈讲的？”

“我妈妈才不会乱讲呢！”

“那就不晓得了。”

“不准你讲我妈妈坏话！”

“是你妈妈在背后讲我爸爸的坏话。”

“你听哪个讲的？”

“哪个讲的你莫问。”

“那个人造谣。”

“别人才不会造谣，只有你妈妈才造谣。”

“我不理你了！”

“不理就不理，快把你的作业本拿去！”

怔怔地看着任冲，陈玉那样子像一只受到惊吓的小鸡。任冲更加来劲，把她的作业本往旁边一扒，说：“没有哪个稀罕你！”

陈玉眼睛红了，拿起自己的作业本。等她转过身往门外行去的时候，任冲看到她的肩膀一耸一耸的，眼泪便开始不受约束了。他用手背抹了下眼睛，再抬头看时，陈玉已经把门带上了。

任冲心里发了一阵酸，随即又赌气地想：“没有你我一样做得题目出。”便强行打起精神，对着那些文字题问答题发起进攻。没想到现在心里不是蚂蚁乱爬，而是很多只青蛙在乱跳，根本就没办法集中心思。任冲一急，手上一用力，铅笔头便按断了。气得把笔一甩，他干脆出了这间屋子，把门锁上，在夜色中漫无目的地行走。

不知不觉任冲就来到池塘边。零碎的幽光在塘中闪烁。偶尔响起扑通一声，不知是跳进只癞蛤蟆还是只老鼠不小心落水。任冲突然想起很久以前，还是读幼儿园的时候，任建国在家里扫地，看到只小老鼠从柜底滑了出来，便一脚踩住它的尾巴，用根线拴牢。那只老鼠比块朱古力饼干大不了多少，一身细细的绒毛，看上去蛮逗爱。任冲和任安嗨了半天，最后把它带到池塘边，丢到离石阶不远的水中。第一次，那只小老鼠四脚急颤，像是在水上滑行一样，飞快地游近石阶。刚爬上来，任冲就把它踢进水中。第二次它的速度慢了下来，但还是顺利登陆。任冲提起拴在它尾巴上的线，远远地抛了出去。那只小老鼠还能辨清方向，向石阶游来。一开始是游，到了半途简直像是在水里爬。离石阶还有一米远的时候，它就耗尽了力气，挣扎了几下，就四脚松软，窒息而亡。任冲还记得当时和任安一起谴责这只老鼠不厉害，才游了几下就报销了。现在回想起来，他觉得真不该那样对待小老鼠。那只小老鼠肯定是没有爸爸和妈妈管，单独溜出来，才会被人捉住的。他觉得自己跟那只小老鼠一样可怜。

这时，身边响起轻微的脚步声。任冲扭头一看，王军像猫一样行了过来。王军经常像猫一样在黑夜中独行，他的行走舒缓而诡异，几乎跟猫一样没有声音。那只独眼像看见了老鼠的猫，在暗色中发着光。任冲这时却不想搭理他，又转过头，盯着塘面。当王军从他背后经过时，他的后颈有种凉飕飕的感觉，似乎王军的目光像刀片一样搁在那里。任冲忍住没回头，过了片刻，便听到王军的脚步声渐去渐微，最后完全消失在墨一样浓的黑夜之中。

也不知在塘边待了多久，直到周围听不到什么声音了，任冲才回到家里。任建国还是没有回来。倦意在他脑门处开始轻轻扇动，像盛夏的蒲扇，催人入梦。任冲抹了把凉水脸，开始继续奋战。这次那些题目由坚硬的石头变成了发饼，虽是已变冷变硬的发饼，但总算啃得动了。但这些题目平淡无奇，不属于任冲偏爱的怪题，啃着啃着任冲就觉得寡淡无味，睡意又堆积在脑门处，并开始压迫眼帘。他闭上眼睛，又睁开，闭上眼睛，又睁开，最后头一歪，就枕在作业本上睡着了。等任建国打完牌回来，把他推醒时，已经快凌晨一点钟了。打了个激灵，任冲还要抓起笔跟数学题做深夜决战，任建国说快睡算了，早上起来再做，就半推半哄把他弄上床。

头一沾枕头，任冲就迅速潜入睡梦的深水处。他梦见自己变成尾小鱼，放松了身心，任凭水流轻轻带动，感觉酣美之极。他看到陈勇、钱兵、苏建、欧明都变成了小鱼，在水草间游动，彼此挤眉弄眼，嘻嘻哈哈。王军也变成了小鱼，虽然只有一只眼睛，但游动得异常迅速矫健。陈玉和戴娜变成了两条彩色的鱼，尾巴上还套着裙子，跟着水草一道袅袅起舞。到后来两条大鱼带着一条很小的鱼出现了，那是爸爸、妈妈和任安。大家都在水中欢快地穿行。突然间头顶的水被劈开，一道硕大的黑影从天而降。是只鱼鹰。它伸着剪刀一样的长嘴，两只古怪的眼睛闪着凶光。大家纷纷夺路而逃。任冲拼命地摇动尾巴，却感觉到那道黑影始终在背后咬着自己不放。他很快就精疲力竭，那道黑影已经罩住了自己。任冲忍不住大叫起来，睁开眼就看到明晃晃的阳光从窗户射进来。发了一阵蒙，任冲突然意识到时间不早了，从床上弹了起来。

任建国似乎起来很久了，头脸都收拾得干净，好整以暇地对他说："快洗脸吃饭。"

"几点了。"

看了看手表，任建国说："七点五十。"

"你何解不早点喊我？"

"我看你昨天睡得晚，想要你多睡一下。"

"我就要迟到了，老师肯定要骂我的。"

"我送你去上学，跟老师讲一下。"

"不要！"任冲穿好衣服，套上鞋子，冲到桌前，把作业本文具盒往书包里一塞，就往外面飙。

任建国冲着他的背影喊："吃两口饭再行。"

像颗出膛的子弹，任冲头也不回，只顾憋足了劲从屋门口向学校射去。饶是他跑得上气不接下气，赶到教室时，钱亚男已经在上课了。像班上大部分同学一样，任冲最怕钱亚男。他在门口探头探脑，不敢行进去。还是钱亚男发现了他那颗圆脑壳像皮球一样在门框边晃动，便把他喊了进去。

按照惯例，迟到是要在教室后面罚站的，至少是一节课。但任冲数学竞赛得过头名，钱亚男对他高看一眼，法外施恩，让他回到座位上听讲。但她很快发现任冲并没有表现出应有的感恩姿态，专心听课，而是转过头去，跟坐在后面的苏建嘀咕了两句。见钱亚男的目光像刀子一样射过来，苏建面露畏缩之色。任冲侧过头来一看，连忙校正坐姿。但是等钱亚男写板书的时候，任冲那一块又开始轻微骚动起来。任冲催苏建快把数学作业借给他，但苏建瞟着讲台上的钱亚男，生怕她突然转过身来，始终不敢传递。任冲急得头上冒烟，几乎要站起来到苏建课桌里去掏，苏建这才把作业本从课桌底下递了过来。

任冲抄题心切，没再去注意讲台上的动静。按照规定，家庭作业在早自习的时候就要由课代表收齐。自己迟到了，同学们的作业本已经分两大堆耸立在讲台上，那么下了第一节课必须得插进去，再晚一点，作业本很可能就会被老师转移到教师休息室里去。钱亚男早已转过身，目光下意识地往任冲这边一扫。见任冲在伏案疾书，脑壳还一左一右地晃动，她已料到了七八分，便下了讲台，朝任冲罩了过来。任冲坐在教室中间偏后的位置，理论上还有点时间供他转移罪证。但周围很多同学慑于钱亚男的严威，都不敢提醒他。只有陈玉想用手去推任冲，却被钱亚男盯了一眼，便吓得脸色发白，不敢动弹。任冲正带着就要完工的快意迅猛挥笔，一只手横在他眼前，按住了苏建的作业本。任冲一抬头，手中的那支铅笔立刻站立不稳，摔倒在桌上。

拿起苏建的作业本，看了一遍，钱亚男咬牙切齿地说：“好啊，你抄起别人的作业来了，还是学习尖子呢！”

这最后一句话让任冲脸腾地烧了起来，他口气虚弱地抗辩道：“我就抄了后面两道题。”

“抄作业就是抄作业，还什么后面两道题。去，到背后罚站。还有你，也去。”

苏建绝望地站了起来。任冲突然说：“是我抢他的作业抄，不关他事。”

“你还蛮硬桩啊。那你一个人罚站，课间休息也不准动，站满两节课。苏建你坐下。”

苏建回头看了任冲一眼，却只看到他的背影，便带着侥幸和感激重新坐下。

下了第一节课，陈勇、钱兵和苏建前来探监，任冲却说：“你们莫围着我，快出去嗨。”

见任冲绷着脸，陈勇他们不敢违拗，便到教室外面弹玻璃球去了。陈玉行过来，想和他说话，任冲却别过脸不理会。陈玉只有就势往教室外行。这时蔡集贤嬉皮笑脸地从他面前晃过，大声对跟他行在一起两个同学说：“数学比赛得第一名的还抄别人的作业，只怕那个第一名也是抄出来的。”

那两个同学便哄笑起来。任冲实在忍不住，冲上去对着蔡集贤的屁股就是一脚。蔡集贤本是仗着钱亚男还站在教室窗边看风景，才敢对任冲放肆。没想到任冲性子发作起来连钱亚男也不顾忌了，这一脚挨得意外而沉重，顿时痛得流出眼泪。他叫道：“钱老师，任冲打我！”

当钱亚男行到任冲面前的时候，脸上像打了霜。蔡集贤紧皱着眉，可怜巴巴地仰望着钱亚男。

“你何解打他？”

“他笑我。”

“你抄了作业还怕同学笑？”

“他还造谣，讲我数学竞赛得第一名也是抄来的。”

“你要这么抄下去，莫讲是第一名，最后一名你也得不了。”

见钱亚男对蔡集贤的造谣不加驳斥，任冲心里像被戳了一刀，痛得说不出话。

“你跟蔡集贤讲对不起。”

抬头怔怔地看着钱亚男，任冲觉得她的目光充满偏见和恶意。

蔡集贤以格外虚弱的口气说：“钱老师，他不肯讲就算了。”

“不行，今天他就要跟你赔礼道歉！”

觉得肚子里有股气把自己胀成只大青蛙，再不找个口子发泄出来，肚子都要爆炸了，任冲把脖子一挺，说：“我不讲！”

“你不讲就莫上课。”

“莫上就莫上！”任冲说完，就快步行出教室。望着他的背影，钱亚男满脸不能置信的神色。蔡集贤的眼睛里却飞快地闪烁出一波笑意，但紧接着又露出痛苦之色，因为任冲踢的那一脚实在是重。

受到二年级学生的公然反抗，这在钱亚男的教学生涯中，还是第一遭。愤怒之余，她还真担心这么小的学生跑到外面去，万一出了事怎么办？上第二节课的时候，她的目光有意无意间总往后门瞟，内心深处隐隐希望能看到任冲带着认罪的表情出现在那里。然后她就会当着全班同学的面训斥他一顿，让他坐下听课，事后再写张检讨书，这样自己的面子得到了维护，事情也就有了圆满收场。

无奈任冲同学人虽小，傲气却冲天，此刻正满怀着弃绝感在外操场边的菜地里游荡。他现在已想明白了自己是在跟谁作对，腿都有点发软。他甚至想到了自己会被学校开除，背上便一阵阵地蹿冷气。已是十一月了，阳光中透着寒意，满地的白菜倒是绿得可爱，但小小的粉色蝴蝶却不见了踪影。任冲试图在菜地边的草丛间寻找到一只蚱蜢，用脚拨了半天，却跳出只癞蛤蟆来，把他吓了一跳。捡起块比橡皮大不了多少的石头，对着一蹦一跳的癞蛤蟆砸去，却砸偏了。那癞蛤蟆依然蹦得得意，让任冲看着生气。待他寻了块手掌大的石头时，癞蛤蟆早蹦得没影了。任冲站在野草中，茫然四顾，不知何去何从。

当第二节课的下课铃尖锐地戳着天空的时候，任冲心里翻腾得厉害。他想回到教室里去，但又害怕钱亚男正在那里等着。钱亚男像猫一样厉害，而自己却是只没人照顾的小老鼠。任冲很想找个地方藏起来，就像老鼠藏在自己洞里。但是周围房子虽多，却都是别人住的地方，真正属于自己的只有机械厂里那个小小的家。那个家原来住着爸爸、妈妈、自己和弟弟，真是很热闹很舒服，但现在却只剩下一半了，冷清得很。想到这里，任冲的眼睛又开始发潮了。反正这里没有旁人，不用硬装好汉，他蹲在草丛里，让眼泪痛痛快快地一泻而出。等他哭够了，抹去眼泪，重新站起来的时候，远远地就听到陈勇、钱兵和苏建的声音在操场上此起彼伏——

“任冲，赵老师让你回去上课！”

“任冲，你在哪里喽？”

“任冲，你快出来喽！”

……

任冲现在是处于学校围墙的背后，陈勇他们看不到，他完全可以躲起来。但他悟了悟后，又抹了两遍眼睛，便向操场行去。

见任冲终于出现，陈勇卸下了一脸焦急，隔着老远大声说：“我们还以为你跑了呢！”

看着他们快步向自己行来，任冲心里一暖，心里觉得终于有了点依托。但他还不肯就这么回去，等小兄弟们劝了好一阵，才肯挪动尊贵的脚步。穿过偏门的时候，上课铃已经响了。等行到教室门口，任冲心里涌出一股羞怯之情，停下不动了。还是陈勇先行进去，向赵秋云报告找到任冲了，赵秋云让他们进来，任冲这才在钱兵和苏建的围拥下行进教室。全班同学的目光都聚焦在他脸上，这让任冲隐隐涌出一种英雄归来的感觉。尤其让他感到宽慰的是，赵秋云的脸色还算慈和。她没有多说什么，只是催他们快坐下。

回到座位上后，任冲故意不去看陈玉，尽管他能感觉到陈玉的目光粘在他脸上。过了几分钟，陈玉写了张小纸条，贴着桌面推了过来。任冲打开来一看，上面写着：你别和老师顶了，好不好？任冲心里顿时涌起一股暖流，觉得陈玉毕竟还是关心自己的。但他不肯露出感激之意，板着脸，瞟了陈玉一眼。陈玉正等着他看自己，蜜蜜地笑了一下。任冲脸绷不住了，也笑了起来。在那一瞬间，两个人都觉得异常的轻松和愉快。但过了几分钟后，任冲心头沉沉地压上了两块石头，因为他想起了两件事：向老师承认错误和到外公家交差。

下了第三节课后，赵秋云就把任冲喊到教师休息室，询问他为什么家庭作业没做完。任冲勾着头，看着脚下，不晓得该怎么回答，只是不断地耸鼻子。见他如此，赵秋云不再追问，说：“你呢，是班干部，还是三好学生，要给同学们做榜样，何解抄了作业还跟老师顶撞？你自己讲，这样做好不好？”

任冲摇摇头。

“晓得自己错了吗？”

任冲点点头。

“那你写份检讨书，写给钱老师。”

任冲抬起头，说：“赵老师，写给你要得吗？”

“不行。”顿了一顿后，赵秋云又说，“写好后你可以交给我，我拿给钱老师。”

任冲猛点头。

凝视了他片刻，赵秋云说：“这阵子你妈妈都住你外婆家，是不是家里有什么事？”

任冲鼻头一酸，几乎要落下泪来。他小声说：“我爸爸跟妈妈吵架了。”

“何解要吵架呢？”

任冲咬着嘴唇，似乎生怕从嘴里再跑出一个字来。

等了一阵，见他实在不肯讲，赵秋云说：“我要去跟你外婆讲一下，大人吵架，不要影响小孩子的学习。”

打了个激灵，任冲连忙说：“赵老师，你莫去讲，要得吗？”见赵秋云有点诧异，他补充道：“他们就要和好了。”

“哦，那就好。你以后再也不要赌气跑出去了，晓得吗？”

任冲心悦诚服地点点头。

中午吃过饭后，任冲便急着把检讨赶出来。但一想到是向钱亚男做检讨，他就动不了笔。无奈之下，只有找陈玉帮忙。陈玉很快就帮他写好了，可谓言辞恳切，认识深刻。任冲在重新誊写的时候，有些话看着都觉得不好意思，像是在投降，便没有写上去。下午把检讨送到赵秋云家里，出来后他心里轻松了一阵，但那块更大的石头让他又犯起愁来。这次陈玉可帮不上忙了。快行到教室的时候，任冲听到任安在叫他。扭头一看，这小子正从偏门那边行过来，两手都是泥巴。任冲脑壳一闪光，蹦出个主意来。奔过去，把任安拉回外操场。在一棵椿树下站住后，他左右瞅了瞅，压低声音说："你今天跟我回家，要得吗？"

"要得。不过我要先告诉妈妈。"

"傻瓜，你讲了，妈妈就会不准你回去。"

"我不告诉她，她会骂我的。"

"你想爸爸和妈妈离婚吗？"

任安连忙摇头。

"那你偷偷地跟我回去。妈妈看到我们两个都回家了，她也会回来的。"

"是真的吗？"

"肯定是真的。"

"那你还要不要上课？"

"肯定要上完课。要不我把钥匙给你，你先回去。"

"不，我要等你一起回去。"

"那你听到最后一节课打下课铃，就跑出来，到这里等我。"

"要得。"

见任安应承得坚决，任冲很是高兴，拍着他的肩膀说：“到家里后，我把大弹弓枪送给你。”

“真的？拉钩。”

任冲伸出小指头，跟他钩了钩。想到又可以回家又可以拿到大弹弓枪，任安眼里顿时溅出欢喜来。任冲也觉得一身轻松了许多，连眼前的景物都明亮起来。越想越觉得自己这个主意真是绝妙，到了教室里的时候，他简直是满脸放光。陈玉问他为何这样高兴，任冲按捺不住，压低声音透露了这一绝密计划。陈玉也觉得这个主意出人意料，称赞任冲好灵性，并说放学后陪他一起等。任冲欣然同意。

放学后，任冲和陈玉脱离了队伍，齐齐奔赴外操场。任冲左右张望了一阵，说：“我老弟不会是忘了吧？”

“这样的事，他何解会忘？”

任冲也不过是随口说说而已，并不着急。这时有两个学生从偏门中钻了出来。任冲望着有点眼熟，待他们行近了，才想起是抢过他钱的罗文龙和黄宏志。这两人斜着眼睛，像两匹小狼，不住地往任冲这边打量。任冲挺了挺胸脯，心里却有点发毛。经过他俩面前的时候，不过隔了两米的距离。罗文龙和黄宏志都扭头盯着任冲和陈玉。顶住他们戳过来的目光，任冲的眼睛一眨不眨。罗文龙身子一晃，想行过来，但看到任冲的神态，迈出的那只脚还是转向前方。行出几步后，他还频频回头，一副很不甘心的样子。

黄宏志对他说：“任冲还蛮雄，有个这么乖态的妹子陪着他。”

罗文龙哼了一声，大声说：“我看也只那样乖态！”

等他们的背影缩成两个小点，任冲才松了口气，胸脯挺得不是那么夸张了。

“这两个人好讨厌，痞里痞气。”

“上次就是他们抢我的钱。”

“难怪了。这样的人，将来肯定要坐牢的。”

见陈玉做出这么狠的预测，任冲倒觉得有些诧异。不过这诧异在心头一飘就过去了，他继续把目光投向围墙处的偏门。十多分钟过去了，从里面陆续行出不少人，但就是不见任安的影子。任冲开始忐忑起来。又过了十多分钟，连值日打扫卫生的人也该行了，仍没看到任安出现。

任冲体内的怒气开始涨潮，说：“他不得叛变吧？”

“那不会，安安对你蛮忠心的。”

“那他何解还不来？”

“是不是被你妈妈发现了，不准他来。”

“不会吧，我要他莫讲的。”任冲口里否定，心里却觉得很会。过了片刻，他说，“我干脆去看一下。”

“你还进屋里去看？”

“我就在外面窗子看。”

“万一被他们发现，把你也喊进去，那你何解办？”

“也是，那何解办？”

“干脆我去喊他，就讲是好久没见了，来看他一下。”

“也要得。你晓得地方吧？”

“晓得。”

“你把书包脱下来，我帮你拿。”

“没关系，我背着还好些，就讲我是刚刚放学。”

陈玉进去后，任冲好几次也想跟着去看个究竟。但他现在实在怕跟外公、外婆和妈妈见面，最终只是想想而已。离他脚前不远的地面上有只蚂蚁在爬，任冲看了一阵，觉得它爬得太慢了，慢得让自己心烦意躁。蹲下去，扯起根枯草，他把蚂蚁往前拨弄，想让它行得快一点。但这只蚂蚁一转身，竟然往回跑。任冲骂了句傻瓜，把草一丢，不再理会。他选了一块比较尖锐的小石片，挪到没有草的地方，在地上画起字来。先是写了“爸爸”，然后并排写了“妈妈”，再在“爸爸”下面写了“我”，在“妈妈”下面写了“老弟”，还在“我”旁边写上“陈玉”。偏着头看了看，他又画个四方形，把这些名字都圈起来，最后在四方形上画了个屋顶。欣赏了一番，任冲觉得很是满意。等到腿蹲麻了，他才站起来，抬头便看到陈玉正行过来，背后空空如也。

“我老弟呢？”

“他被你外婆罚站。”

“何解罚站？”

“我也不太清楚。反正他看到我就哭，还讲，你告诉我哥哥，不是我故意不来的。”

悟了悟，任冲咬着牙说：“我晓得了，肯定是他在外婆面前漏了口风。”

“你外婆有点恶。”

“她没讲什么吧？”

陈玉犹豫了片刻，说：“反正过去了。”

“你快告诉我！”

她讲：“你去告诉任冲，要是他想变流氓，就跟着他爸爸过。”

任冲沉默了一会，便说：“我们回去算了。”

这时草坪、树木和菜地都失去了各自的颜色，被罩上了一层淡灰黑的纱布。任冲行在回家的路上，虽然有陈玉陪伴，却觉得异常孤单。凄凉和无助的感觉就像这无边的暮色罩住了他，缓缓渗入他的骨血和心灵，让他无处可逃。

12

到了任冲上三年级下学期时，任建国和宋巧云在分居一年多后，终于离婚。机械厂的房子归任建国，存款归宋巧云，两个小孩一边一个。任冲发现宋巧云并没有搬离江萍家。他认为如果自己也跟着妈妈，外婆就会要他们到外面住的。而现在妈妈只带着任安，就可以在外婆家一直住下去。这让他越发有种被遗弃的感觉。在学校里，每当任安想来跟任冲套近乎的时候，任冲就会横他一眼，然后把背对着他，或者干脆行开。看到任冲对自己如此厌恶，任安忍不住眼泪汪汪的。他好几次都努力辩白：“哥哥，我又不是故意向外婆告密的。”

任冲其实也相信他不是故意告密，但偏要说：“那只有天晓得。”

“我也被罚了站。”

“你被罚站关我卵事。”

见任冲根本不肯原谅他，任安只有伤心地离开。下次他见了任冲，还是会上前去，想跟他和解，但照例遭到了任冲的白眼。如是十几次，最后任安也绝望了。他现在读一年级，每次考试都是头名。这让江萍很是欢喜，逢人就说："我这外孙是块读书的好料。"

有人说："听说你那个大外孙读书也蛮狠。"

江萍脸色顿时沉了下来："他呀，像任家屋里的人，读不读得书出，还很难讲。"

"那安安也是任家屋里的人。"

"安安像巧云多些，我要到派出所帮他改姓，跟着我们姓宋算了。"

"那他爸爸只怕不同意。"

"他已经没有权利不同意了。"

"那也是。"

见同事再没有什么不同意见，江萍便气昂昂地行了，一路上四处张望，看她的宝贝小外孙在哪里嗨。

任安放学后，通常不会立刻回家，而是要和只小狗嗨上一阵。这只狗叫小毛，是雷武的婆娘钟招弟从乡下带过来的，又小又瘦，自卑得很，习惯挨着墙边行路。任安经常拿些剩菜喂它。小毛在家里经常挨踢，雷武似乎是用这种方式来表达对婆娘的不满。雷武的小孩也学他的样，动不动就飞起一脚。小毛在家饱受虐待，突然得到任安的关爱，便对他格外感激和亲热。本来它的日常工作是和雷武老婆一起守着家门口那个陈旧的小货柜，但一看到任安出现，就会摇着尾巴，欢快地跑上去迎接。任安并不会马上带着小毛离开，而是清甜地喊上声钟姨，陪她说上两句话；如果兜里还有点小钱，就会买包红姜或者一支辣椒糖什么的，然后才会问：“钟姨，我带小毛去嗨一下，要得吗？”看到任安那双绵羊般的眼睛，钟招弟心里疼爱得紧，哪有不同意的道理。

任安带着小毛，通常是先去滑梯溜上十来个回合。这滑梯设在旗杆后面，有三米高，一边是水泥阶梯，一边是水磨石制的滑板。滑板两侧的水泥护栏只有三寸高。任安经常看到高年级的学生站着从滑板上溜下来。对于此种神勇潇洒的滑法，他委实追慕不已，每每在想象中模仿。但当自己站在滑板顶端时，往底下一看，腿就发软，不由自主一屁股坐下，抱着小毛，以正常的姿势滑下去。有时他会躺在滑板上，双手举起小毛滑下去，有时则会让小毛先滑。但小毛总匍匐在滑板上不敢动。任安就会用脚推着它屁股，慢慢地滑下去。到滑板底部时，小毛还不敢站起来。任安双手按在护栏上，让自己的身体不再滑下去，用脚轻轻地踢它，嘴里说：“胆小鬼，到地上了，还不起来？”

小毛这才站起来，左右看了看，如释重负地跑到边上，让任安滑下来。任安还要再骂上一句胆小鬼，不过是带着亲热和疼爱。总之，他找到了一个比自己还弱小的生物，便平添了几分勇气和自信。有时他要求已跟他成了同班同学的许琪琪也留下来，和他们嗨一阵再回去。许琪琪喜欢任安，却常批评小毛又脏又丑，未免让任安暗自伤心。

这天正值课间休息，任安见许琪琪和几个女同学在踢毽子，便站在旁边看。那几支翠绿的人造羽毛在空中翻滚下来又轻盈地弹起，让任安脚也痒痒的，好想踢上一踢。这时罗文龙跟黄宏志因为输光了玻璃球，无所事事，在操场上游逛，看到小毛，便嘲笑道：“世界上还有这么丑的狗！”

小毛听懂了，冲着他们吠了几声。

罗文龙说：“哎呀，屁大的狗，也敢凶老子。”说完一脚踢在小毛肚子上。小毛顿时痛得连声大叫，把任安从对毽子的向往中唤醒过来。如果罗文龙踢的是任安自己，面对这个比哥哥还要高大强壮的男学生，任安也许会含着泪水忍着委屈一声不响地行开。但他踢的是比任安更弱小的小毛，任安想也没想，就叫起来：“你何解踢我的狗？”

罗文龙说：“不怕丑，这哪里是你的狗？”

任安怔了一怔，语气软弱地说：“就是我的狗。”

黄宏志说：“那你要它喊你的名字。”

“它是狗，何解会喊人的名字？”

“那我们何晓得是你的狗？”黄宏志说完，得意地笑起来。

罗文龙也大笑起来。

“你们两个是坏蛋！”

“哎呀，你还敢骂我们。”罗文龙说着，上去推了任安一把。任安站立不稳，一屁股坐在地上，哭了起来。

陈玉正好在不远处跳绳，见任安受欺负，连忙跑去告诉任冲。任冲正在座位上和陈勇下军棋，一听说任安被打，立刻飙了出去。见任安还坐在地上哭，任冲一阵心痛，问：“哪个打你？”

顺着任安手指的方向，任冲看到了罗文龙和黄宏志正梗着脖子，横在不远处。心里一凛，任冲的声音还是很高。

“你们何解要打他？”

罗文龙说：“哪个叫他骂我们。”

“他比你们小好多，你们也好意思打？”

“你管什么闲事？”

“他是我老弟。”

“是你老弟啊，那我们就不晓得喽。”

黄宏志加了一句：“管你是哪个，哪个骂我们就打哪个。”

任冲咬咬牙，逼上前去，问：“真的？”

“还有假。”

任冲大叫一声，扑到黄宏志身上，扯住他的耳朵。罗文龙从后面用胳膊夹住任冲的脖子，往后面拉。任冲一手抓住他的胳膊，另一只手始终不肯放松。黄宏志痛得大叫起来。罗文龙胳膊一用力，任冲有点喘不过气来，扯耳朵的手就松开了。黄宏志冲上来扇了任冲一耳光。任冲想踢他，却被罗文龙放倒在地上。他还没爬起，就死死抱住罗文龙的双腿，想把他摔在地上。罗文龙一手扯住他的头发，喝道：“你放不放？”

任冲忍住痛，就是不放手。

罗文龙更加用力。任冲感觉头皮都快被扯下来了。他突然松手，往罗文龙胯下一掏，隔着裤裆抓住他的卵袋就是一捏。罗文龙抓头发的那只手立刻就松了。任冲才站起来，黄宏志就飙了过来，飞起一脚，踢在他胸膛上。往后退了几步，任冲想稳住桩子，最终还是坐在地上。

罗文龙号道："踢死他！"

黄宏志又要起脚，不防陈勇冲过来，被他拦腰抱住。任冲猛地爬起，扑过去就是一拳，打在黄宏志脸上。罗文龙胯下的疼痛有所缓解，行过来和任冲对打起来。他的手长，任冲的拳头还没到，他的拳头已经打在任冲脸上。那边黄宏志已反身把陈勇抱住，两人扭作一团。陈勇到底人小，翻滚了几下，就被对方骑在身上掐住脖子打。

60班的人鼓噪起来："三年级的还敢打四年级的，打扁他们！"

钱兵和苏建站在一旁，惊惶如见到老鹰的小鸡。这时上课铃响了，罗文龙和黄宏志才罢手，还甩下一句："下次还敢跳诈，崽不打死你们！"

任冲和陈勇灰头土脸，红着眼睛，闷闷地往教室行。任安在背后喊了声哥哥，任冲没回头。

罗文龙和黄宏志虽然得胜，但遭到了班上另外几个狠角色的数落：

"低年级的也敢打你们，真的是出丑。"

罗文龙因为被任冲击中要害，受到的嘲讽更是毫不留情：

"你那条卵只怕被抓肿了，快脱下裤子让我们看一下。"

罗文龙涨红了脸说："那两个人是他们班上打架最狠的，你去打未必打得赢。"

"那样的小孩子，我一只手也打得赢。"

"那你的意思，就是一只手也打得赢我喽。"

"差不多。"

“那下课后试一下。”

“要得，哪个还怕你？”

一群调皮鬼正在课堂上抬杠，汤太平铁青着脸行了进来，后面竖着江萍，江萍后面黏着任安。教室里一下子变得出奇的安静。教卫生课的老师也停下了粉笔，转过身。没等汤太平开口，江萍就指着任安说：“刚刚哪个打了他？”

罗文龙和黄宏志都把头埋在课桌上，一动不动。

汤太平说：“最好是自己站出来，莫等别人来认啊。”

罗文龙和黄宏志对视一眼，从课桌后面慢慢地升了起来。

“到我办公室去。”

进了教师休息室里，江萍也不管汤太平怎么处罚，首先使出惯用的绝技，把两位小豪杰的耳朵拧得像剁辣椒那样红，拧完了还说：“你们还欺不欺负低年级的同学了？”

罗文龙和黄宏志以往也时常见到这位老教师，觉得她除了眼神有点锐利外，看上去跟自己家里慈祥可欺的奶奶并无区别，没想到竟是如此凶悍。汤太平刚进学校的时候，得到过江萍的指点，对她教训自己的学生并无意见，反而佩服这个老教师的强悍作风。事实上，他对待学生就是承袭了江萍这一套，算是她的衣钵传人。现在罗文龙和黄宏志殴打了祖师奶奶的宝贝外孙，汤太平当然要加倍惩罚。除了留堂罚站、公开做检讨和喊家长来这三大刑罚外，每人还被勒令出五元钱，给任安小朋友做上医院的检查费用。

罗文龙忍不住说：“我就推了他一下。”

汤太平说：“不肯出就莫来上学。”

罗文龙和黄宏志都快哭出来了。看到他们这样子，任安心一下就软了，想告诉江萍他没事，不用上医院。但仰头看到江萍眼睛鼓鼓的样子，就不敢开口了。汤太平送他们出教室的时候，江萍边行边说："对这样的差学生，就不要讲客气。"汤太平深表赞同。

放了学后，任冲和陈勇并肩行在路上，都默不作声。陈玉、苏建、钱兵跟在后面，也一个个神情沮丧，对自己没能帮上忙十分抱愧。受他们的影响，欧明和戴娜也没有谈笑。

快行到大井的时候，陈勇对任冲说："我暑假要去学打。"

"在哪里？"

"就在和气街，那里有个武馆，里面的师傅跟我爸爸蛮好。"

"我也去。"

"那就讲好了。"

"讲好了。"

听到他俩语调铿锵地约定，像电视剧里两个矢志复仇的侠客一样，陈玉并没有像他们那样热血沸腾，而是隐隐感到不安。但见任冲脸上重新迸放出光彩，她也找不到反对的理由。

回到机械厂，任冲就开始做家庭作业。他现在也不理会做得对不对，更不要说检查一遍了，只是飞快地赶完了事，字迹东倒西歪，如喝醉了酒一般。到了吃饭时间，仍不见任建国回来，任冲便从抽屉里拿了饭票和菜票，自个去了食堂。下午还吃食堂的基本是些青工。任冲一个小孩，混迹于大人之中，像只小麻雀和众多乌鸦、八哥们蹲在一起。这些嘴巴闲不住的乌鸦、八哥们便开始边吃边逗他。

“冲冲，你爸爸呢？”

“他有事出去了。”

“是不是给你找新妈妈去了？”

任冲怒目而视，反而让青工们更加来劲。

“冲冲，何解你不跟你妈妈？”

最害怕别人提这个问题，他怔了半天，才吞吞吐吐地说：“老弟比我小，他跟妈妈。”

见任冲一脸窘状，吴媛对夏厚清说：“你硬是讨厌，别人是个小孩子，问什么问。”

夏厚清涎着脸说：“好好，媛姐讲莫问就莫问，只要媛姐不讨厌我就行了。”

吴媛冷冷一笑，同时显露出高傲和魅惑，让夏厚清神魂为之一荡，碗没有掌稳，堆在上面的菜掉了一些在地上。吴媛看在眼里，更觉不屑。她早搬出青工宿舍，也没跟父母住在一起，就在工厂旁边租了房子。自己懒得做饭，如果没人请她下馆子，就会现身于食堂。看到任冲木木的样子，她心里有点疼，说：“冲冲，你作业做完了吗？”

“一回来就做完了。”

“那吃了饭到吴姨那里去嗨。”

任冲点点头，心里涌起一股暖流。他吃饭的风格承袭了任建国，快马利刀，风卷残云，比吴媛还先吃完。嘴巴一抹，把碗筷送回食堂后，任冲说：“吴姨，我到屋里打个转，就来。”然后飞跑而去。回到家中，他撕下作业本的最后一页，在上面写下军棋大小的字：

爸爸，我把作业做完了，到吴姨家里嗨去了。

冲冲

这张字条倒是比他的作业写得工整多了。任冲把它放在桌上，还担心被风吹到地上，用文具盒压住一角，就锁了门。到了操坪上，吴媛正站在篮球架下等他。夏厚清还赖在她身边不肯行。见任冲来了，以忌妒的眼光斜睨了他一眼，说：“媛姐，你也带我去你那里参观一下喽。”

“要得，等你找到女朋友再讲。”

“那要等到哪百年去了。”

“听话一点，我还可以帮你介绍一个。”

夏厚清失望之余又看到了希望，说：“你讲话要算数。”

“我讲话好久不算数了？”

“那是，那是。媛姐是飞龙一枝花，认得的人不晓得有好多，随便介绍一个，也不得差到哪去。”

吴媛把下巴一扬，便带着任冲行了。行出篮球场的时候，任冲问：“夏叔叔何解要你做介绍，他自己不晓得找啊？”

“就凭他，要长相没长相，要票子没票子，还想找个好的，何解找得到？”

见吴媛嘴角冒出一抹嘲笑，任冲也跟着做出嘲讽的表情来，说：“他长得像个乡巴佬。”

吴媛笑出声来，摸了摸他的脑壳说：“你嘴巴还蛮毒啊。”

任冲得意地笑起来。

吴媛租的是私人修的房子。一共三层，楼下还有个小小的庭院。她住在三楼最右边的房子里，前后两进。任冲行进去就闻到一股熟悉的香味，勾起了他对更小时候的一些回忆。那时吴媛和贺薇住在一间宿舍里，左右各靠墙放了张床，中间靠窗摆了张桌子。在任冲的印象里，每回自己蹦进去的时候，贺薇似乎都靠在床上看书，而吴媛则站在窗前照镜子。贺薇的微笑是那样好看，就像田垄边小小的白色野花。吴媛则永远时髦，长发像丝绸一样闪闪发亮。但时光一晃就过去了，贺薇已经变成了一座孤坟，眼前的房间却由暗淡陈旧的宿舍变成了明亮崭新的私房，只有吴媛还是那样鲜活明艳。从后面望着她，任冲突然觉得有双倍的亲切感。

暮色已积满了庭院，正在缓缓上涨。吴媛打开灯，拉上咖啡色的窗帘，把夜色挡在门外。前屋靠墙角处摆了张矮矮的方桌，罩着乳白色的纱织镂空桌布。桌上横着台大收录机，机旁砌着几排色彩缤纷的磁带；还摆着个白铁托盘，里面站着铁制喷漆的开水瓶，瓶身上开着几朵牡丹花，红得就像吴媛的嘴唇，一套绿白相间的茶具围聚在开水瓶周围。桌边靠墙摆着四把少见的不锈钢折叠椅。没开窗的三面墙上都贴着两到三张塑料纸画。不是端端正正地贴，而是歪着斜着贴。但因为注意了对称，显得灵活而不散乱。画上无一例外都有位美人在向行进来的人顾盼而笑。其中有张黑白像格外打眼，上面是位外国明星，只是淡淡地笑，却把那些笑得很鲜艳的中国演员都比下去了。任冲觉得她像个王后。除此之外，房子里就没有其他摆设了。这种空旷的风格让任冲觉得新奇。他的目光像只小船在屋子里漫无目的地漂流，脑壳几乎有些晕眩。

吴媛把盒磁带塞进收录机中，按下播放键后，甜媚的歌声顿时荡漾起来。这种歌声跟《娃哈哈》《我们的祖国像花园》等杨洁心所教的歌曲截然不同，懒洋洋的，却充满着说不出的魅惑。任冲才听了一下，无端就觉得唱这歌的女人嘴唇肯定涂得绯红。再看看吴媛，他突然间感到有些害羞。

吴媛转过身，靠在方桌边，问："好听吗？"

任冲点点头。

"你晓得是哪个唱的？"

"是不是你唱的？"

吴媛咯咯地笑起来，笑得弯下了腰。

任冲红着脸，抓了抓后脑勺。

"你何解觉得是我唱的？"

"我也不晓得。不是你是哪个喽？"

"梅艳芳。"

"她是哪里的？"

"香港的。"

"香港蛮远吧？"

"蛮远。"

"有云南四川那么远吗？"

"比云南四川远。"

"坐汽车要坐好久？"

“隔起海的，坐汽车坐不到，要坐飞机。”

“吴姨，等我长大后，我就和你坐飞机去香港嗨。”

“要得。那哪个出钱呢？”

“肯定是我啦。我长大后，要赚蛮多钱，买蛮多高级糖给你吃。”

“要得，我们冲冲还蛮有良心。”吴媛说完，进里屋打了个转，端出只掀了盖的铁皮饼干盒，放在方桌上。任冲一瞧，眼睛立刻就被晃花了——里面积满五颜六色的糖。拈起颗话梅糖，剥开来，放入嘴中，吴媛见任冲还愣在那，略觉惊讶，说：“你自己挑啊。”

任冲这才恢复了勇猛的作风，行上前去，先拣出两片芝麻糖，用腰斩的方式快速解决掉。然后又拿起一颗酥糖，脱掉它的外衣后，放进嘴中，也不吮，而是直接嚼碎了事。等吴媛把话梅糖吮成一粒砂糖那么大再咽下时，任冲又相继消灭了两颗奶糖，一颗椰子糖和一颗话梅糖。

吴媛见状笑道：“你比猪八戒还吃得些。”

“我才不是猪八戒，我要当孙悟空。”

“你调皮起来像孙悟空，吃起东西来像猪八戒。”

任冲这才无话可说，也不好意思再去拿糖。这时门被推开，行进来一个女子，年纪二十三四左右，一张银盆大脸涂得比吴媛还要鲜艳。

“这是你亲戚的崽？”

“是我厂里的小孩。”

那女子又打量了他两眼，说：“还长得蛮乖态呢。”

“他是我们厂里最乖态的男孩。冲冲，喊辛阿姨。”

任冲和吴媛待在房子里，觉得很自在，突然有第三个人闯进来，顿时有些不满，偏着头，斜着眼看着这女子，问："她是哪个呀？"

吴媛还没回答，这女子就笑起来。

"这一栋房子都是我的，你讲我是哪个？"

任冲被镇住了，不再吭声。

吴媛说："辛小静，你莫吓别人要得吗？这屋子明明是你爸爸起的，哪里是你的。"

"他就我一个女，将来还不是我的？"

"晓得你命好，在我面前现一下世就可以了，还要到小孩子面前现世。"

辛小静一笑，十分得意的样子，然后说："徐丰他们等一下要来。"

吴媛哦了一声。

"我看徐丰对你蛮有意思。"

"我对他可没有那个意思。"

"那你还跟他嗨？"

"反正无聊得很。跟他嗨一下，也算多个朋友。有什么事还可以喊他帮下忙。"

"那倒是。他打架蛮狠，在社会上和了摊人。"

"就是舞跳得太差了，老是踩别人的脚。"

辛小静大笑起来。任冲心想："一个女的，何解笑得这么猛？脸也这么大，还叫什么小静，不怕丑。"

见任冲似乎不太高兴，吴媛说："冲冲，你晓得跳舞吗？"

任冲立刻说："我晓得跳《娃哈哈》。"然后觉得分量不够，又谎称还会跳《让我们荡起双桨》。

"吴姨教你跳交谊舞，要得吗？"

任冲突然想起了谢海龙，没作声。这时楼梯上腾起一浪一浪的笑语喧哗声。不一会，就拥进来三男一女，都是装扮入时。为首的高头大马，脸上凸着些青春痘，头上还围着条一寸宽的红布带。

辛小静问："徐丰，你脑壳上围根带子做什么？"

"你不懂，跳霹雳舞的人就要扎根这样的带子。"

"哎呀，你什么时候学霹雳舞了，跳两下看看。"

"我才刚开始学。"

"跳一下看喽，莫小气？"

"这里又没跳的磁带。"

"就做两个动作喽，又不是要你到影剧院的台子上跳，就在我屋里，还怕什么丑？"

徐丰不得已，两手平举，片刻之后，左手第一指节起了个小波浪，然后沿第二指节，指根，腕部，肘部，肩部，一路流畅地翻滚，由小变大。头部轻柔地一晃，这个波浪就被抛到了右肩，再依次跳跃，由大变小，到右手指尖归于静寂。

任冲瞪大了眼睛，看得呆了。

辛小静兴奋地说："跳得蛮好啊，还这么谦虚。"

徐丰瞟了一眼吴媛，见她目光中流露出些许赞赏之意，一粒粒青春痘都兴奋得发光，说："我现在手上动作练得差不多了，等把腰腿练好，就真的可以到影剧院去跳了。"

辛小静撇撇嘴说：“你还蛮有志气嘛。”

徐丰嘿嘿笑了两声，说：“到吴媛这来，还是先把交谊舞跳好。”

跟着他来的女青年鼓噪道：“莫讲那多，先跳一下舞。”

吴媛便换了盒舞曲磁带。任冲站在墙角，很落寞的样子。徐丰以为他是辛小静的亲戚，待听说是吴媛带来嗨的，便表扬了句：“样子蛮逗爱呢。”任冲听到了，有几分激动，因为这是出自徐丰之口。徐丰不仅打架狠，还会跳霹雳舞，让任冲甚是仰慕，乃至不敢多言，只是看着他，眼睛睁得大大的。

客厅不大，两对跳还有回旋的余地，有了三对，就基本只能在原地转圈了。吴媛本来是坐在椅子上看别人跳。徐丰跟辛小静跳了一曲后，便邀请吴媛。吴媛站了起来，还不忘对任冲说：“冲冲，你坐在椅子上吃糖喽。”

任冲嗯了一声，也不坐，就站在桌边，剥开颗酥糖。虽然舌头上甜滋滋的，但心里不是很痛快。看了一阵，他就说：“吴姨，我回去了。”

“要我送你回去吗？”

“不要了。”

“那你行路小心点，莫绊倒了。”见任冲不作声，她又说，“你抓些糖回去。”

任冲其实希望吴媛送的，见她这样说，糖也不抓了，便行了出去。到了院子里，那乐曲声仍然缠绕着他的神经，仍然不断有一朵朵的笑声从三楼飘下来。任冲愈觉心酸，赌气地想：“我再也不来了。”

回到厂里，任建国还没回来。任冲自己打开门，才进屋，陈玉就过来了。

“这么晚才回来，我还在等你预习课文呢。”

“算了。反正老师明天会讲。”

“你到哪里嗨去了？”

“到吴姨屋里。”

“你何解到她那里嗨？”

“何解，嗨不得？”

陈玉咬着下嘴唇，默然了片刻，说：“我妈妈讲，吴姨变坏了。”

“何解变坏了？”

“我妈妈讲，她跟蛮多男的嗨。”

任冲想到吴媛和徐丰抱在一起的场景，心里倒也有几分同意，但听到陈红心攻击吴媛，却不太乐意，说：“那也没有，吴姨人蛮好，还给我糖吃。”

“你呀，只要有糖吃，就什么都好。”

“那也没有。”任冲嘴里说着，手去摸口袋，却没摸出什么可以招待陈玉的，便说，“我会跳霹雳舞了。”

“霹雳舞是什么？”

“是种蛮高级的舞。”

陈玉顿时忘了预习功课的事，要求任冲跳一下看。任冲学徐丰的样子，双手平举。这个动作倒是做得像模像样，但是接下来该怎么翻起波浪，他就茫然了，便双手乱抖了一阵，像是在抽风。等他颤抖完了，陈玉不发表意见，只是捂嘴而笑。任冲也晓得自已跳砸了，耳朵顿时有些发烧。他急于挽回面子，便口不择言地说：“我还会跳交谊舞。”

陈玉放下了手，说：“那是大人跳的舞，你也会？”

见陈玉也听说过交谊舞，任冲更加来劲，响亮地说：“当然会。要不要我教你跳？”

陈玉点点头。任冲便把门掩上，学着徐丰的样，左手托起陈玉的右手，右手搂住她的腰。陈玉在电视上看过一回，依稀记得是这样子，便微笑着对任冲说：“是这样的。”

任冲得到鼓励，便带着陈玉转起来。他不晓得跳交谊舞还有步法，以为就是抱在一起很慢很慢地行。陈玉顺从地跟着他转，她天生有节奏感，无论任冲怎么乱行，她都能套得上他的步子。两人倒还跳得有滋有味，脸都快挨在一起了。任冲看着陈玉，像是在盯着一道美食。陈玉偶尔跟他目光一接触，就好像触了电，目光立刻跳开，脸上飞红。任冲突然记得很久以前，他把陈玉的短裤脱下的情景，小鸡鸡便硬了起来。正在这时，门被推开了。任冲一瞟，手脚立刻僵住，半张着嘴。在他的记忆中，陈红心的脸从未像现在这样狰狞可怖。

见陈红心旋风般地冲进来，陈玉脸色唰地一下变得惨白。她才怯怯地喊了句妈妈，便被陈红心攫住胳膊，往屋外拖。快到门口的时候，陈红心回过头，说了句让任冲终生难忘的话：“你爸爸是大流氓，你这个做崽的是小流氓。”

不一会儿，隔壁响起了打骂声和哭泣声。任冲在这边听着，心里像被针一下一下地刺，痛到骨髓中。很想过去替陈玉辩解，但陈红心那句话抽干了他的勇气，让他浑身发冷，什么劲也提不起来。也不知过了多久，打骂声停止了。任冲没洗脸，在堂屋那张床上睡下。在黑暗中他一直隐约听到陈玉的哭泣声。那哭泣声就像冷雨一样淅淅沥沥、绵绵不绝。任冲在这哭泣声的陪伴中，怀着一颗几近破碎的心，昏沉沉地睡去。

已是五月中旬，天亮得越来越早。六点刚出头，工厂里的雄鸡们便在曙光的召唤下，争先恐后地鸣叫起来。当中没有一只鸡是任冲家的。他家的鸡在任建国和宋巧云分居的那段时间里宰的宰，送的送，处理一空。在别人家的鸡鸣声中，任冲仍稳稳地睡在床上。但当门锁响动的时候，他却像受了惊吓一样，猛地睁开眼睛。

任建国行了进来，也不拉灯，手里提着两片皮豆腐。见任冲坐了起来，他说："还早，你再睡一下。"

揉了揉眼睛，任冲问："你昨夜到哪去了？"

"在别人家里打牌。"

"何解打这么久？"

"大人的事，你管这么多做什么？作业做完了吗？"

"早就做完了。"

"那就再睡一下。"

任冲眼皮打了下架，便又躺在床上。任建国回来了，他这次总算能很安心地睡个美美的回笼觉。七点钟的时候，任建国把他叫起来洗脸吃饭。七点半的时候，任冲背着书包，行出门，习惯性地喊了声："陈玉。"陈玉家的门半开着，却没有人应。任冲想行进去，但陈红心那张布满厌恶的脸在脑海里跳了出来，他便消失了勇气，只是又喊了一声。那扇门突然恶狠狠地关上。任冲吃了一惊，低着头闷闷地行了。快到大门处，便望见戴娜站在那里。按照惯例，他们三个在这里会合，再等上欧明，便一齐往学校进军。任冲这次想绕开她，但工厂又没有别的门可以出去，犹豫了片刻后，任冲只有硬着头皮往前行。

“陈玉呢？”

“不晓得。喊她没喊应。”

“她不会是生病了吧？”

“不晓得。”

“你们是不是吵架了？”

“没有。”

“肯定是的。是不是你欺负她了？”

“没有呢。”

“那是何解？”

“反正跟你讲不清。我先行了。”

“你不等欧明了？”

“晓得他什么时候来。”

“他最多过五分钟就来了。”

“经常是我们等他。”

“那也没有，有时他比我们还先来。人家还住在公鸡山呢。”

“我还有事，你等他算了。”任冲说完，拔腿就行。

赶到教室里，一半的同学还没来。任冲便拿出课本，哇哇地读了起来。他的嗓门之洪亮，可跟厂里最能叫的雄鸡媲美，虽然舌头有点大，咬字不太清，但朗读起来很神气。读完两篇课文，身边的位置还是空的，任冲便有点坐不住了，频频往窗外张望。那里一张张的脸晃过去，却总不见陈玉。等到七点五十分，预备铃响起的时候,任冲又往窗外瞅了一眼,心立刻就蹦到了嗓子眼里。他分明看到陈红心的脸。

陈红心并没有到教室里来，而是把刚进教室的赵秋云喊了出去。两人在外面讲了大约十分钟，等到第二次铃响的时候，赵秋云便进来了。陈玉跟在她后面，低着头。赵秋云本是面目慈祥的一个人，但这回目光带了火，便成了副恶相。她剜了任冲一眼，命令他站起来。以为是要被罚站了，任冲僵硬地竖了起来。赵秋云转过头，要欧明收拾好书包，坐到陈玉位置上。陈玉跟他对调，成了戴娜的同桌。调配完毕后，她便行上讲台，宣布上课。大家喊老师好的时候，任冲却闭着嘴，往窗外瞟了一眼。陈红心的脸正镶嵌在那里，目光中透着严厉和警惕。任冲像见到了鬼，马上转移目光。但坐下来后,他又忍不住往窗口看,那张脸已经消失了。

下了第一节课后，任冲便被赵秋云喊进教室。

“你讲，你昨天夜里做了什么？”

“我没做什么。”

“还没做什么，你硬要我讲出来啊？你不怕丑我还怕丑呢。豆子大的人，就晓得要流氓了。”

“我没耍流氓。我是教陈玉跳交谊舞。”

“你还蛮会扯谎。你晓得跳什么交谊舞？人家陈玉是来和你预习课文的，你却对人家耍流氓，你是不是不想变好了？”

动了动嘴唇，却没有声音，任冲眼里的泪水几乎要蹦出来了。

“我告诉你，陈玉的妈妈还想告到伍校长那去，我是劝得口水都干了，她才没去告。你以后没事就莫跟陈玉讲话了，回去的时候也各行各的，听到吗？”

任冲嗯了一声。

凝视他片刻，赵秋云叹了口气，说：“你要是跟着你妈妈就好了。”

任冲抬起头，大声说：“我跟我爸爸也蛮好！”

愣了片刻后，赵秋云蹙起眉头，说：“你何解这么不听话呢？还跟老师顶撞。”

任冲偏过头去，腮帮鼓鼓的。

“变不变好随你。出去！”

行出教师休息室的时候，任冲在心里说：“我就不变好！”

第二节课后，任冲对陈勇他们吆喝了一声丢沙包去，便率先行出教室。玩耍时，他叫得格外大声，跳得也格外高，似乎根本没把调换位置当回事。不过在躲闪沙包的间隙中，陈勇还是抢时间进行了短暂的战地采访：“何解陈玉不跟你一起坐了？”

沙包又飞了过来，直往任冲胸前奔。双手一搂，任冲把沙包捂在怀里。他傲然地把沙包抛给投掷者，撇着嘴说了句：“我何解要跟她一起坐？”

见他语气激愤，陈勇便结束了采访，集中精神躲避沙包。

中午放学时，任冲又是第一个飙出教室。

苏建问：“不等陈玉、欧明他们了？”

“要等你等。”

见他口气不善，苏建立刻闭紧嘴巴。

陈勇却颇有几分高兴，说：“不等他们还好些，他们行起路来慢得像乌龟。”

钱兵说：“我听别人讲，陈玉今天哭了两次，劝都劝不住。”

“你莫讲要得吗？”

见任冲脸板得比钱亚男还厉害，钱兵也只好把嘴唇粘上。

到了大井处，任冲便和他们分道而行。望着他行远了，苏建才嘀咕道：“任冲今天不晓得何解，像个炸药包。”

钱兵说：“他肯定是跟陈玉黑脸了。”

“全世界的人都看得出他们黑脸了，还要你讲？我就想晓得，他们何解会黑脸？”

陈勇说：“你管那多，只要任冲没跟我们黑脸就要得了。”

苏建说：“他跟陈玉那么好，都黑脸了，鬼晓得会不会跟我们黑脸。”

瞪着他，陈勇说：“你莫乱讲。任冲跟我们是弟兄，何解会黑脸？”

钱兵说：“我也觉得任冲不得跟我们黑脸，他那个人蛮讲义气。”

苏建吐了吐舌头，说：“我只是随便讲讲，莫当真喽。”

回到厂里，任冲打开门，发现任建国居然躺在床上，跷着腿，对着蚊帐顶一口口地喷着烟，便嚷道：“爸爸，你没去上班啊！”

“我今天休假。”

"那你起来吃中饭。"

"你先去喽，我抽完这根烟。"

"不，我要等你一起去。"

任建国抽完烟，下床后摸了摸任冲的头。就是这随意的一摸，便让任冲心头热热的，今天所受的委屈便消解了大半。

吃完饭后，任冲在屋后的梨树下嗨了一阵水淹蚂蚁洞，便上学去了。穿过操坪，陈玉的身影便从大门处射进他的眼睛。怔了一怔，任冲昂着头，甩着手，大步行过去。从陈玉面前经过的时候，他的头几乎要昂到天上去了。

"任冲。"

任冲装作没听到，继续往前行。

陈玉追上两步，又叫道："任冲！"

任冲这才停下来，偏过头，斜着眼睛，问："何解？"

陈玉眼里含着泪水，说："你莫这样。"

"是你妈妈不准我跟你讲话！赵老师也不准！"

陈玉耸了下鼻子，没有说话，眼睛里的泪水快要坠下来了。

"放心，我不得怪你。"任冲说完，目光不经意地往后面一扫，立刻打了个激灵，"你妈妈在后面！"

陈玉的脸色马上变得惨白，像只小白鼠听说背后站着大猫，不敢往后看，颤声道："你莫吓我。"

看到陈红心正从樟树后急火火地行过来，任冲飞快地小声说："是真的。你就讲是我跟你搭话，你没理。我先行了。"

他才逃出几米远，陈红心的责骂声就追击了过来："你是个死了脸的，硬要跟人家讲话，何解一点都不怕丑？”

她这话既是在骂陈玉也是在骂任冲。很想回转身和她对骂，但任冲晓得那样陈玉一定会很难过的，便拼命忍住，加快了步伐。

整个下午，任冲都控制着自己，不去看陈玉。他想陈红心不准自己跟陈玉嗨了，陈玉又是个好学生，自己已经不想变好了，那就干脆离她远远的，免得害了她。下了这个决心后，一种混合着弃绝和悲壮的情绪充斥着任冲身心。他久久地沉浸在情绪的河流中，而老师和同学们则处在遥远的岸上。虽然能彼此看见，却两不相关。任冲泡在河中独自幻想，时而想象自己成了战斗英雄，开着闪闪发光的飞机轰炸敌人，时而又成了武林高手，像霍元甲那样打败了胸毛茸茸的外国大力士。到那时候，连陈红心也跑来讲奉承话。而自己骄傲地昂着头，不屑一顾。

在这样的幻想中，三节课一滑就过去了。放学铃刚一蹿起，任冲就背上早收拾好的书包，大声催陈勇他们快点，却不防宋正德早守在门口，他一行出去，就被迎面兜住。宋正德注视他的目光慈祥依旧，这让任冲鼻子一酸，喊了声外公。宋正德说了句："冲冲，你跟我来喽。”便转身往坪里行去。

行进宿舍楼的那一瞬间，任冲想转身跑掉。但看到宋正德清癯的背影，他实在不忍心，还是跟了进去。宋巧云正坐在堂屋里，任安则站她身边，像观音菩萨身边的善财童子。见任冲来了，任安脸上迸发出热烈的表情。任冲却对他视而不见，只是看着宋巧云，小声喊了句妈妈。

“你还晓得有我这个妈妈？”

任冲心里一紧，低头看着地面。

江萍从后面掩杀过来，揪住他的耳朵说：“毛都还没长全，就学会对女同学耍流氓了，你怕是想进牢房了。”

偏着头，任冲愤怒地看着江萍，嚷道：“我没有耍流氓！”

“还没有耍流氓？人家赵老师特意来告诉我。要不是她跟我关系还算好，拦住家长莫去校长那里告状，你早就被开除了。”

任冲心想，开除就开除，却没有说出来，只是咬着嘴唇不作声。

宋正德在一边说：“小孩子，还不懂事，哪晓得什么耍流氓。你莫打他，好好教育。”

江萍这才放了手，气呼呼地说：“要不是我的外孙，我才懒得管呢。”

任冲心想：“老弟是你的外孙，我才不是呢。我不要你管。”

宋巧云问：“我听机械厂的人讲，姓任的现在经常在外面打牌，根本就不管你。”

任冲小声说：“也没有。”

“你现在吃饭在哪里吃？”

“吃食堂。”

“天天吃食堂？”

“嗯。”

“难怪你瘦了。食堂的伙食差，没得营养，哪当得在家里吃。”

任冲心头热热的，鼻子却有些发酸。

“你以后中饭下午饭就到这里吃，做完家庭作业再回去，要得么？”

任冲心里一动，却说："我还是回去吃。"

"你是不是不打算认我这个妈妈了？姓任的有什么好，你对他这样有感情？"

任冲盯着地面，一声不吭，委屈感却在内心深处汹涌起来。他想："我不是不认你做妈妈了，是你不要我了。你喜欢弟弟一些。"

江萍说："我早就讲了，他是任家屋里的种，变人不出的。"

宋正德说："不能这样讲，冲冲身上也有我们宋家的血，他也是巧云的崽啊。"

宋巧云说："任冲，你自己再悟一下。"

宋巧云一向都是叫任冲小名的。听到她这样叫，任冲的心像被薄而锋利的刀片飞快地划了一下，那种痛是猝不及防的。他勉强应了一声，就要回去。

宋正德说："你吃了夜饭再回去。"

任冲摇摇头，说："我现在还不想吃饭。"然后像只蜗牛一样背着书包慢慢地行出去。

太阳尚未西沉，世界还很亮堂，任冲眼中的一切却黯淡无光。他来到外操场，在草地上坐了很久。不知从哪里钻出一只白色的成年土狗，隔着两米远的距离围着他打转，眼睛里闪烁着不怀好意的光芒。任冲害怕起来，想拔腿就跑，但他有好几次看过别人被狗追着咬的情形，晓得自己是跑不过狗的。他的目光满操场乱转，希望有一个强有力的人物出现，能过来把狗赶跑。但他只远远地看到寥寥几个剪影似的人在操场边上行走，那几个人似乎并不比自己强大。任冲又扭头往菜地方向搜索，这回连人影也不见一个，却又看到只黄狗在菜地里晃悠。任冲心里几乎凉透了，收回目光的时候，他看到半截砖头在一米开外的浅草丛中探头探脑。一咬牙，任冲慢慢地站起来。白狗马上就不动了，紧紧盯着他，尾巴轻轻晃动。弯腰去捡砖头的时候，任冲很担心白狗扑上来。但白狗并没有抓住这个进攻的最佳时机。等到任冲直起身子，手里攥着砖头的时候，它退后了两步，尾巴摇摆的幅度立刻加大。这一摇，就把任冲的勇气摇上来了。他举起砖头，还没扔出去，白狗已飙到了一丈开外。它刚停下步子，回头张望，见任冲往前追了两步，连忙又夹着尾巴继续撤退。见白狗跑得远了，任冲背上书包，手里还攥着砖头，转身往偏门旁那条小路行过去。到了街上，任冲才把砖头扔掉，长长地嘘了口气。

回到机械厂，见家门是开着的，任冲心里又去了一块石头。他很希望妈妈、外公、外婆这时候能看到，爸爸并不老是出去打牌，他还是经常在屋里的。跨进门后，任建国问他何解这个时候才回来，食堂都快要关门了。任建国的口气硬邦邦的，让任冲觉得委屈。他想到自己拒绝了妈妈那个诱人的建议，全是因为爸爸，而爸爸却一点都不晓得。任冲却不会去想，自己要是不说，任建国又怎么会晓得这件事？他从小的脾性就是对一个人感情越深，就越不愿意表露，觉得不太好意思，同时也认为，不说对方也晓得。不像任安，依恋一个人，就会用很乖巧的言语和举动表现出来。所以任安像件小棉衣，总是让亲人们觉得贴心，而任冲未免给人以石头的感觉。现在这块石头面对任建国的责难，只是鼓着腮帮不作声。任建国也没有追查他到底去了哪里，干了什么，从抽屉里拿起饭票和菜票，说：“我打饭菜回来，在家里吃算了。”

饭菜都有些凉了，任建国放在锅里热了一下，饭和菜都搅拌在一起。这种吃法是任冲最喜欢的。虽然只是个魔芋豆腐拌饭，他却吃得津津有味。父子俩对坐着，埋头把饭菜一口口往嘴里赶，满屋子响着咀嚼声。

碗快要空的时候，任冲停住筷子，问：“爸爸，你今天夜里不会出去打牌吧？”

“你管这么多干什么？我出去打牌，你就在家里做作业，做完作业随你嗨，嗨累了就睡觉。”

“你要出去打牌，我就不做作业了，跟着你去。”

“哎呀，你何解这样霸蛮？”

“反正我不准你去！”

见任冲口气带了哭音，任建国说：“好好，我不会出去呢。”

任冲脸上立刻洋溢出喜气，说：“等一下我来洗碗。”

“要你洗什么碗，快点吃饭呢，吃了饭就快点做作业。”

任建国的口气依然硬邦邦的，但任冲这回心里却是喜滋滋的。做作业的时候，每隔五六分钟，他总忍不住要去瞟一下躺在床上抽烟的任建国，似乎生怕他突然之间就溜了出去。任建国跷着腿，对着蚊帐顶出神。等到任冲做完作业，他却打起了呼噜，手指夹着的小半截香烟掉在地上，兀自冒着青烟。

本来做完作业就要出去嗨的，任冲这次却一反常态，打水洗脸，也不去里屋的床睡，爬到任建国对面躺下。任建国的脚几乎和他的脸平行，隔着两尺的距离，腿上的汗毛茂密如草。任冲看了一阵，觉得很稳心，便合上眼睛，很快就睡着了。

睡梦中的任冲不再愤怒、悲伤，而是表情恬然，嘴角隐隐泛着笑容。因为他在梦中看到门被打开，外面阳光明媚。随着阳光一齐涌进来的，是妈妈和弟弟，后面还跟着外公和爷爷。任冲忍不住像个皮球一样蹦跳起来。他甚至原谅了弟弟对他的背叛，慷慨地把大弹弓枪送给他。让他想不到的是，陈红心也过来了，和妈妈手拉着手，笑得眼睛都眯起来了。陈玉站在门槛边，还不太好意思。任冲跑过去，把她拉了进来。他们也对望着笑，手拉着手，最后跳起了交谊舞。陈红心看到他俩这样，却没有责怪任冲是小流氓，反而笑得更加开心了。跳着跳着，吴媛突然出现在他们中间，把陈玉推开，和任冲跳了起来。陈玉在一旁哭了起来。任冲一边和吴媛跳舞，一边看着陈玉。陈红心和宋巧云都围拢过来，一齐责骂吴媛和任冲。吴媛拉着任冲的手，飞跑起来。脚下的路像波涛起伏的河流，剧烈地晃动着。任冲控制不住自己的身体，狠狠地摔了一跤，便醒了过来。

睁开眼后，任冲看到白色的蚊帐在黑暗中若隐若现。屋子里安静得能听见老鼠穿行的声音。任冲伸展了一下手脚，感觉到床变得空旷起来，起身一看，任建国不见了。他跳下床，拉开灯，里外搜索了一遍，仍不见踪影，便想爸爸是不是上厕所去了。怀着这点希望，任冲没有关灯，就躺在床上等。十多分钟过去了，任建国仍然没有回来，任冲又睡了过去。

任建国是早上快七点才回来的。进了门后，他把灯关了。任冲条件反射似的从床上爬起来，揉了揉眼睛，然后大声说："爸爸，你又出去打牌了！”

“你何解这么喜欢管闲事？快起来洗脸呢！”

“你答应过我的，不去打牌的！”

“莫啰唆呢，等一下又要迟到了。”

这句话颇有威慑力，让任冲从制高点下到地面来。洗了脸后，桌上并没有像往常那样出现热气腾腾的早餐。任建国给了他五毛钱，说：“你到外面吃碗粉。”然后打了个天大的哈欠，像捆浸了水的稻草一样倒在床上。等任冲背上书包后，他的呼噜声已经一浪一浪击打着蚊帐顶。

这天在学校里，任冲因为家庭作业字迹潦草，错误不少，被赵秋云和钱亚男轮流训斥了一顿。赵秋云说：“你是不是想变得跟陈勇一样差？”钱亚男则说：“你现在连一般的题目都容易做错，莫讲去参加数学竞赛了！”面对两位怒气满面的老师，任冲已明白低着脑壳、一声不吭是最佳应付姿态。行出教师休息室，回到座位上，老师的责骂还沉沉地压在心里。但等一节课过去后，任冲已是一脸轻松地飙到外操坪上，和一干同好嗨起了工兵捉强盗的游戏，快活得不时大叫。

到了晚上，任冲照例要求任建国不要出去打牌。任建国现在打的不是那种在夜晚九十点钟进行的普通牌局，所以也乐得佯装答应。他躺在床上，抽了会烟，就闭上眼睛，好养足精神，准备通宵鏖战。

任冲写完作业，洗了脸，见任建国睡着了，便从立柜的抽屉里翻出一轴缝纫线团和一把剪刀。他剪下一段长线，便爬上床去，蹑手蹑脚的。天气已经很热了，任建国就在肚皮上盖了床薄毛毯，两条粗壮的腿都露在外面。任冲跨过他的身体，在里侧躺下。任建国呼噜打得正酣。任冲两手捏着线，慢慢地靠近他的右脚大脚趾，手法轻柔，像是在试图捕捉一只停在草尖上的蜻蜓，生怕对方惊觉。等他把线切进大脚趾和第二个脚趾之间时，任建国缩了一下脚。任冲连忙松了手，让他把线带了上去。屏息静气了一会，确定任建国并没有被惊醒，任冲便凑上去，调整了一下线的左右位置，在任建国的大脚趾上系了个死结，然后右手执线的另一头，系在自己左手大拇指上，也打了个死结。轻轻躺下后，任冲很放心地合上了眼睛。

十一点钟的时候，任建国睁开了眼睛，脸在枕头上左右贴了贴，发出声意犹未尽的长叹，然后坐了起来。等他抬脚下床的时候，就觉得被什么东西牵着。任冲惊醒过来，用右肘撑起身子，问："爸爸，你去哪里？"

任建国看清系在自己和任冲之间的线，笑了一下，说："傻瓜。"便抬起右脚，踩在床沿上，俯身去解。解了几下，却弄不开，他便用牙齿把线咬断了。

"你又去打牌？"

"我去后面洗个脸，你快睡。"

看着任建国往里屋行去，任冲这才稍稍落了心。他的头回落到枕上，却不合眼，想看着任建国回床上来。他听到了水注入脸盆的声音，心里更加安稳。过了一会，便听到后门打开时吱呀的声音，然后是水泼出去的声音，再就是脸盆重新蹾进洗脸盆架的声音。任冲心想爸爸该来了，便半合上眼睛。但他听到的脚步声是往后门外行的，便急得大嚷起来：“爸爸，你去哪里？”

“我去上厕所。你快睡呢！”

厕所是两头通的，从平房后面也可去。任冲找不到反对的理由，只有待在床上，努力制止眼皮不要打架。过了十多分钟，仍不见任建国回来，任冲翻身下床，穿好衣服，往厨房行去。先是开里屋的灯，然后是厨房的灯。满屋的灯都热闹地亮着，任冲却越发感到孤单。后门虚掩着，他拉开后，便见浓浓的夜色裹着凉意扑了进来。打了个激灵后，他跨出门槛，向厕所行去。

任冲家的房子离厕所还有二十来米。没有光照，根本看不清路。他不小心一脚踩进水沟，脚踝在沟沿上蹭了下，抽出来时候，便有火烧一样的痛。任冲并不在意，寻找任建国的念头驱使他继续在黑暗中前行。厕所里的灯暗淡得像是随时会熄灭。站在入口处，看到那一排坑位长长地铺列着，隔断层有一米高。像厂里的所有小孩一样，任冲害怕夜里上厕所，总担心哪个坑位躲着一个鬼，正伸着长长的舌头和尖尖的指爪等着自己行近。但今夜他想到任建国蹲在厕所里，胆就壮了起来，大声喊了句：“爸爸！”

没有人应。

任冲又喊了一声。

厕所继续保持沉默。

任冲心里开始发虚，但他还是行了进去。每过一个坑位，他心里的那盏希望之灯就会暗淡一些。等到行到尽头，那盏灯便只有十五瓦了。站在深夜的厕所中，任冲不再害怕。他陡然意识到，原来连爸爸也靠不住，连爸爸也在欺骗他。这次任冲没有感到愤怒，他吸了吸了鼻子，茫然地望着对面的厕所口。厕所里是昏暗的灯光和浓烈的氨气，厕所外是深不可测的夜色。他既不想走进夜色，也不想待在厕所里，一时竟不知何去何从。

13

期末考试成绩出来后，见任冲降到了第三十名，领到通知书时还一脸的满不在乎，赵秋云有些着急，没等江萍前来打听，主动往她家行了一趟。

听完通报，江萍恨恨地说："他是任家那蔸种，我拿着有什么法？"

宋巧云在一边直抹眼泪。听到哥哥的堕落，已在派出所改了姓的宋安也放下了手中玩具轿车，神情凝重。当宋正德提出明天到机械厂找任建国谈谈关于教育孩子的问题时，宋安立刻表示要跟着去。江萍把眼一瞪，说："你都姓宋了，还去姓任的家里做什么？"

不敢跟江萍顶撞，宋安把求援的目光投向宋巧云，小声说："妈妈，我想去。"

叹了口气，宋巧云说："你去没得用，还是留在家里。"

见江萍和宋巧云都不准，宋安晓得无望，吸了两下鼻涕后，便转身行进卧室，把自己珍藏的一匹绿色塑料小马找了出来，托宋正德带给任冲。

第二天，因为担心任建国外出，宋正德估算着他快要下班的时候，就开始动身。七月的阳光在下午五点来钟正展示着最后一波威力。宋正德提着个黑色人造皮革袋，尽量拣阴地行，但脑门上还是很快被蒸出汗珠来。想到自己已是六十多岁的人了，还在为后辈的事奔走，他未免觉得有些心酸。宋巧云决然跟任建国离婚，虽然理由充足，但在他看来，也不是完全没有回旋的余地。只是宋巧云已是成人，江萍又竭力主张要离，他也不好反对，只是舍不得任冲。在他心目中，任冲活泼健壮灵性逗爱，这样的孩子要是不上进，不学好，就算不是自己的外孙，也会觉得痛心。想到是为了任冲的前途行这一趟，心酸就化成了心劲。挺了挺腰杆，他加快了步伐。

从东方小学到机械厂，不到两里路。进了厂门后，在长坡右侧，正对着青工宿舍侧出口的地方，有段十米左右的围墙，用来做了宣传栏。栏内用粉笔描得有红有白，文章图画俱全，其内容计有：庆祝“五一”劳动节；宣传计划生育；号召职工家属“五讲四美”；还有工厂小孩们的即兴涂鸦若干。在宣传栏转角处，贴了张大红纸，初看以为是喜报，再定神一瞧，顶头赫然写着三个字：检讨书。宋正德眼睛有点老花，又没戴眼镜，远远地瞥了一眼，任建国三个字从红纸右下角跳进了眼帘，把他吸了过去。但他能视远不能视近，隔着两米的距离，把检讨书瞻仰了一番。好在检讨书是用毛笔写的，每个字有鸽子蛋那么大，还能认清。瞻仰完毕，他的脸就有些发烧。尽管任建国已不是自己女婿，但看到他因为旷工和聚赌而贴了张这么大的检讨书，宋正德仍觉得丢人。这时坡上有人声传来，宋正德连忙往坡下行了几步，背对行人，假装研究“计划生育”这一安邦大策。等到别人行过去后，他才转身往上继续推进。

到了平房前面，碰到不少熟人跟他打招呼，宋正德一律微笑着报以和气的应答，跟往常来探亲没什么两样。他这个态度，让住在平房里的人们觉得宋家爷爷真不容易。有想刻薄两句的，话到嘴边又缩了回去。任建国正带着任冲准备奔赴食堂，还没跨出门槛，就看到宋正德出现在门口。

任冲率先大喊了声：“外公！”

任建国怔了一怔，说：“你老人家来了。”

“来看看你们。”

任建国连忙请他进来。落了座后，宋正德打开包，从里面掏出一盒灯芯糕，一包葡萄干，说：“冲冲，这是你妈妈给你买的。”任冲喜滋滋地伸手去接，不防宋正德又摸出匹食指高的绿色塑料小马，说是安安送的。任冲还在生弟弟的气，本想不要。但宋正德把小马和点心一起递过来，不好收一样推一样，任冲只有一并接过。看着这匹昂首挺胸的小马，他怨恨之余倒也有点欢喜，心想：“这个家伙还晓得带东西给我喽。”

宋正德见他身上的衣服倒还干净，不像几天没换洗，心头略觉宽慰，对任建国说：“你们要出去啊？”

“就到食堂去。”

“何解，自己不煮饭了？”

“难得煮。”

“食堂的伙食好吗？”

“还好。”

“冲冲正在长身体，要保证营养。”

“那是。他现在蛮肯吃饭。”

“那就好……建国啊，冲冲的通知书你看到吗？”

“看了。”

“他成绩下降那么多，你要找找原因啊。”

“他就是爱嗨。”

“以前他也爱嗨，还考过第四名。小孩子爱嗨没关系，关键是读书要攒劲，大人也要帮着他攒劲。”

“作业我是督促他按时做的。”

“哪里，你经常不在屋里，是我一个人把作业做完的。”

“你这么大的人了，还要我守着做作业吗？”

“多关心一下小孩子的学习总是好的。他晓得大人在关心他，读起书来劲头总要足些。”

“那是。”

“建国啊，我进大门的时候看到一张检讨书……”

“那是领导报复我。中午才贴出来的，到了夜里我就把它撕了。”

“你到底旷过工吗？”

“也就旷过几次。”

“我也是工厂里出来的。像你这样的技术骨干，旷一次工就会影响生产。万一造成生产事故，那你何解办？”

“还好呢，有徒弟在顶着，没什么大影响。”

“做徒弟的总还是嫩，出了什么故障，未必能处理得好。造成生产事故，还不是你这个当师傅的负主要责任。你还是个班长，起码面子上不好看嘛。”

“我还当什么班长，被他们撤了。就是那个戴东风在背后搞的鬼。”

“我看这个事还是要从你自身找原因，你要是规规矩矩上班，别人想搞你名堂也搞不落。你现在还赌博了，是的吗？”

“也不是赌博，就是打牌输赢大了点。”

“那也是赌。建国啊，赌博放在旧社会，也是要禁止的，何况现在是社会主义了。别的不讲，有句老话讲得好，十赌九输。你自己要吃要喝要抽烟，还要送小孩读书，又有几个钱去赌呢？还是老老实实上好班。”

“一个月才几十块钱，这个班我不想上了。”

“不上班你做什么呢？”

“做生意。我有几个朋友邀我去卖烟，卖得好，一天可以赚二三十块。”

“你哪来的本钱呢？”

“找朋友借。”

“你又没做过生意，万一亏了，要是自己的钱还好，赔了就赔了，借来的钱，你拿什么还，未必还把屋子卖了？”

“不得亏的，我那两个朋友都是老手。”

“他们要是能赚钱，何不自己赚了，还邀你做什么？多一个人入伙，还要少分些钱。”

“他们以前做烟生意，赚了钱，现在打牌输得差不多了，又想重新做。”

“这种人都是在社会上混油了的，等一下骗了你的钱，你还把他们当菩萨供。”

“我晓得呢。我也有脑壳想事的，总要防他们一手。”

“我看这个事，你要稳一点。起码要把稳一条：冲冲要读得书起，要有饭吃。”

“那肯定。”

见任建国有些漫不经心，不时往门外张望，宋正德明白再说下去也无益，便起身告辞。

任建国留他吃饭，宋正德说：“食堂里的饭菜，哪有家里的有营养？我还是回去吃。”

“我们到外面馆子里去吃。”

“下次馆子起码要七八块钱，你留下这些钱给冲冲买些学习用品，不强远了。建国啊，崽是你自己的崽，他变好变丑就看你这个做爸爸的喽！”

“我晓得。你放心呢。”

宋正德哪放得心落，他看了看任冲，见外孙仰着头望着自己，大眼睛里满是依恋，鼻子顿时一酸。伸手摸着他的脑壳，宋正德说：“下学期就要发狠了，晓得吗？”

任冲点点头。三人一起出了门，到了篮球场上，任建国往食堂那边行去，任冲却还要送外公到大门口。宋正德说：“你莫送了，快去食堂吃饭，等下饭菜都凉了。有空你就来嗨，你妈妈和老弟都蛮想你。”

任冲嗯了一声，看着宋正德行远了，才肯转身。这天夜里，他梦见自己被判给了妈妈，在外公家吃着鸡鸭鱼肉，好不快活。而老弟却跟着爸爸，天天吃食堂。食堂的饭菜不好吃，有时找不到饭票，还得饿肚子，瘦得脸上只看见一双大眼睛了，让人好不心疼。任冲跑到机械厂，把老弟带到外公家，开门的是外婆。见了老弟，外婆把他搂了进去，然后砰地关上门。任冲大喊大叫，使劲擂门。里面传出一阵阵欢笑声，却没有谁来开门。心里又怒又急，任冲用脑壳去撞门。额角上痛了一下，任冲便醒过来，发现自己的头正顶在床头的木架上。他睁大眼睛，努力想在浓稠的夜色中辨认出一些熟悉的东西来，却发觉泪水不知何时已盈满了眼眶。用手背抹了下眼睛，任冲想：“我才不去你们家呢，我才不会让你们看到我呢。你们去过你们的好日子，随我变个什么，反正不关你们的事。”

过了两天，任冲软磨硬泡，从任建国那里要了十块钱，在陈勇爸爸的带领下，和陈勇一起前往和气街武馆拜师。武馆师傅叫李河清，五十出头，硬朗得像块青砖，据说得到过飞龙县头号高手阮君武的传授。他收徒弟出名的严，并不是交了钱就能跟他学的。陈勇爸爸跟他是酒友，仗着多年酒桌上的交情，说小孩放了暑假，来武馆锻炼一下，免得嗨野了心，并宣称任冲是他亲戚的崽，跟勇伢子又是同学，请李师傅一起收下。李河清认得陈勇，早就看出这小孩有凶相，本不想教，但碍于情面，不好拒绝。倒是任冲，惹得他多看了两眼，觉得这小孩结实中透着灵气，又摸摸他的筋骨，竟是块练功夫的好坯子，李河清心里便有些喜欢。

“你叫什么名字？”

“任冲。”

“何解要来学武？”

“我喜欢学武。”

“那你学了武做什么？”

“专门打坏人。”

“那你晓得什么是好人，什么是坏人吗？”

“好人就是霍元甲那样的人，还有陈真，坏人就是龙海生那样的人，还有日本鬼子。”

李河清忍不住哈哈大笑起来，惹得馆里练武的徒弟都投来惊异的目光，因为他们很少看到师傅这么开心过。笑完后，李河清对陈勇爸爸说：“先练两天，看他们吃不吃得苦。”

陈勇爸爸连忙掏出钱来。

“不急，讲不定过两天他们就不得来了。”

“我就怕他们打退堂鼓，先把钱交了。”

李河清点点头，示意身边一个理平头的青年收下。

陈勇爸爸对他俩说：“你们要听李师傅的话。要是调皮，师傅要用板子打屁股的，把屁股打烂我也不得管，晓得吗？”

任冲和陈勇响亮地应着晓得，等他迈出馆门，便迫不及待地往馆中央悬吊着的大沙袋奔去。

李河清喝道：“你们站住。”

任冲和陈勇勉强止住步子，一齐回头，满脸困惑。

“做什么去？”

“打沙袋。”

“刚开始学就想打沙袋啊，那就不是你们打沙袋，是沙袋在打你们，等一下还要打出身病来。海标，你登记一下，再带他们到那边去练坐桩。”

海标就是那个理平头的青年。他伸出双手，一手摸一个脑壳，笑着说了声：“来了两个孙悟空。”登记了姓名、年龄和入馆时间后，便把他们带到没有摆兵器的那面墙边。让他们脱了凉鞋，海标便扎了个马步，示意任冲和陈勇跟着学样。帮他们调正了姿势后，海标看了看挂在墙上的大钟，说：“先站十分钟。硬是站累了，可以直一下腰，再接着站。”

任冲心想：“十分钟算什么，我起码要站一个小时。”

还没过半分钟，任冲就觉得大腿酸痛。不过想到站一个小时的誓言，他还是咬紧牙，努力维持现状。再过得半分钟，他的腿开始打战了，就像在水里憋不住气一样，直想往上蹿。但在眼角的余光中，陈勇仍然蹲在那里。任冲绝不肯输给他，深吸一口气，把牙齿咬得咯咯响，眼珠子也快鼓了出来，想尽方法来转移那份越来越难忍受的酸痛感。他还试着往后沉了沉，刚感觉舒服了一点，耳边就听到海标的声音：“不准蹲下去！大腿要平！”便又艰难地恢复原位，感觉大腿上像压着两块巨石。最后他竟至于抖起来。这时眼角里的人影一长，任冲也马上跟着弹起。两人都长长地嘘着气，仿佛劫后余生。海标表扬他们，说是第一次站就站了这么久，算可以了。两人得了表扬，却一点都高兴不起来，因为还要站八分多钟。

在接下来的练习里，任冲和陈勇每次站桩时间越来越短，屡遭海标的呵斥。好容易挨到十分钟，两人都站不起来了，一屁股坐到地上。海标说了句：“你们是小孩子，只站十分钟，我们要站半个小时呢。”

任冲和陈勇对视一眼，都吐了吐舌头。两人背靠着墙，平伸着腿，一边揉着大腿一边看师兄们练功。有的在打沙袋，有的在耍石锁，有的练两人排打。最好看的是练齐眉棍的：劈、戳、点、扫、撩，几乎棍棍带着风声，尤其是舞花的时候，舞出一片密集的棍影，看那架势，泼瓢水都难进。只有一点美中不足，就是不像电视中常看到的那样，时时腾空而起。

任冲对陈勇说：“这只怕是少林棍。”

陈勇摇摇头说：“不是少林棍。我爸爸讲了，师傅教的是梅山武功。”

“什么是梅山武功？”

“梅山武功就是从梅山传过来的。”

“梅山在哪里？”

“好像在新化。”

任冲想起外公老家就是新化县的，跟飞龙县搭界，这门武功的神秘性顿时在眼中大打折扣。他蔫蔫的，不想说话，却瞥见一人昂首阔步行了进来，头上勒条红绸带，竟然是徐丰，顿时眼睛一亮，来了精神——这阵子任冲经常被吴媛带到家里嗨，已经跟徐丰混熟了，还跟他学了几招霹雳舞。徐丰却根本没往他这边看，径直行到坐在八仙桌边喝茶的李河清面前，低头弯腰，喊了声："师傅。"

李河清瞟了徐丰一眼，慢慢地啜了口茶，再把大白瓷杯放回桌上，说："你也舍得来了。"

徐丰一边赔笑，一边说："来看师傅。"

"你要是还在外面乱打架，以后就莫喊我做师傅。"

"也没乱打。都是别人先动手，我才动手。"

"那别人何解硬要跟你动手，不跟其他人动手呢？"

徐丰不吭声了，拎起桌上的开水瓶，往茶杯里续了点水。

李河清脸色好看了一点，说："你没事就到武馆里来练练功夫，帮着带一下小徒弟，少出去闯祸。为了你的事，你妈妈都跑到我面前来哭了几次了。你不为自己想也要为你妈妈想，晓得吗？"

"晓得。"

"那就讲好了，以后你跟海标一起帮我带小徒弟。这一摊人里面，就你们功夫好些，也要帮我出点力了。你去跟海标商量一下，看何解带。"

徐丰便去找海标。他俩是同一年入馆学武的。海标要大一岁，性格稳重，徐丰对他有几分敬畏。两人商量了一阵，决定十岁到十五岁之间的这拨，由海标带，十岁以下的，由徐丰带。按名册上所示，海标带的这拨有六个人，徐丰则有四个。徐丰喊了声，没满十岁的到我这来。话音还没落，就看到任冲昂着个西瓜脑壳飞跑而来。他既惊且喜，问："你这个调皮鬼何解在这里？"

“我来学武的。”

“你要学了武还得了，全机械厂的小孩子脑壳都会被你打爆，不准学！”

任冲又急又怒，嚷道：“师傅准我在这里学，还收了我的钱。”

“那你听我的话吗？”

“听。”

“我要你做什么就做什么，晓得吗？”

“晓得。”

“你们也是一样，晓得吗？”

陈勇和另外一个小孩仰头望着徐丰，都有些胆战心惊，齐齐应着：“晓得。”

徐丰问：“还有一个呢，到哪去了？”

另外那个小孩说：“我来的时候喊了他，他讲累得很，要休息两天再来。”

徐丰冷笑一声，说：“练武就是要吃苦。你去跟他讲，要是怕吃苦，干脆莫来了。”然后开始教他们练坐桩。

本以为徐丰来教，会好嗨一点，没想到还是扎马步，任冲顿时感到眼前一片灰暗。不过徐丰的教法有点不同，他要求扎好马步后，两手握拳，在胸前摆个架势，然后一冲一收，每击打五十拳为一组，上午练五组，下午练五组，每组间可以休息一下。这样虽然也累，但比单纯的扎马步还是有味些。海标看到了，行过来说：“他们太小，还没打好底子，就练冲拳，只怕伤了身子。”

“不要紧。我们当初还不是这样练的。”

海标本想说，我们刚开始学的时候比他们要大些，但看到徐丰有点不以为然，便只笑了一下，行开了。

上午练完了，任冲手脚都软得像面条，休息了好一阵，才和陈勇一起出了武馆。任冲说，厂里食堂要开餐了，我要行快点，便全力前行。陈勇极力邀请他到自己家里吃饭。任冲开始不肯，但快行到陈勇家门口时，手脚都乏了，半推半就地被他拉了进去。见任冲来吃饭，陈勇的妈妈加了道菜：干辣椒炒猪血丸子。就算她不加，任冲也照样吃得极香——练武消耗大，两人各吃了两满碗饭，才觉得肚子不空。

陈勇的妈妈满心欢喜，说："就是要这样吃得饭落，才长得高长得大。"

陈勇爸爸笑道："两个人比着吃，总吃得多些。"

吃了饭后，两人便在阁楼上的床上挨着躺下。休息了个把小时，感觉身上的酸痛渐渐消去，他们便下了床，顶着烈烈的太阳在青石板路上滚铁环。见任冲中午出现在街上，苏建和钱兵既惊且喜，也各自拿出铁环来。中午的老街寂静空旷，铁环在青石板上滑出细而悠长的声音，仿佛时间在滚动。嗨了个把小时后，孙朋朋也从家门后闪现。他像只刚刚睡醒的猫，眯着眼睛打量了一会这支滚铁环四人组，然后发出号召，到江里游泳去。

一听到去江里嗨，苏建和钱兵都神情踊跃。

任冲却说："我下午没空。"

陈勇接着说："我也没空。"

孙朋朋大感诧异，问："你们有什么好路？"

任冲说：“我们要去练武。”

“练武，跟哪个练？”

“就在和气街那个武馆。我们今天拜了师。”

孙朋朋早想去那里学个三招两式，无奈家里一直不给钱，听得这话，顿时大为忌妒，说：“练武太吃亏了，哪当得游泳有味喽。”

这句话在任冲和陈勇心里激起强烈的共鸣，一瞬间两人几乎动摇起来。但想到那好不容易才磨来的学费，任冲便说：“练武是苦，不过练成了可以当大侠。”

钱兵问：“可以在屋子上飞来飞去吗？”

任冲说：“肯定可以。”

“那我也要去学。”

“要交钱的，你以为是白学。”

“交好多喽。”

“十块。”

听到这个数字，钱兵就蔫了。苏建对练武没什么兴趣，说：“你们去练武，我们去游泳。你们练完了，再到江边来找我们。”

对这个提议，大家都没意见。但是到了下午，任冲和陈勇练完后，只想躺在床上不再起来，绝无半点去游泳的念头。怀着对柔软被褥的强烈向往，任冲和陈勇急急地往家里赶。陈勇要任冲在他家吃了晚饭再行，任冲说：“我只想睡个大觉。”陈勇便不再强留。

回到家，任冲便扑到床上，把身子蜷缩成一团。到吃饭的时候，任建国怎么推他也推不醒，便自个去了食堂。等任冲醒来后，已是晚上八点多。他从里屋摸索着出来，堂屋也是一片漆黑。开了灯后，满室寂寂，任建国不晓得到哪去了，桌上也是空空荡荡。有种凄凉的感觉涌上心头。任冲想要是妈妈在家里，桌上肯定有饭菜在等着他。想到外公家热闹温暖的场面，任冲越发心酸。这时，饥饿感也一阵阵地冲击着他。翻遍了橱柜和坛坛罐罐，任冲发现米糖已经没了，发饼只剩下一块，还让老鼠咬去了小半边。想到外面买东西吃，却找不到钱。发了会呆后，任冲便锁上门，往吴媛租住的房子行去。

行进小院的时候，任冲并没有听到楼上传来惯有的笑闹声或音乐声，便以为吴媛不在家，顿觉黯然。他仰头望去，见灯光从开着的窗户中泄出来，心里才敞亮起来。上了三楼，任冲发现门也是开着的，便大摇大摆地行了进去。吴媛正坐在桌边嗑瓜子，神情冷淡得像冬天。旁边赫然坐着徐丰，不过他没有挨着吴媛坐，而是隔了一张椅子，扭头对吴媛说笑，费劲地想点燃夏天应有的热火。见任冲来了，吴媛脸上就解了冻，虽然还没有到夏天，但起码让徐丰看到了春天。吴媛说："听说你学了功夫，表演一下看喽。"

徐丰在一边连声催促，生怕任冲不肯，让刚刚回暖的气氛又冷下来。任冲扎了个马步，挺胸鼓眼，连续冲拳，口里发出霍霍之声，比他的拳头更见威势。

见他一本正经的样子，吴媛脸上笑出了蜜，说："要得了，要得了，快来吃糖。"

收了桩子，任冲表示不想吃糖，也不想吃瓜子。

吴媛诧异起来，问：“那你想吃什么？”

“我还没吃饭，肚子好饿。”

“难怪下午吃饭的时候没看到你。你爸爸呢？”

“他不晓得到哪去了。”

吴媛蹙起眉头，叹了口气说：“你爸爸也是，连吃饭也不管你。我带你出去吃。”

徐丰兴奋地站起来，说：“我请你们吃夜宵。”

“哪个要你请？我自己有钱。”

“你的钱是你的钱，我请是我的意思。任冲，我请你吃夜宵，要得吗？”

任冲看着吴媛，不作声。徐丰急了，说：“这点面子都不给我了，看我以后还教你功夫吗？”

“你请就请，吓小孩子做什么！”

徐丰连忙赔笑道：“我是逗他的。”

到了二楼，吴媛喊辛小静一起去吃。辛小静说：“有吃的还不好，就怕有人当我是电灯泡。”瞥见任冲后，她又说：“原来早就有个小电灯泡在这里了。”

任冲不明白电灯泡是什么意思，也没有兴趣弄明白，他的心思全奔向饭馆了。仿佛闻到了那里飘来的诱人香味，他口里涨水，肚子也开始咕咕叫起来。徐丰提出去江边的夜宵摊上吃。一听说还要行那么远，任冲满心不情愿，但又不敢说出来，怕惹徐丰生气，到时真的不教自己功夫了。

吴媛还没发表意见，辛小静就说：“要得，江边凉快，吹着风吃夜宵，蛮舒服。”

吴媛拉着任冲的手，说：“你忍一下，到了江边你想吃什么就点什么。”

任冲嗯了一声，觉得吴姨最贴心。至于那个辛小静，真的讨厌死了。

快行到电影院的时候，有个长着张铲子脸的社会青年对着吴媛吹两声口哨，徐丰上前甩了他一耳光。“铲子脸”想还手，被徐丰一脚铲翻在地，才明白自己根本不是对手，爬起来后抛下句：“你等着喽！”就一瘸一拐地行了。

等那人行远后，辛小静说：“他不得喊人来追我们吧？”

徐丰现出满脸的不屑，说：“这种小角色，怕什么？”

“这个人也倒霉，被你打了，是白挨了一餐打。”

“我根本就没打他。要依我以往的脾气，起码要把他的嘴巴打烂，牙齿打脱，看他以后还吹不吹了。”

吴媛仿佛什么都没看到，继续带着任冲往前行。任冲一边行一边扭头望着徐丰，觉得他好雄，就跟电视里的侠客一样。

到了江边，那些夜宵摊子上不时有人跟徐丰打招呼，有的还站起来，毕恭毕敬地喊声丰哥。这种场面，越发让任冲觉得徐丰真神气，真有狠。他甚至不自觉地挣脱了吴媛的手，挨着徐丰行，和他一起接受这激动人心的致敬。在起立致敬的人中，赫然有张治军。他看到任冲站在徐丰旁边，大为惊讶。任冲很给他面子，大声喊了句军哥哥。但徐丰表情平淡，只不过是点点头。看着张治军一脸讨好的笑，又看看徐丰的表情，任冲心里有些难过。但张治军并不觉得难过，继续费劲地笑着，目送他们行开。

择好了地方后，吴媛和辛小静去灶边摊上看菜点菜。任冲却不肯跟着去，而是陪着徐丰坐在桌边。桌子靠小马路。路上虽然有车来车往，但基本上是单车，安安静静地驶过，偶尔响起一串脆生生的铃声。风从江上吹过来，带着对面田野清新宁静的气息。到了这边岸上，便搅入人的说话声、炒菜声、灶上腾起的油烟味，飘荡着浓浓的人间烟火气。这样的风让任冲觉得愉快，也撩起了他的饥肠。等到头道菜端上来时，他抄起筷子，几乎是以俯冲的姿态扎了下去。这是生炒牛肉，平常难得吃到的美味。任冲赶了一些到自己碗里，与饭搅拌在一起，便大口吞起来。

徐丰看着他，说："怕是前世没吃过。"

白了他一眼，吴媛说："人家是饿了呀。"

徐丰要她多吃点，吴媛却说自己不蛮饿，只懒懒地夹了少许送到嘴里。辛小静也不想吃饭，但胃口显然比吴媛要好，对端上来的一条红烧鲤鱼展开了全面进攻。她边吃边对徐丰说："我们就没替你省钱了，都是拣贵的点。"

徐丰连忙说："这点钱，算什么，小意思。"然后又对任冲笑骂道："你慢吃点，莫噎死在这里呢。"

任冲满口塞着热饭热菜，鼓着腮怯怯地看着徐丰，像是犯了错误。

吴媛笑着说："你莫理他，只管吃，最好把桌上的菜都吃了。"

任冲得到鼓励，便放肆大嚼起来，嘴边、腮上遍布油渍。正吃得入味，突然觉得气氛不对，抬头一看，三个大人眼睛都望着自己背后。他扭头一看，发现四五个人正沿着小马路往这边行来，为首的正是那个在电影院前挨打的社会青年，顿时紧张得手都僵硬起来，几乎拿筷子不住。

徐丰已站了起来，提了条长凳，绕到前面，在离桌子一丈远的地方稳稳地站住。许多吃夜宵的人都往这边张望，有不少人还站了起来。张治军想出手帮徐丰把那队人马拦下，但行了几步，看清了中间一人的面貌后，连忙又缩了回去。

那队人行到离徐丰两米远的地方，就停了下来。“铲子脸”指着他，对身边一个理着光头、穿条牛仔裤、赤着上身的青年说：“就是他。”

“光头”上前两步，神情悠然，像是在散步。他说：“我以为是哪个，原来是徐丰。两年没看到，你雄了蛮多了。”

徐丰盯着他说：“闷狗，你好久出来的？”

“老子表现好，提前释放，何解，不欢迎？”

“那就看你找我做什么了？”

“做什么？这是我的牢友，我替他来讨个公道。”

“何解跟你一起坐牢的是这样的货色，在大街上调戏妹子，怕是前世没见过女人噢。”

“吹下口哨也叫调戏，你徐丰口哨还吹得少？”

“哪个叫他对我朋友吹？”

“他何晓得是你朋友？你干脆在你搞过的妹子脸上都写起徐丰两个字，那还差不多。”

“反正已经打了，你还要何解？”

“何解？你起码要讲声对不起，再请我们吃餐饭。”

“路边这么多摊子，有钱你们就随便吃，没得钱就莫站在这里碍眼。”

“徐丰，我是给你面子才跟你扯这么多的。”

“我的面子是我自己挣来的，还要你给？有种就来单挑。”

“在牢里哪个跟你单跳？打得赢就算狠。”“闷狗”才讲完，就猛地从腰后抽出把匕首，一个弓箭步直捅过来，捅出一片尖叫。

徐丰晓得这家伙心狠手辣，早有防备，往旁边一跳，手一抄一推，长凳往“闷狗”肋间冲去。“闷狗”反应也快，一闪就避开了凳头，发力往前冲，想凭借速度在内线出刀。没想到那条长凳到了徐丰手中，就像条活龙，一缩再一冲，撞在“闷狗”小腹上。因为他手中有家伙，徐丰不敢大意，用足了弹劲，再加上“闷狗”往前急冲的力，这一下撞得他肝肠如裂。饶是“闷狗”悍勇过人，还是痛得捂着肚子蹲在地上，一时动弹不得。

后面几人一拥而上，当中有两人也效仿徐丰，从几颗屁股底下抢出两条长凳。无奈长凳在他们手里，就成了条死蛇，非但打人不到，有时还挡了自己人的进攻。徐丰以攻代守，横打直冲，一条长凳要得如枪似棍，看得任冲目眩神摇，血气汹涌，恨不得那个舞板凳的就是自己。不到一支烟的时间，那几个人就被徐丰打得胆气全无，纷纷退到远处，不敢再进攻。

徐丰将长凳竖在地上，一手搭着凳头，一手叉腰，喝道：“还打吗？”

那几个人面面相觑，谁也不作声。徐丰喝了声：“不打就滚！”

话音还没落，“闷狗”从地上跃了起来，一个虎扑，匕首直捅徐丰胸口。徐丰把凳子一晃，匕首插在凳面上。没等“闷狗”抽回匕首，长凳下端就弹了起来，撞在“闷狗”的小腿胫骨上。他叫了一声，坐在地上，抱着右腿，一个劲地倒吸冷气。“铲子脸”和另外一个瘦子上前把他架了起来。临走时，“闷狗”没有抛下“你等着喽”这样惯用的场面话，而是阴阴地剜了徐丰一眼。

徐丰回到桌前，辛小静满脸粲然放光，说：“你太狠了，应该去香港拍武打片。”

“我去拍武打片，不得比梁小龙差些。”

吴媛没表扬徐丰，只是问他伤着哪里没有。

徐丰表情夸张地说：“就他们那几下子，连我根寒毛都动不了。”

“那个拿刀的好歹毒。”

“他就是靠歹毒吃饭的。”

“那你要小心点，莫被他暗算了。”

得到吴媛的关怀，徐丰咧嘴一笑，说：“我晓得。”

任冲望着徐丰，说不出话来，只是一个劲地傻笑。

徐丰说：“你笑什么？想练出这样的功夫，就莫怕吃苦。”

任冲猛点头，然后问：“你刚刚要的是什么功夫？”

“这叫板凳拳，是梅山派的独门绝技。”

“我好久可以学喽？”

“你先把基本功练好再讲。”

“那要练好久？”

“起码要练一年。”

"那时候开学了，我就不可以到武馆里来练了。"

"在家里一样可以练，就看你有恒心吗。"

任冲连忙表示，有恒心的。吴媛催他快吃，等下菜都凉了。徐丰要了碗米酒，和辛小静一起分享那条鲤鱼。吴媛对煎豆腐感兴趣，连吃了两块，并断定是北坪的豆腐。那边水好，土里出的豆子也好，做出的豆腐又嫩又白又有韧性。任冲则就着牛肉吃了两碗冒尖的饭，又把剩下的牛肉全赶进肚里，连盘子上油水他也舔得干干净净，然后发出一声幸福而满足的叹息。结账的时候，老板娘还有点怯怯的，仿佛接了徐丰的钱，就会挨上一板凳。徐丰足额照付，并没有想到要借刚才打架的威风而白吃一顿。

徐丰住在电影院后面。他提出要先送吴媛和辛小静回家。吴媛不肯，徐丰也不敢太坚持，怕惹她生气，于是便在半路上分了手。

等徐丰行远了，辛小静说："徐丰人蛮好，男子汉气蛮足。"

"那你就要你爸爸把他收做女婿啊。"

"你莫乱讲。他是对你有意思。"

"我反正对他没那个意思。别的不讲，跟这样的人在一起，连吃餐饭也不安心，总担心他造出什么祸来。"

"那也是。不过你也不小了，该考虑结婚的事了。"

"要找个自己喜欢又喜欢自己的，好难！再加上我们这样的人，在背后讲闲话的肯定多，想找个好男人，更加难了。"

"照你这么讲，未必就不找了？"

"找还是要找。万一找不到中意的，那就干脆现实一点。"

"何解现实喽？"

“你到时就晓得了。”

“哎呀，你先告诉我也不要紧啦！”

“我现在也讲不出个一二三，反正你到时就晓得了。”

见吴媛有点窘迫的样子，辛小静不好再问。任冲更是一声不吭，独力消受这番让他感到有些心惊肉跳的对话。见他出奇的安静，吴媛倒起了疑虑，对他说：“冲冲，这些话你莫告诉徐丰呢。”见任冲只闷闷地嗯了一声，她又说：“你要是告诉了他，那我就再也不得理你的，晓得吗？”

在如此重大的威胁之下，任冲只有应了声：“我晓得。”脑壳里却在想：“徐叔叔那么狠，何解吴姨不喜欢他呢？”到了家里，任建国还没回来，他也不在意，还在想这个问题。躺到床上的时候，这个问题仍没悟清。直到倦意涌裹，就迷迷糊糊睡了过去。

第二天，到了武馆，任冲发现他们这一组又少了个人，好在陈勇并没有退缩。对此徐丰倒无所谓，他甚至希望任冲和陈勇都跑掉，这样他就不用天天待在武馆里了。

休息的时候，陈勇皱着眉头，小声地发牢骚：“没点味，到底要好久才教我们套路喽？”

任冲白了他一眼，说：“我告诉你，起码还要练一年。”

陈勇骇了一跳，问：“你何解晓得的喽？”

指了指徐丰的背影，任冲说：“是他告诉我的。”

“那你还练不练？”

“肯定练。梅山功夫好厉害的，我是想学到底。”

“我爸爸也讲这门功夫厉害，就是没看到厉害在哪里。”

任冲说：“我看到过。”便压低嗓门，把徐丰昨晚的战况向他口头重播，难免添油加醋，把徐丰描绘成了电视里的陈真。陈勇听得血脉贲张，表决心要学到底。陈勇还说，起码要把这路板凳拳学到手，因为学校里到处都是凳子，随时都可以拿起来抖威风。

这时徐丰行了过来，任冲连忙带头站起，继续练习。

因为有了切实的奔头，虽然站桩极其枯燥，两人竟然坚持了下来。只是站了十多天，任冲觉得力气比以前还小了，提什么东西手臂都是弱弱的，跟妹子一样。起初以为是自己才如此，他只在心里偷偷地疑惧，到后来实在忍不住了，便告诉了陈勇。他倒是一副如释重负的样子，嘘了口气说：“我还以为是我练错了。”

但接下来一个巨大的疑问压得两人心里都沉沉的：何解越练力气反而越小了？两人讨论了许久，最后得出了一致结论：是徐丰故意没教好。但到底是什么地方开罪了他，两人的意见很不统一。陈勇认为，是没叫他师傅，只叫师兄，惹得他不高兴。

任冲立刻反驳说：“这是李师傅让叫的，又不是我们自己要这样喊的。”

“那到底是何解呢？”

任冲有点怀疑是因为徐丰晓得了那天晚上吴媛和辛小静的谈话，怪自己没告诉他所致。但他又不能把这怀疑说出来，就另外找了条理由。

“怕是人太少，他不情愿教我们了。”

“那何解办呢？”

任冲也拿不出办法。两人心头的结都没打开，到了下午练习的时候，都无精打采。徐丰因为在吴媛那里又受了冷遇，心里憋着气，大声呵斥，聊以发泄一二。任冲想：“你又不好好教我们，还要骂我们。”心里的气也鼓了起来。而徐丰看到任冲居然还横眉怒目，更加来火，对他教训得格外严厉。任冲忍不住了，大声说：“跟着你练，越练力气还越小。”

徐丰一怔，说：“你跟着哪个练，都要先把力气练小，还要练到没有。”

任冲和陈勇吓了一跳，齐齐望着他。

李师傅听到这边声音大，咳了一声，慢慢地踱过来，问：“什么事？”

徐丰收敛起怒容，笑着说：“他们悟不清自己力气何解变小了，在发牢骚呢。”

李师傅低下头，看着他们说：“不要紧，这是正在换力。等练完这个暑假，你们的力气比以前起码要大两倍。”

听得似懂非懂，但两人对李师傅的话都深信不疑，一致表示会发狠练习。

任冲在和气街刻苦练武，何春生和周明也在为变成武林高手而奋斗。两人参加了县总工会办的少儿武术班，一进去就是练套路。这两位经常在机械厂的篮球场上龙腾虎跃，一会儿“大鹏展翅”，一会儿“海底捞月”，博得了全厂许多小孩的敬畏。

这天在食堂吃过晚饭，任冲无事可做，站在篮球场边发呆。周明和何春生又在表演他们的高超武术，一帮小孩围在边上观看。任冲忍不住好奇，也凑过去看。

见他来了，有人大声说：“任冲也在练武！”

其他人听了，都扭头看着他，目光中充满期待。任冲却装作没听到，想看看周明跟何春生到底学了些什么。没想到他们也停了下来，斜着眼睛看任冲，目光中充满挑衅。任冲明白自己这时应该下场舞弄一番，但他根本没学过套路，而且现在正是练到旧力已消、新力未长的时候，手脚绵软，一表演就露馅，然而就这么一声不吭地行开，在他，也是万万做不到的。情急之下，任冲模仿起徐丰的腔调，说：“真正的功夫不是用来看的。”

何春生一愣，然后大声说：“那你讲是用来做什么的？”

“这都不晓得，你还练什么武喽？”

看着任冲满脸的轻蔑，何春生倒有点摸不着头脑，一时说不出话。

任冲正想脚底抹油，周明却开了口：“你有真功夫，敢跟我打吗？”

一听这话，任冲心神有点乱，但嗓门还是很大：“我师傅讲了，练武的人要讲武德，不能随便跟人比武。”

“莫啰唆，你到底敢不敢比喽？”

“等我回去问了师傅。他要是准，我再跟你比。”

“你是怕跟我比吧？”

“随你何解讲，反正我是不会随便跟人比武的。”任冲说完，昂着头，像一个不屑跟人动手的武林高手那样慢悠悠地行开了。

才行得两步，就听到周明的一句话像毒蛇那样从耳门钻进心窍：“父母离了婚的。”

顿时他就失去了高手从容的风范，目射精光，扭身向周明扑了过去。周明往旁边一闪，然后使出招扫堂腿，把任冲绊倒在地，不待他爬起来，就骑在他身上。任冲身上乏力，勉强挣扎了一番，还是没能把周明掀翻。

周明叉住他的后颈，说："真功夫就是你这样子？真的是出丑。"

任冲大叫："我嬲你娘！"

周明扇了他一耳光，说："我要你骂！"

"你娘卖姿！"

周明又扇了一下，说："你还骂吗？"

"你娘偷人！"

咬咬牙，周明正想扇第四下，突然听到有人说："放了他算了。"这个人的声音仿佛很陌生，又仿佛有些熟悉，他抬起头来，便看到王军那只冷冷的独眼，手顿时有些发软。旁边的小孩们也劝他算了。周明便趁势收了手。任冲爬起来后，只是恶狠狠地瞪着他，并没有继续厮打。周明首次全胜任冲，越发觉得这功夫有练头，带着何春生、杨真，喊上罗佳、孙爱红，得意扬扬地找地方开庆功会去了。

任冲又怒又愧，尤其是当瞥见陈玉也在一边看着时，愈加觉得出丑，恨不得挖个地洞钻进去。见他紧咬嘴唇，面绷如铁，围观的小孩也不敢劝他，都陆续散去。见陈玉不行，任冲干脆转过背去。王军和他一起站着，也不作声。等到操场上都没声音了，任冲才偏头去看王军——他的头发又长又乱，有一部分垂下来，遮住了那孔空洞的眼窝；脸比过去瘦削多了，而且出现了一般小孩子没有的硬线条；看人时的目光像是刀片。

任冲被他的目光刮了几下，实在受不了，大声说："你何解要帮我？"

"因为你现在跟我一样可怜。"

怔了一怔，任冲想说："我哪里可怜了？"但这话到了嗓眼，就卡在那里出不来了。爸爸和妈妈离婚后自己的种种景况一一闪现，当时并不觉得怎样，现在回想起来，确实如王军所说——可怜！呆站在王军面前，他久久说不出话来。

14

整整一个暑假，终于在咬牙坚持中熬了过去。任冲和陈勇练完了三种桩步：坐桩（马步）、箭桩和丁桩，再就是配合站桩练冲拳和砍掌。临到快结束的时候，李师傅亲自教了他们"丁桩阴阳拳"，也就是站成丁桩，两手以阴阳练双牵手和下横拳。教完后，李师傅笑眯眯地说："练好三桩，功夫就成了一半。"并要他们在家里经常练练，别把功夫搁下了，有空就到馆里来嗨。

任冲嗯了一声，有种上当受骗的感觉，因为他既没有学到"大鹏展翅"，也没有学到"海底捞月"，像"坐桩冲拳""箭桩砍掌"这样的招式，也未免太简单了，实在没办法拿出去表演。但他又不敢提出质疑，怏怏地和陈勇离开武馆。

才转过街角，任冲说："就这样学完了，又没学到什么招式。"

"那我觉得身上比过去要有劲蛮多。"

“我们这样发狠，总要练出些名堂，我现在一只手可以提一满桶水。”

“我脚底好像生了根一样，别人随便推我一下，根本就推不动我。”

任冲也表示有同感。陈勇又说：“师傅特意跟我爸爸讲，要我到学校里莫随便跟同学打架。他讲我们的手已经蛮重了，随便打一拳，别人就受不了。”

顿时任冲手有些发痒。他四面看了看，除了陈勇外，只有房屋的墙壁可供他下手，便只好作罢。行到前进街，陈勇邀请任冲到他家去嗨。在陈勇家闹了一会，还是舍不得分手，任冲便邀请陈勇到机械厂嗨。两人到生产区转了一圈，瞻仰那些巨兽般的机器，陈勇不时发出如下惊叹：这部机器光只卖废铁也可以卖蛮多钱。

出了生产区后，任冲还是不愿就这么散了，他看了看陈勇，说：“我们嗨得这样好，又在一起练过武，干脆结拜兄弟算了。”

陈勇立刻嚷道：“要得。”顿了顿后又说：“那钱兵和苏建呢？”

任冲说：“他们两个胆子小，打架不狠，就算了。”然后又说：“还有一个人。”便带着陈勇去找王军。

王军正在平房后的空地上用钢锯片斩蚂蚁。陈勇见了他，背上竟有点冒寒气。王军站起来，一边听任冲说话，一边把手中锯片抛起又接住。任冲向他介绍了陈勇，然后说：“我们要结拜兄弟，你来不来？”

王军又抛了两次锯片，说：“你讲何解就何解。”

接下来便是排定座次。任冲说：“我当老大，陈勇老二，王军老三。”陈勇和王军都没有不同意见。然后就开始结拜。按照电视上看到的仪式，是要焚香的。任冲从家里掰了三段蚊香。点燃后，三人各拈一段蚊香，并排跪在梨树下。任冲一边回忆着电视上的结拜场景一边说：“今天我们三个结拜成兄弟，以后有福同享，有难同当。”

这后面八个字说得颇为流畅有力，让整个仪式变得像那么回事，陈勇和王军暗自钦服，精神更振。说完后，任冲带头往半空拜了三拜，把蚊香插在土里。站起来后，他颁布了做老大后的第一道命令：以后在一起不喊名字，就喊老大老二老三。其他两人都应着好。这时已到了吃中饭的时间，任冲便从家中翻出饭菜票，请他们到食堂吃了饭，算是展示了一把老大应有的豪爽大方。

开学第一天，赵秋云特意把任冲喊去谈了次话，勉励他这学期一定要努力发狠，争取再进入前五名，当“三好学生”。任冲尚沉浸在做老大的兴奋中，对于成为“三好学生”未免有些兴趣淡漠，不过赵秋云的关怀还是让他感到温暖——很久没有这样的关怀了。

见任冲一副恭顺的模样，赵秋云又说：“你弟弟也读二年级了，你们兄弟俩要比赛，看哪个考得好些。”

任冲心想：“哪个跟他比？”

从教师休息室出来后，上课铃就响了。这是钱亚男的课，任冲不敢讲小话。他学欧明的样，把双手叠放在课桌上，腰杆挺得直直的。见他一副专心听讲的模样，钱亚男便喊他起来提问。任冲回答的声音很响亮，却是答错了。

钱亚男早就不满他上期期末考试的表现，遂骂道：“别人是越长越聪明，你是越长越笨，这么简单的题目也答错。”

任冲耳根立刻烧了起来。

钱亚男又让蔡集贤起来解答。蔡集贤飞快地报出答案，在得到钱亚男的首肯后，瞟了任冲一眼，然后得意扬扬地坐下。

在接下来的时间里，任冲再也没听进钱亚男讲了些什么。

下课后，欧明见任冲闷闷不乐，安慰他说：“不要紧。你是数学竞赛的冠军，一道题答不出来，没有哪个认为你不狠。”

“钱老师硬要喊蔡集贤来解答，故意出我的丑。”

见他这么说，欧明不晓得该怎么接话，只有看着他满怀怨憎地往教室外行去。行到内操场上，任冲瞥见周明在向他的同学表演武术，又是打醉拳又是凌空飞腿，心里火气更大，顿时就想上去跟他再比试一回。但他虽然力气大了许多，但对于自己学的那些“坐桩冲拳”“箭桩砍掌”能否敌得过周明的凌空飞腿，还是没有多大把握。再想到赵老师才找自己谈过话，马上就在学校里跟人打架，实在有些不忍心。悟了一悟，任冲便把陈勇喊到角落里，压低声音，密谋了一阵。

这天下午放学铃才响，任冲和陈勇也没跟钱兵和苏建打招呼，就一溜烟跑掉了。

钱兵闷闷不乐，说：“他们两个自从练了武后，就跟我们嗨得少了。”

苏建说：“我们不晓得嗨我们的。”然后就凑到欧明那支队伍里去，努力跟陈玉套近乎。欧明是无可无不可的性子，并不排斥这个外来者。陈玉想着苏建跟任冲嗨得好，也跟他说几句话。倒是戴娜嫌他，翻了两次白眼。苏建假装没看见，厚着脸皮赖在里面。

钱兵对陈玉和任冲黑脸一事颇有想法，如今见她跟欧明泡在一起，更加愤愤然，不想跟他们说话，遂放慢脚步，远远地落在后面。周明那一伙行了上来，见他落了单，遂记起过去他跟着孙朋朋来机械厂打人的事，不免恃众推了他两下。

钱兵红着眼睛说："你们记着喽！"

见他不敢还手，何春生勇气倍增，飞起一脚。钱兵捂着肚子，蹲在地上，哭了起来。孙爱红看着觉得不忍心，便劝何春生算了。

行开后，周明质问杨真何解不动手。杨真说："我现在是中队长，不好随便跟人打架。"

周明拉下脸，说："就是喽，我们是差学生，就可以随便跟人打架。你是班干部，还跟我们嗨什么？"

杨真笑着说："我当了班干部，可以包庇你们。不信你问何春生孙爱红，好多次他们讲小话，我都没记他们的名字。"

周明把目光投向何春生和孙爱红，见他们都点头予以确认，才哼了一声，说："就只你狡些。"

杨真小巧地笑着，不作声。

罗佳说："周明，你好久也当个班干部，包庇一下我。"

周明撇着嘴，冷笑道："要我当我还不当呢。"

见他胀着气，其他人都不说话了。一伙人行到大井前面，就看到任冲、陈勇和王军从旁边杀了出来，堵住了他们的去路。

周明倒不惊慌，问：“你们想何解？”

任冲喝道：“你敢再跟我打吗？”

周明摆出一脸不屑，说：“你这样的手下败将，来好多我打好多。你讲何解打呢？”

“一个对一个。”

杨真立刻叫了起来：“我是不得跟你们打的！”

周明斜睨了他一眼，说：“你这个胆小鬼，快站远些。”然后对任冲说：“你们只管来，我跟何春生两个对你们三个。”

这时钱兵从后面跑了上来，向任冲控诉：“他们刚刚打了我。”

任冲立刻冷笑道：“你们怕不怕丑，三个人打一个，还在这里充英雄。”

周明恼羞成怒，道：“打就打，莫啰唆。”

任冲要钱兵负责看好书包，便朝周明行了过去。周明摆了个“金鸡独立”，姿势卓然，让任冲心里有些发毛，疑心他接下来藏有什么奇招妙式，遂停住步子，很自然地蹲下身去，两脚一虚一实，站成个丁桩。周明单脚不耐久站，放下架势，大喝一声，来了个凌空飞腿。任冲往右边一闪，等他才落地还没站稳，右脚跨前一步，前腿弓，后腿挺，变成个箭桩，右拳像箭一样射了出去，冲在周明腰间。周明喊了声哎哟，就摸着腰，蹲了下去。任冲却认为他武艺高强，生怕遭到什么厉害的反击，左脚上前和右脚平行，变箭桩为坐桩，一掌砍在周明肩胛处，把他砍得又矮了下去，苦着脸坐在地上。

见周明吃了亏，何春生大喝一声，跳上前来。陈勇想把他拦住，身边却腾起一团黑影，却是王军扑了上去。只见他左蹿右蹦，出爪如风。何春生好歹也是练过武的人，面对他这种野路子打法，竟不知如何招架，脸上、脖子上被抓出好几道血痕。王军抓得性起，连连尖叫，连头发都飞了起来，露出那孔布满血丝的眼窝。何春生胆战手软，转身飞逃，连书包也顾不上拿。杨真见势不妙，帮何春生拿上书包，带着孙爱红行远了。只有罗佳还站在旁边，抱着周明的书包，看着这三个比她还矮半头的男孩，满脸不敢置信。

任冲双手叉腰，对周明说："还来吗？"

周明爬起来，撂下句："你等着喽。"便转身欲行。

"还敢吓我们。"陈勇说完，便冲上去，一个丁桩横拳，猛打在他后背上。周明痛得龇牙咧嘴，眼睛也红了，反身和他扭打在一起。他学过套路，脚下有章法，几次绊住陈勇的腿，却怎么也摔不倒他。陈勇被别了几次后，也依样画葫芦，只一次就把周明绊倒在地，连踢了他好几脚。这时看热闹的越来越多，其中有些是周明班上的同学。任冲怕他们上来打群架，便喝住陈勇，背上书包，大摇大摆地行了。周明灰头土脸地爬起来，便看到黄宏志罗文龙一脸讪笑地对着他。

黄宏志说："好丑，被低年级的打了，还讲是练过武功的。"

周明无言以对，连身上的尘土也顾不上拍，从罗佳手里拿过书包就行。何春生、杨真和孙爱红在粮食局大院后墙下缩着。见他和罗佳行过来，便迎了上去。周明目光呆滞，一言不发。

何春生垂头丧气地说："何解他们变得这么狠了？"

杨真提议道："干脆我们跟任冲讲和算了，反正都是机械厂的。"

何春生说："要讲和你去讲和，你反正是当叛徒当惯了。"

杨真红着脸说："我也只是讲一下，又不是真的去讲和。"

何春生说："鬼晓得。"

罗佳说："打了败仗还在这里吵，有什么好吵的？"

周明阴恻恻地蹦出一句："你们等着看，我就不信奈他们不何。"

回到家里，周明的父母见他手脚都擦破了，便盘问他又跟哪个打架了。周明死活都不肯承认，只说是不小心摔倒了。何春生也绝口不提这次半路激战。所以当任冲意态昂扬地回到厂里，大肆宣扬他打赢了周明时，厂里小孩竟然没一个肯信，让他大为懊恼。

好在毕竟是打了胜仗，吃过饭后，任冲又兴奋起来，急急地往吴媛住处赶，想向她报告打赢了高年级同学的辉煌战绩。还没行到院门口，就看到吴媛从里面出来，旁边还跟着个男的。这男的梳着大背头，腆着肚子，竟比朱斌还要像个领导，年纪也比朱斌要大。任冲有些吃惊，不明白吴媛何解跟个这样的人行在一起，居然还挨得很近，起码比跟徐丰在一起时要近得多。更让任冲伤心的是，吴媛看到他时，没有笑，只是说了句："我有事，你回去嗨算了。"就和那男的行开了。

回头盯着那个男人的背影，任冲心里陡然生出一股敌意。他想："我要去告诉徐丰。"但是黑夜茫茫，他又不晓得徐丰到底住在电影院后面哪块地方，所以也不能够立刻去打小报告。

好容易等到星期天，任冲邀上陈勇往武馆行了一趟，却没看到徐丰。李师傅也不在馆中，只有几个不用上学的师兄在打磨筋骨。海标告诉他们，自从学校开学，要读书的小师弟们散了后，就难得看到徐丰的影子了。任冲便和陈勇在馆里打了会沙袋，看海标演练了一套七星耙，便离了武馆。行到街口，见对面巷子口有卖凉粉的，任冲顿时口里涨水，把上下口袋都摸了一遍，却没有摸到一分钱，遂叹道：“身上焦干的，要是有一毛钱也好。”

“你们机械厂到处都是钱，就看你敢不敢弄。”

任冲扭头看着他，目光中流出疑惑。

“我上次到你们厂里，看到地上尽是废铁，随便拖些出来，卖到废品站，起码可以得几块钱。”

“那岂不是在偷？”

“这叫什么偷？反正那些废铁没得用了，摆在那里也是浪费。”

瞄了瞄对面摆着的凉粉桶，任冲咽了一下口水，说：“今天没上班，厂里关了门的。”

“那就看你的喽。要是上班，还不好偷些。”

任冲悟了一悟，便说：“我有个办法，不过还要个口袋。”

“我家里有几个蛇皮口袋，蛮经事。”

在陈勇家吃过午饭后，等他父母都睡下，任冲和陈勇便带了个蛇皮口袋溜出来。没行几步，就碰见钱兵。他热切地询问他们到哪里去嗨，大有誓死追随的态势，没想到等来的却是一句：“我们有事，你莫跟着。”看着他们匆匆远去的背影，钱兵鼻子有些发酸，站了一会后，便去找苏建嗨。

任冲和陈勇进了机械厂，又把王军从家里喊出来，跟他阐明了行动计划，然后又问他敢不敢去。王军说：“去就去，怕什么？”看他坚决的神态，任冲倒有点惭愧自己开头的犹豫。

星期天生产区的铁门紧锁，传达室也是关上的。任冲带着陈勇和王军绕过大垃圾堆，来到幼儿园后的那块空地。空地右边那头是幼儿园，左边这头是堵墙，墙那边就是生产区。墙角有个大洞，接通里面的敞口水沟。水沟除了雨天出水外，其他时间只不过是盛了些干泥巴。任冲带头从这洞里钻了进去。陈勇和王军都是邋遢惯了的，比任冲更不怕脏，毫不犹豫地跟进。

进了生产区，陈勇就要去拾地上散落的废铁片。任冲说："这有什么好捡的。"然后带着他们来到翻砂车间后面。

这里有栋小楼，用钢板隔出上下两层来，专门用来放置报废的机器、零件。陈勇看到很多零件都睁着锃亮的眼睛，顿时喜成了一只看见了满树鲜果的小猴子，出手之快，竟还超过了王军。不到两支烟的工夫，蛇皮口袋就快满了。任冲提了一下，袋子竟纹丝不动。即便是集三人之力，也不过是略略能拖动而已。没奈何，只好减掉将近一半，在袋口打了个结，轮流由两人来抬。

出了墙洞后，任冲带着他们行到幼儿园的院子后，自己先爬上后墙，然后由王军和陈勇在下推举，自己趴在墙头使劲提，费了好一番工夫，才把袋子弄了上去。等王军和陈勇都上了墙后，又依法把袋子弄到与后墙相连的侧面高墙头，然后推落到墙后的黄土小路上。任冲和陈勇都采取先悬挂在墙头再松手的方式下了墙，王军却是直接从墙头一跃而下，落地时膝头差点撞着下巴。任冲担心他的脚被震伤，他却若无其事地站了起来，行起路来也不见有什么异常。他们落脚的地方是一片高地，下面就是东方小学的外操场。操场两边都有小路通到马路上。任冲怕撞上老师，不敢从侧门旁那条青石砌的小路行，直奔右边这头的土路。

把东西抬到祁剧院斜对面的废品站，任冲望着一脸横肉的老板，心怦怦地跳得厉害，生怕他盘问这些铁器是怎么来的。那老板只扫了他们一眼，就把东西全倒在磅秤托盘上，见里面夹杂着不少钢材，心里窃喜，欺他们年幼，全当废铁收了。当任冲看到他数出九块零五毛钱的时候，激动得有些发抖。急急地接过后，他就转身奔出店口。倒是陈勇还惦记着那个蛇皮口袋，一把拾起，追着任冲他们去了。店前是道长坡，三人一口气奔到坡顶，一边喘着气，一边相对大笑，幸福得一塌糊涂。

怀着这笔巨款，三人先是各吃了碗凉粉，没过五分钟，口里又都含着个大雪糕。吮完雪糕，正好快把老街行完。街口有卖西瓜的，有整卖的，也有切成片卖的，大块两毛，小块一毛。三人各捧了一大块，埋头大啃，啃得嘴边腮上红渍斑斑。卖西瓜的大娘看到任冲抓出来的票子里居然有张五块的，便说："这是最后一批本地西瓜了，多买点吃，再想吃，就要等明年了。"

任冲便回头望着两位兄弟，问："还想吃吗？"

陈勇咧开嘴笑道："哪有不想吃的？"

王军盯着纱罩下的那排切开的西瓜，说："根本还没吃过瘾。"

任冲反手把嘴一抹，兴高采烈地说："那就再吃。"

每人各吃了三大块，觉得肚子有点胀，才离开瓜摊。到了新街上，陈勇瞥见对面街旁有新开的冷饮店，里面装饰得五颜六色，便指着说："那个店子好高级，要是在里面吃一回东西，那就有蛮雄。"

任冲瞄了瞄那店子，说：“去看一下。”

三人杀到店前，才上了两级台阶，就有个穿红衬衣、卷头发的男青年从冰柜后站起来喝道：“到外面去嗨，莫到这里来吵。”

任冲昂着头说：“我们是来吃东西的。”

“卷头发”疑惑地剔了他们一眼，到底没有拦住不让进。任冲本来只是想进来看看再说，现在却非得要买点什么才行。墙上贴着张价目表，上面的东西大多是一块两块的，连碗绿豆沙都要五毛。任冲只是仰着头看，有些字还认不得。“卷头发”在一边催促道：“吃什么？”

任冲心下慌乱，眼睛一溜，瞥见旁边有对青年男女正各自用调羹舀小碗里的东西吃，那碗里有红有黄，甚为好看，便用手一指：“就吃那种。”

“那要两块钱一碗。”

“来三碗。”

“先数了钱。”

任冲把钱全抓了出来，先递出张一元的，再递出张五元的，发现只剩下三毛钱了，心里便有些后悔。但钱已到了“卷头发”手里，他也不好再伸手拿回来，只是扭头对身后木头一样站着的两个人说：“坐啊。”

陈勇和王军都屏息静气，老老实实地找地方坐下。等冷饮端上来后，三人对碗里的东西做了一番研究，共同断定那黄色的薄片是菠萝，红的是西瓜，至于那乳白色的大圆果，则谁也认不出来。这些水果浸在稠稠的甜水里面，吃在嘴里酸酸的、甜甜的、凉凉的。

盛水果的乳白色塑料小碗也让三人觉得高级，只是容量未免太小。等他们把甜水都舔干，那对先来的青年男女还在慢慢地吃。本来还想再多坐一下，享受这里面的清凉，但“卷头发”立刻赶着来收碗，说：“吃了就行算了。”

慑于他的时髦装扮，三人乖乖地行了。出了店门后，陈勇兴奋地说：“我们也吃了一回高级东西。”

王军说：“好是好吃，就是太贵了。”

任冲却想到要是买一块钱的西瓜，一块钱的菠萝，切成片片，只怕三只菜碗也装不落，未免有上当受骗之感。但东西是自己带头吃的，他只好把这吃亏感闷在心里，说：“还剩三毛钱，干脆一个买一毛钱的瓜子吃。”

陈勇和王军都没有异议。前面不远就有瓜子摊，三人上前，各倒了一大竹筒往口袋里，边行边剥着吃，溅开一路瓜子皮。才刚行过县委门口，陈勇就捂着肚子叫了起来。任冲刚要问他怎么了，自个肚子也一阵阵绞痛，跟着喊了起来。王军倒像没什么事，只是说要解手。他不说还好，这一说出来，任冲和陈勇恨不得马上脱裤子。但路上人来人往，再急他们也只能强忍着，四处张望，却看不到哪里有厕所。情急之下，任冲带头往县委大院里跑。守传达的想把他们喝住，任冲头也不回，只是大叫：“我们要上厕所！”然后如同无头苍蝇似的乱窜。

守传达的见是三个小孩，想着不会去谋害领导，便在后面挥着手臂喊：“厕所在那边！厕所在那边！”

幸亏他的提示，三人在快要崩溃的时候进了厕所。泻完后，才发现都没带纸。三人只好蹲在那里，慢慢地等着阴干。最后站起来的时候，脑门都直冒金星，差点没栽倒在茅坑边上。

从县委大院出来后，三个人又恢复了元气。经任冲提议，奔赴资江，先把屁股洗干净，再放肆嗨水。秋老虎刚刚过去，快到傍晚的时候，江边有点冷。三人光着屁股行上岸，凉风一吹，都冻得打哆嗦。但他们都边打哆嗦边互相望着笑，觉得从来没有过得这么痛快过。

回到机械厂，食堂已经关了门。打开家门后，里面照旧是冷清空荡。想到王军回家就有热饭热菜吃，自己却只能饿着肚子，任冲未免又是一阵心酸。任建国已经停薪留职，请了两年假，与两个赌友合伙做香烟生意，钱没看到赚多少回来，倒是忙得白天晚上都难得见到人。任冲的一日三餐只能在食堂里打发，饭票菜票倒是从来没少过。任建国也因此自以为履行了抚养小孩的义务，心安理得地在外头游荡。有次宋正德在学校里碰到任冲，询问任建国给他煮饭没有，任冲想都不想，就说煮了。见宋正德点头说那就好，那就好，他还努力装出一副过得蛮幸福的模样。现在独处家中，任冲不用装给任何人看，他一屁股坐在地上，两手环抱着小腿，头靠在膝头，呆呆地望着桌子。也不是不想吃东西，但家里能吃的早被他扫荡光了。任冲只能强忍着饥饿感，想象着几年以前的场景：一家人围坐在桌边，烤着火，一边剥着热热的炒花生，一边讲白话，不时发出快活的笑声。那时是多么幸福，那么温暖啊！转眼之间，就变成很遥远的事了。想着想着，眼里不知不觉就盈满泪水。泪珠溢出，沿着面庞流下来，他也不去擦。

有的泪珠流到嘴角，沁进唇间，咸咸的，凉凉的。

也不知过了多久，响起了轻轻的敲门声。任冲一边迅速爬起来，一边大声问：“哪个？”

敲门声停了，过了片刻，门被推开，露出陈玉的半边脸来。

任冲转过身，背对着她，说：“你等一下。”然后往屋后厨房跑去。在那里他洗了把脸，努力将脸上的泪痕抹去。行出来后，他还有点担心陈玉看出他哭过，一直不敢跟她对视，硬邦邦地抛出句：“你来做什么？”

“来看一下你啦。你爸爸没在屋里？”

“出去了。”

“我们坐着讲话，要得吗？”

“你坐就是。”

“你也坐喽。”

“你妈妈何解准你过来？”

“她串门去了。”

“你就不怕她晓得？”

“不要紧，我把门关死了。我们讲话小点声，外面听不到。”

“你有什么话就讲喽。”

“你是不是到厂里偷铁？”

“没有。”

“还讲没有，今天下午，我看到你和陈勇、王军三个人抬起个袋子去翻墙。”

“你在哪里看到的？”

“我在戴娜家里嗨，出来的时候正好看到你们三个往幼儿园后面行去。”

“戴娜看到吗？”

“她跟我一起出来的，肯定看到了。”

“那又不是铁。”

“不是铁是什么？两个人抬还抬得那样吃力。别讲我，戴娜一看也看出来了，还讲厂里蛮多人偷铁出去卖，朱厂长开会时还发了火。”

“那她会讲出去吗？”

“她开始讲要告诉她爸爸，还是我劝住她。”

任冲想讲句感谢的话，却出不了口，只是看了一眼陈玉，然后盯着桌面。

“你还是三好学生，何解偷起东西来了？”

“我早就不是三好学生了。”

“你还可以再当。”

“我不想当。”

“你何解变了这么多？”

“我是变了，反正你也不得跟我嗨了。”

“是我妈妈不准，其实我心里还是跟你蛮好。”

“讲鬼话。你现在跟欧明嗨得好。”

陈玉脸红起来，顿了一顿后说：“我跟他在一起主要是讲学习上的事，两个人互相帮助。”

“那还不好。你们上课下课都讲学习，放了学也讲学习。”

“我何解跟他嗨不得？他又斯文，又不做坏事。”

“是，我不斯文，我做坏事，你最好莫拢我的边。”

“你何解是个这样的人啦？别人好心好意来劝你……”

“我就是个这样的人，你今天才晓得？我不要你劝，你快出去！”

见任冲鼓着眼睛，发了疯一样大叫。陈玉又委屈，又怕外面有人听到，只有噙着泪，打开门行了。

陈玉行了好一阵，任冲肚子里还胀满了气。“又斯文，又不做坏事”，这句话像把刀一样插在他心头，让他又痛又恨。他想：“我就不斯文，我就做坏事，看你们何解？”这样想的时候，他面前不但站着陈玉、欧明、戴娜、赵秋云和钱亚男，还站着宋巧云、宋安、宋正德和江萍。他想着自己如何变坏，如何让他们吃惊，心头竟渐渐有些快意起来。

坐了半个小时，任冲毫无睡意，又找不到事做，索性行了出去，在街上乱逛。这两年街上出现了许多录像厅、桌球摊，小酒店也增加了不少。在这些地方进出的大多是些穿着时髦的社会青年。任冲在这家录像厅门口瞅瞅，在那家桌球摊边站站，连小酒店他也要往里面探头探脑地看上一会。眼见那些社会青年吃喝玩乐，任冲不禁甚为神往，觉得这样活着才有味，才威风。只是酒店里飘出的香气未免勾起了他的饥肠，让他恨不得随便闯进哪家店子，抢盘桌上的菜往肚子里倒。但里面坐着的都是躯体伟壮的大人，他只能想想而已。

正当任冲决心离酒店远一些时，就看到个人从侧前方一家酒店里摇摇晃晃行了出来。虽然额头上没有系着绸带，但任冲还是一眼认出那是徐丰。他又惊又喜，正要开口叫他，旁边的小巷中就冲出一人，手中握着一片寒光。任冲还没反应过来，那片寒光就没入徐丰的后腰。等徐丰迟缓地转过身来，那人早抽出刀，转身往小巷里钻。路灯光照在他的头上，上面没有一根头发。徐丰追了几步，像被什么绊了一下，上身前倾，扑倒在地。有好几个人围了过来，低头看了看，有人就大叫：“杀人啦！杀人啦！”

打了个激灵，任冲连忙飞跑过去。看到徐丰脸贴在地上，身体一伸一缩，他大喊：“徐师兄！徐叔叔！徐丰！”

他越喊，徐丰就抽搐得越厉害。喊到后面，任冲便哭了起来。这时围观的人越来越多。其中有几个跟徐丰有交情的社会青年，便抬着他往人民医院跑。任冲也跟在后面。送到医院，因为押金不够，所有的人都把手表脱了下来，抵在那里。这一幕让任冲感动得险些又要出眼泪。徐丰进了急救室后，大家在外面等着。

有个人说：“徐丰从来不一个人喝酒的，今天怕是撞到鬼了，一个人跑出来喝。”

另一个人说：“捅他的人也太阴毒了，要打架就光明正大地打，趁别人喝醉了放阴水，算什么好汉。”

任冲大声说：“那个人是个光脑壳，跟徐丰在大桥打过架。”

这几个社会青年相互看了一眼，其中有人问：“你看清了吗？”

“看清了。徐丰跟那人打架的时候，我也在边上看。”

“你到底是徐丰的什么人？”

“我是他的小师弟。”

问的人点点头，向其他人说：“那只怕是‘闷狗’。”

另外一个人说：“也只有他才做得出。”

大家沉默了一会，有人就提出通知徐丰家里人，还有人提出要到公安局报案。这样就去了两个人。

深夜医院的走廊仍亮着灯。到处都是白色，却不给人以明净的感觉，反而有种阴惨惨的味道。空气中弥漫着药水的气息。几个社会青年的谈话声互相撞击着，格外打耳。任冲紧闭双唇，耳朵一字不落地捕捉着他们的谈话。无非是某某被人砍了十几刀，血铺了一地，过了半个月居然又出现在街上，活蹦乱跳；某某被五六把杀猪刀围住，仗着一根钢管居然冲了出去，还打爆了两个脑壳。他们说来仿佛家常便饭，任冲听着却热血沸腾，不胜神往。尤其当他们据此品评某人是好汉，某人是孬种时，任冲随即也生出对好汉们的追慕和对孬种们的鄙夷。在他们的议论中，好汉似乎是不会死的，这也极大地冲淡了任冲对徐丰的担忧。他想徐丰只是被捅了一刀，况且他功夫又是那么好，肯定比那些好汉恢复得更快。他甚至在想象中看到急救室的两扇门打开了，徐丰大步从里面行出，高声向他们打招呼。这个画面反复在他脑海中播放，直到徐丰的妈妈和李河清、海标赶到，才戛然而止。

徐丰的妈妈头发花白，枯瘦的脸上皱纹是一沟一沟的，行动倒是很利索，待得听说徐丰是在急救室中，便直往里面冲。海标身手那么快，也差点就没拦住。海标解释说：“抢救的时候，除了医生，是不准其他人进去的。”

徐丰的妈妈边哭边说：“是我的崽，何解不准我进去看喽？”

李河清说："不准进去，是怕影响做手术。手术要是没做好，只怕会有危险。"

徐丰的妈妈这才不再坚持。要她坐，也不肯，只是站在门前，直直地望着门，似乎能透视到里面的情形。

见李河清来了，任冲精神陡长，觉得徐丰的生命又多了一层保障。他行上前去，脆亮地喊了声师傅。李河清问他何解在这里。任冲像表功一样，把前因后果详细地说了一遍。他口齿伶俐，又是亲历，比那个报信的社会青年说得清楚许多。李河清点点头，摸摸他的脑壳，以示嘉许，然后转头问海标："这个'闷狗'到底是什么人？"

"这个人我也认得，心狠手辣，才坐了牢出来的。"

"你晓得他住的地方吗？"

海标还没回答，有个社会青年立刻说："我晓得。"

李河清打量了他一眼，对海标说："那你带上他，再喊几个师弟，先把'闷狗'捉了，带到武馆里去。"

"不等公安来吗？"

"等着他们来，只怕人早跑了。记得，对这样的人莫讲客气，一出手就要把他放倒。"

"好。"

看着他俩匆匆离去的背影，任冲也想跟着去，最好是亲手捉住那个坏蛋。但他又挂念着徐丰。才犹豫了片刻，他俩就不见了影子。

李河清说得对，公安磨蹭得很。等医生从急救室里出来，还没能看到他们尊贵的身影。徐丰的妈妈一把拉住当头医生的胳膊，问：“我的崽何解了？”

那医生摇摇头，说：“捅得太深了，肾都捅烂了。”

徐丰的妈妈紧紧抠住他的胳膊，号道：“医生，求求你再救一下他！”

医生叹了口气说：“神仙也救不活喽，你老也莫太伤心了，人都有个命的。”

他刚说完，徐丰的妈妈两眼一翻，就晕死过去。医生连忙掐她人中，掐了好一会，也不见醒过来。还是李河清上来，在她背心推揉了几下，她才慢慢睁开眼睛。才喊了声李师傅，就放声悲哭起来。

所有的人都低下头，默不作声。

任冲浑身冰冷，紧紧攥着拳头，指甲深深陷进肉里，也没觉出痛来。

李河清预料得对，“闷狗”早就收拾好了东西，只等得手后就跑路。只是晚上车站已不发车，他想扒过路的卡车，却没等到一辆。海标带人在家里没找到“闷狗”，便马上沿路搜寻，在鱼塘那里追到了他。“闷狗”见人多，自知不是对手，甩下包，转头就往野地里跑。海标苦练过提纵术，哪是他甩得脱的。没跑出十来丈远，就被追上。“闷狗”还没来得及反身，海标一拳就打在他后心上。因为恨他歹毒，这一拳是用足了劲的。“闷狗”虽然是在往前跑动中，自然而然卸掉了一部分劲，但受了这一拳后，一口血就喷了出来，扑倒在地上，连拔刀的劲都没了。

一命抵一命，“闷狗”后来被判了死刑。社会上普遍认为徐丰是条好汉，可惜了，而“闷狗”是罪有应得。江湖事了，恩怨已平，习武的继续习武，恋爱的继续恋爱，耍流氓的继续耍流氓，大家渐渐淡忘了这件事，任冲却总是着魔般地回到那个晚上，一遍又一遍地温习着那惊心动魄的场景。徐丰在的时候任冲有些怕他、躲他，徐丰行了后任冲却格外想念他。他恨自己不够大，不够狠，不能及时出手救下徐丰。他还一次又一次地想到死亡。他想死真可怕，连徐丰那样厉害的人都抵挡不了。死了就什么都不晓得了，就什么都不是了。他甚至真切地看到了死亡的面容，那是巨大的冰冷、无边的黑暗，遂忍不住长久地战栗起来。

15

一九八八年飞龙县机械厂最轰动的事情就是吴媛嫁给了县财政局副局长郑开先。郑开先比吴媛大十五岁，前年死了老婆。这种巨大的年龄差距和郑开先显赫的身份引发了人们各种猜测和议论。年龄大的女工人和家属都以半是惊讶半是钦佩的口吻说：“看不出吴媛这么现实，这么会打算。”年轻的女青工们则认为吴媛贪图享受，不惜出卖青春，委身于一个中年鳏夫，都撇着嘴表示不屑。男工人们带着暧昧的笑容推断出，郑开先在床上奈不何的时候，吴媛肯定会给他戴绿帽子。领导们则不加评论，在赴宴时都奉上了丰厚的礼金。婚后，吴媛照常上班，举止神色一如往常，似乎自己的身份没有任何变化。不过大家都明白，机械厂的效益一天不如一天，郑开先是不会让自己的新夫人在这里待得太久的。四个月后，吴媛调到了县烟草公司，从此再也没有进过机械厂的门。

任冲目睹了这一切，却保持着异乎寻常的沉默。他对吴媛有很深的感情，却不理解她为何对徐丰之死如此冷淡。虽然也随众人送徐丰上了山，但她的样子看不出悲伤，倒是辛小静还红了眼睛。有一天任冲突然悟通了那夜徐丰为何会独自出去喝酒，便觉得吴媛和徐丰的死有很大关系，而她竟然一点都不伤心，还这么快就跟别人结了婚，便开始有些痛恨她。

就在这时候，戴娜跑来告状，说欧明跟陈玉越来越好，还邀请她去家里一起做作业，却没有请自己，要任冲管一管。任冲冷笑一声说："他们好跟我有什么关系？我早就没跟陈玉嗨了。"等戴娜沮丧地行开后，任冲胸口却一阵阵泛酸，既而转为激愤。他想："陈玉和吴姨都是一路货色，我再也不得理她们两个了。"

任冲跟陈玉疏远了这么久，陈勇却没有把握断定他们真的就不会再和好了，问道："你真的跟陈玉黑脸了？"

"还有假的。"

"你们以前嗨得那么好。"

任冲把眼睛一翻，说："我哪里跟她嗨得好？"语气之硬，砍得铁断。陈勇不敢置疑，转而跟他商量起偷铝的事情来。

在所有能偷到的金属中，铜比铝值钱，铝又比钢铁值钱。铜很稀罕，能够望在眼里的途径就是爬到电线杆上去钳断电线，或者是去撬锁。因为电线杆高而滑，爬上的难度大，并且不乏有人被电上西天，撬锁则是个技术活，这两样又都需要专门作案工具，难度甚高，非四年级的小学生所能实施。钢铁过于沉重，目标又大，容易被人发现，再加上机械厂近来因为内盗日益严重，防范得紧，连那个洞都砌小了，充其量只能容三岁小孩爬进去，这条路眼看也要断了。偷铝倒是大有可为：一是大家煮饭的鼎锅，洗菜的盆，烧水的壶，舀水的瓢，不少为铝制，分布面广；二是铝制品质地轻，单手抓起就能飞跑。

虽说如此，任冲对偷铝一事仍迟迟不做决定。在他看来，在机械厂偷铁，就好像在自己家里偷零食吃一样，虽然也叫偷，但又似乎算不得真偷，跑到外面去偷铝，那就真的是做贼了。任冲虽然甘心做一个差学生，但并不想当贼。所以陈勇说了几次，他都没有行动。他不行动，王军也不会动，陈勇只有干着急。

任冲虽然不想做贼，然而近来任建国竟然连饭菜票都不能保证正常供应，弄得他有一餐没一餐的，时常饿得肚子阵阵作痛，像有只手在把胃揉来揉去。本来可以到宋正德家里去吃的，但任冲宁可挨饿，也不愿让他们晓得任建国和自己过得这么差。那么剩下的唯一办法，就只有去偷铝了。所以当陈勇第五次鼓动他时，任冲默然了一阵后，便冷着脸说："去就去。"

头次偷铝的时候，任冲、陈勇和王军转遍了半个飞龙城。单位他们是不敢进去的，只在街道上和巷子中溜来溜去。有许多人家喜欢在门前置一简易煤球炉，用来烧水煮饭。任冲看到遍地都是机会，也不禁窃喜。但想到要把人家煮饭烧水的家伙偷走，他有些不忍心，便提出只偷盖子，理由是这样快一些，不容易被人捉到。陈勇虽有不同想法，但怕任冲经不起反对，发脾气不干了，只好同意。于是这天街上有十来户人家都发现鼎锅或者水壶的盖子不见了，开始还以为是自家小孩淘气拿去嗨了，等到明白是遭了贼的时候，任冲他们早就销了赃。收钱的时候任冲拒绝要“大团结”，要求废品店老板给块票。陈勇和王军都不明其意。出了废品店后，任冲就提出不再统一买东西吃，而是把钱分了，理由是各人想吃什么就买什么。他的理由总是很充足，摆出来的时候总是声洪气壮，陈勇和王军照例同意了。

偷了两次后，任冲觉得三人一起偷容易被人注意，偷得也慢，便决定每个人负责一条小街或一条小巷，同时动手，偷完后再集合。这样效率果然大大提高。虽然每次有人偷得多，有人偷得少，但分钱都是均得，有零头就买了东西一起吃。

这天三人前往电影院后面那一带扫荡，约好得手后在电影院的后门口集合。任冲拎着个小蛇皮口袋，钻进一条巷子。这种巷子往往不是人家的后门开口处，就是住着带院子的人家。他经过一户人家的后门，发现门是半开着的，往里面一瞄，是个带红砖灶台的厨房。灶台上蹲着个鼎锅，体积大得可以让月里毛毛在里面洗澡。厨房接通里屋的只有个门洞，像只没有牙齿的巨嘴大张着，嘴里面没有什么声音传出。任冲的心怦怦地跳了起来，他还不敢立刻进去，又侧耳聆听了一会，没有捕捉到脚步声，便把口袋放在门侧墙边，像只狐狸那样轻手轻脚行了进去。刚挨近灶台，里屋传来吧嗒一声，像是有什么东西掉在地上，任冲的心几乎要从嗓眼里蹦了出来。他扭身想逃，却没听到有什么人声传出，一咬牙，反手抓起锅盖，弹了出去。

这时，另一户的门正好开了，从里面行出个跟任冲年龄相仿的女孩，皮肤黑黑的，梳着两条跟体格不相称的秀气小辫。见任冲神情紧张，一边跑，一边把锅盖塞进蛇皮口袋，这女孩从台阶上跳了下来，双手张开，拦在巷子中间，尖着嗓子喊道："有贼！快来抓贼！"

任冲想反身往回跑，扭头却看到巷口似乎有人影晃动。咬咬牙，他像枚小鱼雷那样冲了过去，一下子就把女孩撞翻在地。因为跑得疯，还在她身上踏了一脚。

跑出巷尾很远了，任冲还是不敢停下来。直到一处偏僻的围墙拐角，他才靠在墙上，大口地喘着气。身体上的劳累不算什么，让任冲感到难受的是，那女孩的哭叫声还在尖厉地撞击着他的神经。任冲从来不对女孩子动手的，看到别的男同学打女孩子，他总会义愤填膺，现在却因为偷东西把个女孩子撞翻在地上，还踩了别人一脚，心里实在是懊恼。他努力寻找理由替自己开脱——要是不撞她，就会被人抓住的；那妹子也是多事，又没偷她家里的东西，叫得好像是偷了她的宝贝一样；她又不乖态，蛮粗蛮黑——最终还是觉得沮丧。他甚至想丢掉锅盖，一个人行回家去，以后再也不做这样的事了。但一想到陈勇和王军眼巴巴地苦等着他的样子，任冲又不忍心，到底还是往约定的集合地点行去。待到把赃物卖掉，分了钱，又用剩下的零头买了爆花（爆花和爆米花都是用米制成，所不同者，爆米花成颗粒状，爆花则成长筒状，中间多孔垂直贯通，有类细长莲藕），每人两只手都拿着长长的一根，边行边吃时，任冲又恢复了往常的快活。

口袋里有了几个钱，任冲和陈勇经常下课就跑到校门外，酸萝卜、酸刀巴豆、瓜子、爆花、冰棒，不断地买着吃，让其他同学大为眼馋。他们有时还分给钱兵一点，但绝不告诉他钱是怎么来的。至于苏建，因为他加入了欧明的队伍，任冲和陈勇给他的就只有白眼。

虽然做贼不是件什么光彩的事，但偷惯了后，两人反而因此觉得自己很有量，几乎跟那些叼着香烟四处晃荡的社会青年一样了，不屑于跟同学们混在一起。他们很想跟五、六年级的顶级好汉们结交。但那些好汉不晓得他们的光辉事迹，对这哥俩爱理不理。任冲和陈勇受了两回冷遇，心里窝着气，也就不再去套近乎。反正两人在一起有伴嗨，不怕寂寞。何况到了下午放学的时候，王军总会在校门外等着的。三人结伴而行，声势更为浩大，正不必再去搭理谁。虽然成绩直线下降，但任冲活得很有劲，只有当看到宋安时，他才会心头一黯。

宋安读二年级了，成绩好不用说，还经常和个漂亮女孩在一起嗨，这女孩就是他在幼儿园就结交上的许琪琪。因为他是江萍的宝贝外孙，班主任也不批评他专爱和许琪琪腻在一起，反而表扬他俩互相帮助，成绩都名列前茅，乃是值得大家学习的好榜样。如果仅止于此，班上的同学出于忌妒，还是会想办法欺负他。然而经常陪伴在宋安身边的除了许琪琪外，还有已经长大了的小毛。

如果没有见过小毛幼时模样，谁也不会相信眼前这只雄壮威武、毛色光亮的大狗过去竟是个小可怜。经过江萍与雷武交涉，小毛已正式落户宋家。它能长成如今模样，跟宋安的精心喂养大有关系——宋安可是舍得把碗里的好鱼好肉与它共享的。狗是最知恩图报的，所以小毛对宋安忠心耿耿，哪怕是熟人，若是对他稍有侵犯，小毛就会发出令人腿肚子发颤的低沉吼声。飞龙县的狗多，一般人都晓得，这种低吼跟那种高声大叫有本质的区别，后者是装腔作势，而前者乃是要发动进攻的号角。而且小毛跟宋安之间有种神秘感应，哪怕不在跟前，只要他有什么事，就会迅速赶到。有了这样一个超级保镖，就连高年级最厉害的好汉，也不敢来惹宋安。

就这样，宋安成绩优秀，爱情美满，备受大人和小毛的呵护，穿得也很漂亮；虽然在零食方面江萍和宋巧云都管得紧，怕他把牙吃坏，但许琪琪的小零食库是与他共享的，所以活得非常幸福。唯一让他感到郁闷的，就是任冲依旧不肯跟他和解。当他听到江萍说任冲现在越变越坏，心里更是不好过，总觉得这跟自己也有关系。宋安很想跟任冲说说话，把自己的玩具和零食跟他分享，但任冲见到他不是横眉冷对就是脸看着天上，宋安就算有了小毛当保镖，也不敢去惹他发火，只有闷闷地看着任冲行远。许琪琪很乖巧，每当这时，就会喊声："冲冲哥哥。"声音清甜，但任冲最多是鼻子哼上一声。这样的次数多了，许琪琪就对宋安说："你哥哥也太爱较真了。"

宋安眼神忧郁地看着她，半是恳求半是责备地说："你莫讲他坏话，要得吗？"

从没见宋安神情这么沉重过，许琪琪连忙吐吐舌头，表态说以后不会讲了。

许琪琪吐舌头的时候，任冲正在操场的另一边跳起三尺高，因为他听陈勇说，老弟居然改了姓，不姓任了。如果是其他同学向他报告，任冲肯定会骂对方造谣，说不定还会一巴掌扇过去。但陈勇是不会骗自己的，而且他信誓旦旦地说听得很清楚，还找宋安的同学打听了。任冲头发都竖起来了，鼓气前行，寻见宋安和许琪琪在喷水池边，便冲了过去，手指着宋安："你是不是改了姓了？"

宋安点点头，口气弱弱地说："是外婆要我改的。"

"你是个大叛徒！"

宋安不作声，低头看着自己的脚尖。

许琪琪忍不住说："他跟宋阿姨姓，还不是一样的？"

"我们家里的事，要你插什么嘴？"

见任冲眼珠快要从眼眶里挣脱出来了，许琪琪有些害怕。

宋安小声说："你到一边去嗨喽，我自己跟哥哥讲。"

横眼看着许琪琪嘟起嘴巴行开，任冲又把目光盯在宋安脸上，说："你还晓得我是你哥哥。"

"你是我哥哥啦。"

"那你要姓宋做什么？"

"我是跟妈妈姓，你也是妈妈生的。"

任冲一时竟找不出话来回，更觉恼火，伸手推了他一把，说："你嘴巴还蛮硬啦。"

话音还没落，脚下就响起一声低吼，紧接着是宋安有点惊慌的声音："小毛，莫动！"

任冲低头一看，小毛站在两尺开外的地方，正龇牙耸身，眼睛里闪动着愤怒的光芒。虽然任冲练过梅山武功，但这只能使他在面对同类时胆气愈壮，碰到这样一只凶猛的大狗，顿时就忘记了自己乃是武林人士，小腿肚子虽然没打战，但终究禁不住发软。他硬撑着没有后退，对任安说："要得喽，你现在晓得放狗来咬你哥哥了。"

宋安再次喝令小毛不要动，然后说："又不是我喊它来的。它以为你欺负我，想来帮忙。"

"你莫以为你养了只狗我就不敢教训你。就算养只老虎，我也一样敢教训你，你信不信？"

宋安做了个很无辜的表情，表示十分相信。看到小毛还在一边狗视眈眈地注视着任冲，宋安蹲下身去，一边抚摩着它的背，一边说："小毛，这是我的哥哥，以后看到他要摇尾巴，晓得吗？"

小毛竟像是听懂了，眼神顿时柔和了一些，轻轻摇动着尾巴。任冲却不领情，瞟了它一眼，气哼哼地行了。许琪琪行了过来，看着任冲远去的背影，说："你哥哥对你好恶。"

"他只是故意做出副恶样子，其实心里还是对我蛮好的。"

"那也是。只要哪个欺负你，他肯定要打那个人一顿。"

任安笑了一下，眼睛里溢出温情。见他终于变得开心，许琪琪也笑了起来。

对于要不要将任安改姓一事报告任建国，任冲犹豫了许久，直到在放学回家快行到机械厂门口的时候，才决定隐瞒不报。因为任建国现在事事不顺心，经常在家喝闷酒，然后蒙头大睡，任冲不想再去刺激他。回到家里，才打开门，就有一阵浓烈的酒气扑头盖脑地袭来。任建国果然又躺在床上，发出比猪婆还响的鼾声。放下书包，任冲使劲推他，问他要不要打饭来吃。任建国微微睁开一下眼，摇摇头，翻了个身，又睡过去。任冲便自个去食堂吃完饭，然后又拎着桶前往澡堂。见很多小孩都是爸爸带着来洗澡的，任冲心里未免酸楚。

本来任建国不管他，宋巧云又几次托人传话要他过去，他大可以离开任建国。但任冲觉得要是爸爸很有钱而不管自己，就可以去跟妈妈，但爸爸现在过得很差，自己就绝不能离开他。看到他变得胡子拉碴、不修边幅，还常常觉得心疼。在其他小孩面前，任冲还要掩饰自己的酸楚，显出一副很快活、很满足的样子。事实上，没有了宋巧云的管束，任冲确实比其他大多数小孩要嗨得痛快。他想嗨多久就嗨多久，想怎么嗨就怎么嗨，这也是他不愿意跑到宋巧云那边去的一个原因。

这天晚上，任冲从操场上嗨得满头大汗回来，勉强打开书包，把文具课本作业本摊在桌上，还没做完一半，又坐不住了，便甩下笔，行了出去。本来可以把王军喊出来陪自己嗨的，但任冲想独自逛逛，一个人从平房行到篮球场，从篮球场又转到池塘边，再从池塘边转到两层家属楼前的坪里。

今夜的工厂显得异常安静，似乎人人都把自己关在家里。那从门缝中透出的丝丝灯光，更加衬托出这夜晚广大的冷清。任冲觉得全世界的小孩都在家里，和爸爸妈妈在一起，和兄弟姐妹在一起，和爷爷奶奶在一起，只有自己孤零零的，没人来关心。他鼻子发酸，眼睛发潮，但旋即咬了咬牙，内心涌出更强烈的愤懑，把伤感压制了下去。不知不觉，他就把拳头攥得紧紧的，像是要跟这黑沉沉的夜狠狠地干上一架。他就这样在夜晚的空坪里站着，拳头紧握，牙关紧咬，昂首向天，眼睛中放射着倔强的光芒，整个人沉浸在一种决绝的情绪中，连身后逐渐接近的脚步声也没听到。

“任冲。”

任冲没转身。

“任冲。”

还是没转身。

“任冲。”

这时声音绕到了前面，任冲才像是从梦中醒了过来。尽管夜色深浓如墨，他还是马上认出这是戴娜。

“你何解一个人站在这里？”

“我想站在这里。”任冲本想加一句，“关你屁事。”但戴娜的声调和做派都显得可怜，一反往常的娇蛮，他还是忍住了。

戴娜默然，低下头去，这姿态很像陈玉。任冲想行开，却没有挪脚；不想说话，却还是开了口。

“你何解不待在家里？”

“我不想待在家里。”

“你爸爸妈妈吵架了？”

“没有。”

“那是何解？”

“我心里不好过。”

“何解呢？”

戴娜抬起头，泪光莹莹地说：“你晓得吗，欧明拉了陈玉的手。”

“什么时候？”

“就是今天放学后。”

“你不是跟他们行在一起吗，欧明也敢拉？”

“就在机械厂门口，我先行进去，欧明以为我没看到，就拉了一下陈玉的手。”

“陈玉挣吗？”

“也没看到何解挣。”

顿时全身都像被火烧一样，任冲闷了半晌，才冷笑一声说：“又不关我的事，你跟我讲这些做什么？”

“我晓得你早就跟陈玉黑了脸，我也晓得你不会去打欧明，我只是悟不通。”

“何解悟不通？”

“我到底哪里比不上陈玉？你们都这样喜欢她。我喜欢你的时候，你只喜欢她。我喜欢欧明的时候，欧明也喜欢她。我到底哪里不好啦？”

任冲顿时愣住了。看着戴娜肩膀一耸一耸的，他心里生出怜惜来，像柔软的水草轻轻拂动，同时又觉得有些快意，最后衍生为一种尖锐的欲望。他说：“你莫哭了，跟我来。”然后转身往前行去。

戴娜没有问他到哪里去，默默地跟在后面。他们转过大垃圾堆，绕过池塘，进了生产区。三大生产车间都没有声响，因为现在农村出去打工的人越来越多，农业生产越来越弱，厂里的主要产品水轮机销路也跟着下滑，再加上三角债的困扰，像从前那种白班夜班轮着来、热火朝天忙生产的景象已经很难看到了。整个生产区静得可怕，脚步声清晰得像踩在耳膜上。戴娜快行了几步，挨在任冲身边，心里才得到一些安慰。当手被他牵住时，戴娜怔了一怔后，立刻紧紧地回握住。

两人穿过仓库后的树林，来到了水泥洞口。戴娜听说过在这个洞里发生的一些事情，顿时脸烧起来。但她没想到要转身跑开，而是勇敢地直视着任冲。两个人的眼睛都很亮，像两只小野兽，在黑夜中亲密地对视着。

任冲迟疑着，舔了舔嘴唇，说："其实我也喜欢你。"

"真的？"

还没等任冲回答，戴娜就把头靠在他肩膀上，两手抱住他。她身上有着一般女同学没有的香水味，让任冲体内的欲望更加汹涌起来。他亲她的脸，嘴唇，到处摸她，最后脱下她的裤子，重新开始幼小时所迷恋的那种秘密游戏，只是心里不再仅仅是充盈着单纯的好奇和欢快，而是掺杂着一种隐秘的报复的快感。

当戴娜以她惯有的招摇姿态加入了任冲的阵营后，非但让同学们大吃一惊，议论风起，连赵秋云也甚感意外。她把戴娜喊进教师休息室，先是从头到脚、再从脚到头地审视了一番，确定至少模样神态还是原来那个戴娜后，才开口道："戴娜，你何解不跟欧明、陈玉他们在一起了，是不是闹什么意见了？"

“没有。”

“那你何解跟任冲、陈勇他们在一起喽？”

“欧明是我的同学，任冲也是我的同学，都一样的，何解不可以在一起嗨喽？”

“你要跟成绩好、肯上进的同学嗨。”

“任冲也是班干部，还是三好学生呢。”

“那是过去的事了，现在他越来越不肯读书，一个好坯子，看着看着就变坏了。”

“他就是喜欢嗨，也没看到做什么坏事。”

“他做了什么事你都要告诉我，晓得吗？”

“晓得。”

“你跟他嗨得好，就要帮助他上进，你自己读书也要发狠。以后考重点中学，不是舞跳得好、歌唱得好，就可以进的，关键还要看成绩。”

“嗯。”

赵秋云的这番话，很快就进了任冲的耳朵。没有从中听出赵秋云对自己学坏的惋惜和痛心，而是听出了她对成为差学生之后的自己的轻视，任冲胸口堵得厉害，却摆出一副无所谓的表情，挤眉弄眼地对戴娜说：“那你还不赶快去跟好学生嗨，还跟我这样的差学生嗨做什么？”

戴娜故意瞪着眼睛说：“我就要跟你嗨，何解？”

两人几乎同时笑起来，都获得了一种快意。

对于戴娜加入进来，王军没什么特别的反应，因为是从小一起长大的，太熟了，倒是陈勇，激动了好几天。王军看不惯，说：“你在这里起什么劲？人家戴娜是喜欢任冲才跟我们嗨的。”

陈勇头发根都红了，说：“我哪里起劲了？”

“还没起劲，看到人家眼珠就放光，话都讲不圆了。”

“你莫乱讲！”

“我看得清清楚楚。”

“你看得个鬼清楚，一只眼睛的人，还看得清楚。”

王军的独眼马上就红了，跳起来就往陈勇脸上抓去。陈勇往后一闪，但对方动作太快，还是被划了一下。他也正蓄着满腔怒火，马上一个弓步冲拳，结结实实打在王军胸脯上。两人你来我往，谁都不肯相让。陈勇打得有力、有章法，王军打得野、打得快，两人都禁打禁摔，耐力十足，这一场内斗竟是十分精彩，连一些大人在旁边看到了，也忍不住喝彩。

任冲陪着戴娜上完厕所回来，看到王军飞腿猛踢陈勇，却被陈勇接住，掼在地上，以为是看错了。等他揉了揉眼睛看清后，陈勇却在想骑在王军身上时被对方用双腿夹住左小腿一扭，倒在地上。两人都快速向对方扑去，缠作一团。陈勇是攥着拳头放肆猛擂，王军则大展其鹰爪功。任冲蹿上前去，揪住两人的头发，额头对额头地撞了一下，喝道：“还打？”

陈勇和王军被撞得头晕眼花，本能地想还击，但任冲那张脸，他们闭着眼睛也认得的，伸出去的梅山拳和鹰爪都硬生生地收了回来，讪讪地从地上爬了起来。王军鼻青脸肿，陈勇脸上则是血痕道道，惹得戴娜惊叫不已。听到戴娜为自己受伤而叫，陈勇心里一暖，觉得这场架打得还值。王军则依然是副冰霜脸，看不出有什么感受。当任冲询问他们何解要打架时，两人都把嘴唇咬得铁紧，一副哪怕被任冲扇耳光也不肯说的架势。戴娜看看两人的表情，又看看任冲，笑着说：“肯定是看到哪个乖态妹子，两个人就争起来了。”

见两人没有分辩，任冲就当是这么回事了，说：“幸亏何春生、周明他们没看到，不然还要被他们笑死。”

陈勇不好意思地笑了一下，瞟了王军一眼，暗自感激他没把真相说出来。王军却根本不看他，转身行到井边，掬水洗脸。陈勇也跟着学样。等他们洗完后，任冲看了看，命令他们到自己家里涂点紫药水，等伤消掉一些才回去，省得被大人骂。

上短坡时，陈玉正好行下来。她努力笑得很友好，得到的却是陈勇和王军的白眼。戴娜更是一口唾沫差点吐到她鞋面上。想从任冲那里得到点声援，陈玉停了下来，注视着任冲。任冲对伙伴侮辱她视而不见，只顾看着戴娜，还笑着说：“你越来越乖态了，现在是班上最好看的了。”

见任冲当着陈玉的面这样表扬自己，戴娜连头发都放射光芒，欢喜得说不出话，同时没忘记照了陈玉一眼，以示获得彻底胜利。陈玉被她照得脸色苍白，身体微微一晃，似乎有些站不稳。等四人行过去好一阵，她才定下神来，悟清自己再没有跟任冲和好的可能。刚才遭受的侮辱不能够使她眼红，但想明白这点后，她的眼泪立刻就涌了出来。怕被人看见，她行到右边大礼堂墙壁前，面对墙站着，咬着牙，尽量不哭出声来，任凭眼泪一颗一颗地淌下，再滴落于地面。等到眼泪流干了，她使劲擦了擦眼睛，折到水龙头边，放水洗了把脸，然后快步往大门外行去——欧明用从北京邮购回来的材料做了个遥控军舰模型，约她有空就去看，还讲好等她来了才到山下的池塘里试放。她刚刚才征得了陈红心的同意，兜里还装着陈红心带给欧明吃的一包自家晾制的豆干。

自从跟戴娜好上后，任冲的开销又增加了一笔。本来戴娜在全班的个人零花钱排行榜上，远比其成绩排名要高，她也很情愿和任冲共用。但任冲绝不肯花她的钱，因为他觉得自己弄不到钱，还要用妹子家的，是件很丑的事。戴娜了解任冲的这种性格，也喜欢他这份硬气，便只好自家钱自家用，从不要求任冲给她买什么。然而任冲时不时要送她一点小礼物：一块扎头发的绸巾，一个用来抄流行歌曲的塑料封皮笔记本，或者是一版明星贴画，再不济也是几圈彩色橡皮箍。没人教的，仿佛是一种本能，任冲觉得跟妹子好就得这么做。每当把礼物送到戴娜手里，看到她欢喜的模样，任冲心里就涌出种自豪感，觉得自己是个男子汉。为了维持此种良好感觉，他只有削尖脑壳鼓足干劲四处出击广开财路。

铝盖偷得差不多了，原来的那点不忍心也就逐渐消失，任冲开始带着陈勇和王军向更能卖钱的锅身、壶身和水瓢下手。街上偷得差不多了，就开始向单位进军。

那些住在新型单元楼里的人，本来是不缺一个厨房来安置锅碗瓢盆的，但他们偏要在门前过道上再占块地盘，通常是放一排煤球，再置一个煤球炉，仿佛不如此就显得自己太老实太不精明，哪怕因此而生出许多邻里争端，也绝不把这些家伙搬回它们应该待的地方。至于那些住在老式两层宿舍楼房里的人，往往只有一间卧室一间客厅，煮饭炒菜就在门口解决。这种楼房有着长长的过道，每到中午和傍晚，家家门口锅铲挥舞，热油滋响，青烟四冒，蔚为壮观。但不论是新型单元楼还是老式楼房，都有围墙圈着，在里面偷窃所冒的风险远比在街上要高。

本来任冲还有种选择，就是向更缺乏防范的城乡接合部进军，但他觉得住在那里的人本来就穷，再去偷他们的东西，实在下不了手。他把这番道理抡出来后，陈勇和王军都猛点头，连声说那是的，似乎谁赞成得慢了，谁就有黑心之嫌疑。这种价值观是课堂上的老师教不出来的，究其根源，乃是来自祖辈父辈们所津津乐道的梁山好汉们的做派。

是星期日的上午，三条小梁山好汉晃进县林业局的家属大院。任冲行在中间，甩手昂头，就跟走进机械厂一样泰然自若，仿佛不是去做贼，而是去做客。他对陈勇和王军发表过如下看法：你越是缩着个脑壳，躲躲闪闪，就越容易被抓住，还不如装得雄一些。陈勇和王军照例深表叹服，也尽量着他说的那样做，但总觉得自己不及任冲那样雄赳赳、气昂昂，对他也就愈加佩服。守传达室的对小孩过往是不怎么放在心上的，何况任冲气概不凡，看着总像哪位领导的少儿版，说不定就跟该领导沾亲带故，所以更加不会盘问了。

任冲、陈勇和王军在院子里转了一圈，找到了一段既隐蔽又能够翻越的围墙，确定了得手后在此翻墙而去，然后折回院中。林业局院子大，抵得过半个标准运动场，里面既竖着新型单元楼，又蹲着老式宿舍楼。两者的偷窃难度差不多，但任冲偏好去新型单元楼行窃。据他的经验，当官的肯定是住好房子，而住老式宿舍楼的往往是些普通老百姓。在两者之间做选择，他根本用不着犹豫，而且每每偷了之后，会有种解恨的感觉。

行到一栋三层三单元的楼前，任冲也不张望，带头行进一单元。在这里面偷，他们从不分散，因为楼道狭窄，万一被发现，只要有个成年人在楼梯上一堵，根本没有闪避的余地，那时只有靠三个人一齐发威，抱腿拦腰，把这拦路虎扳倒，硬闯过去。行到第三层，他们收获了一个水壶，一个给小孩熬米粑粑的小鼎锅。顶上还有天台，任冲决定上天台，再下到另一个单元，继续扫荡。

行上天台，长风吹面，四望敞然，陈勇感叹道："住在单位里真的好。这么大的天台，想何解嗨就何解嗨。"

任冲虽然也是单位里的，但想到机械厂越来越差，连当官的都缩在老式两层楼房里，显然很难等到这样的大天台出现，遂一言不发，快步前行。不防有人从另一边上了天台。任冲放慢脚步，警惕地注视着。一个，两个，三个……竟然有五个人涌现出来，而且有四个是老打交道的：罗文龙、黄宏志、周明、何春生，行在最前面的那个小头鼓目，像只猴子，也有些面熟，似乎是高年级的学生。任冲看到罗文龙凑到"猴子"耳边说了句什么。隔着一米的距离，双方才停住脚步。"猴子"盯着陈勇手中鼓着的蛇皮口袋，说："好呢，你们肯定是来偷东西的。"

任冲扫到周明和何春生各拎着一个干瘪的蛇皮口袋，遂道："你们还不是一样？"

“哎呀，你口气还蛮冲。”

“还没得你冲。”

“你读几年级？”

“四年级。你呢？”

“六年级。”

虽然晓得对方肯定是高年级的，但这个六年级一报出来，任冲心里仍然有些发虚，一时没有说话。

“这是我们的地盘，你们要偷就到别的地方去偷。”

“何解是你们的地盘？”

“这里就在我们家边上，只准我们街上的人来偷。”

任冲这才想起林业局过去不远就是南离街，罗文龙和黄宏志都住在那里。他马上指着周明跟何春生说：“他们两个又不是你街上的，何解也准来偷？”

“他们现在跟着我，当然可以来。”

“那你何不干脆在大门口竖块牌子，写明这里是你号着的。没写起，就怪不得我们了。”

陈勇和王军都及时发出嘲弄的笑声。

周明嚷道：“他们是讲不听的，只有先打了再讲。”

“猴子”回头瞪了他一眼，喝道：“我未必还要你告诉我何解做？”

周明立刻萎了下去，紧紧地抓着那个干瘪的蛇皮口袋。任冲不晓得他何时跟罗文龙黄宏志混在一起了，只是看这样子，显得混得并不好，地位似乎跟何春生一样，就故意盯着他看，射出一脸嘲笑。和他对视一眼，周明便抗不住了，把目光移到“猴子”身上。

“这样吧，你们把东西留下，以后再莫来了，我就放你们过去。”

“你想得美！”

“猴子”忍不住了，伸手去推任冲的胸膛，却被他随手挡开。收回手，他看着这个比自己矮大半个头的人，说：“哎呀，你还有几斤力气。”

任冲不答，紧盯着他的肩膀和腰，因为无论对方出拳还是起脚，这两个部位都会先动。陈勇和王军甩下手中的口袋，和任冲并排站立，脸上都爆出准备狠狠干上一架的表情。重新审视了一番这支小队伍，“猴子”说：“这样吧，干脆我准你们入伙，我们一起干。”

不料他提出如此建议，不但任冲有些发怔，罗文龙他们也愣住了。

过了一会，任冲问：“那偷来的东西何解分？”

“他们两个跟周明、何春生一样，拿最少的，你跟黄宏志、罗文龙拿一样多的，我拿最多的。”

任冲想都不想，说：“那我不得干。我们这边都是拿一样多的。”

“都拿一样多，那你还当什么老大？”

“当老大又不是为了多分一些。”

“猴子”一时语塞。

“要打就打，反正我们不怕你。”

“你以为我还怕跟你打？我告诉你，我只是不想在这里打，万一惊动了别人，那我们两边都要被捉住。”

“那你要何解？”

“那就这样，我们明天放学后，在外操坪打一架，两边都不准再喊其他人。打输了的，就再也莫到这里来偷东西。你们输了，还要把今天偷到的东西给我们。”

“要得。”

查验了任冲这边偷到了什么后，“猴子”就带着队伍，先往那个两边都没扫荡过的单元里冲。

看着他们的身影消失后，任冲说：“这个人狡得很。”

陈勇问：“我们真的不再喊人帮忙了？”

“你还怕他们？”

“怕是不怕，就怕他们再耍什么名堂。”

“他们比我们人多，只要我们不喊人，他们是不得再喊的。”

“那也是。”

王军说：“那要不要带家伙？”

任冲悟了一下，说：“每个人还是带把家伙，最好能够放在书包里藏着，我喊用就用。”

此次扫荡就此草草结束，三个人忙着回去准备家伙。王军收藏了两段尺来长的锯片，把一端磨利，另一端缠上厚厚的几层虎皮膏布作为护手，便制成了两把小剑。陈勇先是想把菜刀装到书包里，但想到妈妈经常要用菜刀的，恐怕会被发现，就打消了此念，只在阁楼上到处翻，居然寻出了一把泥刀。这刀虽然钝头钝脑，但还有些分量，装进书包一试，也不怎么显形，便拿着它操练起来。任冲则在生产区转了许久，捡到根尺来长、鸽蛋粗的实心铁棍，沉沉的很压手，只是浑身长满了铁锈。回到家里，他用砂布细细地打磨了一回，才磨出些亮色来。在灯光下左看右看，任冲越看越爱，觉得过去嗨的那些红缨枪弹弓枪之类的东西，真是小孩子嗨的把戏，这才是一件真正的兵器。到夜晚睡觉的时候，任冲还把铁棍放在枕头边，似乎生怕它长着翅膀飞走了。

第二天上学后，任冲虽然人在课堂，魂早就飘到战场上去了。本来武器可以中午再带过来，但他们就是等不及，早早地装进书包。下第一节课后，任冲就和陈勇双双拎着已清出课文的书包，跑到外操场后的菜地边，观摩彼此的兵器。才看到陈勇亮出的泥刀，任冲就咧开大嘴笑了起来。

陈勇红着脸说:“你莫看它样子不好看，有蛮重，砍得脑壳烂。”

“你也要把上面的水泥石灰刮一下呢，等下不晓得的看到了，还以为你要去砌房子。”

“我主要是怕我爸爸看到了，问我带把刀出去做什么。”

“那就中午带到大井边洗一下。你看我这根铁棍，原来一身都是锈，我用砂布磨了一个晚上，现在看起来溜光。”

“家伙是用来打架的，要搞得这么好看做什么？”

“你不晓得，家伙好看些，打架也打得赢些。”

对于任冲的此番高论，陈勇有些将信将疑，不过到底还是答应拿泥刀去磨洗一下。

第二节课下课后，任冲和陈勇破天荒地坐在教室里，却派钱兵去侦察周明何春生在做什么。钱兵才出去没多久，就折了回去，报告说何春生正在坪里跟人弹玻璃球，周明则在打“啪啪”。听说对方如此，任冲有些沮丧，觉得自己不该这样紧张，便对陈勇说：“那我们也去嗨。”

看到他们站起来，钱兵问：“你们肯定是要做什么。”

陈勇不耐烦地说：“没做什么呢，莫多问。”

“告诉我不要紧啦。”

任冲说：“告诉你莫问，到时给你买包姜吃。”一边说一边往外奔。等钱兵听全了，他和陈勇也快到教室门口了。看着他俩的身影消失，钱兵心里又一次涌起被排斥在外的心酸感觉。他虽然很想晓得两人要做什么，但不敢再去探问，怕惹怒了这两条好汉，到时不会分给自己零食吃；和同学起争执时，也不再给自己撑腰。

钱兵很好打发，但如何摆脱戴娜，却让任冲感到伤脑筋。直到下午第一节课下课，他还是没找到办法，便只有向她讲了实话，要她先回去。

戴娜立刻噘起嘴巴说：“不行，我要陪你去。”

“你陪我去有什么用，等一下还把你打伤。”

“不得，我站远些，在一边看。”

“万一我们输了呢？”

“输了就输了，未必你还怕输？”

看着戴娜坚决的表情，任冲第一次真正觉得她超过了陈玉——陈玉只会劝他别打，说不定还会威胁着要去告诉老师——便说：“我何得怕输，我们也不会输。”

戴娜用力点着头，说：“反正我相信你不得输的。”

觉得身体里的血直冒热气，任冲只想提着棍子奔赴外操场，丝毫没有觉察到许琪琪从不远处悄悄行开。

下午放学后，任冲一伙和“猴子”一伙都按时来到外操场。双方都很有默契地各拣了块草地坐下，装作在嗨。等到回家的同学们行得差不多了，任冲要戴娜留在原地，带着陈勇和王军站了起来。

“猴子”那伙也纷纷站了起来。

双方慢慢行近。

“猴子”一副很轻松的样子，笑嘻嘻地说：“何解，悟清楚了吗，是真的要打还是加入我们？”

任冲说：“讲好了打就是打。你们敢单挑吗？”

“鼎锅和水壶何解没看到带来？”

“那些东西不好带到学校。万一我们输了，回厂里就把东西交给周明。”

“要得。”

话音还没落，“猴子”就猛地扑了过来，伸掌戳向任冲的脸。不防他突然袭击，任冲虽然全力一闪，左脸颊还是被他手指扫中。“猴子”右手还没收回，左掌又戳出。他身高臂长，既快且猛，大搞远距离进攻。任冲一时无法近他的身，只有边隔挡边后退。几乎在同时，周明和何春生一起冲向陈勇，王军则被罗文龙、黄宏志挡住。戴娜紧张得站了起来，待看到陈勇和王军都是毫不畏惧，奋力反扑时，才稍稍落了心，重新把目光集中在任冲身上。

“猴子”一直压着任冲打，十分得意，竟至于跳了起来，改戳为劈。这般雷霆万钧之势，足以让一般的小同学胆战腿软，不战而溃。但任冲远非一般之人，看到他跳起来，立刻就捕捉到了空当，没等他掌劈下、腿落地，不挡不隔，一头撞向他怀中。“猴子”的手臂才挨着他的肩膀，就被撞了个四脚朝天。不敢依照惯常方式骑在对方身上打，任冲只是一边围着他绕圈，一边猛踢。“猴子”伸手想捞住他的脚，却被他跳起来在小腹上踩了一下狠的，捂着小腹在地上乱滚。

那边周明跟何春生遵照“猴子”的教诲，前后夹击。饶是陈勇拳脚硬实，还是有好几次险些被何春生拦腰抱牢，虽然及时挣脱，但难免挨了周明几下狠的，眼睛直冒金星。王军则更苦，因为罗文龙和黄宏志两人个头都比他高，力气也都比他大，若不是他那副舍命相搏的架势实在瘆人，早就被放翻在地。

扫了两眼，任冲就判断出王军更需要支援，全速冲过去。罗文龙跟黄宏志压根就没想过他能打赢“猴子”，放心大胆地背对着他们打斗的那边。王军则能看到任冲跑过来，精神顿时一振，嘴中发出声怪叫，凄厉如荒地野猫，伸手一抓，在黄宏志脸上留下五道血痕。黄宏志脸上和眼睛一齐喷火，正想不计后果地往他胯里狠狠踢去，自己胯里却人从后面抓了一把，顿时缩在地上。罗文龙诧异地一转头，肋间就挨了任冲一记冲拳，血往上涌，好像要把肺胀破，难受到叫不出声。脸上又被王军抓了两把，火烧火燎的。

陈勇在那边大喊：“快来帮忙！”

周明跟何春生看到这边战况，都目瞪口呆，缓下手脚，一时不知该继续打下去呢，还是学电影里的特务那样撒腿飞逃。“猴子”

已经爬了起来，一边跑一边喊：“快抄家伙！”

任冲打了个激灵，大喊：“我们也去！”

双方又都纷纷奔向原来待过的那块草地，从各自书包中抽出家伙。等到再次逼近的时候，任冲突然意识到：自己这边怕是要输了，因为对方的兵器实在厉害——黄宏志、罗文龙手握的都是尺来长的钢管，王军的自制短剑与之一比，就显得太秀气，只怕一个回合就会被打断；周明与何春生各拿一段铁链，长约一米，粗如鸽蛋，若是挥动起来，陈勇凭着手里那把泥刀，只怕还没近身，脑壳就会被打破；更骇人的是“猴子”手中的兵器，乃是一把锋芒慑人的杀猪刀。

“猴子”看清任冲这边的兵器，立刻现出恶狠狠的笑容，高喊一声：“杀啊！”就挥刀向任冲砍去。黄宏志、罗文龙也急于复仇，根本不考虑会出现什么后果，挥舞着钢管，劈向王军。周明跟何春生都没有立刻进攻，而是把铁链挥舞得呼呼作响，先将自己护住。陈勇握着那把短小的可怜的泥刀，根本近不了他们的身。

果然不出任冲所料，王军精心打制的短剑很快就被打断，还险些被打到指骨。王军一怒之下，把两把短剑都当飞镖掷了出去，无奈他终非电影里的侠客，这锯片做成的断剑也很难掌握准头，只是把对方吓了一跳。任冲豁出去了，奋力砍劈，只想把“猴子”手中的刀打掉。但“猴子”本力比他大，而且这次学乖了，稳打稳扎，尽力发挥身高臂长的优势。有这样一把刀亮在那，任冲胆子再大，也不敢近身相搏——自从目睹徐丰被捅死后，他在骨子里对匕首短刀之类的兵器生出了畏惧。他正想下令逃跑，却看到“猴子”

无端地慌乱起来。身边嗖的一声，掠过一股急风，一只黄毛长身的大狗向“猴子”手腕咬去。“猴子”虽然手持杀猪刀，满脸狠气，俨然一个小黑社会老大，但看到这条猛犬，就立刻露出了小学六年级学生的本相，手一软，刀坠地，转身狂奔。

任冲立刻抢上前去，把铁棍换到左手，右手拾起杀猪刀，向被黄宏志和罗文龙追着打的王军跑去。当王军接过任冲递过来的铁棍，转身回扑，心里郁积的戾气就全倾注在这根铁棍上，不招不架，只是一味劈扫，好像真的要拼命。任冲也积了一肚子窝囊气，现在有如此威猛的武器在手，安能不把对方当猪砍？黄、罗二位虽然没有被狗追着咬，但也照样只能落荒而逃。周明跟何春生虽曾英勇地欺负过此狗，现在却只能一边跟着跑一边在心里喊它做爷爷，求它万万不要记仇，不要放过“猴子”来咬自己。

就这样，一只狗的出现扭转了整个战局，“猴子”一伙仓皇从操场的另一端逃走，连书包都不敢拿。当小毛胜利返回时，任冲手提战利品，充满感激地看着它。但小毛根本就不看他，昂首从他面前行了过去。行近门洞的时候，任冲看到它的尾巴欢快地大幅度晃动起来，因为从偏门后闪出两个人来：宋安和许琪琪。任冲看到许琪琪弯下腰，仿佛是在摸小毛的头进行鼓励，而老弟则远远地望向自己这边。以为他会行过来的，任冲挺了挺胸脯。但宋安并没有像他期盼的那样行过来，而是在和他对望了一会后，转身带着许琪琪和小毛行了进去。在那一瞬间，任冲看见门洞突然封闭，粗粝冷硬的围墙把他和宋安隔在了两个世界。

图书在版编目（CIP）数据

放养年代 / 马笑泉著. — 北京 ：北京十月文艺出版社，2019.8
ISBN 978-7-5302-1902-7

Ⅰ. ①放… Ⅱ. ①马… Ⅲ. ①长篇小说—中国—当代
Ⅳ. ① I247.5

中国版本图书馆 CIP 数据核字（2018）第 275008 号

放养年代
FANGYANG NIANDAI
马笑泉 著

出　版　北京出版集团公司
　　　　北京十月文艺出版社
地　址　北京北三环中路 6 号
邮　编　100120
网　址　www.bph.com.cn
发　行　新经典发行有限公司
　　　　电话 010-68423599
经　销　新华书店
印　刷　三河市宏图印务有限公司
版　次　2019 年 8 月第 1 版
　　　　2019 年 8 月第 1 次印刷
开　本　880 毫米 × 1230 毫米 1/32
印　张　13.75
字　数　291 千字
书　号　ISBN 978-7-5302-1902-7
定　价　42.00 元
质量监督电话　010-58572393
如有印装质量问题，由本社负责调换。